Warschau
O L E N
Lublin
UdSSR
Rowno
Kiew
Weichsel
U K R A I N E
au
Lemberg
Tarnopol
Bug
Dnjestr
K a r p a
A K E I
Užhorod
RUTHENIEN
Košice
Zahony
iskolcz
Debrecen
Theiß
N
Oradea
(Großwardein)
Cluj
(Klausenburg)
(Kolozsvár)
Sereth
eged
R U M Ä N I E N
Muresul
Temeșvar
Brașov
(Kronstadt)
Brăila
TRANSSILVANIEN
(SIEBENBÜRGEN)
Bukarest
lgrad
Olt
Donau
Schwarzes Meer
I E N
B U L G A R I E N

[illegible] 10/02

Knaus
K

ALAN FURST

Das Reich der Schatten

ROMAN

Aus dem Englischen von
Rudolf Hermstein

Albrecht Knaus

Der Originaltitel «Kingdom of Shadows» erschien
bei Random House, New York

Umwelthinweis:
Dieses Buch und sein Schutzumschlag wurden auf chlorfrei gebleichtem Papier gedruckt.
Die vor Verschmutzung schützende Einschrumpffolie ist aus umweltschonender
und recyclingfähiger PE-Folie.

Der Albrecht Knaus Verlag ist ein Unternehmen der
Verlagsgruppe Random House GmbH.

1. Auflage

Umschlaggestaltung:
Groothuis, Lohfert & Consorten, Hamburg,
unter Verwendung eines Entwurfes von
oscar white/corbis/picture press
Gesetzt aus: 10.3/14 pt. Janson
Satz: Filmsatz Schröter GmbH, München
Druck und Bindung: GGP Media, Pößneck
Printed in Germany
ISBN 3-8135-0202-3
www.knaus-verlag.de

Gib dem Volk der Ungarn, Gott,
Frohsinn, Glück und Segen,
Schütze es in Kriegesnot
Vor des Feindes Schlägen.
Ihm, das lange Schmach ertrug,
Schenke wieder Freuden,
Denn es büßte hart genug
Schuld für alle Zeiten.

UNGARISCHE NATIONALHYMNE

I. Im Garten der Baronin Frei

Am 10. März 1938 fuhr der Nachtexpress aus Budapest kurz nach vier Uhr morgens im Gare du Nord ein. Am Rhein hatten Unwetter getobt, und die Schlafwagen glänzten regennass. Im Wiener Westbahnhof war ein Ziegelstein gegen das Fenster eines Erste-Klasse-Abteils geschleudert worden und hatte einen eisblumenähnlichen Stern in der Scheibe hinterlassen. Außerdem hatten einige Passagiere Schwierigkeiten mit den Grenzkontrollen gehabt, sodass der Zug schließlich mit Verspätung in Paris ankam.

Nicholas Morath, der mit ungarischem Diplomatenpass reiste, ging mit raschen Schritten den Bahnsteig entlang und strebte zum Taxistand vor dem Bahnhof. Der Fahrer des vordersten Taxis sah ihn kurz an, faltete rasch seinen *Paris-Midi* zusammen und setzte sich auf. Morath warf seinen Koffer hinten auf den Wagenboden und stieg ein. «Avenue Bourdonnais», sagte er. «Nummer acht.»

Ausländer, dachte der Taxifahrer. *Aristokrat*. Er ließ den Motor an und fuhr Richtung VII. Arrondissement los. Morath kurbelte das Fenster herunter und ließ sich die scharfe Stadtluft ins Gesicht wehen.

Avenue de la Bourdonnais 8. Eine abweisende *haut-bourgeois*-Festung mit keksfarbenen Mauern, flankiert von den Gesandtschaften zweier kleiner Länder. Die Menschen, die hier wohnten, gehörten eindeutig zu denen, die überall wohnen konnten, und deshalb wohnten sie hier. Morath schloss das Tor mit einem großen Schlüssel auf, durchquerte den Hof und benutzte einen zweiten Schlüssel für die Haustür. «*Bonsoir*,

Sélène», sagte er. Die schwarze belgische Schäferhündin gehörte der Concierge und bewachte nachts die Tür. Wie ein Schatten kam sie aus der Dunkelheit, schnupperte an seiner Hand, ließ sich tätscheln und streckte sich dann seufzend wieder auf dem Fliesenboden aus. Sélène, dachte er, die Mondgöttin.

Caras Wohnung war im obersten Stock. Er schloss auf und trat ein. Seine Schritte hallten auf dem Parkett in dem langen Flur. Die Schlafzimmertür stand offen, im Licht einer Straßenlaterne sah er auf dem Toilettentisch eine Flasche Champagner und zwei Gläser. Eine Kerze auf der Rosenholzkommode war zu einer goldenen Wachspfütze heruntergebrannt.

«Nicky?»

«Ja.»

«Wie spät ist es?»

«Halb fünf.»

«In deinem Telegramm stand Mitternacht.» Sie setzte sich auf und strampelte das Federbett weg. Sie war in ihrer Reizwäsche eingeschlafen, ihrer *petite chemisette*, wie sie es nannte, schwarzseiden und sehr kurz, mit einem filigranen Spitzenbesatz am oberen Rand. Sie beugte sich vor und zog sich das Hemdchen über den Kopf. Quer über ihre Brust verlief eine Linie, wo sich die Naht eingedrückt hatte.

Sie schüttelte ihr Haar zurück und lächelte ihn an. «Na?» Als er nicht reagierte, fragte sie: «Wir trinken doch Champagner, oder?»

O nein! Aber er sagte es nicht. Sie war sechsundzwanzig, er vierundvierzig. Er nahm den Champagner vom Toilettentisch, hielt den Korken fest und drehte langsam die Flasche, bis es zischte. Er füllte ein Glas, reichte es ihr und schenkte sich dann selbst ein.

«Auf dich und mich, Nicky.»

Der Champagner war scheußlich, dünn und süß, aber das hatte er schon vorher gewusst, der *caviste* in der Rue Saint-

Dominique betrog sie schamlos. Er stellte sein Glas auf den Teppich, trat zum Schrank und begann sich auszuziehen.

«War es sehr schlimm?»

Morath zuckte die Achseln. Er war auf einem Familiengut in der Slowakei gewesen, wo der alte Kutscher seines Onkels im Sterben lag. Nach zwei Tagen war er gestorben. «Österreich war ein Alptraum», sagte er.

«Ja, sie bringen es im Radio.»

Er hängte seinen Anzug auf, rollte Hemd und Unterwäsche zu einem Bündel und legte es in den Wäschekorb. «Überall Nazis auf den Straßen in Wien», sagte er. «Ganze Wagenladungen voll, sie brüllen und schwenken Fahnen, schlagen Juden zusammen.»

«Wie in Deutschland.»

«Schlimmer.» Er nahm sich ein frisches Handtuch aus dem Schrank.

«Dabei waren die immer so gemütlich.»

Er ging zum Bad.

«Nicky.»

«Ja?»

«Komm, setz dich eine Minute zu mir, dann kannst du baden.»

Er setzte sich auf die Bettkante. Cara drehte sich auf die Seite, zog die Knie an, holte tief Luft und atmete ganz langsam aus, froh, dass er endlich wieder daheim war. Geduldig wartete sie darauf, dass das, was sie ihn sehen ließ, seine Wirkung tat.

Ach ja. Caridad Valentina Maria Westendorf (die Großmutter) de Parra (die Mutter) y Dionello. In ihrer vollen Lebensgröße von eins achtundfünfzig. Aus einer der reichsten Familien von Buenos Aires. An der Wand über dem Bett hing in einem glänzenden, zwanzig Zentimeter breiten Rahmen ein Akt von ihr, in Kreide, gezeichnet 1934 von Picasso in einem Atelier auf dem Montmartre.

Draußen war die Straßenbeleuchtung erloschen. Durch den Musselinvorhang kam das ekstatische graue Licht eines regnerischen Pariser Morgens.

Morath lehnte sich in dem kühl werdenden Badewasser zurück, rauchte eine Chesterfield und streifte die Asche von Zeit zu Zeit in eine Perlmutt-Seifenschale ab. *Cara*, *Liebste*. Klein, vollkommen, durchtrieben, schlüpfrig. «Eine lange, lange Nacht», hatte sie zu ihm gesagt. Sie hatte gedöst, war plötzlich aufgewacht vom Geräusch eines Autos. «Wie Pornofilme, Nicky, meine Phantasien, gute und schlechte, aber du bist in jeder Einzelnen vorgekommen. Ich hab gedacht, er kommt nicht mehr, ich will es mir selbst machen und dann schlafen wie ein Stein.» Aber sie hatte es nicht getan, behauptete sie jedenfalls. *Schlechte* Phantasien? Über ihn? Er hatte sie gefragt, aber sie hatte nur gelacht. Der Zuchtmeister? War es das? Oder der schreckliche alte Onkel Gaston, lüsternen Blicks in seinem seltsamen Sessel? Vielleicht etwas von de Sade – *und nun wird man Euch in die Privatgemächer des Abtes geleiten.*

Oder, umgekehrt, was? Die «guten» Phantasien konnte man sich noch schwerer vorstellen. Der melancholische König? *Bis heute Abend hatte ich keinen Grund zu leben.* Errol Flynn? Cary Grant? Der ungarische Husar?

Darüber musste er lachen, denn er war ja einer gewesen, allerdings nicht in einer Operette. Als Kavallerieleutnant der österreichisch-ungarischen Armee hatte er 1916 an der Ostfront, in den Sümpfen Polens, gegen Brussilows Kosaken gekämpft. Bei Lutsk, bei Kowel und Tarnopol. Er roch noch immer die brennenden Scheunen.

Morath legte den Fuß auf den goldfarbenen Wasserhahn und betrachtete den rosaweiß gesprenkelten Streifen Haut vom Knöchel bis zum Knie. Das hatten Schrapnells angerichtet – eine verirrte Artilleriesalve, die von der Straße eines namenlosen Dorfes eine Schlammfontäne aufspritzen ließ.

Bevor er ohnmächtig wurde, hatte er es noch geschafft, sein Pferd zu erschießen. Als er in einem Notlazarett aufwachte, sah er zwei Ärzte, einen Österreicher und einen Polen, mit blutverschmierten Lederschürzen. «Die Beine müssen ab», sagte der eine. «Der Meinung bin ich nicht», sagte der andere. Sie standen beiderseits des Holztisches in der Küche eines Bauernhauses und stritten sich, während Morath zusah, wie sich die graue Decke braun färbte.

Das Unwetter, das ihm quer durch Europa gefolgt war, hatte Paris erreicht, er hörte den Regen aufs Dach trommeln. Cara kam ins Bad getappt, steckte prüfend den Finger ins Wasser und runzelte die Stirn. «Wie hältst du das bloß aus?», fragte sie. Sie stieg in die Wanne und setzte sich ihm gegenüber, lehnte sich mit dem Rücken an das Porzellan und drehte den Warmwasserhahn voll auf. Er gab ihr die Chesterfield, sie nahm vorsichtig einen Zug – sie rauchte eigentlich nicht – und stieß theatralisch den Rauch aus wie Marlene Dietrich. «Ich bin aufgewacht», sagte sie. «Konnte nicht mehr einschlafen.»

«Ist was?»

Sie schüttelte den Kopf.

Sie hatten wirklich lange gespielt – das war es, was sie am besten konnten –, Nachtliebe und Morgenliebe in einem, und als er das Zimmer verließ, hatte sie tief und fest geschlafen und mit offenem Mund laut und heiser geatmet. Aber nicht geschnarcht, denn sie schnarchte nie, sagte sie.

Im Licht des weißen Badezimmers sah er, dass ihre Augen glänzten und ihre Lippen fest zusammengepresst waren – *Porträt einer Frau, die nicht weinen will.* Was war der Grund? Manche Frauen waren einfach traurig. Oder vielleicht war es etwas, was er gesagt oder getan oder nicht getan hatte. Die Welt ging vor die Hunde, vielleicht war es das. Um Gottes willen, hoffentlich nicht. Er streichelte die Haut von Caras Beinen, dort, wo sie ihn umschlangen. Es gab nichts zu sagen, und Morath hütete sich, es zu sagen.

Am Nachmittag ließ der Regen nach. Paris wirkte ein wenig *triste* in dem Geniesel, aber die Stadt war an Frühlingswetter gewöhnt und sah erwartungsvoll den Abenteuern des Abends entgegen. Graf Janos Polanyi – eigentlich von Polanyi de Nemszvar, doch außer auf Tischkarten bei diplomatischen Diners erschien der Name fast nie in dieser Form – wartete nicht mehr bis zum Abend mit seinen Abenteuern. Er war jetzt hoch in den Sechzigern, und die *cinq-à-sept affaire* entsprach dem Rhythmus seines Verlangens. Er war ein großer, schwerer Mann mit dichtem weißem Haar, das im Lampenlicht gelblich schimmerte, trug blaue Maßanzüge von Londoner Schneidern und roch nach Bayrum, das er mehrmals täglich verwendete, nach Zigarrenrauch und dem Burgunder, den er zum Mittagessen trank.

Er saß in seinem Büro in der ungarischen Gesandtschaft, zerknüllte ein Telegramm und warf es in den Papierkorb. Jetzt würde es also tatsächlich passieren, dachte er. *Ein Sprung in die Hölle*. Und zwar richtig, mit Tod und Feuer. Er schaute auf seine Uhr, erhob sich vom Schreibtisch und ließ sich in einem Ledersessel nieder, der winzig wirkte unter den riesigen Bildnissen an den Wänden: zwei Arpadenkönige, Geza II. und Bela IV., der heroische Feldherr Hunyadi neben seinem Sohn Matthias Corvinus mit dem obligaten Raben. Alle mit Pelzen behängt und mit blitzendem Eisen bewehrt, mit langen Schwertern und hängenden Schnurrbärten, in Gesellschaft edler Hunde längst ausgestorbener Rassen. Die Galerie der Porträts setzte sich auf dem Flur vor seinem Büro fort, und es wären noch mehr gewesen, hätten die Wände mehr Platz geboten. Eine lange, blutige Geschichte und Maler ohne Zahl.

5.20 Uhr. Sie kam wie immer ein wenig zu spät, gerade genug, um Erwartung zu wecken. Mit den zugezogenen Vorhängen lag der Raum fast im Dunkeln, nur eine kleine Lampe und das Kaminfeuer spendeten Licht. Musste ein Scheit nachgelegt werden? Nein, es würde reichen, und er hatte keine Lust zu warten, bis der Hausmeister die drei Stockwerke heraufstieg.

Gerade als seine Augen zufallen wollten, klopfte es leise an der Tür, und Mimi Moux erschien, die *chanteuse* Mimi Moux, wie die Klatschkolumnisten sie nannten. Alterslos, zwitschernd wie ein Kanarienvogel, mit riesigen Augen und karminrot geschminkten Lippen – ein Theatergesicht –, kam sie hereingeschwirrt, küsste ihn auf beide Wangen und berührte ihn irgendwie, weiß der Himmel, wie sie es anstellte, an sechzehn Stellen zugleich. Ununterbrochen redend und lachend – man konnte sich am Gespräch beteiligen oder auch nicht, es spielte keine Rolle –, hängte sie ihr Nachmittags-Chanel in einen Schrank und flatterte in ihren teuren und angenehm anregenden Dessous durch den Raum.

«Leg den Mendelssohn auf, meine Liebe, ja?»

Die Arme in gespielter Keuschheit vor der Brust verschränkt, tänzelte sie zum Sekretär hinüber, auf dem ein Victrola stand, legte, ohne in ihrem Redefluss innezuhalten – «du kannst es dir vorstellen, wir standen da, angezogen für die Oper, es war schlechthin *insupportable*. Natürlich war das Absicht, so etwas unterläuft einem nicht aus Versehen, zumindest haben wir das gedacht. Trotzdem ...» –, die Platte mit dem Violinkonzert auf den Teller, setzte den Tonarm auf, kehrte zum Ledersessel zurück und kuschelte sich in den geräumigen Schoß des Grafen Polanyi.

Irgendwann, genau im richtigen Moment – neben einer Reihe anderer oft unterschätzter Vorzüge, dachte er, besaßen die Franzosen von allen Europäern den sichersten Sinn für den günstigsten Zeitpunkt – ließ sie sich vor dem Sessel auf die Knie nieder, öffnete mit einer Hand die Knöpfe seiner Hose und hörte endlich zu reden auf. Polanyi sah ihr zu, das Konzert war zu Ende, und die Nadel lief kratzend durch die leere Rille. Sein Leben lang, dachte er, hatte er Frauen Lust bereitet, jetzt war der Punkt erreicht, an dem sie ihm Lust bereiten sollten.

Später, als Mimi Moux gegangen war, klopfte die Gesandtschaftsköchin leise an die Tür und brachte ein dampfendes Tablett herein. «Eine Kleinigkeit für Euer Exzellenz», sagte sie. Eine Suppe von zwei Hühnern, mit Klößchen und Sahne, dazu eine Flasche 1924er Echézeaux. Als er gegessen hatte, lehnte er sich in seinem Sessel zurück und seufzte tief befriedigt. Jetzt, so fiel ihm auf, war sein Hosenschlitz zugeknöpft, aber der Gürtel und der Knopf am Bund waren offen. *Eigentlich genauso gut*, dachte er. *Oder sogar besser?*

Das Café Le Caprice versteckte sich im ewigen Dämmer der Rue Beaujolais, eher Gasse als Straße, hinter dem Park des Palais Royal und der Bibliothèque Nationale. Sein Onkel, das war Morath schon vor langer Zeit aufgefallen, lud ihn fast nie in die Gesandtschaft ein, sondern traf sich lieber mit ihm in merkwürdigen Cafés oder manchmal im Haus von Freunden. «Sei nachsichtig, Nicholas», sagte er immer, «das erlöst mich für eine Stunde von meinem Leben.» Morath mochte das Le Caprice, es war überfüllt, schmuddelig und warm. Die Wände waren im neunzehnten Jahrhundert gelb gestrichen und von hundert Jahren Zigarettenrauch satt bernsteinfarben gebeizt worden.

Um drei Uhr gingen die Mittagsgäste allmählich, und die Stammgäste stellten sich wieder ein und nahmen ihre Tische in Beschlag. *Die verrückten Gelehrten*, dachte Morath, die ihr Leben in der Bibliothek verbrachten. Sie waren triumphal verwahrlost. Uralte Pullover und schlabberige Jacken hatten die scheckigen Gewänder und spitzen Hüte der mittelalterlichen Alchimisten ersetzt, aber es waren dieselben Leute. Wenn Morath in diesem Café war, fiel ihm jedes Mal ein, was der Kellner, Hyacinthe, einmal über seine Klientel gesagt hatte: «Gott verhüte, dass sie es jemals *finden*.» «Was finden?», hatte Morath begriffsstutzig gefragt. Hyacinthe war überrascht gewesen, fast beleidigt. «Nun, *es*, Monsieur», hatte er gesagt.

Morath setzte sich an einen Tisch, den gerade ein paar Makler frei gemacht hatten, die von der Börse herübergekommen waren, zündete sich ein Zigarette an, bestellte eine *gentiane* und richtete sich ein, auf seinen Onkel zu warten. Plötzlich hörten die Männer am Nachbartisch zu streiten auf, verstummten gänzlich und starrten auf die Straße hinaus.

Ein schnittiger Opel Admiral war vor dem Le Caprice vorgefahren, der Fahrer riss die hintere Tür auf, und ein hoch gewachsener Mann in schwarzer SS-Uniform stieg aus, gefolgt von einem Mann in einem Regenmantel und von Onkel Janos. Der redete und gestikulierte, die beiden anderen hörten gespannt und mit erwartungsvollem Lächeln zu. Graf Polanyi hob den Zeigefinger und verzog theatralisch das Gesicht – offenbar war er bei der Pointe angelangt. Alle drei prusteten los, man hörte ihr Lachen sogar im Café, und der SS-Mann schlug Polanyi auf die Schulter – *Der ist gut!*

Sie schüttelten sich zum Abschied die Hand, und der Zivilist und der SS-Mann stiegen wieder in den Opel. Das ist neu, dachte Morath. Man begegnete in Paris nur selten SS-Leuten in Uniform. In Deutschland waren sie natürlich allgegenwärtig, man sah es ständig in der Wochenschau: Sie marschierten, salutierten, warfen Bücher auf Scheiterhaufen.

Moraths Onkel betrat das Café und sah sich nach ihm um. Jemand am Tisch nebenan machte eine Bemerkung, und einer seiner Freunde kicherte. Morath stand auf und umarmte seinen Onkel. Sie begrüßten einander – auf Französisch, wie immer in der Öffentlichkeit. Graf Polanyi legte Hut, Handschuhe, Schal und Mantel ab und packte alles auf den freien Stuhl. «Hmm, der ist gut angekommen», sagte er. «Die beiden rumänischen Kaufleute.»

«Den kenn ich noch gar nicht.»

«Die beiden treffen sich zufällig in Bukarest auf der Straße, Gheorgiu trägt einen Koffer. ‹Wo willst du hin?›, fragt ihn Petrescu. ‹Nach Cernauti›, sagt sein Freund. ‹Lügner!›, ruft Petrescu. ‹Du sagst, du willst nach Cernauti, damit ich denke, du fährst nach Jassy, aber ich hab deinen Bürodiener bestochen und weiß, dass du nach Cernauti willst›.»

Morath lachte.

«Kennst du von Schleben?»

«Welcher war das?»

«Der mit dem Regenmantel.»

Hyacinthe erschien. Polanyi bestellte einen Ricon.

«Ich glaube nicht», sagte Morath. Er war sich nicht ganz sicher. Der Mann war groß, hatte helles, schütteres Haar, das er ein bisschen zu lang trug, und irgendetwas an seinem Gesicht wirkte koboldhaft; er hatte das durchtriebene Grinsen eines Spaßvogels, der anderen gern einen Streich spielt. Er sah gut aus und hätte den Freier – nicht den, der gewann, sondern den, der den Kürzeren zog – in einer englischen Salonkomödie spielen können. Morath hatte das Gefühl, ihn schon einmal gesehen zu haben. «Wer ist das?»

«Er arbeitet im diplomatischen Bereich. Kein schlechter Kerl, alles in allem, irgendwann mache ich euch bekannt.»

Der Ricon kam, und Morath bestellte sich noch eine *gentiane*. «Ich hab noch nicht zu Mittag gegessen», sagte sein Onkel. «Nicht richtig zumindest. Hyacinthe?»

«Monsieur?»

«Was gibt's heute?»

«Tête de veau.»

«Wie ist es?»

«Gar nicht übel.»

«Dann nehme ich es. Nicholas?»

Morath schüttelte den Kopf. Er legte ein Päckchen auf den Tisch. Es war handtellergroß und in uralten, vergilbten Musselin eingewickelt, der vielleicht vor langer Zeit von einem Vorhang abgeschnitten worden war. Er faltete den Stoff auseinander, und zum Vorschein kam ein silbernes Kreuz an einem verblichenen Band in Schwarz und Gold, den Farben Österreich-Ungarns. «Das schickt er dir.»

Polanyi seufzte. «Sandor», sagte er, als könnte der Kutscher ihn hören. Er nahm den Orden und legte ihn auf seine Handfläche. «Das Tapferkeitskreuz in Silber. Weißt du, Nicholas, ich fühle mich geehrt, aber das ist ein wertvolles Stück.»

Morath nickte. «Ich habe es seiner Tochter angeboten und sie deines tiefen Mitgefühls versichert, aber sie hat entrüstet abgelehnt.»

«Ja, natürlich.»

«Von wann ist es?»

Polanyi überlegte. «Ende der achtziger Jahre, würde ich meinen. Ein Serbenaufstand, unten im Banat. Sandor war Feldwebel, in dem Regiment, das in Pozsony aufgestellt wurde. Damals hieß es Preßburg.»

«Und jetzt Bratislava.»

«Dieselbe Stadt, bevor sie den Slowaken überlassen wurde. Wie auch immer, er hat ab und zu davon erzählt. Die Serben haben ihnen die Hölle heiß gemacht, sie hatten Scharfschützen oben in den Berghöhlen. Sandors Kompanie war eine Woche lang damit beschäftigt gewesen – ein paar Dörfer mussten niedergebrannt werden –, und dafür hatte man ihm das Kreuz verliehen.»

«Er wollte, dass du es bekommst.»

Polanyi nickte. «Ist noch irgendwas übrig da oben?»

«Nicht viel. Sie haben das Haus ausgeweidet, nachdem die Grenze verlegt wurde. Türklinken, Fenster, die guten Fußböden, Kaminziegel, Schornsteine, alle Rohre, die sie aus den Wänden reißen konnten. Das Vieh ist natürlich schon lange weg. Ein Teil vom Weinberg ist noch da. Die älteren Obstbäume.»

«Nem, nem, soha», sagte Polanyi. Nein, nein, niemals – die ungarische Ablehnung des Vertrags von Trianon, der ihnen zwei Drittel ihres Territoriums und ihrer Bevölkerung wegnahm, nachdem die österreichisch-ungarische Armee im Großen Krieg besiegt worden war. Es lag ein Hauch von Ironie in Polanyis Stimme, als er das sagte, ein Achselzucken, *Wir können nur noch jammern*, aber das war nicht alles. In einem gewissen Sinne, einem komplizierten, möglicherweise düsteren, meinte er es ernst.

«Vielleicht bekommen wir es eines Tages wieder.»

Die Gruppe am Nebentisch hatte aufmerksam zugehört. Ein kleiner Mann mit Halbglatze und geblähten Nüstern, der nach seiner modrigen Unterkunft roch, zischte streitlustig: *«Revanchiste.»* Er sagte es nicht direkt zu ihnen oder zu seinen Freunden, vielleicht galt es der ganzen Welt.

Sie sahen ihn an. Revanchistischer, irredentistischer ungarischer Faschist meinte er, vor Rotfront-Entrüstung schäumend. Aber Morath und Polanyi waren nichts dergleichen, sie gehörten der Ungarischen Nation an, wie man den Adel nannte, sie waren Madjaren mit tausendjähriger Familiengeschichte, und sie hatten gute Lust, die ganze Bande mit Stuhlbein und Weinflasche auf die Rue Beaujolais hinauszujagen.

Als die Männer am Nebentisch sich ostentativ wieder um ihren eigenen Kram kümmerten, wickelte Polanyi den Orden sorgfältig wieder ein und steckte ihn in die Innentasche seines Jacketts.

«Sein Todeskampf war lang», sagte Morath. «Er hatte keine Schmerzen, und er war nicht traurig – nur seine eigensinnige Seele wollte einfach nicht gehen.»

Von Polanyi kam nur ein leiser Seufzer der Genugtuung, als er von dem Kalbfleisch kostete.

«Außerdem», fuhr Morath fort, «soll ich dir etwas von ihm ausrichten.»

Polanyi zog die Brauen hoch.

«Es hat etwas mit dem Tod seines Großvaters zu tun, der, so meinte er, fünfundneunzig geworden und in demselben Bett gestorben war. Die Familie spürte, dass seine Zeit gekommen war, und hatte sich vollzählig um ihn versammelt. Auf einmal wurde der Alte ganz aufgeregt und fing an zu reden. Sandor musste sich dicht über ihn beugen, um ihn zu verstehen. ‹Denk dran›, flüsterte er, ‹das Leben ist, wie wenn man Honig …› Er sagte es drei- oder viermal, und Sandor wartete darauf, dass er den Satz vollendete. Schließlich fiel es dem Großvater wieder ein: ‹… wie wenn man Honig von einem Dorn leckt.›»

Polanyi lächelte über die Geschichte. «Es ist zwanzig Jahre her», sagte er, «dass ich ihn das letzte Mal gesehen habe. Als es nicht mehr zu Ungarn gehörte, wollte ich nichts mehr damit zu tun haben. Ich wusste, dass sie es zugrunde richten würden.» Er probierte den Wein und nahm dann einen kräftigen Schluck. «Möchtest du auch, Nicholas? Ich lasse dir ein Glas bringen.»

«Nein, danke.»

«Ich wollte nicht hinfahren», sagte Polanyi. «Das war schwach von mir. Ich wusste es auch.» Er zuckte mit den Achseln, verzieh sich selbst.

«Er hat es dir nicht nachgetragen.»

«Nein, er hat mich verstanden. War seine Familie da?»

«Ja, die ganze Mannschaft. Töchter, ein Sohn, Nichten und Neffen, seine Brüder.»

«Ferenc.»

«Ja, Ferenc. Sie hatten die Spiegel zur Wand gedreht. Eine alte Dame – sie war imposant, sie weinte, lachte, briet mir ein Ei –, sie konnte nicht aufhören, davon zu reden. Wenn die Seele den Körper verlässt, darf sie sich auf keinen Fall im Spiegel sehen. Sonst könnte sie nämlich Gefallen daran finden, sich zu betrachten, und wiederkommen, immer und immer wieder.»

«Meine würde das nicht tun. Haben sie auch die Wanne mit Wasser rausgestellt?»

«Ja, vor die Tür. Damit der Tod seine Sense drin waschen kann. Sonst müsste er bis zum Fluss hinuntergehen, und binnen eines Jahres würde noch jemand im Haus sterben.»

Polanyi verspeiste ein Stück Brot, das er in die Sauce getaucht hatte. Als er aufblickte, ging gerade der Kellner vorbei. «Hyacinthe, *s'il vous plaît*, ein Glas für meinen Neffen. Und wenn Sie schon dabei sind, noch eine Karaffe.»

Nach dem Essen vertraten sie sich im Park des Palais Royal die Füße. Ein dunkler Nachmittag, ewige Abenddämmerung. Wie zwei Geister im Mantel wandelten Polanyi und Morath vor den grauen Ästen des winterlichen Bosketts dahin.

Polanyi wollte hören, wie es um Österreich bestellt war. Er wusste, dass die Wehrmacht an den Grenzen stand, bereit zum Einmarsch, um die von den österreichischen Nazis organisierten «Unruhen» zu unterdrücken. «Wenn Hitler seinen Anschluss bekommt, gibt es Krieg in Europa», sagte er.

«Die Fahrt war ein Alptraum», sagte Morath. Ein Alptraum, der mit einem grotesken Zwischenfall begann – einer Prügelei zwischen zwei deutschen Mundharmonikavertretern im Gang eines Erste-Klasse-Wagens. «Stell dir vor, zwei untersetzte Männer, beide schnurrbärtig, die sich anbrüllen und mit ihren kleinen weißen Fäusten aufeinander eindreschen. Als wir sie endlich getrennt hatten, waren sie beide puterrot. Wir haben sie genötigt, sich zu setzen, und ihnen Wasser gegeben. Wir hatten Angst, einer von ihnen könnte tot umfallen, dann hätte der Schaffner den Zug anhalten und die Polizei rufen müssen. Und das wollte *niemand* in dem Waggon.»

«Das hat bestimmt in Bukarest angefangen», sagte Polanyi. Rumänien, erklärte er, war gezwungen worden, seine Weizenernte an Deutschland zu verkaufen, und das Reichsfinanzministerium hatte sich geweigert, die Lieferungen in Reichsmark zu bezahlen. Stattdessen hatten sie einen Tauschhandel vorgeschlagen: Die Rumänen sollten sich zwischen Aspirin, Leicas und Mundharmonikas entscheiden.

«Aber das war erst der Anfang», sagte Morath. «Da waren wir noch in Westungarn.» Beim Aufenthalt in Wien hatte sich ein Mann in Moraths Alter, blass und zitternd, auf den Platz ihm gegenüber gesetzt. Als die Familie, die den Rest des Abteils belegt hatte, in den Speisewagen ging, waren sie ins Gespräch gekommen.

Der Mann war Wiener Jude und Arzt, Geburtshelfer. Er erzählte Morath, die jüdischen Gemeinden in Österreich seien im Lauf eines Tages und einer Nacht zerschlagen worden. Es geschah plötzlich, sagte er, chaotisch, nicht wie in Berlin. Morath wusste, was er damit meinte, einen bestimmten Stil der Verfolgung – die langsame, systematische Arbeit von Beamten. «Schreibtischtäter» nannte er sie.

Die Nazibanden hatten in der Stadt furchtbar gewütet, angeführt von österreichischen SS- und SA-Männern. Sie hatten Juden – die ihnen von den Hausmeistern benannt wurden – aus ihren Wohnungen geholt und sie Parolen für den gewählten Kanzler Schuschnigg, dessen Volksbefragung Hitler vereitelt hatte, von den Wänden schrubben lassen. In dem reichen jüdischen Vorort Währing hatten sie Frauen gezwungen, im Pelzmantel auf Händen und Knien die Straßen zu säubern, sich dann über sie gestellt und ihnen auf den Kopf uriniert.

Morath begann sich Sorgen zu machen, der Mann drohte vor seinen Augen zusammenzubrechen. Er bot ihm eine Zigarette an. Danke, er sei Nichtraucher. Vielleicht einen Kognak? Morath erbot sich, ihm einen aus dem Speisewagen zu holen. Der Mann schüttelte den Kopf – wozu? «Wir sind erledigt», sagte er. Achthundert Jahre jüdisches Leben in einer einzigen Nacht ausgelöscht. Im Krankenhaus, eine Stunde bevor der Mann geflüchtet war, hatte eine Frau ihr Neugeborenes auf den Arm genommen und war im obersten Stock aus dem Fenster gesprungen. Andere Patienten krochen aus ihren Betten und flohen auf die Straße. Ein junger Assistenzarzt sagte, er habe am Abend zuvor in einem Lokal mit angesehen, wie ein Mann am Tresen ein Rasiermesser aus der Tasche zog und sich die Kehle durchschnitt.

«Waren Sie denn nicht vorgewarnt?», erkundigte sich Morath.

«Schon. Immer mehr Ämter wurden mit Antisemiten besetzt», sagte der Mann. «Aber deswegen verkauft man doch nicht gleich sein Haus. Erst ungefähr vor einem Monat sind ein paar Leute außer Landes gegangen.» Natürlich seien einige 1933 ausgewandert, als Hitler an die Macht gekommen war. Er hatte in *Mein Kampf* angekündigt, er beabsichtige, Österreich mit Deutschland zu vereinigen. *Ein Volk, ein Reich, ein Führer!* Aber die politische Entwicklung vorhersehen – da könne man auch gleich Nostradamus lesen. Seine Frau und seine Kinder habe er Gott sei Dank in der letzten Februarwoche auf einen Donaudampfer nach Budapest gesetzt. «Das haben wir ihrem Bruder zu verdanken. Er ist zu uns gekommen und hat uns beschworen, das Land zu verlassen. Es gab Streit, Tränen bei meiner Frau, dicke Luft. Zum Schluss war ich so wütend, dass ich ihm seinen Willen ließ.»

«Aber Sie sind geblieben», sagte Morath.

«Ich musste mich um meine Patientinnen kümmern.»

Eine Weile schwiegen sie. Draußen rannten Jungen mit Hakenkreuzfahnen über den Bahnsteig und brüllten mit erregt verzerrten Gesichtern im Sprechchor irgendwelche Parolen.

Polanyi und Morath setzten sich auf eine Parkbank. Hier war es ruhig und friedlich. Ein paar Spatzen pickten nach Krümeln von einem Baguette, ein kleines Mädchen in einem Mantel mit Samtkragen versuchte unter den wachsamen Augen der Kinderfrau, einen Reifen zu treiben.

«In Amstetten», sagte Morath, «haben sie an einem Bahnübergang gestanden und den Zug mit Steinen beworfen. Polizei war da, aber die standen mit verschränkten Armen herum, sie waren als Zuschauer gekommen. Sie haben gelacht, es war eine Art Volksbelustigung. Das Schlimmste war, dass man es einfach nicht glauben konnte. Mir ging der Gedanke durch den Kopf, dass die sich das schon seit langem gewünscht haben. Unter all dem Schmalz und Schlagobers hat *das* gelegen.»

«Ihre kostbare Wut», sagte Polanyi. «Du weißt sicher, was ich meine.»

«Ja.»

«Es ist eine ganz besondere Art von Wut. Der jähe Ausbruch von Zorn, der auf Verzweiflung beruht. Die Deutschen halten das für einen Grundzug ihres Volkscharakters; lange leiden sie still vor sich hin, und plötzlich explodieren sie. Denk an Hitlers Reden, irgendwann kommt jedes Mal der Satz: ‹Wie lange müssen wir es noch ertragen, dass …›, was auch immer. Er kann einfach nicht anders.» Polanyi legte eine kleine Pause ein. «Und jetzt, nach dem Anschluss, werden wir auch an unserer Grenze das Vergnügen ihrer Gesellschaft haben.»

«Wird irgendwas passieren?»

«Uns?»

«Ja.»

«Kaum. Horthy wird zu Hitler zitiert werden, er wird einen Bückling nach dem anderen machen und sich mit allem einverstanden erklären. Du weißt ja, er hat exzellente Manieren. Natürlich werden wir nicht alles tun, wozu wir uns bereit erklärt haben, aber trotzdem werden wir uns nicht bis zum Schluss unsere Unschuld bewahren können. Das ist unmöglich. Und das wird uns teuer zu stehen kommen.»

Eine Zeit lang sahen sie den Leuten zu, die auf den Kieswegen vorbeigingen, dann sagte Polanyi: «Dieser Park wird wunderschön sein im Frühling. Die ganze Stadt.»

«Hoffentlich ist es bald so weit.»

Polanyi nickte. «Weißt du», sagte er, «sie führen zwar Kriege, die Franzosen, aber ihr Land, ihr Paris, wird nie zerstört. Hast du dich schon mal gefragt, wie sie das anstellen?»

«Sie sind halt gewitzt.»

«Ja, das sind sie. Doch sie sind auch tapfer. Bis zur Tollkühnheit. Aber nicht dadurch retten sie, was sie lieben. Das erreichen sie durch Kriecherei.»

Der elfte März, dachte Morath. Zu kalt, um auf einer Parkbank zu sitzen. Die Luft war eigentümlich feucht, schneidend, wie in nasser Erde gekühlt. Als Sprühregen einsetzte, standen Morath und Polanyi auf und gingen unter den Arkaden zurück, vorbei an einem berühmten Hutmacher, einem Geschäft, in dem es teure Puppen gab, einer Münzhandlung.

«Und der Wiener Arzt?», erkundigte sich Polanyi.

«Ist in Paris angekommen, lange nach Mitternacht. Obwohl man ihm an der deutschen Grenze prompt Schwierigkeiten gemacht hat. Sie wollten ihn nach Wien zurückschicken, angeblich hat mit seinen Papieren etwas nicht gestimmt. Ein Datum. Ich habe während der ganzen widerwärtigen Prozedur neben ihm gestanden. Schließlich hab ich es nicht mehr ausgehalten und mich eingemischt.»

«Und, was hast du gemacht?»

Morath zuckte die Achseln. «Sie auf eine bestimmte Art angesehen. Auf eine bestimmte Art mit ihnen geredet.»

«Und es hat funktioniert.»

«Diesmal noch.»

Théâtre des Catacombes, 4. April 1938, 21.20 Uhr.

«Ob ich ihn kenne? Ja, ich kenne ihn. Seine Frau schläft jeden Donnerstagnachmittag mit meiner Frau.»

«Wirklich? Wo?»

«Im Dienstmädchenzimmer.»

Kein Bühnendialog – *wenn es das doch wäre*, dachte Morath –, sondern ein Gespräch, das er in der Pause im Foyer mithörte. Morath und Cara erregten Aufsehen, als sie sich einen Weg durch das Gewühl bahnten. Die Blicke waren höflich, verstohlen. Ein interessantes Paar. Caras Gesicht war nicht das Beste an ihr – es war weich und schlicht, prägte sich nicht ein. Das Beste an ihr waren ihr langes, honigblondes Haar, ihre schönen Seidentücher und die immer neuen Arten, wie sie die Menschen dazu brachte, sie zu begehren. Für den Abend in dem Avantgarde-Theater hatte sie einen Zigeunerinnenrock mit passenden großen Ohrringen und weiche Lederstiefel mit Stulpen ausgewählt.

Morath wirkte größer, als er war. Er hatte schwarzes Haar, dicht, schwer, nach hinten gekämmt, und einen strengen Zug um die Augen, «grün», laut Reisepass, in Wahrheit aber fast schwarz, und all diese dunklen Töne ließen ihn blass erscheinen, wie einen *décadent* des *fin-de-siècle*. Einmal hatte er einen Filmproduzenten kennen gelernt, ein Freund hatte ihn ihm bei Fouquet vorgestellt. «Normalerweise mache ich Gangsterfilme», hatte der Mann ihm lächelnd mitgeteilt. «Oder, na ja, Melodramen.» Zu dem Zeitpunkt stand er jedoch kurz vor Beginn der Dreharbeiten zu einem Kostümfilm. Ein Epos mit großer Besetzung, eine Neuverfilmung von *Taras Bulba*. Ob Morath schon einmal vor der Kamera gestanden habe. Er könne ihn sich gut als «Stammesfürsten» vorstellen. Der Freund des Produzenten, ein dürrer kleiner Mann, der wie Trotzki aussah, ergänzte: «Vielleicht ein Khan.»

Aber sie irrten sich. Morath lebte seit achtzehn Jahren in Paris, und das Emigrantenleben mit seiner appetitanregenden Anonymität, dem Eintauchen ins Großstadtleben, das nur aus Leidenschaft, Lust und schlechter Philosophie bestand, hatte sein Aussehen verändert. Das bedeutete, dass er mehr Erfolg bei Frauen hatte und niemand sich scheute, ihn nach dem Weg zu fragen. Und doch, was der Produzent gesehen hatte, war immer noch da, irgendwo, dicht unter der Oberfläche. Vor Jahren, am Ende einer kurzen Liebesaffäre, hatte eine Französin zu ihm gesagt: «Du bist ja gar nicht grausam.» Es hatte fast ein wenig enttäuscht geklungen.

II. Akt. *Ein Raum in der Vorhölle – Am nächsten Tag*

Morath verlagerte sein Gewicht, ein vergeblicher Versuch, es sich auf dem vermaledeiten Stuhl bequem zu machen. Er schlug die Beine übereinander, lehnte sich auf die andere Seite. Cara drückte seinen Arm: *Hör auf damit.* Die auf einen Holzrahmen geschraubten Stühle standen in Zwölferreihen. Er fragte sich, wo Montrouchet die her hatte. Bestimmt aus irgendeiner längst geschlossenen Anstalt. Einem Gefängnis? Einer Schule für missratene Kinder?

Auf der Bühne rückten die Sieben Todsünden einem mürrischen Jedermann auf den Leib. Der Ärmste saß auf einem Hocker, in ein graues Tuch gehüllt. «Ah, aber du hast während ihres Begräbnisses geschlafen.» Diese wohlmeinende Frau, nicht mehr die Jüngste, war vermutlich die Trägheit – obwohl Morath sich schon zwei- oder dreimal vertan hatte, als er ernsthaft versuchte, der Handlung zu folgen. Sie hatten verschwommene Konturen, die Sünden. Daran war entweder der Dramatiker schuld oder der Satan – Morath war sich da nicht sicher. Der Stolz war habsüchtig, wie ihm schien, und die Habsucht spielte bei jeder Gelegenheit den Neid an die Wand. Aber was konnte man von der Habsucht schon anderes erwarten.

Dagegen war die Unmäßigkeit gar nicht so übel. Ein dicklicher junger Mann aus der Provinz, nach Paris gekommen, um sein Glück am Theater oder beim Film zu versuchen. Das Dumme war nur, der Autor hatte ihm fast nichts zu tun gegeben. Was durfte er zu dem armen toten Jedermann sagen? «Du hast zu viel gegessen!» Na ja, er machte das Beste aus dem bisschen, das ihm vergönnt war. Vielleicht würde sich ein prominenter Regisseur oder Produzent das Stück ansehen, man weiß ja nie.

Aber man wusste es doch. Morath schaute in das Programm, das er auf dem Schoß hatte, die einzige erlaubte Zerstreuung in dem weißen Nebel, der von der Bühne wallte. Der hintere Umschlag war der Eigenwerbung gewidmet: Der Kritiker des *Flambeau Rouge*, der *Roten Fackel*, hatte das Stück «Provokant!» gefunden. Darunter ein Zitat von Lamont Higson aus dem *Paris Herald*: «Als einziges Pariser Theater hat das Théâtre des Catacombes neulich sowohl Racine als auch Corneille mit nackten Schauspielern auf die Bühne gebracht.» Es folgte eine Liste von Förderern, unter ihnen auch eine Mlle. Cara Dionello. Na ja, warum nicht, dachte er. So spendeten wenigstens einige der bedauernswerten argentinischen Rinder, die die Rampe zum Schlachthof hinabtrotteten, der Menschheit noch etwas anderes als Roastbeef.

Das Theater lag tief im Herzen des V. Arrondissements. Ursprünglich hatte Montrouchet seine Aufführungen direkt in den Katakomben auf die Bühne bringen wollen, aber die Stadtverwaltung hatte sich sonderbarerweise nicht mit dem Gedanken anfreunden können, Schauspieler in den modrigen Beinhäusern unter der Métro Denfert Rochereau herumgeistern zu lassen. So hatte er sich schließlich mit einer Wandmalerei im Foyer begnügen müssen: Haufen clownsweißer Totenschädel und Oberschenkelknochen vor tiefschwarzem Hintergrund.

«Was, das hast du vergessen? Die Nacht am Fluss?» Morath tauchte aus seiner Träumerei auf und stellte fest, dass die Unzucht, durchaus passend mit einer vielleicht Siebzehnjährigen besetzt, diesen Text geflüstert hatte, während sie auf dem Bauch über die Bühne rutschte. Cara fasste ihn am Arm, diesmal sanfter.

Morath schlief diese Nacht nicht in der Avenue Bourdonnais, sondern in seiner Wohnung in der Rue Richelieu und ging am nächsten Morgen früh aus dem Haus, weil er den Nord Express nach Antwerpen erreichen musste. Es war ein grundsolider Zug: Die Schaffner waren flink und beflissen, die Abteile voller Soldaten des Kommerzes, die diesen alten Handelsweg entlangmarschierten. Abgesehen von den Schienenstößen war das einzige Geräusch in Moraths Coupé das Rascheln des Zeitungspapiers, wenn er den *Figaro* nach dem Umblättern straff zog.

In Wien, so las er, sollte der Anschluss durch eine Volksbefragung sanktioniert werden; der österreichische Wähler war jetzt angeblich bereit, mit Ja zu stimmen, um sich keine blutige Nase zu holen. Das war, wie Hitler in einer Rede am neunten April erklärte, das Werk der Vorsehung.

> «Es gibt eine höhere Bestimmung, und wir alle sind nichts als ihre Werkzeuge. Als am neunten März Herr Schuschnigg sein Abkommen brach, da fühlte ich in dieser Sekunde, daß nun der Ruf der Vorsehung an mich ergangen war. Und was sich dann abspielte in drei Tagen, war auch nur denkbar im Vollzug eines Wunsches und Willens dieser Vorsehung. Ich möchte dem danken, der mich zurückkehren ließ in meine Heimat, auf daß ich sie nun hineinführe in mein Deutsches Reich! Möge am morgigen Tage jeder Deutsche die Stunde erkennen, sie ermessen und sich in Demut verbeugen vor dem Willen des Allmächtigen, der in wenigen Wochen ein Wunder an uns vollzogen hat!»

Österreich gab es also nicht mehr.

Und der Allmächtige, nicht ganz zufrieden mit seinem Werk, hatte beschlossen, dass der verwirrte Dr. Schuschnigg unter Bewachung durch die Gestapo in einem kleinen Zimmer im fünften Stock des Hotels Metropol inhaftiert werden müsse.

Fürs Erste hatte Morath genug. Er legte die Zeitung weg und schaute auf wohlbestellte flämische Erde hinaus. In der

Fensterscheibe spiegelte sich der Geschäftsmann Morath – sehr guter dunkler Anzug, schlichte Krawatte, makelloses Hemd. Er reiste nach Norden, um sich mit Monsieur Antoine Hooryckx zu treffen, in Wirtschaftskreisen besser bekannt als «Hooryckx, der Seifenkönig von Antwerpen».

Im Jahre 1928 war Nicholas Morath gleichberechtigter Teilhaber der Agence Courtmain geworden, einer kleinen, einigermaßen erfolgreichen Werbeagentur. Das war ein unverhofftes, überwältigendes Geschenk von Onkel Janos gewesen. Er hatte Morath zum Mittagessen auf einem der Restaurantschiffe gebeten und ihn während der gemächlichen Fahrt unter den Seinebrücken hindurch von seinem neuen Status unterrichtet. «Irgendwann bekommst du sowieso alles», hatte der Onkel gesagt, «also kannst du genauso gut jetzt schon davon profitieren.» Polanyis Frau und Kinder waren versorgt, das wusste Morath, aber das richtige Geld, die tausende von Quadratkilometern Weizenfelder in der Puszta einschließlich Dörfern und Bauern, das kleine Bauxit-Bergwerk und das große Portefeuille kanadischer Eisenbahnaktien würden ihm, zusammen mit dem Titel, beim Tod des Onkels zufallen.

Aber Morath hatte es nicht eilig. Polanyi würde noch lange leben, und seinem Neffen war es recht. Für Graf Polanyi war es praktisch, dass Nicholas, da er nun ein regelmäßiges Einkommen hatte, zur Stelle war, wenn er ihn brauchte. Moraths Anteil am Gewinn reichte vorläufig für Aperitifs und Geliebte sowie für eine etwas schäbige Wohnung mit einer leidlich guten Adresse.

Eine wahrhaft *bonne adresse* hatte die Agence Courtmain, aber als Werbeagentur musste sie natürlich vor allem ihren eigenen Erfolg plakatieren. Sie tat dies – abgesehen von den guten Diensten verschiedener Anwälte, Börsenmakler und libanesischer Bankiers –, indem sie in einer sündhaft teuren Bürosuite an der Avenue Matignon residierte. Wahrscheinlich, so mutmaßte Courtmain, gehöre das Gebäude – der Name der *societé anonyme*, die es vermietete, ließ keine Rückschlüsse zu – einem «Kuhbauern aus der Auvergne».

Courtmain, der Morath gegenübersaß, ließ seine Zeitung sinken und schaute auf die Uhr.

«Pünktlich?», frage Morath.

Sein Partner nickte. Er war ebenfalls sehr gut gekleidet. Emile Courtmain war knapp über vierzig. Er hatte weißes Haar, schmale Lippen und graue Augen und strahlte eine kühle Distanz aus, die fast jeder unwiderstehlich anziehend fand. Er lächelte selten, hatte einen offenen, forschenden Blick und sagte wenig. Er war entweder genial oder dumm – niemand wusste es, und es schien auch nicht weiter wichtig zu sein. Was für ein Leben er nach sieben Uhr abends führte, war völlig unbekannt. Einer der Werbetexter behauptete, wenn alle anderen das Büro verlassen hätten, würde Courtmain sich selbst in den Schrank hängen und dort auf den nächsten Tag warten.

«In den Betrieb müssen wir nicht, oder?», fragte Morath.

«Nein.»

Morath war erleichtert. Der Seifenkönig hatte sie vor einem Jahr einmal in die Fabrik mitgenommen, damit sie nicht vergaßen, wer sie waren, wer er war und was die Welt regierte. Sie vergaßen es nicht. Riesige, brodelnde Bottiche mit Tierfett, schimmelige Knochenhaufen, Kessel, in denen Lauge auf kleiner Flamme blubberte. Endstation für die meisten Arbeits- und Kutschpferde Nordbelgiens. «Waschen Sie sich damit einfach gründlich Ihre Kehrseite!», rief Hooryckx und tauchte wie ein Industrieteufel aus einer Wolke von gelbem Dampf auf.

Sie kamen pünktlich auf die Minute in Antwerpen an und stiegen vor dem Bahnhof in ein Taxi. Courtmain gab dem Fahrer komplizierte Anweisungen – Hooryckx' Büros lagen am Ende eines krummen Sträßchens am Rand des Hafenviertels. Es waren nur ein paar Räume in einem herrschaftlichen, aber heruntergekommenen Gebäude. «Die Welt sagt mir, dass ich ein reicher Mann bin», sagte Hooryckx immer. «Und dann nimmt sie mir alles, was ich besitze.»

Im Fond des Taxis kramte Courtmain in seinem Aktenkoffer und holte ein Fläschchen Toilettenwasser der Marke Zouave hervor; auf dem Etikett prangte ein finster dreinblickender Soldat mit einem martialischen Schnurrbart. Das war ebenfalls ein Produkt von Hooryckx, wenn auch längst kein so beliebtes wie die Seife. Courtmain schraubte die Kappe ab, schüttete sich etwas auf die Hand und gab Morath das Fläschchen. Sie rieben sich das Gesicht damit ein und stanken wie Jungen vom Lande am Samstagabend in der Stadt. «Ah», sagte Courtmain, während der betäubende Geruch sich im Auto ausbreitete, «das beste Freudenhaus in Istanbul.»

Hooryckx freute sich, die beiden Männer zu sehen. «Ah, die Jungs aus Paris!» Er hatte einen gewaltigen Schmerbauch und eine Frisur wie ein Cartoon-Männchen, das den Finger in eine Steckdose hält. Courtmain nahm eine farbige Zeichnung aus seinem Aktenkoffer. Hooryckx sagte seiner Sekretärin mit einem Augenzwinkern, sie solle den Werbeleiter holen. «Mein Schwiegersohn», sagte er. Der Mann erschien nach ein paar Minuten. Courtmain legte die Zeichnung auf den Tisch, und sie stellten sich alle davor und betrachteten sie.

Vor einem königsblauen Himmel schwebten zwei weiße Schwäne, darunter der Schriftzug *«Deux Cygnes ...»* Das war etwas Neues. Im Vorjahr hatten sie in ihrer Anzeigenwerbung eine attraktive junge Mutter mit Schürze präsentiert, die ihrer kleinen Tochter ein Stück *Deux Cygnes* zeigte.

«Aha», sagte Hooryckx. «Was bedeuten die drei Punkte?»

«Zwei Schwäne ...» sagte Courtmain und legte eine Kunstpause ein. «Die Zartheit, die Anmut des Augenblicks lässt sich nicht in Worte fassen.»

«Sollten sie nicht besser schwimmen?», fragte Hooryckx.

Courtmain griff in seinen Aktenkoffer und brachte die

Schwimmvariante zum Vorschein. Seine Cheftexterin hatte ihn vorgewarnt, dass das passieren würde. Jetzt glitten die Schwäne majestätisch über einen von Schilf gesäumten Teich.

Hooryckx kniff den Mund zusammen.

«Mir gefällt es, wenn sie fliegen», sagte der Schwiegersohn. «Es hat mehr Schick, nein?»

«Was meinen Sie?», erkundigte sich Hooryckx bei Morath.

«Sie verkaufen an Frauen», sagte Morath.

«Ja, und?»

«So fühlen sie sich, wenn sie die Seife benutzen.»

Hooryckx verglich die beiden Bilder. «Aber manchmal fliegen Schwäne auch», sagte er.

Morath zögerte kurz und nickte dann. *Manchmal, ja.*

Courtmain legte eine dritte Version vor. Fliegende Schwäne, diesmal vor einem aquamarinblauen Himmel.

«Bah», sagte Hooryckx.

Courtmain ließ den Entwurf verschwinden.

Der Schwiegersohn wünschte sich eine Wolke, ein Wölkchen – nur ein heller Wischer auf der blauen Fläche. Courtmain überlegte. «Sehr teuer», sagte er.

«Aber eine hervorragende Idee, Louis», sagte Hooryckx. «Kann ich mir gut vorstellen.»

Hooryckx tippte mit den Fingern auf den Schreibtisch. «Es ist schön, wenn sie fliegen, aber mir fehlen die geschwungenen Hälse.»

«Wir können es probieren», sagte Courtmain.

Hooryckx starrte ein paar Sekunden ins Leere. «Nein, es ist besser so.»

Nach dem Mittagessen fuhr Courtmain zu einem potentiellen Klienten, und Morath machte sich ins Geschäftsviertel auf. Er betrat einen Laden namens Homme du Monde, dessen Auslage mit eleganten Schaufensterpuppen im Smoking dekoriert war. Drinnen war es viel zu warm. Eine kniende Angestellte mit dem Mund voller Stecknadeln half einem Kunden, der eine Abendhose anprobierte.

«Madame Golsztahn?», sagte Morath.

«Einen Moment bitte, Monsieur.»

Ein Vorhang im Hintergrund wurde beiseite gezogen, und Madame Golsztahn erschien. «Ja, bitte?»

«Ich bin heute Vormittag aus Paris gekommen.»

«Ach, Sie sind's», sagte sie. «Kommen Sie mit nach hinten.»

Hinter dem Vorhang plättete ein Mann an der Bügelmaschine Hosen. Mit einem Fußpedal erzeugte er einen laut zischenden Dampfstrahl. Madame Golsztahn führte Morath an einem langen Gestell mit Smokings und Fräcken vorbei zu einem ramponierten Schreibtisch, dessen Fächer mit Leihscheinen voll gestopft waren. Sie kannten sich nicht, aber Morath wusste einiges über sie. In jüngeren Jahren war sie in Budapest für ihre Liebesaffären berühmt gewesen, Gegenstand von Gedichten in kleinen Zeitschriften, Ursache von einigen Skandalen und angeblich einem Selbstmord durch einen Sprung von der Elisabethbrücke. Er spürte es, wie er so neben ihr stand. *Wie die Strömung eines Flusses.* Ein verlebtes Gesicht und grell ziegelrote Haare über einem Tänzerinnenkörper in engem schwarzem Pullover und schwarzem Rock. Sie bedachte ihn mit einem provozierenden Lächeln, las seine Gedanken, wäre nicht abgeneigt gewesen, strich sich dann das Haar aus der Stirn. Ein Radio spielte, Schumann vielleicht, Geigen, etwas außerordentlich Sentimentales, dazwischen alle paar Sekunden das laute Zischen der Bügelmaschine. «Also dann», sagte sie, obwohl eigentlich noch nichts geschehen war.

«Gehen wir in ein Café?»

«Besser, wir bleiben hier.»

Sie setzten sich nebeneinander an den Schreibtisch, sie zündete sich eine Zigarette an, behielt sie im Mund und blinzelte, weil ihr der Rauch in die Augen stieg. Sie fand den Zettel, den sie gesucht hatte, drehte ihn um und strich ihn glatt. Morath sah ein paar Buchstaben und Zahlen, einige davon umrandet. «Eine chiffrierte Gedächtnisstütze», sagte sie. «Jetzt muss mir nur das System wieder einfallen.»

«Ach ja», meinte sie schließlich, «hier ist der Freund Ihres Onkels in Budapest, wir wollen ihn den ‹höheren Polizeibeamten› nennen. Er stellt fest, dass ‹seit dem zehnten März vieles auf rege Tätigkeit in allen Teilen des *Nyilas*-Milieus hinweist›.» *Nielosch* – sie sprach es betont neutral aus. Gemeint waren die Pfeilkreuzler, astreine Hitler-Faschisten; das E.M.E., das auf Bombenattentate gegen Frauen spezialisiert war, der *Kereszteny Kurzus*, der Christliche Kurs, der viel mehr war als nur «christlich», und die verschiedenen anderen großen und kleinen Gruppierungen.

«Am fünften März», sagte sie, «ein Brand in einem Schuppen im achten Bezirk. Wie in *Csikago* – Chicago, bekannt für Fabriken und Gangster – wurde die Polizei gerufen, nachdem man festgestellt hatte, dass dort Gewehre und Pistolen gelagert worden waren.»

Sie hustete, wobei sie sich den Handrücken an den Mund hielt, und legte die Zigarette auf den Rand der Schreibtischplatte, die schon eine ganze Reihe brauner Narben zierte. «Ein Pfeilkreuzler, von Beruf Schreiner, in Haft wegen Verunstaltung öffentlicher Gebäude, verfügte offenbar über die private Telefonnummer des deutschen Handelsattachés. In Szeged ein Informant der Polizei, ermordet am sechsten März. Acht junge Männer, Mitglieder des Studentenbundes *Turul*, wurden dabei erwischt, dass sie die Kaserne in Arad beobachteten. Ein Möbelwagen, der in einer Gasse nicht weit vom Südbahnhof abgestellt war, wurde von der Polizei durchsucht, nachdem sie einen Tipp von der vergrätzten Frau des Fahrers bekommen hatte. Ein schweres Berthier-Maschinengewehr wurde gefunden, mit fünfundachtzig Gurt Munition.»

«Ich sehe schon, ich muss mir Notizen machen», sagte Morath.

Madame Golsztahn suchte seinen Blick. «Sie fahren nirgendwohin, oder?» Sie machte eine Pause. «In den Osten?»

Morath schüttelte den Kopf. «Nein, nur nach Paris. Heute Abend.»

Sie gab ihm einen unbenutzten Leihschein. «Nehmen Sie die Rückseite. Der Polizeibeamte erwähnt, dass ein Bericht über diese Vorkommnisse auf dem üblichen Weg an das Büro von Oberst Sombor in der ungarischen Gesandtschaft in Paris geschickt wurde.»

«Einen Moment bitte», sagte Morath. Er war noch nicht ganz mitgekommen. Sombor hatte in der Gesandtschaft etwas mit der Sicherheit zu tun – er trug denselben Namen wie der Chef der Geheimpolizei, der aus einer Stadt in Südungarn stammte. Das bedeutete in der Regel, dass es sich um Ungarn deutscher Abstammung handelte, um Donauschwaben.

Als er aufschaute, fuhr sie fort. «Ein Pfeilkreuzler-Informant berichtet, dass mehrere seiner Kollegen Vorbereitungen treffen, um ihre Familien in der ersten Maiwoche aus der Stadt zu bringen. Und ...» Sie hielt sich den Zettel näher an die Augen. «Was?», sagte sie, und dann: «Oh. Zwei bekannte Agenten des deutschen Nachrichtendienstes, des SD, hatten in ihrem Zimmer im Hotel Gellert Fotos der Baupläne der Polizeiwache im Wasserbezirk und des Justizpalastes. Der Polizeibeamte bemerkt abschließend, dass es etwa drei Dutzend weitere Beispiele gibt, was auf eine politische Aktion in naher Zukunft schließen lasse.»

Es war ruhig im Abendzug nach Paris. Courtmain arbeitete und machte sich Notizen auf einem Block, und Morath las Zeitung. Die Aufmacher beschäftigten sich nach wie vor mit Österreich und dem Anschluss. Der britische Politiker Churchill, Mitglied der konservativen Opposition, wurde in einem

Leitartikel mit einem Ausschnitt aus einer Rede zitiert, die er Ende Februar im Parlament gehalten hatte: «Österreich wurde jetzt an die Kette gelegt, und wir wissen nicht, ob die Tschechoslowakei das gleiche Schicksal erleiden wird.»

Tja, wenn nicht die Tschechoslowakei, dann ...

Morath tastete nach den Zetteln in seiner Tasche. Madame Golsztahn hatte ihren in einer Kaffeetasse verbrannt und die Asche dann noch mit dem Ende eines Bleistifts verteilt.

Von allen Städten liebte Otto Adler Paris am meisten. Er war im Winter 1937 angekommen und hatte sich mitsamt Frau, vier Kindern, zwei Katzen und einem Redaktionsbüro in einem großen, zugigen alten Haus in Saint-Germain-en-Laye eingerichtet, wo er, aus einem Fenster seines Arbeitszimmers, meilenweit über die Dächer von Paris schauen konnte. *Paris – die beste Idee, die die Menschheit je hatte.*

«Schon zum dritten Mal Glück gehabt!», meinte seine Frau. Otto Adler war in Königsberg, der Hauptstadt Ostpreußens, unter Baltendeutschen aufgewachsen. Vom Studium in Berlin kam er als Marxist nach Hause, und in seinem dritten Lebensjahrzehnt wurde er Sozialdemokrat, Journalist und ein armer Schlucker. «Wenn man so bettelarm ist», sagte er gern, «bleibt einem nichts anderes übrig, als eine kleine Zeitschrift zu gründen.» So entstand *Die Aussicht*. Die, wie sich herausstellte, in der volksdeutschen Welt Königsbergs nicht allzu gut ankam. «Dieser gescheiterte Postkartenmaler aus Linz wird die deutsche Kultur zerstören», sagte Adler 1933 über Hitler. Seine Frau schimpfte beim Metzger über die Folgen, zwei eingeschlagene Fensterscheiben, und bald darauf bezogen sie eine große, zugige Altbauwohnung in Wien.

Otto Adler lebte sich dort viel besser ein. «Otto, mein Schatz, ich glaube, du bist dazu geboren, Wiener zu sein», sagte sein Frau. Er hatte ein rosiges, rundes, bartloses Gesicht und ein strahlendes Lächeln und war aller Welt wohlgesinnt –

er war einer dieser großherzigen Menschen, die zornig und gütig zugleich sein und dabei noch über sich selbst lachen können. Er gab weiter seine Zeitschrift heraus. «Wir sollten sie besser *Der Ochse* nennen, weil sie bei jedem Wetter unbeirrt weitertrottet.» Und mit der Zeit floss ihm auch ein bisschen Wiener Geld zu – von progressiven Bankiers, jüdischen Geschäftsleuten, von Gewerkschaftsführern. Als *Die Aussicht* sich einen gewissen Ruf erworben hatte, gelang es ihm, einen Artikel von einem der Götter der deutschsprachigen Literatur zu bekommen, von Karl Kraus, dem ruppigen, geistreichen Satiriker, dessen Jünger – seine Leser, seine Studenten – als Krausianer bezeichnet wurden.

Im Jahre 1937 brachte *Die Aussicht* eine Kurzreportage einer italienischen Journalistin, Frau eines Diplomaten, der an einem von Hermann Görings berüchtigten Diners in der Schorfheide, seinem Jagdhaus, teilgenommen hatte. Zu Suppe und Fisch der übliche Nazi-Frohsinn, doch vor dem Hauptgang verließ Göring die Tafel und kehrte als teutonischer Krieger verkleidet zurück, in einem Hemd aus ungegerbtem Leder und mit einem Bärenfell über der Schulter. Aber das war noch längst nicht alles. Er war mit einem Speer bewaffnet und führte zum Gejohle der Gäste zwei zottige Wisente an einem Geschirr aus Ketten mehrmals durch den Raum. Aber auch damit nicht genug. Ihren krönenden Abschluss fand die Lustbarkeit in der Paarung der Wisente. «Eine denkwürdige Feier», kommentierte *Die Aussicht*. Adlers Kinder wurden von der Schule verwiesen, man kritzelte ihnen mit Kreide ein Hakenkreuz an die Wohnungstür, die Hausgehilfin kündigte, und die Nachbarn grüßten nicht mehr.

Auch das Haus, das sie in Genf fanden, war groß, alt und zugig, doch keiner wurde so recht glücklich darin. Was die Volksdeutschen und die Österreicher über Parteifunktionäre machten, erledigten in der Schweiz die Beamten. Niemand erwähnte die Zeitschrift. Er konnte in der demokratischen

Schweiz scheinbar veröffentlichen, was er wollte, aber das Leben war ein Spinnennetz von Regeln und Vorschriften zu allem und jedem, von der Postzustellung über die Aufenthaltserlaubnis bis hin, so kam es Adler vor, zu der Luft, die man atmete.

Es wurde ziemlich still am Esstisch, als Adler seiner Frau und den Kindern eröffnete, dass sie wieder einmal umziehen müssten. «Ein notwendiges Abenteuer», sagte er mit gewohnt strahlender Miene. Unter dem Tisch hatte seine Frau ihm die Hand aufs Knie gelegt. Also ging's im Dezember 1937 nach Paris. Saint-Germain-en-Laye war, wie sich zeigte, ein klassischer Emigrantenort, ein altehrwürdiges Refugium für Fürstlichkeiten, die in anderen Ländern unerwünscht waren. Es gab eine große Promenade Anglais, wo man stundenlang spazieren gehen konnte, genau das Richtige für wehmütiges Grübeln über die Krone, das Schloss oder die Heimat, die man verloren hatte. Adler fand einen verständnisvollen Drucker, knüpfte Kontakte zur Kolonie der liberalen deutschen Emigranten und drosch weiter auf die Faschisten und die Bolschewiken ein. Das war das Schicksal des Sozialdemokraten, und wer war schon der Mann im Regenmantel am Zeitungskiosk.

Derweil verliebte sich Adler in die Parks von Paris. «Welcher Schwachkopf fährt mit dem Zug, um in einen Park zu gehen?» Einer, der in seinen Aktenkoffer Bücher – Schnitzler, Weininger, Mann, vielleicht Hofmannsthal –, zwei Federhalter und ein Käsebrot packte, sich in den Jardin du Luxembourg setzte und beobachtete, wie das von den Platanen getüpfelte Licht auf dem Kiesweg spielte. Ein paar Centime für den alten Drachen, der die Stühle hütete, und man konnte den Nachmittag in einem Gemälde verbringen.

Anfangs fuhr er nur bei schönem Wetter hin, später auch bei leichtem Regen. Es wurde ihm zur Gewohnheit. Das Frühjahr 1938 tastete sich schon an das heran, was der Sommer bereithalten mochte, und man konnte Otto Adler fast täglich im

Park sehen, wie er mit dem Füllfederhalter einen Leitartikel schrieb oder auch ein kurzes Nickerchen machte.

Per Post lud die Baronin Frei ihren *liebsten Nicholas* ein, sie am sechzehnten April um fünf Uhr nachmittags mit seinem Besuch zu beehren. Morath fuhr mit dem Taxi zur Métro Sèvres-Babylone und ging von dort zu Fuß in die Rue de Villon.

Versteckt in einem Labyrinth schmaler Gässchen, die kreuz und quer über die Grenze zwischen dem VI. und VII. Arrondissement verliefen, war es, wie jedes Paradies, verflixt schwer zu finden. Taxifahrer sahen im Stadtplan nach und fuhren dann in die nach dem mittelalterlichen Banditen und Dichter benannte Rue François Villon in einem fernen Stadtviertel. Bei der Ankunft wurde sowohl dem Fahrer als auch seinem Fahrgast sofort klar, dass dies auf gar keinen Fall die richtige Straße sein konnte.

In die einzig wahre Rue de Villon gelangte man nur durch eine überwölbte Gasse, den Impasse Villon, einen in ewigem Dämmer liegenden Tunnel, der dem Autofahrer viel Augenmaß abverlangte. Je nach Modell und Baujahr glückte es manchmal, wenn auch nur um Haaresbreite, aber man hielt es eigentlich nicht für möglich. Man sah der Gasse nicht an, was einen am anderen Ende erwartete. Wer zufällig vorbeikam, probierte in der Regel sein Glück, während so mancher selbstbewusste Tourist nur einen trotzigen Blick in den Tunnel warf und dann weiterfuhr.

Doch auf der anderen Seite stand eine Reihe von Häusern aus dem siebzehnten Jahrhundert, beschienen von himmlischem Licht und geschützt hinter einem schmiedeeisernen Zaun, der an einer Gartenmauer endete: Rue de Villon 3 bis Rue de Villon 9, eine Abfolge, deren Logik nur der liebe Gott und der Briefträger durchschauten. Am Abend wurde das Sträßchen von Gaslaternen aus der zweiten Hälfte des neunzehnten Jahrhunderts erhellt, die den Efeu, der sich auf der Mauer entlangschlängelte, in weiche Schatten verwandelten. Der Garten gehörte zum Haus Nummer drei – einen schwachen Abdruck der Ziffer konnte man noch auf dem verrosteten Eisentor von der Breite einer Kutsche finden –, dem Besitz der Baronin Lillian Frei. Sie kannte ihre Nachbarn nicht. Die kannten sie nicht.

Ein Dienstmädchen öffnete und geleitete Morath in den Garten. Die Baronin saß am Gartentisch und hielt ihm die Wange zum Kuss hin. «Liebster Freund», sagte sie. «Ich bin ja so glücklich, Sie zu sehen.» Morath wurde es warm ums Herz, er lächelte wie ein Fünfjähriger und küsste sie hocherfreut.

Die Baronin Frei mochte um die sechzig sein. Sie war von Geburt an verwachsen und vornübergekrümmt, ihr Rücken bildete auf einer Seite einen Buckel, der die Schulter weit überragte. Sie hatte schimmernde blaue Augen und weiches, schneeweißes Haar, und ein Strahlen ging von ihr aus wie von der Sonne. Sie war wie immer von ihrer Meute von Vizsla-Hunden umgeben, die Morath beim besten Willen nicht auseinander halten konnte, die aber, wie die Baronin gern ihren Gästen erzählte, einer zahlreichen, kapriziösen, blasierten Hundefamilie angehörten, die in Haus und Garten ein nie endendes romantisches Epos auslebte. Korto, der Sohn von Fina, liebte Malya, seine eigene Tochter von der stolzen, längst dahingeschiedenen Moselda. Natürlich konnten sie aus Gründen der züchterischen Disziplin nicht «zusammenkommen», und so musste die edle Malya, wenn sie läufig war, ihr Leben in der Küche fristen, und der arme Korto lag derweil mit dem Kopf auf den Vorderpfoten auf dem Kiesweg, oder er stellte sich auf die Hinterbeine, spähte kurzsichtig in die Fenster und bellte, bis das Hausmädchen einen Lumpen nach ihm warf.

Jetzt tollten sie Morath um die Beine, und er bückte sich, um ihre seidigen Flanken zu streicheln.

«Ja», sagte die Baronin, «das ist euer Freund Nicholas.»

Die Vizslas waren schnell. Ehe er sich's versah, bekam Morath einen feuchten Schmatz aufs Auge.

«Korto!»

«Nein, nein, ich fühle mich ja geschmeichelt.»

Der Hund klopfte mit den Vorderpfoten auf den Rasen.

«Was, Korto, du willst jagen?»

Morath kraulte ihn ein bisschen, und er winselte vor Behagen.

«Willst du in den Wald?»

Korto tänzelte zur Seite – *fang mich*.

«Ein Bär? Wie wär's damit?»

«Er würde nie weglaufen», sagte die Baronin. Und dann, zu dem Hund gewandt: «Oder doch, Korto?»

Korto wedelte mit dem Schwanz, Morath richtete sich auf und setzte sich zu der Baronin an den Tisch.

«Mut in Reinkultur», sagte sie. «Und die letzten fünf Minuten seines Lebens wären die besten.» Das Hausmädchen erschien. Sie schob einen Servierwagen mit einer Glasplatte und einem quietschenden Rad vor sich her. Sie stellte ein Tablett mit Gebäck auf den Tisch, goss eine Tasse Tee ein und stellte sie Morath hin. Die silberne Zange in der Hand, musterte die Baronin das Gebäck. «Wollen wir mal sehen …»

Eine Hefeteigrolle, mit Walnüssen und Rosinen gefüllt. Die leicht mit Puderzucker bestäubte Kruste war noch ofenwarm.

«Na?»

«Wie im Café Ruszwurm. Besser.»

Die Baronin quittierte die Lüge mit einem grazilen Kopfnicken. Unter dem Tisch Hundegewimmel. «Ihr müsst noch warten, meine Lieblinge», sagte die Baronin. Ihr Lächeln war nachsichtig, unendlich gütig. Morath war einmal vormittags zu Besuch gekommen und hatte zwanzig mit Butter bestrichene Scheiben Toast auf dem Frühstückstablett der Baronin gezählt.

«Ich war letzte Woche in Budapest», sagte sie.

«Und, wie war's?»

«Gespannt, würde ich sagen. Bei all dem gewohnten Trubel. Ich habe mich mit Ihrer Mutter und Ihrer Schwester getroffen.»

«Wie geht es ihnen?»

«Sie sind wohlauf. Teresas älteste Tochter geht eventuell auf eine Schule in der Schweiz.»

«Vielleicht das Beste.»

«Vielleicht. Sie lassen grüßen. Sie werden ihnen doch schreiben?»

«Mach ich.»

«Ihre Mutter hat mir erzählt, dass Eva Zameny ihren Mann verlassen hat.» Vor langer Zeit waren sie und Morath verlobt gewesen.

«Das tut mir Leid.»

Der Ausdruck der Baronin besagte, dass sie es nicht bedauerte. «Besser so. Ihr Mann war ein Weiberheld. Und ein fürchterlicher Spieler.»

Eine Glocke – so eine, die man mit einer Zugschnur betätigt – läutete im Haus. «Das wird Ihr Onkel sein.»

Es waren auch noch andere Gäste da. Die Frauen in Schleierhüten, Bolerojäckchen und schwarz-weiß gepunkteten Kleidern, wie sie im Frühling beliebt waren. Als ehemalige Bürger der Doppelmonarchie sprachen die Gäste österreichischen Dialekt mit hochdeutschen Schnörkeln, Ungarisch und Französisch und wechselten mühelos die Sprache, wenn das, was sie sagen wollten, nach einem ganz bestimmten Ausdruck verlangte. Die Männer waren tadellos frisiert und rasiert und benutzten gutes Kölnischwasser. Zwei von ihnen trugen Orden, der eine ein schwarz-goldenes Band unter einer Medaille mit der Aufschrift k. u. k., der andere einen Verdienstorden für die Teilnahme am russisch-polnischen Krieg von 1920. Eine kultivierte kleine Gesellschaft von ausgesuchter Eleganz – es war schwer zu sagen, wer von ihnen reich war und wer nicht.

Morath und Polanyi standen mit ihren Teetassen bei einem großen Buchsbaum in der Ecke der Gartenmauer.

«Mein Gott, ich müsste jetzt dringend einen kippen», sagte Polanyi.

«Wir können uns ja nachher noch wo reinsetzen.»

«Das geht leider nicht. Ich muss zu einer Cocktailparty bei den Finnen, und anschließend gibt der venezolanische Außenminister Flores ein Diner, oben im Sechzehnten.»

Morath nickte voller Mitgefühl.

«Nein, was sage ich denn, nicht Flores», korrigierte sich Polanyi und kniff vor Ärger über seinen Lapsus den Mund zusammen. «Montemayor heißt er. Flores ist ... *perdu*.»

«Irgendwelche Neuigkeiten von zu Hause?»

«Dasselbe, was du mir erzählt hast, als du aus Antwerpen zurück warst. Und Schlimmeres.»

«Ein zweites Österreich?»

«Sicher nicht genau das Gleiche. Wir sind nicht ‹ein Volk›. Aber der Druck nimmt zu. Verbündet euch mit uns, sonst ...» Er seufzte, schüttelte den Kopf. «Jetzt beginnt der echte Alptraum, Nicholas, der, in dem man das Monster kommen sieht, aber nicht wegrennen kann, weil man starr vor Schreck ist. Ich glaube immer mehr, dass diese Leute, diese deutschen Aggressoren, unser Untergang sein werden, früher oder später. Die Österreicher haben uns in den Krieg von 1914 hineingezogen – vielleicht sagt mir irgendwann mal jemand, warum wir das alles tun mussten. Und jetzt geht's schon wieder los. Wahrscheinlich werden die Zeitungen in den nächsten vierundzwanzig Stunden melden, dass Ungarn sich für den Anschluss ausgesprochen hat. Als Gegenleistung garantiert Hitler uns unsere Grenzen. Quid pro quo, eine saubere Sache.»

«Glaubst du das wirklich?»

«Nein.» Er trank einen Schluck Tee. «Ich korrigiere. In

‹vielleicht›. Horthy schüchtert Hitler ein, weil er alles ist, was Hitler immer sein wollte. Alter Adel, Flügeladjutant von Franz Josef, Kriegsheld, Polospieler, verheiratet mit einer Frau aus höchsten Kreisen. Und sie *malen* beide. Horthy hält sich jetzt schon länger als jeder andere Staatschef in Europa. Das muss doch irgendwie zu Buche schlagen, Nicholas, meinst du nicht auch?»

An Polanyis Gesicht war genau abzulesen, inwieweit es zu Buche schlagen würde.

«Und die derzeitigen Unruhen ... Wird man damit fertig werden?»

«Nicht so ohne weiteres, vielleicht auch gar nicht. Wir stehen vor einem Umsturz. Konservative raus, Faschisten rein, Liberale *au poteau*.» Die Parole von 1789 – auf die Guillotine.

Morath war überrascht. Wenn in Budapest Pfeilkreuzler in Uniform durch die Stadt stolzierten, zwang die Polizei sie, sich auszuziehen, und schickte sie in der Unterwäsche nach Hause. «Und die Polizei? Das Militär?»

«Ungewiss.»

«Also was?»

«Wenn Daranyi Premier bleiben will, muss er ihnen ein Zugeständnis machen. Oder es fließt Blut auf den Straßen. Also verhandeln wir im Moment. Und wir werden, unter anderem, gezwungen werden, gefällig zu sein.»

«Wem?»

«Wichtigen Leuten.»

Morath begriff, was das zu bedeuten hatte. Das hatte Polanyi zweifellos auch bezweckt. Er stellte seine Tasse auf einen Tisch, griff in die Tasche, nahm eine Zigarette aus einem Schildpattetui und zündete sie mit einem silbernen Feuerzeug an.

Die letzten Aprilnächte, aber noch immer kein Frühlingsahnen. Der Wind blies heftig über die Métrotreppe, Regen und Nebel rochen leicht nach Rauch aus Fabrikschornsteinen. Morath hielt sich den Mantel zu und ging dicht an den Häusern entlang. Eine dunkle Straße, dann noch eine, dann links um die Ecke, dann ein blinkendes Neonschild: *Balalaika*. Der kosakische Portier mit Schafspelzweste und martialischem Schnurrbart spähte aus dem Schutz der Eingangstür hervor, in der Hand einen Regenschirm, der diese windige Nacht wohl nicht mehr überstehen würde.

Der Mann wünschte ihm knurrend einen guten Abend, sein russischer Akzent war schwer und melodramatisch. «Willkommen, Monsieur, im Balalaika, das Programm hat gerade erst begonnen.»

Drinnen dicke Luft; Zigaretten glommen im Dunkeln. Rote Plüschwände und ein umwerfendes Garderobenmädchen. Morath gab ihr ein großzügiges Trinkgeld und behielt den Mantel an. Auch hier trugen die Männer ihre Orden. Der Ober, eins fünfundneunzig groß, mit Schärpe und Schaftstiefeln, trug an der Bluse eine Bronzemedaille, die er als Söldner und Palastwache bei König Zogu von Albanien erworben hatte.

Morath ging an die Bar und setzte sich ans hintere Ende. Von hier aus konnte er gerade noch auf die Bühne sehen. Ein Zigeunertrio fiedelte in rührseliger Verzückung vor sich hin, eine Tänzerin in durchsichtigen Pluderhosen und knappem Oberteil zeigte im blauen Scheinwerferlicht, was ihr treuloser Liebhaber verschmähte. Ihr Partner stand unterdessen abseits und rang in vergeblichem Verlangen die Hände, und in seiner Hose blinkte im Takt der Musik eine rote Glühbirne.

Der Barkeeper kam, Morath bestellte einen polnischen Wodka, und als er gebracht wurde, bot er dem Mann eine Zigarette an und gab ihm Feuer. Der Mann war klein und untersetzt und hatte schmale Augen mit tiefen Krähenfüßen, vielleicht vom Lachen oder vom angestrengten Blicken in die Ferne. Unter seiner roten Jacke trug er ein Hemd, das durch vieles Waschen zu einer undefinierbaren Pastellfarbe verblichen war.

«Sind Sie Boris?», fragte ihn Morath.

«Ab und an.»

«Also, Boris, ich habe einen Freund ...» Es klang eine Spur ironisch, und der Barkeeper lächelte wissend. «Er war mal in Schwierigkeiten und hat sich an Sie um Hilfe gewandt.»

«Wann war das?»

«Ziemlich genau vor einem Jahr. Seine Freundin brauchte einen Arzt.»

Der Barkeeper zuckte die Achseln. Tausend Kunden, tausend Geschichten. «Kann mich nicht erinnern.»

Morath begriff, ein schlechtes Gedächtnis zahlte sich oft aus. «Diesmal ist es ein anderer Freund. Und ein anderes Problem.»

«Ja?»

«Mit einem Pass.»

Der Barkeeper wischte mit seinem Lappen über den Tresen, hielt dann inne und betrachtete Morath prüfend. «Woher kommen Sie, wenn ich fragen darf?»

«Aus Budapest.»

«Emigriert?»

«Nein, eigentlich nicht. Ich bin nach dem Krieg hierher gekommen. Als Geschäftsmann.»

«Sie waren im Krieg?»

«Ja.»

«Und wo?»

«Galizien. Eine Zeit lang oben in Wolhynien ...»

«Und dann wieder in Galizien.» Der Barkeeper lachte, während er Moraths Satz vollendete. «Ja, ja», sagte er, «eine Scheißgegend.»

«Waren Sie auch dort?»

«Mhm. Gut möglich, dass wir aufeinander geschossen haben. Im Herbst 1917 hat mein Regiment dann einen Spaziergang gemacht. Noch mal dasselbe?»

«Ja, bitte.»

Der klare Schnaps stieg bis an den Rand.

«Trinken Sie einen mit?»

Der Barkeeper goss sich ebenfalls einen Wodka ein und hob das Glas. «Auf unsere bescheidenen Schießkünste, würde ich sagen.» Er trank nach russischer Art – mit Würde, aber ex.

Von den Tischen kam rhythmisches Klatschen, die Lautstärke nahm zu, die Gäste wurden immer mutiger, manche riefen im Takt «Hey!». Der Tänzer hockte mit verschränkten Armen auf der Bühne und warf im raschen Wechsel die Beine nach vorn.

«Reisepässe», sagte der Barkeeper, und seine Miene verdüsterte sich. «Da kann man sich gewaltig die Finger verbrennen, wenn man damit herumpfuscht. Hier buchten die einen ein, wenn sie einen erwischen. Trotzdem läuft natürlich einiges, vor allem bei den Flüchtlingen, den Juden und den politischen Emigranten. Wenn man erst mal aus Deutschland vertrieben wurde, ist man nirgends mehr legal, außer man hat ein Visum. Das braucht Zeit, außerdem Geld – man kann sich's nicht leisten, es eilig zu haben. Aber man hat es eilig – wenn die Gestapo hinter einem her ist, hat man keine Wahl mehr. Also schleicht man sich hinaus. Und dann ist man ein ‹Staatenloser›. Man mogelt sich in die Tschechoslowakei oder in die Schweiz, versteckt sich eine Zeit lang, wenn man die richtige Unterkunft kennt, dann wird man geschnappt und nach Österreich abgeschoben. Nach ein, zwei Wochen Knast führen einen die Zollbeamten wieder zurück über die Grenze, bei Nacht und Nebel, im Wald, und das Spiel fängt von vorne an. Hier ist es ein bisschen besser. Wenn man sich nichts zuschulden kommen lässt, kriegt man normalerweise keinen Ärger mit den Flics, außer man sucht sich Arbeit.» Er schüttelte langsam und kummervoll den Kopf.

«Wie haben Sie's geschafft?»

«Nansen. Wir hatten Glück. Weil wir zur ersten Welle gehörten, haben wir einen Völkerbundpass bekommen, und eine

Arbeitserlaubnis. Wir haben die Stellen gekriegt, für die sich die Franzosen zu schade waren. Das war 1920 oder so. Die Revolution war vorbei, der Bürgerkrieg ging zu Ende. Aber dann kam die Tscheka – ‹Wir haben erfahren, dass Sie ein Freund von Iwanow waren.› Also höchste Zeit abzuhauen. Dann, als sich die Jungs von Mussolini an die Arbeit machten, kamen die Italiener. Denen ist es auch nicht viel anders ergangen als uns: Früher war man Professor für theoretische Physik, jetzt ist man Fachmann für praktische Gastronomie. Man ist Kellner, *Gott sei Dank*. Denn seit 1933 kommen die Deutschen. Sie haben Pässe, die meisten jedenfalls, aber keine Arbeitserlaubnis. Sie gehen als Hausierer, verhökern auf den Boulevards Nähzeug aus kleinen Koffern, bearbeiten die Touristen, sind am Verhungern, betteln, sitzen in den Büros der Flüchtlingsorganisationen herum. Dasselbe mit den Spaniern, die vor Franco fliehen, und jetzt kommen die Österreicher. Keine Papiere, keine Arbeitserlaubnis, kein Geld.»

«Dieser Freund von mir, Boris, der hat Geld.»

Das war dem Barkeeper von Anfang an klar gewesen. Nach einer Pause sagte er: «Sie sind von der Polizei, stimmt's?»

«Mit meinem Akzent?»

«Egal, ich bin nicht der Mann, den Sie brauchen. Sie müssen dahin gehen, wo die Flüchtlinge sind, ins Café Madine, in die Grosse Marie und so.»

«Darf ich Sie was fragen? Was Persönliches?»

«Nur zu.»

«Warum sind *Sie* geflohen?»

«Weil sie hinter mir her waren», sagte er und lachte wieder. Morath wartete.

«Ich war Dichter. Und außerdem, um ehrlich zu sein, Krimineller. Als sie mir auf die Pelle gerückt sind, wusste ich nicht, ob das eine oder das andere der Anlass war.»

Das Café Madine lag im XI. Arrondissement, ganz in der Nähe der Place de la République, zwischen einem Metzger, der *halal*-Fleisch an Araber und koscheres Fleisch an Juden verkaufte, und einer Reparaturwerkstatt für Musikinstrumente namens Szczwerna. Es war leicht, möglicherweise zu leicht, im Madine Kontakt aufzunehmen. Morath ging am Nachmittag hin, stellte sich an den Tresen, verlangte ein Bier und schaute auf das pulsierende Straßenleben hinaus. Ein Mann wollte ihm einen Ring verkaufen. Morath sah sich das gute Stück an – er war hier, um etwas zu kaufen, also spielte er den Käufer. Ein kleiner roter Stein, in Gold gefasst, Universität Heidelberg, 1922.

«Wie viel?»

«Wert ist er dreihundert, so ungefähr.»

«Ich überleg's mir. Eigentlich bin ich hier, weil ein Freund von mir in Paris seinen Pass verloren hat.»

«Gehen Sie zur *préfecture*.»

Moraths Blick besagte: *Wenn man nur könnte.* «Oder?»

«Oder nichts.»

Am nächsten Tag war er wieder da. Zehn Uhr vormittags, leer, ruhig. Ein Sonnenstrahl, eine schlafende Katze, der *patron* hatte die Brille auf der Nasenspitze. Er ließ sich Zeit mit Moraths *café au lait*, die abgekochte Milch hatte keine Haut, der Kaffee war stark und frisch, und er schickte seinen kleinen Sohn in die Bäckerei, frisches Brot für eine *Tartine* holen.

Der Kontaktmann war ein zäher alter Vogel, der früher einmal Holzkaufmann in der Ukraine gewesen war, was Morath aber nicht wissen konnte. Er tippte sich an die Hutkrempe und bat Morath an seinen Tisch. «Sie sind der mit dem Passproblem?»

«Ein Freund von mir.»

«Natürlich.»

«Wie ist denn der Markt so zurzeit?»

«Ein Verkäufermarkt natürlich.»

«Er braucht was Echtes.»

«Was Echtes.» Vielleicht hätte er das in einer anderen Zeit lustig gefunden, sogar darüber gelacht. Morath kannte sich aus, dachte er. *Grenzen*, *Papiere*, *Nationen* – alles künstlich, Politikerlügen.

«So echt wie möglich.»

«Ein Mann, für den nur das Beste gut genug ist.»

Morath nickte.

«Zweitausendfünfhundert Franc. Vielleicht schreckt Sie eine solche Summe ab.»

«Nein. Qualität hat ihren Preis.»

«Sehr vernünftig, dieser Monsieur.» Er sprach mit einem Freund, der nicht zu sehen war. Dann sagte er Morath, wo er sich wann einfinden sollte.

Zwei Tage später, Freitag. Im Louvre herrschte viel Betrieb an diesem Nachmittag. Morath hatte Mühe, den richtigen Saal zu finden – hier die eine Treppe hinauf, dort die andere hinunter, vorbei an Napoleons ägyptischer Beute, durch Säle mit kleinen, rätselhaften römischen Artefakten, um eine Ecke und einen endlosen Gang voller britischer Schuljungen entlang. Endlich *der Saal mit dem Ingres-Gemälde*. Ein leuchtender Akt, am Tisch sitzend, der Rücken weich geschwungen.

Ein Mann erhob sich von einer Bank an der Wand und breitete lächelnd die Arme aus. Er wusste, wer Morath war, hatte ihn wahrscheinlich bereits im Café taxiert. Ein gut aussehender Herr, stattlich, mit Spitzbart und Tweedanzug. Typ Eigentümer einer florierenden Kunstgalerie, dachte Morath. Er hatte offenbar einen Kollegen mitgebracht, der auf der anderen Seite des Raums stand und, die Hände hinter dem Rücken verschränkt, aufmerksam ein Gemälde betrachtete. Morath bemerkte, dass sie einen Blick wechselten. Kreidebleich, dieser Mann, als hätte er sich vor kurzem den Bart abgenommen, den er sein Leben lang getragen hatte. Auf dem kahl geschorenen Kopf hatte er einen schwarzen Homburg.

Der Mann, der wie ein Kunsthändler aussah, setzte sich neben Morath auf die Holzbank. «Sie suchen ein Dokument erster Qualität, wie ich höre», sagte er. Er sprach Französisch wie ein gebildeter Deutscher.

«Richtig.»

«Da kommt nur eine Leiche in Frage.»

«Soll mir recht sein.»

«Sie kaufen – natürlich – von den Hinterbliebenen, und die verlangen zweieinhalbtausend Franc. Für unsere Arbeit, für das Auswechseln der Identität, kommen noch tausend Franc hinzu. Einverstanden?»

«Ja.»

Der Kunsthändler faltete eine Zeitung auf. Morath sah einen Bericht über ein Polospiel im Bois de Boulogne und einen Pass in einem Aktendeckel. «Die Familie möchte sofort verkaufen. Es ist ein rumänischer Pass, und er ist noch siebzehn Monate gültig.» Das Foto zeigte einen Mann in mittleren Jahren, etwas steif, selbstzufrieden, der dunkle Schnurrbart sorgfältig gestutzt und gebürstet. Darunter der Name *Andreas Panea*.

«Ich kann sofort zahlen, wenn Sie möchten.»

«Die Hälfte jetzt. Die andere Hälfte, wenn Sie das fertige Produkt von uns bekommen. Das Foto wird gegen Ihres ausgetauscht, die geprägten Buchstaben sind Sache des Technikers. Die körperlichen Merkmale werden ausgebleicht und durch Ihre ersetzt. Das Einzige, was man nicht ändern kann, ist der Geburtsort – der ist im Siegel enthalten. Der Träger des Dokuments wird also diesen Namen tragen, rumänischer Staatsbürger und aus Cluj gebürtig sein.»

«Was ist mit ihm passiert?»

Der Kunsthändler warf ihm einen forschenden Blick zu. *Warum interessiert Sie das?* Dann sagte er: «Nicht weiter dramatisch.» Und nach einer kurzen Pause: «Er hat ausgesorgt. Das kommt recht häufig vor.»

«Hier, das Foto», sagte Morath.

Der Kunsthändler schien ein wenig überrascht. Es war nicht Morath. Ein Mann in den Zwanzigern, ein hartes, knochiges Gesicht, das durch die Nickelbrille und das auf farblose zwei Fingerbreit gestutzte, nach hinten gebürstete Haar noch strenger wirkte. Ein Student vielleicht. Im besten Fall. Einer, der von seinem Professor ein Testat bekommt, gleichgültig, ob er die Vorlesungen besucht hat oder nicht. Der Kunsthändler drehte das Foto um. Auf der Rückseite war ein Stempel: der Name eines Fotoateliers, auf serbokroatisch, und das Wort *Zagreb*.

Der Kunsthändler machte seinem Freund ein Zeichen, der kam herüber, setzte sich zu ihnen auf die Bank, nahm das Foto, betrachtete es eine volle Minute lang und sagte dann etwas auf jiddisch. Morath, der fließend Deutsch sprach, hätte es normalerweise verstanden, aber der Mann hatte einen starken Akzent und sprach sehr schnell, und sein Tonfall war sarkastisch.

Der Kunsthändler nickte, lächelte fast.

«Darf der Inhaber arbeiten?», erkundigte sich Morath.

«In Rumänien. Hier nicht. Er könnte um Arbeitserlaubnis nachsuchen, aber ...»

«Und falls man bei der rumänischen Behörde nachfragt?»

«Warum sollte man?»

Morath gab keine Antwort.

Der Mann mit dem Homburg nahm einen Bleistiftstummel aus der Jackentasche und stellte eine Frage, wieder auf jiddisch.

«Er möchte wissen, wie groß Ihr Mann ist und wie viel er wiegt.»

Morath nannte ihm die Zahlen – schlank, eher klein.

«Augenfarbe?»

«Grau. Haarfarbe blond.»

«Besondere Kennzeichen?»
«Keine.»
«Beruf?»
«Student.»

Das Foto wurde weggesteckt. Der Kunsthändler blätterte die Zeitung um, und ein Kuvert kam zum Vorschein. «Gehen Sie damit in die Toilette am Ende des Gangs. Stecken Sie siebzehnhundertfünfzig Franc hinein, klemmen Sie sich die Zeitung unter den Arm und verlassen Sie das Museum. Nehmen Sie den Ausgang zur Rue Coligny. Bleiben Sie oben auf der Treppe stehen und warten Sie ein paar Minuten. Kehren Sie dann morgen Mittag an diese Stelle zurück. Sie werden jemanden sehen, den Sie wieder erkennen. Folgen Sie dieser Person. Der Austausch wird an einem Ort erfolgen, wo Sie sich genau ansehen können, was Sie kaufen.»

Morath tat wie geheißen. Er legte Hundert-Franc-Scheine in den Umschlag und wartete dann am Eingang. Nach zehn Minuten winkte ihm eine Frau zu, lächelte und tippelte die Museumstreppe herauf. Sie war gut gekleidet, trug Perlenohrringe und weiße Handschuhe. Sie küsste ihn flüchtig auf die Wange, zog die Zeitung unter seinem Arm hervor und stieg in ein wartendes Taxi.

Die Nacht vor der Abreise.

Er war für Nicky und Cara eine Art Tradition geworden, dieser *Kamasutra*-Abend – *adieu, mon amour*, damit du mich nicht vergisst. Sie saßen bei Kerzenlicht im Schlafzimmer und tranken eine Flasche Wein. Cara trug schwarze Unterwäsche, Morath einen Morgenmantel. Manchmal spielten sie Schallplatten ab – Morath besaß zwei Sorten, Ellington und Lee Wiley – oder hörten im Radio *«les big bands«*. Einmal fuhren sie am Abend zum Pigalle, und Cara wartete im Taxi, während Morath erotische Bildbände kaufte. Dann kehrten sie schnell in die Avenue Bourdonnais zurück und sahen sich die Bilder an. Paare auf Sepiadrucken, Trios, Quartette, schwere Frauen mit ausladenden Hüften und süßem Lächeln, ein in Sofia gedrucktes Buch.

Cara reizte ihn manchmal mit «Geschichten aus der Klosterschule«. Sie war drei Jahre auf einer solchen Schule gewesen, einem feudalen Besitz nicht weit von Buenos Aires. «Es war genauso, wie man es sich vorstellt, Nicky», sagte sie dann, ein wenig atemlos und mit großen Augen. «Diese vielen Mädchen, Schönheit jeglicher Spielart. Dunkel. Blond. Leidenschaftlich, einige scheu, manche so naiv, dass sie rein gar nichts wussten, nicht einmal, was sie *berühren* sollten. Und sie alle die ganze Nacht zusammen eingesperrt. Stell dir das vor!»

Er tat es.

Näher an der Wahrheit, so vermutete er, waren jedoch die Tageslichterinnerungen an «kalte Hände und übel riechende Füße» und an die infernalischen Nonnen, die sie unter anderem zwangen, Französisch zu lernen. Es war die einzige Sprache, die sie und Morath gemeinsam hatten, aber Cara konnte nicht verzeihen. «Mein Gott, wie die uns schikaniert haben», sagte sie immer. Sie klatschte in die Hände, wie es die Lehrerin offenbar getan hatte, und rief *«Traduction, les jeunes filles!»* Und dann wurde ihnen ein unergründliches Schrecknis vorgesetzt, ein grammatikalisches Monster, und sie hatten genau fünf Minuten Zeit für die Übersetzung.

«Ich weiß noch», erzählte ihm Cara, «welche war das? Ach ja, Schwester Modeste. Sie schrieb an die Tafel: *«Was wäre geschehen, wenn sie sich nicht erreicht hätten?»* Cara musste lachen. «Panik! *Se joindre*, ein mörderisches Verb. Im Spanischen ist es viel einfacher. Und als die Nonne die Antwort angeschrieben hatte, beugte sich meine Freundin Francesca zu mir herüber und flüsterte: «Bin ich froh, dass ich jetzt weiß, wie man das sagt!»

Morath verteilte den restlichen Wein, Cara trank aus, stellte ihr Glas auf den Boden und umschlang ihn. Er küsste sie, legte die Arme um sie und hakte ihren Büstenhalter auf, sie wackelte mit den Schultern, er warf ihn auf einen Stuhl. Ein Weilchen später hakte er einen Finger in den Bund ihres Höschens und zog es ihr leicht und langsam über die Beine, und sie streckte die Füße, sodass er es ihr vollends abstreifen konnte. Er spürte ihren Atem auf seinem Gesicht, er veränderte sich immer in diesem Moment.

Dann lagen sie eine Zeit lang still. Sie nahm seine Hand und hielt sie sich an die Brust – bewegen durfte er sich nicht –, als sei das schon genug, als könnte man es dabei bewenden lassen. Er überlegte, was jetzt am schönsten wäre, ging entspannt das ganze Repertoire durch. Ob sie auch daran dachte? Oder an etwas anderes? *Er liebt mich?* Morath schlug die Augen auf und sah, dass sie lächelte.

Lauter schöne Sachen, an die man am Morgen denken konnte, in der kalten Welt, dem Schicksal preisgegeben. Sie wachte nicht auf, als er ging, schlief mit offenem Mund, eine Hand unter dem Kopfkissen. Irgendwie sah er ihr an, dass sie in der Nacht Sex gehabt hatte. Er nickte fast ein, als der Zug die leeren Straßen hinter sich ließ und übers Land fuhr. *Ihre Brüste, ihr Po, zu ihr hinaufschauen, hinunterschauen, vögeln.* Manchmal flüsterte sie, sprach mit sich selbst. Er verstand nie genau, was sie sagte.

Es war ein sehr langsamer Zug, der da im Morgengrauen abfuhr. Er kroch dahin, als widerstrebte es ihm, nach Osten zu fahren. Es ging über Metz und Saarbrücken nach Würzburg, wo man nach Prag umsteigen konnte, mit Anschluss nach Brünn, Kosiče und Užhorod.

Ostfrankreich, eine undefinierbare Jahreszeit, weder Winter noch Frühling. Der Himmel niedrig und lastend, der Wind kälter, als er sein sollte, draußen träge vorüberziehende tote, vergilbte Felder.

Früher einmal eine hübsche Landschaft, kleine Gehöfte und Dörfer. Dann zog das Jahr 1914 ins Land, und der Krieg verwandelte alles in grauen Schlamm. Das heilt nie mehr richtig, sagten die Leute. Vor ein paar Jahren hatte ein Bauer nach der Schneeschmelze offenbar einen Schützengraben gefunden, in dem ein Trupp französischer Soldaten auf dem Weg in die Schlacht durch die Explosion einer gewaltigen Artilleriegranate jählings verschüttet worden war. Im Tauwetter sah der Bauer plötzlich ein Dutzend Bajonette in Marschordnung aus der Erde ragen.

Morath zündete sich eine Zigarette an und las weiter – *Im Chasarenland* von Miklós Bartha, 1901 erschienen, auf Ungarisch.

Der hochherrschaftliche Hirsch darf nicht in seinem Familienleben gestört werden. Was ist schon ein Ruthene im Vergleich zu ihm? Nur ein Bauer. Die Jagdsaison dauert zwei Wochen. Für diesen Zeitvertreib müssen 70 000 Ruthenen von der Armee der Beamten zum Hungertod verurteilt werden. Der Hirsch und der Eber verwüsten das Getreide, die Kartoffeln und den Klee des Ruthenen (die ganze Ernte seines halben Morgens Land). Die Arbeit eines Jahres ist dahin. Die Menschen säen, und die Hirsche des Gutsherrn ernten. Der Bauer soll sich beschweren. Leicht gesagt. Wo und bei wem denn? Alle, die Macht haben, halten zusammen. Der Dorfälteste, der Kreisrat, der Landrat, der Bezirksrichter, der Steuerbeamte, der Förster und der Gutsverwalter, alles Männer von gleicher Bildung, gleichem Umgang und gleichem Wohlstand. Von wem könnte der Bauer sich Gerechtigkeit erhoffen?

Als er erfuhr, dass er nach Ruthenien fahren würde, hatte er sich das Buch aus der riesigen Bibliothek der Baronin Frei ausgeborgt – Bestände, die der Baron von Universitäten erworben hatte, die nach 1918 anderen Ländern zugeschlagen worden waren. «Ich habe sie vor dem Feuer gerettet», hatte er immer gesagt. Morath musste lächeln, als er jetzt an ihn dachte. Ein kleiner, beleibter Herr mit Koteletten, der nicht einmal selbst wusste, wie viel Geld er mit seinen «Machenschaften» verdiente. An Moraths sechzehntem Geburtstag war der Baron mit ihm «aus erzieherischen Gründen» ins Casino von Monte Carlo gefahren und hatte ihm ein paar Brillant-Manschettenknöpfe und eine ausgemergelte Blondine gekauft.

Er hatte neben dem Baron am Bakkarattisch gesessen und zugesehen, wie er, um vier Uhr morgens, einen Scheck mit einer alarmierenden Anzahl von Nullen ausschrieb. Blass, aber lächelnd, war der Baron aufgestanden, hatte sich eine Zigarre angezündet, Morath zugeblinzelt und sich in Richtung der Marmortreppe entfernt. Zehn Minuten später war ein schwarz gekleideter *fonctionnaire* lautlos an seiner Seite aufgetaucht, hatte sich geräuspert und gemeldet: «Baron Frei ist in den Park gegangen.» Morath zögerte, dann stand er auf und ging rasch in den Kasinopark, wo der Baron gerade in einen Rosenbusch urinierte. Er starb zehn Jahre danach an einer Tropenkrankheit, die er sich im brasilianischen Urwald zugezogen hatte; er hatte sich dort aufgehalten, um Rohdiamanten zu kaufen.

Morath warf einen Blick zum Gepäcknetz mit seiner Ledertasche hinauf. Darin war der Pass, den er im Louvre bekommen hatte, eingenäht ins Futter einer Wolljacke. *Pavlo* nannte Polanyi den Mann, den er nach seinen eigenen Worten nie gesehen hatte. *Der Student*. Der irgendwie in die Stadt Užhorod geraten war und nicht mehr hinauskonnte. «Eine Gefälligkeit unter Freunden», hatte Polanyi gesagt.

Gegen drei Uhr nachmittags verlangsamte der Zug seine Fahrt, ratterte über die Moselbrücken und lief in den Bahnhof Metz ein, dessen Mauern vom Ruß der Fabriken geschwärzt waren. Die meisten anderen Passagiere stiegen aus – nach Deutschland wollte kaum noch jemand. Morath vertrat sich auf dem Bahnsteig die Füße und kaufte sich eine Zeitung. Als es dämmerte, hielt der Zug für die französische Grenzkontrolle. Für Morath kein Grund zur Beunruhigung, er hatte einen amtlich beglaubigten Wohnsitz in Frankreich.

Zwei Stunden später überquerte der Zug die Grenze bei Saarbrücken. Auch hier kein Problem. Der Beamte, der an Moraths Abteiltür klopfte, freute sich über den ungarischen Pass. «Willkommen im Reich», sagte er. «Bestimmt werden Sie sich bei uns wohl fühlen.»

Morath bedankte sich höflich und richtete sich so gut es ging für die Nacht ein. Die Grenzstation lag taghell im Scheinwerferlicht; Drahtzäune, Beamte, Wachtposten, Maschinengewehre, Hunde. Das gilt dir, hieß das, und es machte Morath beklommen. Es erinnerte ihn an eine ungarische Lebensweisheit: «Man sollte nie einen Raum oder ein Land betreten, dessen Tür sich nicht von innen öffnen lässt.»

Auf der Weiterfahrt setzten sich zwei SS-Offiziere zu ihm ins Abteil. Sie tranken Kognak, unterhielten sich über das alte Europa und das neue Deutschland und vor allem darüber, wie man Ungarinnen flach legt. Die zwei jungen Offiziere – politische Intellektuelle, die zusammen an der Universität Ulm studiert hatten – amüsierten sich bestens. Sie redeten und lachten, putzten ihre Brillen, betranken sich und schliefen ein. Morath war erleichtert, als der Zug endlich in Würzburg ankam. Er übernachtete im Bahnhofshotel und fuhr am nächsten Tag weiter nach Prag.

Die tschechischen Grenzbeamten waren nicht ganz so erbaut, ihn zu sehen. Die Ungarn hatten in mehreren Städten Spionagenetze, und die Tschechen wussten davon.

«Wie lange», fragte ihn der Grenzer, «werden Sie sich in der Tschechoslowakei aufhalten?»

«Ein paar Tage.»

«Und zu welchem Zweck?»

«Um, wenn möglich, Wald zu kaufen, für eine Gruppe von Investoren in Paris.»

«Wald.»

«Ja, ich will mir Wälder ansehen. In Ruthenien.»

«Aha. Natürlich. Sie fahren nach …»

«Užhorod.»

Der Beamte nickte und tippte mit seinem Bleistift auf den Pass. «Sie bekommen ein Visum für eine Woche. Bitte wenden Sie sich an die Präfektur in Užhorod, falls Sie eine Verlängerung benötigen.»

Er aß im Speisewagen eine grauenhafte Blutwurst, las den Bartha zu Ende und ergatterte am Bahnhofsbuffet in Brünn die Nachtausgabe von *Est*, die aus Budapest geliefert wurde. Kein Zweifel, die politische Lage spitzte sich zu. Im Parlament waren zwei Abgeordnete handgreiflich geworden. Bei einem Arbeitermarsch im Zehnten Bezirk waren Ziegelsteine geflogen und Leute verhaftet worden. Leserbrief: «Wie können wir es zulassen, dass diese liberalen Weichlinge unser Leben zugrunde richten?» Ein Leitartikel propagierte «Kraft, Standhaftigkeit und zielbewusstes Handeln». Denn: «Die Welt ändert sich. Ungarn muss sich mit ihr ändern.» Ein Kaffeehaus an der Universität war ausgebrannt. «Zehntausende jubeln bei Hitlerrede in Regensburg.» Mit Foto auf der Titelseite. *Da haben wir's*, dachte Morath.

Draußen vor dem Fenster eine seltsame Landschaft. Niedrige Hügel, Kiefernwälder. Vom Schmelzwasser angeschwollene Flüsse, das lauter werdende Geräusch der Lokomotive bei der Fahrt durch eine Schlucht. Auf dem Bahnhof der slowakischen Stadt Zvoleň stand der Zug zwischen Warschau im Norden und Budapest im Süden. Nächster Halt Kosiče, bis 1918 Grenzstadt. Auf dem Bahnsteig Frauen mit Strohkörben und schwarzen Kopftüchern. Der Zug kämpfte sich über Wiesen mit Schneeresten bergan, kam durch ein Dorf mit Kirchen, deren Kuppeln lindgrün gestrichen waren. Im Nachmittagsdunst sah Morath am fernen Horizont die Karpaten auftauchen. Eine Stunde später stieg er in Užhorod aus.

Der Stationsvorsteher sagte ihm, er werde in der Krowlewska-Straße eine Unterkunft finden. Ein gelber Ziegelbau, wie sich herausstellte, mit einem Schild, auf dem *Hotel* stand. Der Besitzer war auf einem Auge blind. Er trug eine schmierige Seidenweste und eine gestrickte Jarmulke. «Unser bestes Zimmer», sagte er. «Das Beste.» Morath setzte sich auf den Strohsack, trennte die Naht im Jackenfutter auf und zog den Pass heraus. *Andreas Panea*.

Am Spätnachmittag ging er zum Postamt. Die tschechischen Postbeamten trugen blaue Uniformen. Auf einen Umschlag hatte Morath *Malko, Poste Restante, Užhorod* geschrieben. Der Umschlag enthielt eine sinnlose Mitteilung – eine Schwester war krank gewesen, jetzt ging es ihr besser. Die eigentliche Mitteilung war die Adresse: dieselbe wie die von «Malko», jedoch mit einem anderen Namen.

Jetzt hieß es warten.

Morath lag auf dem Bett und schaute durch das trübe Fenster hinaus. Das «beste Zimmer» machte einen Knick; die niedrige Holzdecke, vor langer Zeit weiß getüncht, verlief erst in eine Richtung, dann in eine andere. Wenn er stand, war sie nur eine Handbreit über seinem Kopf. Von der Straße herauf tönte das gleichmäßige Getrappel von Pferdehufen auf Pflastersteinen. Ruthenien. Oder, liebevoll, Klein-Russland. Oder, korrekt, Karpato-Russland. Ein slawischer Happen, den sich die mittelalterlichen Könige Ungarns einverleibt hatten, und seither ein vergessenes Gebiet in der Nordostecke des Landes. Dann, nach dem Weltkrieg, in einem der seltenen Momente, in denen amerikanischer Idealismus mit französischer Diplomatie Hand in Hand ging – Graf Polanyi nannte es eine «beängstigende Konvergenz» –, klebten sie es an die Slowakei an und übergaben es so den Tschechen. Irgendwo, vermutete Morath, in einer Stube eines Kulturministeriums, arbeitete ein mährischer Bürokrat eifrig an einem kleinen Lied: «Du schönes altes Ruthenien / Das Land, das wir so lieben.»

Zum Abendessen servierten ihm der Besitzer und seine Frau Kalbsfußsülze, Buchweizengrütze mit Pilzen, Weißkäse mit Schalotten und dünne Pfannkuchen mit roter Johannisbeermarmelade. Auf dem roh gezimmerten Holztisch stand eine Flasche Kirschwasser. Der Besitzer rieb sich nervös die Hände.

«Sehr gut», sagte Morath, tat so, als wischte er sich mit der Serviette – früher einmal mochte das Ding eine Serviette gewesen sein – den Mund ab und schob seinen Stuhl zurück. Doch das Kompliment war ehrlich gemeint, und der Besitzer merkte es.

«Noch einen Blin, gnädiger Herr? Äh, Pfannkuchen? Crêpe? Plinse?»

«Vielen Dank, nein.»

Morath zahlte und ging auf sein Zimmer. Wie er so im Dunkeln lag, spürte er die Landschaft. An das Hotel war ein Stall angebaut, und manchmal schnaubten die Pferde und bewegten sich in ihren Boxen. Der Geruch nach Mist und verrottendem Stroh stieg in Moraths Zimmer herauf. Ende April, und immer noch kalt. Er wickelte sich in die dünne Decke ein und versuchte zu schlafen. Drüben in der Taverne machte ein Betrunkener Radau. Erst Gesang, dann Streit, dann Schläge. Dann die Polizei, dann die Frau, die weinte und bettelte, als man ihren Mann wegbrachte.

Zwei Tage später ein Brief auf dem Postamt, eine Adresse am Stadtrand von Užhorod, er musste eine Droschke nehmen. Die ungepflasterten Straßen waren von ebenerdigen, strohgedeckten Holzhäuschen gesäumt, jedes nur mit einem einzigen Fenster. Auf sein Klopfen kam eine Frau an die Tür. Sie war dunkel, hatte schwarzes, lockiges Haar, trug knallroten Lippenstift und ein enges, dünnes Kleid. *Rumänin vielleicht*, dachte er, *oder Zigeunerin*. Sie fragte ihn etwas in einer Sprache, die er nicht kannte.

Er probierte es mit Deutsch. «Ist Pavlo da?»

Sie hatte ihn erwartet, das spürte er; nun war er da, und sie war neugierig, musterte ihn von Kopf bis Fuß. Morath hörte, wie drinnen eine Tür zugeschlagen wurde, dann eine Männerstimme. Die Frau trat beiseite, und Pavlo kam an die Tür. Er war einer der Menschen, die ihrem Foto sehr ähnlich sehen. «Sind Sie der Mann aus Paris?» Er stellte die Frage auf Deutsch. Nicht gut, aber passabel.

«Ja.»

«Die haben sich aber Zeit gelassen.»

«Ja? Jetzt bin ich ja hier.»

Pavlo schaute die Straße hinauf und hinunter. «Vielleicht kommen Sie besser herein.»

Der Raum war mit Möbeln voll gestellt, schwere Sessel und Sofas, bezogen mit Stoffen in verschiedenen Mustern, vieles rot, teils sehr gute Stoffe, teils minderwertige Qualität. Morath zählte fünf Spiegel an den Wänden. Die Frau sprach leise mit Pavlo, warf noch einen Blick auf Morath, ging dann hinaus und zog die Tür hinter sich zu.

«Sie packt ihren Koffer», sagte Pavlo.

«Kommt sie mit?»

«Das denkt sie.»

Morath reagierte nicht.

Pavlo nahm das als Missbilligung. «Probieren Sie das mal», sagte er nicht ohne Schärfe. «Ohne Pass zu leben.» Nach einer Pause fragte er: «Haben Sie Geld für mich?»

Morath zögerte – vielleicht sollte ihm irgendjemand Geld geben, aber nicht er. «Ich kann Ihnen was geben», sagte er, «bis wir in Paris sind.»

Das war nicht die Antwort, die Pavlo erwartet hatte, aber er musste sich wohl oder übel damit zufrieden geben. Er war vielleicht ein paar Jahre älter, als Morath gedacht hatte, Ende zwanzig. Er trug einen fleckigen Anzug, einen bunten Schlips und verkratzte, ausgetretene Schuhe.

Morath zählte tausend Franc ab. «Das müsste reichen», sagte er.

Es war mehr als nötig, aber Pavlo schien es nicht wahrzunehmen. Er steckte achthundert ein und sah sich im Zimmer um. Unter einer schimmernden aquamarinblauen Vase mit einem Strauß Satintulpen lag ein Papierdeckchen. Pavlo schob die beiden Hunderter so unter das Deckchen, dass die Ränder der Scheine gerade noch hervorschauten.

«Hier, der Pass», sagte Morath.

Pavlo sah ihn sich genau an, hielt ihn ins Licht, prüfte das Foto und strich mit der Fingerspitze über die erhabenen Buchstaben am Rand. Dann zuckte er die Achseln. «Der wird's schon tun», sagte er. «Warum rumänisch?»

«Was anderes war nicht zu kriegen.»

«Aha. Es ist bloß, ich spreche die Sprache nicht. Ich bin Kroate.»

«Das macht nichts. Wir fahren über die ungarische Grenze. Bei Michalan. Haben Sie noch einen anderen Pass? Ich glaube, wir haben nichts zu befürchten, aber trotzdem ...»

«Nein. Ich musste ihn loswerden.»

Er ging aus dem Zimmer. Morath hörte ihn mit der Frau sprechen. Als er wiederkam, hatte er einen Aktenkoffer dabei. Hinter ihm kam die Frau herein, sie trug mit beiden Händen einen billigen Koffer. Sie hatte einen Hut aufgesetzt und einen Mantel mit einem struppigen Pelzkragen angezogen. Pavlo flüsterte ihr etwas zu und küsste sie auf die Stirn. Sie sah Morath an, misstrauisch, aber voller Hoffnung, und setzte sich auf das Sofa, den Koffer zwischen den Füßen.

«Wir müssen ungefähr für eine Stunde weg», sagte Pavlo zu der Frau. «Dann kommen wir wieder.»

Morath wollte damit nichts zu tun haben.

Pavlo schloss die Tür. Draußen auf der Straße verdrehte er grinsend die Augen.

Sie mussten weit gehen, bis sie eine Droschke fanden. Morath beschrieb dem Fahrer den Rückweg zum Hotel, und dort wartete Pavlo auf dem Zimmer, während Morath den Besitzer suchen ging. Er fand ihn in einem winzigen Büro hinter der Küche, wo er sich mit der Buchhaltung abmühte. Morath bezahlte die Rechnung in tschechischen Kronen und fragte: «Können Sie mir jemanden mit einem Auto besorgen? So schnell wie möglich. Er wird es nicht bereuen.»

Der Besitzer überlegte. «Haben Sie vor», fragte er dezent, «eine gewisse Entfernung zurückzulegen?»

Er meinte, *bis zu einer Grenze*.

«Ja.»

«Wir sind, wie Sie wissen, mit vielen Nachbarn gesegnet.»

Morath nickte. Ungarn, Polen, Rumänien.

«Wir fahren nach Ungarn.»

Der Besitzer überlegte. «Ich kenne in der Tat jemanden. Er ist Pole, ein ruhiger Mensch. Genau der Richtige für Sie, könnte ich mir denken.»

«So schnell wie möglich», sagte Morath. «Wir warten auf dem Zimmer, wenn Sie nichts dagegen haben.» Er wusste nicht, wer hinter Pavlo her war und weswegen, aber Bahnhöfe wurden immer überwacht. Besser, sie verschwanden unauffällig aus Užhorod.

Der Fahrer erschien am Spätnachmittag, stellte sich als Mierczak vor und begrüßte Morath mit einem stahlharten Händedruck. Offenbar ein sehr bodenständiger Mensch, dachte Morath. «Ich bin Mechaniker in der Mehlfabrik», sagte er. «Aber ich mache auch dieses und jenes. Sie wissen ja, wie das ist.» Er war von unbestimmbarem Alter, hatte eine Halbglatze und ein gewinnendes Lächeln und trug eine britische Jägerjacke mit Hahnentrittmuster, die in anderen Zeiten irgendwie den Weg in diese Gegend gefunden hatte.

Morath traute seinen Augen nicht, als er das Auto sah. Auf den ersten Blick unterschied es sich nur unerheblich von den europäischen Ford-Modellen der dreißiger Jahre, auf den zweiten stellte man fest, dass es nichts mit einem Ford gemeinsam hatte, und auf den dritten, dass es eigentlich überhaupt kein Auto war. Beispielsweise hatte es alle Farbe eingebüßt. Geblieben war nur ein Eisengrau, das heller oder dunkler schimmerte, je nachdem, welchen Teil man gerade ansah.

Mierczak lachte und rüttelte an der Tür auf der Beifahrerseite, bis sie aufging. «Tolles Auto», sagte er. «Macht Ihnen doch nichts aus, oder?»

«Nein», sagte Morath. Er ließ sich auf der Pferdedecke nieder, die vor langer Zeit den Bezugsstoff ersetzt hatte. Pavlo stieg hinten ein. Der Wagen setzte sich anstandslos in Bewegung und entfernte sich von dem Hotel.

«Eigentlich», sagte Mierczak, «gehört er mir gar nicht. Na gut, er gehört mir zum Teil. Die meiste Zeit fährt ihn der Cousin meiner Frau. Der Wagen ist das Taxi von Mukatschewo, und wenn er nicht im Laden arbeitet, fährt er ihn.»

«Was ist es für einer?»

«Tja», sagte Mierczak. «Also zum Teil ist es ein Tatra, gebaut in Nesseldorf. Nach dem Krieg, als es zur Tschechoslowakei kam. ‹Typ II› haben sie ihn genannt. Toller Name, was? Aber so ist diese Fabrik. Ist dann abgebrannt. Der Wagen, meine ich. Das heißt, die Fabrik ist auch abgebrannt, aber das war später. Dann ist ein Homburg draus geworden. Wir hatten damals eine Mechanikerwerkstatt in Mukatschewo, und irgendjemand hatte im Krieg einen Homburg im Straßengraben liegen lassen, und der ist dann in dem Tatra zu neuem Leben erwacht. Allerdings war es – da hatten wir damals nicht dran gedacht – ein *alter* Homburg. Keine Ersatzteile mehr zu kriegen. Die haben keine mehr hergestellt, oder sie haben sie uns nicht geschickt, oder was weiß ich. Und da musste es dann ein Škoda werden.» Er trat das Kupplungspedal durch und ließ den Motor aufheulen. «Sehen Sie? Škoda! Wie ein Maschinengewehr.»

Sie hatten den gepflasterten Bereich von Užhorod hinter sich gelassen und fuhren jetzt auf einer Schotterstraße weiter. «Meine Herren», sagte Mierczak, «Sie wollen nach Ungarn, wie mir der Gastwirt gesagt hat. Aber ich muss Sie fragen, ob Sie einen bestimmten Ort im Sinn haben. Oder einfach nur ‹Ungarn›. Wenn es so wäre, ich würde es vollkommen verstehen, glauben Sie mir.»

«Könnten wir nach Michalan fahren?»

«Könnten wir. Da ist es schön ruhig, im Allgemeinen.»

Morath wartete. «Aber ...?»

«Aber noch ruhiger ist es in Zahony.»

«Also dann Zahony.»

Mierczak nickte. Nach ein paar Minuten bog er scharf in einen Feldweg ab und schaltete in den zweiten Gang herunter. Es hörte sich an, als hätte er mit einer Eisenstange gegen eine Badewanne geschlagen. Sie holperten eine Zeit lang über den Fahrweg, mit höchstens dreißig, dann mussten sie abbremsen und einem Fuhrwerk ausweichen.

«Wie ist es dort so?»

«In Zahony?»

«Ja.»

«Das Übliche. Kleiner Grenzübergang. Ein Zöllner, wenn er nicht schläft. Kein nennenswerter Verkehr. Heutzutage bleibt jeder möglichst dort, wo er ist.»

«Da fährt doch sicher ein Zug. Nach Debrecen, nehme ich an, wo wir in den Schnellzug umsteigen könnten.»

Pavlo trat gegen die Sitzlehne. Morath konnte es im ersten Moment gar nicht glauben. Er war drauf und dran, sich umzudrehen und etwas zu sagen, überlegte es sich aber anders.

«In Zahony fährt bestimmt ein Zug», sagte Mierczak.

Sie fuhren im letzten Tageslicht südwärts, der Nachmittag

ging in eine lange, matte Dämmerung über. Als er aus dem Fenster schaute, hatte Morath plötzlich das Gefühl, zu Hause zu sein, zu wissen, wo er war. Am Himmel trieben Wolkenfetzen im roten Licht der über den Karpaten untergehenden Sonne, leere Felder dehnten sich beiderseits der schmalen Straße, Birken- und Pappelhaine markierten Besitzgrenzen. Allmählich wurden die Felder von Wiesen abgelöst, auf denen das Gras im Abendwind wogte. Es war sehr schön und sehr einsam hier. *Diese gesegneten, blutgetränkten Täler*, dachte er.

Ein Weiler, dann noch einer. Es war jetzt dunkel, Wolken verbargen den Mond, und von den Flüssen stieg der Abendnebel auf. Mitten in einer lang gezogenen Kurve erblickten sie die Brücke über die Theiß und den Grenzposten Zahony. Pavlo rief: «Halt!» Mierczak trat auf die Bremse, und Pavlo beugte sich hastig über die Lehne nach vorn und schaltete die Scheinwerfer aus. «Dieses Miststück!», tobte er. Er atmete schwer. Morath hörte es.

In der Ferne sahen sie zwei feldbraune Lastwagen, durch deren Scheinwerferlicht Nebelfetzen trieben, und eine Anzahl von Silhouetten, möglicherweise Soldaten, die sich bewegten. Im Auto war es ganz still, der Motor tuckerte im Leerlauf, es roch stark nach Benzin.

«Woher wollen Sie wissen, dass sie es war?», fragte Mierczak.

Pavlo antwortete nicht.

«Vielleicht sind die bloß zufällig hier», sagte Mierczak.

«Nein», sagte Pavlo. Eine Zeit lang beobachteten sie die Lastwagen und die Soldaten. «Ich bin selber schuld. Ich hab gewusst, was zu tun war, aber ich hab's nicht getan.»

Morath hielt es für das Beste, südwärts nach Bereschowo zu fahren, eine Unterkunft für ein, zwei Tage zu suchen und dann den Zug nach Ungarn zu nehmen. Oder, vielleicht noch besser, nach Westen in den slowakischen Landesteil – weg von

Ruthenien, dem Land der zu vielen Grenzen – und dann weiter mit der Eisenbahn.

«Meinen Sie, die haben unsere Lichter gesehen?», fragte Mierczak. Er schluckte einmal, dann noch einmal.

«Wenden Sie einfach, und dann nichts wie weg hier», sagte Pavlo.

Mierczak zögerte. Er hatte nichts verbrochen, aber wenn er jetzt flüchtete …

«Los», sagte Pavlo.

Widerstrebend legte Mierczak den Rückwärtsgang ein und wendete. Er fuhr ein Stück weit ohne Licht und schaltete dann die Scheinwerfer wieder ein. Pavlo schaute durchs Rückfenster, bis der Grenzposten hinter der Kurve verschwand. «Die bleiben, wo sie sind», sagte er.

«Wie weit ist es nach Bereschowo?», erkundigte sich Morath. «Vielleicht nehmen wir jetzt doch besser den Zug.»

«Eine Stunde. Im Dunkeln ein bisschen länger.»

«Ich steige in keinen Zug», sagte Pavlo. «Wenn die Papiere nicht in Ordnung sind, sitzt man in der Falle.»

Dann bleib doch hier.

«Gibt es noch einen anderen Übergang?», fragte Pavlo.

Mierczak überlegte. «Eine Fußgängerbrücke, bei dem Dorf Weslowo. Die wird bei Nacht manchmal benutzt.»

«Von wem?»

«Von bestimmten Familien – damit sie keinen Einfuhrzoll zahlen müssen. Sie schmuggeln Zigaretten, hauptsächlich, oder Wodka.»

Pavlo starrte ihn ungläubig an. «Warum haben Sie uns dann nicht gleich dorthin gebracht?»

«Wir haben ihn nicht darum gebeten», sagte Morath. Trotz der kühlen Abendluft war Pavlo ins Schwitzen geraten. Morath roch es.

«Man muss zu Fuß durch einen Wald», sagte Mierczak.

Morath seufzte. Der Gedanke behagte ihm nicht. «Wir können's uns ja mal ansehen», sagte er. *Vielleicht waren die Lastwagen doch zufällig da.* Er hatte einen Pullover, eine Tweedjacke und Flanellhosen an – Kleidung für ein Landhotel und die Eisenbahn. Und damit sollte er jetzt im Wald herumstolpern.

Sie fuhren eine Stunde, der Mond stieg. Es waren keine anderen Autos auf der Straße. Das Land, Felder und Wiesen, lag dunkel, leer. Endlich kamen sie in ein Dorf – ein Dutzend Holzhäuser am Straßenrand, von Petroleumlampen erhellte Fenster. Ein paar Ställe und Scheunen. Die Hunde bellten das Auto an. «Jetzt ist es nicht mehr weit», sagte Mierczak und spähte in die Nacht. Die Autoscheinwerfer gaben nur ein trübes bernsteinfarbenes Licht. Wo der Wald anfing, hielt Mierczak an, stieg aus und ging ein Stück die Straße entlang. Nach einer Minute kam er zurück. Er grinste wieder. «Ein Wunder», sagte er. «Ich hab's gefunden.»

Sie stiegen aus, Morath mit seiner Tasche, Pavlo mit seinem Aktenkoffer, und gingen zu dritt los. Die Stille war überwältigend, sie hörten nur den Wind und ihre eigenen Schritte auf dem Fahrweg.

«Da vorn ist es», sagte Mierczak.

Morath konnte einen Pfad im Unterholz zwischen zwei riesigen Buchen ausmachen.

«Noch einen Kilometer ungefähr», sagte Mierczak. «Sie werden den Fluss hören.»

Morath zog seine Brieftasche und begann, Hundert-Kronen-Scheine abzuzählen.

«Das ist sehr großzügig», sagte Mierczak.

«Würden Sie hier auf uns warten?», fragte ihn Morath. «Vielleicht vierzig Minuten? Für alle Fälle.»

Mierczak nickte. «Viel Glück, die Herren», sagte er, offenkundig erleichtert. Ihm war nicht klar gewesen, worauf er sich eingelassen hatte; das Bargeld in seiner Tasche bewies, dass seine Angst berechtigt gewesen war. Er winkte ihnen nach, als sie im Wald verschwanden, froh, sie los zu sein.

Mierczak hatte Recht gehabt, dachte Morath. Kaum hatten sie den Wald erreicht, hörten sie den Fluss, noch unsichtbar, aber nicht weit weg. Wasser tropfte von den kahlen Zweigen der Bäume, der Boden federte. Sie gingen weiter, lange, wie ihnen schien, dann sahen sie die Theiß. Sie war etwa hundert Meter breit, führte viel Wasser und wirkte schwer und grau in der Dunkelheit, mit weißen Schaumkronen, wo das Wasser sich an einem Felsen oder einem anderen Hindernis staute.

«Und wo ist diese Brücke?», sagte Pavlo. *Diese angebliche Brücke.*

Morath zeigte mit einer Kopfbewegung nach vorn – da. Sie gingen noch einmal zehn Minuten, dann sah er eine trockene Baumwurzel, setzte sich darauf, gab Pavlo eine Zigarette und zündete sich selbst eine an. Balto hieß die Marke, er hatte sie in Užhorod gekauft.

«Schon lange in Paris?», fragte Pavlo.

«Ja, lange.»

«Sieht man.»

Morath rauchte seine Zigarette.

«Hier vergisst man, wie das Leben ist.»

«Immer mit der Ruhe», sagte Morath. «Bald sind wir in Ungarn. Dann suchen wir uns eine Taverne und essen etwas.»

Pavlo lachte. «Sie glauben doch nicht wirklich, dass der Pole auf uns wartet, oder?»

Morath schaute auf die Uhr. «Er müsste noch da sein.»

Pavlo sah Morath mitleidig an. «Nicht mehr lange. Er wird jeden Moment zu seiner Frau zurückfahren. Und unterwegs wird er bei der Polizei vorbeischauen und denen was flüstern.»

«Beruhigen Sie sich», sagte Morath.

«Hier zu Lande dreht sich alles um eins, und nur um eins: um Geld.»

Morath zuckte die Achseln.

Pavlo stand auf. «Bin gleich zurück.»

«Was haben Sie vor?»

«Nur ein paar Minuten», sagte er über die Schulter.

Um Gottes willen! Morath hörte ihn noch eine Weile, er ging den Weg zurück, den sie gekommen waren; dann war alles still. Vielleicht war er weg, endgültig weg. Oder er ging zurück, um nachzusehen, ob Mierczak noch da war, und das war völlig sinnlos. *Jedenfalls muss er irgendwem etwas wert sein*. In Moraths Kindheit war seine Mutter jeden Tag zur Messe gegangen. Sie hatte ihm oft gesagt, alle Menschen seien gut, nur kämen eben manche vom rechten Weg ab.

Morath schaute in die Baumwipfel hinauf. Der Mond verschwand, kam wieder hervor, eine blasse Scheibe zwischen Wolken. Lange her, dass er zum letzten Mal in einem Wald gewesen war. Dieser hier war alt, wahrscheinlich Teil eines riesigen Besitzes. Fürst Esterhazy hatte in Ungarn über hunderttausend Hektar gehabt, mit elftausend Menschen in siebzehn Dörfern. Gar nicht so ungewöhnlich in diesem Teil der Welt. Der Adelige, dem diese Ländereien hier gehörten, hatte zweifellos darauf vertraut, dass dereinst seine Enkelkinder die langsam wachsenden Harthölzer, überwiegend Eichen und Buchen, fällen würden.

Morath kam der Gedanke, dass er den tschechischen Zollbeamten genau genommen nicht einmal angelogen hatte. Er hatte gesagt, er wolle sich Wälder ansehen; und hier saß er jetzt und sah sich einen an. In der Ferne knallten zwei Schüsse, dann, einen Moment später, noch ein dritter.

Als Pavlo zurückkam, sagte er nur: «Wir müssen sehen, dass wir weiterkommen.» Was getan werden musste, war getan, wozu darüber sprechen. Schweigend gingen sie weiter, und nach ein paar Minuten sahen sie die Brücke. Ein schmales, halsbrecherisches altes Ding, an dessen Holzpfählen das Wasser tiefe Strudel bildete und dessen Planken etwa drei Meter über der Wasseroberfläche lagen. Morath sah genauer hin und bemerkte, dass die Brücke sich bewegte. Das jenseitige Ende hob sich scharf vom Himmel ab – ein abgebrochenes Stück Geländer ragte zum ungarischen Ufer hin in die Luft. Im Mondlicht konnte er sogar das rußschwarze Muster auf dem Holz ausmachen, wo der abgebrannte – oder gesprengte – Teil der Brücke in den Fluss gestürzt war.

Morath war noch so entsetzt über das, was Pavlo getan hatte, dass es ihm fast egal war. Er hatte es im Krieg gesehen, ein Dutzend Mal oder öfter, und es hatte immer dieselben Worte hervorgerufen, die jedoch nie laut ausgesprochen wurden. *Sinnlos* war das wichtigste, die anderen waren nicht weiter von Bedeutung. *Sinnlos, sinnlos.* Als dürfte alles in der Welt geschehen, solange noch irgendjemand irgendeinen Sinn darin sieht. Ein ziemlich makabrer Scherz, hatte er damals gedacht. Die Reiterkolonnen in den rauchenden Dörfern Galiziens, ein Kavallerieoffizier, der *sinnlos* vor sich hin sagt.

«Irgendwie müssen die ja rüberkommen», sagte Pavlo.

«Wie bitte?»

«Die Leute, die bei Nacht über die Grenze gehen. Es muss eine Möglichkeit geben.»

Wahrscheinlich hatte er Recht, dachte Morath. Ein Kahn, eine andere Brücke, irgendetwas. Sie arbeiteten sich zum Ufer vor und waren nur noch wenige Meter davon entfernt, als sie die Stimme hörten. Ein Befehl. Auf Russisch, vielleicht auch Ukrainisch. Morath verstand ihn nicht, aber die Absicht war klar, und er wollte aufstehen. Pavlo packte ihn an den Schultern und zog ihn herab, in das hohe Uferschilf. «Nein, nicht», zischte er.

Wieder die Stimme, trügerisch höflich, schmeichelnd. *Wir tun keiner Fliege was zu Leide.*

Pavlo legte den Finger an den Mund.

Morath zeigte nach hinten, in den vergleichsweise sicheren Wald. Pavlo überlegte, dann nickte er. Als sie in den Wald zurückkrochen, schoss jemand auf sie. Ein gelber Funke im Wald, ein Knall, der über dem Wasser verhallte. Dann ein Befehl auf Russisch, und gleich danach – wie aufmerksam – die ungarische Version. Der Tenor: *Verdammt noch mal, steht auf*, gefolgt von einem Kichern.

Pavlo hob einen Stein auf und warf ihn in Richtung der Stimme. Mindestens zwei Gewehre antworteten. Erst Stille, dann das Geräusch von jemandem, der durchs Unterholz stampfte, ein Krachen, ein Fluch und heiseres Gebrüll, das als Lachen durchgehen konnte.

Morath sah nicht, wo er herkam – der Aktenkoffer? –, aber Pavlo hielt auf einmal einen schweren stahlgrauen Revolver in der Hand und feuerte eine Salve blindlings in Richtung der Geräusche.

Da hörte der Spaß auf. Das war fies. Einer schrie zu ihnen herüber, und sie warfen sich beide flach auf die Erde, als eine Salve durchs Schilf rauschte. Morath machte Pavlo ein Zeichen: ruhig bleiben. Pavlo nickte. Aus der Dunkelheit eine Herausforderung – *kommt raus und kämpft, ihr Feiglinge.* Anschließend ein lauter Wortwechsel, erst zwei, dann drei Stimmen. Allesamt betrunken, ordinär und furchtbar wütend.

Aber das war's. Pavlo hatte mit seinen Schüssen etwas klargestellt, die Spielregeln abgeändert: Tut uns Leid, ungestraftes Töten gibt's heute nicht. Es dauerte lange, eine halbe Stunde hörten sie Gebrüll, Schießen und Zurufe, die wahrscheinlich als unerträgliche Beschimpfungen gedacht waren. Doch Pavlo und er ertrugen sie, und als die Bande abzog, waren sie klug genug, noch die Viertelstunde auf den letzten Schuss zu warten, abgegeben von dem, der zurückgeschickt wurde, ihm und Pavlo die Siegesfeier zu verderben.

4.40 Uhr. Das Licht perlgrau. Der beste Moment, wenn man etwas sehen will, ohne selbst sofort gesehen zu werden. Morath, nass und frierend, hörte auf der ungarischen Seite des Flusses die Vögel singen. Sie waren eine halbe Stunde flussaufwärts gegangen, klamm von dem dichten Nebel, und hatten nach einem Boot oder einer anderen Möglichkeit zum Übersetzen gesucht, waren aber unverrichteter Dinge zur Brücke zurückgekehrt.

«Was immer sie benutzen, sie haben es versteckt», sagte Pavlo.

Morath nickte. Es war kein Morgen, an dem zwei Fremde einfach in einem abgelegenen Dorf auftauchen konnten. Die tschechische Polizei würde sich für den Mord an einem polnischen Taxifahrer interessieren, und die ukrainische Bande wollte sicher nur zu gern wissen, wer da in der Nacht auf sie geschossen hatte. «Können Sie schwimmen?», fragte Morath.

Ganz langsam schüttelte Pavlo den Kopf.

Morath war ein guter Schwimmer, und es wäre nicht das erste Mal gewesen, dass er einen reißenden Fluss durchschwamm. Er hatte es schon als Halbwüchsiger getan, mit wagemutigen Freunden. Er war in die Frühjahrsfluten gesprungen und hatte sich, an einen Baumstamm geklammert, treiben lassen, bis er irgendwo das Ufer erreichte. Aber in dieser Jahreszeit hatte man nur eine Viertelstunde. Auch das wusste er aus dem Krieg, hatte es in der Bzura und im Dnjestr gesehen. Erst eine gequälte Grimasse wegen der Kälte, dann ein blödes Lächeln, dann der Tod.

Aber er hätte es riskiert. Das Problem war Pavlo. Egal, wie er zu ihm stand – er musste ihn hinüberbringen. *Seltsam allerdings, wie viel Folklore da hineinspielte.* Immer wieder Füchse und Hähne und Frösche und Tiger und Priester und Kaninchen. *Ein Fluss, den man durchqueren muss: Warum sind es immer die Schlauen, die nicht schwimmen können?*

Und es gab keine Baumstämme. Vielleicht konnten sie ja ein Stück von dem verbrannten Geländer abbrechen, aber das würde sich erst am Ende der Brücke zeigen. Morath beschloss, seine Tasche zurückzulassen. Es war schade um den Bartha, aber er würde einen Weg finden, das Buch zu ersetzen. Und das andere, Rasiermesser, Socken, Hemd – adieu. Das konnten die Ukrainer haben. Pavlo hingegen machte seinen Gürtel auf und schlang ihn durch den Griff des Aktenkoffers. «Nehmen Sie Ihren Pass zwischen die Zähne», sagte Morath.

«Und das Geld?»

«Geld trocknet.»

Flach auf dem Bauch arbeitete Morath sich über die Brücke vor. Er hörte das Wasser rauschen, drei Meter unter sich, konnte es spüren. Kalte, feuchte Luft stieg von den reißenden Fluten auf. Er blickte sich nicht um, Pavlo würde sich entweder ein Herz fassen oder zurückbleiben. Wie er so über die verwitterten Bohlen robbte, merkte er, dass viel mehr von der Brücke verbrannt war, als man vom Ufer aus erkennen konnte. Es roch verkohlt, und sein Lambswoolpullover aus einem Geschäft in der Rue de la Paix – «Nicht das Grün, Nicky, dieses hier» –, schon vorher völlig verdreckt, war jetzt auch noch rußverschmiert.

Lange bevor er das Ende erreichte, machte er eine Pause. Die Pfosten waren teilweise verbrannt, verkohlt zu schwarzen Stelzen, die nun das Gewicht der Brücke tragen mussten. Er würde ein bisschen früher ins Wasser müssen, als er gedacht hatte. Die Brücke zitterte und schwankte bei jeder Bewegung, also gab er Pavlo ein Zeichen, zu bleiben, wo er war, und kroch allein weiter.

Er kam an eine schwierige Stelle, klammerte sich an, spürte, wie ihm trotz der Kälte der Schweiß ausbrach. Sollte er hier schon hineinspringen? Nein, es war noch zu weit bis zum anderen Ufer. Er wartete, bis das Gewackel aufhörte, umklammerte dann mit den Fingern das nächste Brett und glitt vorwärts. Warten, Hand ausstrecken, ziehen, gleiten. Die Wange auf dem Holz, sah er zwei Silberreiher, die auf ihn zugeflogen kamen, dicht über der Wasseroberfläche, dann hörte er das Schlagen ihrer Schwingen, als sie über ihn hinwegzogen.

Als er am Ende angekommen war, dort, wo es nicht mehr

weiterging, weil das Holz so verkohlt war, dass es keine Katze mehr getragen hätte, musste er verschnaufen. Er winkte Pavlo. Während er auf ihn wartete, hörte er Stimmen über dem Wasser. Er drehte sich um und sah zwei Frauen, die im seichten Wasser am Ufer standen und ihn anstarrten, die schwarzen Röcke über die Knie gerafft.

«Machen Sie Ihren Schlips ab», sagte Morath.

Pavlo zögerte und zog dann widerstrebend den Knoten auf.

«Ich gehe ins Wasser, Sie folgen mir. Sie halten sich am einen Ende der Krawatte fest, ich schwimme rüber und ziehe Sie mit. Sehen Sie zu, dass Sie irgendwie klarkommen – treten Sie mit den Füßen, rudern Sie mit dem freien Arm. Es wird schon gehen.»

Pavlo nickte.

Morath schaute auf das Wasser hinunter, drei Meter unter ihm, strudelnd. Es war noch weit bis zur anderen Seite, aber wenigstens war das Ufer flach.

«Moment noch», sagte Pavlo.

«Was ist?»

Aber es gab nichts zu sagen, er wollte nur einfach nicht ins Wasser.

«Wird schon schief gehen», sagte Morath. Er beschloss, den nächsten Pfosten anzupeilen, er musste sich irgendwo festhalten, während er auf Pavlo einredete, hinter ihm hineinzuspringen. Er zog sich weiter, spürte, wie die Planken unter ihm zitterten und dann nachgaben. Er fluchte, hörte einen Balken brechen, wurde auf die Seite gedreht und stürzte. Er ruderte mit den Armen, dann schlug er so hart auf, dass ihm die Sinne vergingen. Es war nicht der eisige Schock des Wassers, den hatte er erwartet. Es war ein Felsen. Glatt und dunkel, gut einen halben Meter unter der Oberfläche. Morath kauerte auf Händen und Knien, empfand noch keinen Schmerz, fühlte ihn aber kommen, rings um ihn strudelte der Fluss. *Ein verborgener Damm.* Der älteste Trick der Welt.

Pavlo kroch auf ihn zu, Schlips in der Hand, Pass zwischen den Zähnen, die Brille verrutscht. Er lachte.

Sie gingen zu Fuß nach Zahony, erst am Fluss entlang, dann durch den Wald, auf einem Fahrweg, der sich in eine Straße verwandelte. Sie brauchten den ganzen Vormittag, na wenn schon. Pavlo war froh, dass er nicht ertrunken war, und sein Geld war gar nicht so nass geworden – er zog die Scheine auseinander, österreichische, tschechische, französische, blies sachte auf die diversen Könige und Heiligen und legte dann alles in den Aktenkoffer.

Morath hatte sich am Handgelenk und am Knie verletzt, aber nicht so schlimm, wie er befürchtet hatte, und er hatte einen Bluterguss unter dem linken Auge. Höchstwahrscheinlich eine Planke, er hatte es nicht einmal gemerkt. Mit der Zeit kam die Sonne heraus, und der Fluss glitzerte. Sie überholten einen Holzfäller, einen Landstreicher und zwei Jungen, die nach dem Kleinen Stör angelten, den es in der Theiß gab. Morath sprach sie auf Ungarisch an: «Schon was gefangen?» Ein bisschen was, ja, es geht so. Sie waren nicht weiter überrascht, zwei Männer in verdreckten Sachen aus dem Wald kommen zu sehen. So ist das, wenn man an einer Grenze lebt, dachte Morath.

In Zahony fanden sie ein kleines Gasthaus, aßen Kohlrouladen und einen Teller Spiegeleier und stiegen noch am selben Nachmittag in einen Zug. Pavlo schlief ein, Morath schaute durchs Fenster hinaus auf die ungarische Tiefebene.

Er hatte Wort gehalten, sein Versprechen an Polanyi, diesen, diesen was immer er sein mochte, nach Paris zu bringen. *Pavlo.* Bestimmt ein Pseudonym – *nom de guerre*, Tarnname, Identitätsschwindel, irgendetwas. Er behauptete, Kroate zu sein, und das, dachte Morath, konnte sogar stimmen. Vielleicht war er ein Mitglied der kroatischen Ustascha. Was in manchen Gegenden «Terrorist» und in anderen «Patriot» bedeutete.

Kroatien, jahrhundertelang eine ungarische Provinz – wegen des Zugangs zum Meer war aus Miklos Horthy der Admiral Horthy geworden –, hatte ein stürmisches Kapitel politischer Geschichte geschrieben, seit es 1918 Teil des künstlich geschaffenen Königreichs Jugoslawien geworden war. Der Gründer der Ustascha, Ante Pavelic, war berühmt geworden, als er in der kroatischen Deputiertenkammer auf einen politischen Gegner losgegangen war und ihn ins Herz geschossen hatte. Sechs Monate später kehrte Pavelic aus seinem Versteck zurück, marschierte mit einer Flinte im Arm ins Foyer der Kammer und erschoss zwei weitere Deputierte.

Unter Mussolinis Schutz bezog Pavelic eine Villa in Turin, von wo aus er der politischen Philosophie seiner Organisation tatkräftig Nachdruck verlieh: über vierzig Eisenbahnunglücke in zehn Jahren, zahllose Bombenanschläge auf öffentliche Gebäude, Handgranaten, die in Soldatenkneipen explodierten, und fünftausend ermordete kroatische und serbische Beamte. Das Geld kam von Mussolini, die Attentäter schickte die IMRO, die Innere Mazedonische Revolutionäre Organisation, die ihr Hauptquartier in Bulgarien hatte. IMRO-Agenten hatten 1934 in Marseille König Alexander von Jugoslawien ermordet. Sie waren in ungarischen Lagern trainiert worden. Im Rahmen eines Bündnisses mit Italien stellte Ungarn auch militärische Ausbilder und falsche Papiere bereit. Papiere, die oft im Namen von Eduard Benesch ausgestellt wurden, des verhassten Staatspräsidenten der Tschechoslowakei. Die Sache entbehrte nicht einer gewissen Komik, dachte Morath.

«Balkan, Balkan», hieß es in Frankreich, wenn ein Zuhälter eine Hure schlug oder drei Kinder ein viertes verprügelten – von allem, was barbarisch oder brutal war. Auf dem Platz gegenüber von Morath schlief Pavlo den Schlaf des Gerechten, die Arme schützend über seinem Aktenkoffer gekreuzt.

Die Passformalitäten an der österreichischen Grenze zogen sich glücklicherweise nicht allzu sehr in die Länge. *Andreas*

Panea, dem Rumänen, ließen die Grenzer die ganz spezielle, verdeckte Unverschämtheit der Mitteleuropäer angedeihen; man musste praktisch Österreicher sein, um zu merken, dass man beleidigt wurde. Alle anderen brauchten ein, zwei Tage, und dann hatten sie das Land schon wieder verlassen.

Eine lange Eisenbahnfahrt, dachte Morath, der sich nach dem Leben zurücksehnte, das er sich in Paris aufgebaut hatte. Ungarische Ebene, österreichisches Tal, deutscher Wald. Dann endlich französische Felder, und in Moraths Herzen ging die Sonne auf. Gegen Abend ratterte der Zug durch die Ile-de-France, Weizenfelder und sonst nicht viel, dann verkündete der Schaffner – wie alle französischen Schaffner breit und stämmig, mit schwarzem Schnurrbart –, dass man sich der Endstation nähere, und in seiner Stimme schwang so etwas wie Musik mit. Pavlo wurde aufmerksam, schaute aus dem Fenster, als der Zug langsamer wurde und durch die Vororte fuhr.

«Schon mal in Paris gewesen?»

«Nein.»

Am 10. Mai 1938 fuhr der Nachtzug aus Budapest kurz nach 21.20 Uhr in den Gare du Nord ein. Es war alles in allem ein ruhiger Abend in Europa, bewölkt und warm für die Jahreszeit, am frühen Morgen sollte es laut Wetterbericht regnen. Nicholas Morath, der mit einem ungarischen Diplomatenpass reiste, stieg langsam aus dem Waggon erster Klasse und strebte dem Taxistand vor dem Bahnhof zu. Am Bahnsteigende drehte er sich um, als wollte er etwas zu seinem Begleiter sagen, doch wer immer der gewesen sein mochte, er war in der Menge untergetaucht.

II. Von Schlebens Hure

Die bar balalaika, kurz nach drei, die staubige, verbrauchte Luft eines Nachtclubs an einem Frühlingsnachmittag. Auf der Bühne ließen sich zwei Frauen und ein Mann, Tänzer in enger schwarzer Kleidung, von einem kleinen Russen herumschikanieren, der einen Kneifer trug, die Hände in die Hüften gestemmt hatte und von der ganzen Hoffnungslosigkeit dieser Welt gezeichnet war. Er schloss die Augen und kniff den Mund zusammen. «Wie ein Zigeuner springen», erklärte er, «heißt, wie ein Zigeuner springen.» Stille. Alle sahen ihn an. Er machte ihnen vor, was er meinte, rief «Hah!» und warf die Arme in die Luft. Er schob ruckartig das Kinn vor. «Mehr Lebenslust, wenn ich bitten darf!»

Boris Balki stand mit aufgestützten Ellbogen am Tresen, einen Bleistiftstummel hinter dem Ohr, ein halb fertiges Kreuzworträtsel in einer französischen Zeitung vor sich ausgebreitet. Er schaute zu Morath auf und sagte: *«Ça va?»*

Morath nahm sich einen Hocker. «Es geht.»

«Was darf's denn sein?»

«Ein Bier.»

«Pelforth?»

Morath bejahte. «Trinken Sie eins mit?»

Balki zog ganz leicht die Augenbrauen hoch und holte die Flaschen unter dem Tresen hervor. Er machte eine auf und goss das Bier in ein schräg gehaltenes Glas.

Morath trank. Balki schenkte sich ebenfalls ein, warf einen Blick auf sein Kreuzworträtsel, blätterte um und nahm sich die Schlagzeilen vor. «Weiß der Geier, warum ich dieses Drecksblatt immer noch kaufe.»

Morath las den Namen verkehrt herum. Es war eines der salopperen Pariser Wochenblätter: frivoler Klatsch, gewagte Karikaturen, Fotos von knallig aufgemachten Revuegirls, ganze Seiten mit Rennergebnissen aus Auteuil und Longchamp. Einmal war sein Name zu seiner Scham und seinem Entsetzen darin aufgetaucht. Kurz bevor er Cara kennen lernte, war er mit einem Filmsternchen liiert gewesen, und das Blatt hatte ihn als den «ungarischen Playboy Nicky Morath» apostrophiert. Es war weder zu einem Duell noch zu einem Prozess gekommen, aber er hatte beides erwogen.

Balki lachte. «Wo haben die diesen Quatsch her? ‹Zurzeit sitzen siebenundzwanzig Hitler in Berliner Irrenanstalten.›»

«Nur einer fehlt noch.»

Balki blätterte um, trank einen Schluck Bier, las kurz etwas. «Sagen Sie, Sie sind doch Ungar, oder?»

«Ja.»

«Hier steht, dass es bei euch jetzt ein Gesetz gegen die Juden gibt.»

In der letzten Maiwoche hatte das ungarische Parlament ein Gesetz verabschiedet, das den Anteil von Juden an der Belegschaft von Privatunternehmen auf zwanzig Prozent begrenzte.

«Eine Schande», sagte Morath. «Aber die Regierung musste etwas tun, etwas Symbolisches, sonst hätten die ungarischen Nazis einen Staatsstreich inszeniert.»

Balki las weiter. «Wer ist Graf Bethlen?»

«Ein Konservativer. Gegen die radikalen Rechten.» Morath verschwieg Bethlens bekannte Definition des Antisemiten: «jemand, der die Juden mehr als nötig verabscheut».

«Seine Partei hat das Gesetz abgelehnt», sagte Balki. «Zusammen mit den Liberalkonservativen und den Sozialdemokraten. ‹Die Schattenfront› nennt man das hier.»

«Das Gesetz ist eine Geste», sagte Morath. «Nicht mehr. Horthy hat einen neuen Ministerpräsidenten ernannt, Imredy;

damit will er die Vorlage durchbringen und die Verrückten mundtot machen, andernfalls ...»

Auf der Bühne Zigeunergeigen vom Plattenspieler. Eine der beiden Tänzerinnen, eine Rotblonde, hob blasiert den Kopf, hielt die Hand hoch und schnippte mit den Fingern. «Ja», rief der winzige Russe. «Das ist gut, Rivka, das ist *Tzigane*!» Mit melodramatisch tiefer Stimme sagte er dann: «Welcher Mann wird es wagen, mich zu nehmen.» Morath beobachtete die Tänzerin und sah, wie sehr sie sich anstrengte.

«Und die Juden?», fragte Balki. Er mußte laut sprechen, um die Musik zu übertönen. «Was halten die davon?»

«Die finden es schlecht. Aber sie sehen, was sich in Europa tut, und sie können Landkarten lesen. Irgendwie muss Ungarn überleben.»

Angewidert blätterte Balki zu seinem Kreuzworträtsel zurück und zog den Bleistift hinterm Ohr hervor. «Politik!», sagte er. Dann: «Wildbeere?»

Morath überlegte. *«Fraise de bois?»*

Balki zählte die Buchstaben. «Zu lang», sagte er.

Morath zuckte die Achseln.

«Und Sie? Was meinen Sie?», fragte Balki. Er war wieder bei dem neuen Gesetz.

«Ich bin natürlich dagegen. Aber eins steht fest: Wenn die Pfeilkreuzler jemals an die Macht kommen, dann wird es in Ungarn wie in Deutschland zugehen. Es wird erneut einen Weißen Terror geben, wie 1919. Sie werden die Liberalen, die traditionalistischen Rechten *und* die Juden aufhängen. Glauben Sie mir, es wird wie Wien sein, nur schlimmer.» Er machte eine Pause. «Sind Sie Jude, Boris?»

«Das frage ich mich auch manchmal», sagte Balki.

Mit dieser Antwort hatte Morath nicht gerechnet.

«Ich bin im Waisenhaus aufgewachsen, in Odessa. Als sie mich gefunden haben, war der Name *Boris* an meine Decke gesteckt. ‹Balki› bedeutet Graben – das ist der Name, den sie mir gegeben haben. In Odessa ist natürlich fast jeder *irgendwas*. Jude oder Grieche oder Tatar. Die Ukrainer denken, Odessa liegt in der Ukraine, aber die Leute dort wissen es besser.»

Morath lächelte, die Stadt war als exzentrisch bekannt. Als 1920 während des Bürgerkriegs französische, griechische und ukrainische Truppen Odessa besetzten, wurden die Grenzen der Besatzungszonen mit Reihen von Küchenstühlen markiert.

«Ich bin eigentlich in den Banden aufgewachsen», sagte Balki. «Ich war Mitglied der Sakowitz-Bande, mit elf Jahren. Wir haben den Hühnermarkt in der Moldavanka kontrolliert. Das war eine vorwiegend jüdische Bande. Wir hatten alle ein Messer, und wir haben getan, was wir tun mussten. Aber zum ersten Mal im Leben hatte ich genug zu essen.»

«Und dann?»

«Na ja, schließlich ist die Tscheka gekommen. Von da an waren *die* die einzige Bande in der Stadt. Ich hab versucht, ehrlich zu werden, aber Sie wissen ja, wie das ist. Sakowitz hat mir das Leben gerettet. Er hat mich eines Nachts aus dem Bett geholt, mich zum Hafen gebracht und mich auf einen Schwarzmeerfrachter gesetzt.» Er seufzte. «Manchmal fehlt es mir, so schlimm es war.»

Sie tranken ihr Bier, Balki arbeitete an seinem Kreuzworträtsel, Morath sah bei der Tanzprobe zu.

«Das Leben ist schwer», sagte Morath. «Wenn ich zum Beispiel an einen meiner Freunde denke.»

Balki schaute auf. «Immer in Schwierigkeiten, Ihre Freunde.»

«Ja, das stimmt. Aber man hilft eben, wo man kann.»

Balki wartete.

«Dieser Freund von mir muss Geschäfte mit den Deutschen machen.»

«Vergessen Sie's.»

«Wenn Sie die ganze Geschichte kennen würden, brächten Sie mehr Verständnis auf, das können Sie mir glauben.» Er machte eine Pause, aber Balki schwieg. «Sie haben Ihre Heimat verloren, Boris. Sie wissen, wie das ist. Wir wollen unsere nicht auch verlieren. Es ist, wie Sie gerade gesagt haben, wir tun, was wir tun müssen. Ich will kein *conard* sein und Ihnen Geld anbieten, aber Geld ist drin, für irgendjemanden. Sie kennen doch bestimmt jemanden, dem Sie diese Chance gönnen würden. Zumindest sollten Sie sich erkundigen, wie das Angebot aussieht.»

Balki ließ sich erweichen. Jeder, den er kannte, brauchte Geld. Es gab Frauen, draußen in Boulogne, wo die russischen Emigranten lebten, die blind wurden, weil sie in Heimarbeit Stickereien für die Modehäuser anfertigten. Er machte eine hilflose Geste. *Je m'en fous – ich bin der Gelackmeierte, egal, was passiert.*

«Eine alte Geschichte. Deutscher Offizier in Paris braucht Freundin.»

Balki war beleidigt. «Hat mich jemand einen Zuhälter genannt?»

Morath schüttelte den Kopf. *Nein, so ist das nicht gemeint.*

«Raus mit der Sprache», sagte Balki. «Wer sind Sie?» Er meinte, *was sind Sie?*

«Nicholas Morath. Ich arbeite in der Werbung. Sie finden mich im Telefonbuch.»

Balki trank sein Bier aus. «Also meinetwegen.» Er fügte sich, aber mehr seinem vermeintlichen Schicksal als Morath. «Also, worum geht's im Einzelnen?»

«Das hab ich doch schon gesagt.»

«Monsieur Morath – Nicholas, wenn es Ihnen recht ist –, wir sind hier in Paris. Wenn Sie ein Kamel bumsen wollen, brauchen Sie bloß den Wärter im Zoo mit ein paar Franc zu bestechen. Was Sie auch machen wollen, jedes Loch, das Sie sich vorstellen können und auch ein paar, die Sie sich nicht vorstellen können – Sie finden es oben am Pigalle, draußen in Clichy. Für Geld kriegt man alles.»

«Ja, ich weiß. Aber denken Sie daran, wie es Blomberg und Fritsch ergangen ist» – zwei Generäle, die Hitler geschasst hatte, den einen, weil ihm eine homosexuelle Affäre nachgesagt wurde, den anderen, weil er mit einer Frau verheiratet war, von der das Gerücht ging, sie sei Prostituierte gewesen. «Niemand darf erfahren, dass dieser Offizier eine Geliebte hat. Boris, ich kenne den Mann nicht, aber ich weiß von meinem Freund, dass seine Frau eifersüchtig ist. Sie kommen beide aus stockkatholischen Familien in Bayern. Es könnte seinen Ruin bedeuten. Trotzdem, er ist hier in Paris, er sieht es überall, kommt überall damit in Berührung, in den Cafés, auf der Straße. Deshalb will er unbedingt etwas arrangieren, eine Liaison. Aber es muss diskret sein. Für die Frau – eine Frau, die absolut verschwiegen ist, ohne lange Erklärungen versteht, was auf dem Spiel steht, und ihn obendrein glücklich macht – wäre eine monatliche Vergütung vorgesehen. Fünftausend Franc. Und bei beiderseitiger Zufriedenheit mit der Zeit noch mehr.»

Das war eine Menge Geld. Ein Lehrer verdiente zweieinhalbtausend Franc monatlich. Balkis Miene hellte sich sichtlich auf. Er war nicht mehr Boris der Barkeeper, sondern Balki der Sakowitza.

«Mit den Zahlungen habe ich nichts zu tun.»

«Nein.»

«Dann könnte ich es mir vorstellen», sagte Balki. «Aber ich muss erst mal drüber schlafen.»

Juan-les-Pins, 11. Juni.

Ihre Brüste, blass im Mondschein.

Spätabends. Cara und ihre Freundin Francesca stiegen nackt aus dem Meer, lachend, sich an den Händen haltend, glitzernd vom Wasser. Morath saß im Sand, barfuß, die Hosenbeine bis zur Wadenmitte aufgerollt. Neben ihm sagte Simon Soundso, ein britischer Anwalt: «Mein Gott.» Überwältigt vom Anblick der Geschöpfe, die da über den Strand auf sie zugerannt kamen.

Sie waren jedes Jahr etwa um diese Zeit hier, bevor die Sommerfrischler einfielen. In «Juan», wie sie es nannten. Sie wohnten am Meer, in einem hohen aprikosenfarbenen Haus mit grünen Fensterläden. In dem kleinen Dorf, wo man einen Saint-Pierre direkt von den Fischern kaufen konnte, wenn die Boote mittags zurückkehrten.

Caras Leute. Montrouchet vom Théâtre des Catacombes, in Begleitung der «Trägheit». Eine schöne Frau, raffiniert und begehrenswert. Montrouchet sprach sie mit ihrem richtigen Namen an, aber für Morath war sie die «Trägheit» und würde es immer bleiben. Die beiden wohnten in der Pension Helga, im Pinienwald oberhalb des Dorfes. Francesca stammte aus Buenos Aires, aus der italienischen Kolonie in Argentinien, genau wie Cara, und lebte in London. Dann Mona, genannt Moni, eine kanadische Bildhauerin mit einer Wohnung in Paris, und Marlene, die Frau, mit der sie zusammenlebte. Marlene stellte Schmuck her. Schublin, ein polnischer Jude, der Feuerbilder malte, Ilsa, die Kurzromane schrieb, und Bernhard, der Gedichte über Spanien verfasste. Und andere, eine Gruppe von wechselnder Zusammensetzung, Freunde von Freunden oder geheimnisvolle Fremde, die sich Hütten unter den Pinien mieteten, billige Zimmer im Hôtel de la Mer nahmen oder unter den Sternen schliefen.

Morath liebte die Cara von Juan-les-Pins, wo die warme Luft sie so aufheizte. «Wir werden heute Nacht lange aufbleiben», sagte sie gern, «also müssen wir am Nachmittag ruhen.» Rasch ein Bad in dem schwefelhaltigen, lauwarmen Wasser, das in die rostfleckige Wanne tröpfelte, dann schweißtreibende, phantasievolle Liebe auf dem groben Laken. Im Halbschlaf lagen sie am offenen Fenster, atmeten den Harzduft der Pinien im Nachmittagswind ein. In der Abenddämmerung fingen die Zikaden an und verstummten erst wieder im Morgengrauen.

Manchmal fuhren sie mit einem Taxi zu dem Restaurant an der *moyenne corniche* oberhalb von Villefranche hinauf, wo man ihnen Schüsseln mit knoblauchgewürzter *tapenade* und Pfannkuchen aus Kichererbsenmehl vorsetzte, und dann, wenn sie mit sich und der Welt zufrieden waren und keinen Bissen mehr hinunterbrachten, das Diner.

Zu stolz und zu madjarisch, um Strandsandalen zu tragen, rannte Morath mittags barfuß über die glühend heißen Kiesel und schaute dann wassertretend zum flachen Horizont hinaus. Er blieb lange im Wasser, so lange, bis er gefühllos wie ein Stein wurde, und war glücklich wie selten, während Cara und Francesca inmitten ihrer Freunde auf ihren Badetüchern lagen, von Kokosöl glänzten und sich unterhielten.

«Halb neun in Juan-les-Pins, halb zehn in Prag.» Das konnte man in der Bar Basque hören, wo sich die Leute am Spätnachmittag einfanden, um weißen Rum zu trinken. Der Schatten war also da, an manchen Tagen dunkler, an anderen lichter, und wenn man sich nicht selbst die Mühe machte, die Lage einzuschätzen, nahm die Zeitung es einem ab. Morath kaufte sich in dem kleinen Laden den *Nice Matin* und den *Figaro*, gesellte sich zu den anderen Süchtigen und ging dann in ein Café. Die Sonne brannte schon um neun Uhr morgens, aber im Schatten des Café-Sonnenschirms war es angenehm kühl und lauschig. «Hitler zufolge», las er, «sind ‹die Tschechen wie Radrennfahrer – sie buckeln nach oben und treten unablässig nach unten›.» Im Juni war die Tschechoslowakei *en vogue* als das Land, in dem der Krieg beginnen würde. Die Volksdeutschen in den alten österreichischen Provinzen Böhmen und Mähren – vor allem im Sudetenland – forderten die Vereinigung mit dem Reich. Und die *Zwischenfälle*, die Brände, die Attentate, die Märsche waren in vollem Gange.

Morath blätterte um.

Spanien war jetzt fast erledigt – es kam erst auf Seite drei.

Die Falange würde gewinnen, es war nur noch eine Frage der Zeit. Vor der Küste wurden britische Frachter, die republikanische Häfen belieferten, von italienischen Jagdmaschinen versenkt, die von Flugplätzen auf Mallorca aufstiegen. Der *Figaro* hatte eine politische Karikatur aus einer englischen Zeitung abgedruckt: Colonel Blimp sagt: «Also Sir, es ist höchste Zeit, dass wir diesem Franco mal sagen, wenn er noch einmal hundert britische Schiffe versenkt, werden wir uns ganz aus dem Mittelmeer zurückziehen.»

Morath blickte aufs Meer hinaus. In der Ferne ein weißes Segel. Heftige Kämpfe tobten siebzig Kilometer nördlich von Valencia, weniger als eine Tagesreise von dem Café, in dem er seinen Kaffee trank.

Schublin war zum Kämpfen nach Spanien gegangen, aber der NKWD hatte ihn hinausgeworfen. «Die Zeit, in der wir leben», sagte er eines Abends in der Bar Basque. «Die Herrschaft der Wirbellosen.» Er war in den Dreißigern, hatte blondes Kraushaar, ein gebrochenes Nasenbein und nikotingelbe Finger mit Ölfarbe unter den Nägeln. «Und König Adolf wird auf dem Thron Europas sitzen.»

«Die Franzosen werden ihn zertreten.» Bernhard war Deutscher. Er war in Paris bei einer kommunistischen Demonstration mitmarschiert, und jetzt konnte er nicht mehr nach Hause.

«Und trotzdem», sagte Simon, der Anwalt. Die anderen sahen ihn an, aber er wollte keine Ansprache halten. Ein trauriges Lächeln, das war alles.

Der Tisch stand am Rand der Tanzfläche, die der Wind großzügig mit Sand und Piniennadeln bestreut hatte. Er blies kräftig vom Meer her, roch wie ein Wellenbrecher bei Ebbe und ließ die Tischdecken flattern. Die kleine Kapelle beendete *Le Tango du Chat* und spielte als nächste Nummer *Begin the Beguine*.

Bernhard wandte sich an Moni. «Hast du diese Beguine schon mal getanzt?»

«O ja.»

«Wirklich?», fragte Marlene.

«Ja.»

«Wann war das?»

«Als du nicht da warst, um mir zuzusehen.»

«Ach ja. Und wann war *das*?»

«Tanz mit mir, Nicky», sagte die Trägheit und fasste ihn am Arm. Sie produzierten etwas, was einem Foxtrott nicht unähnlich war, und die Kapelle – *Los Tres Hermanos* stand auf der Basstrommel – spielte ihnen zuliebe langsamer. Sie drückte sich an ihn, schwer und weich. «Bleibt ihr lange auf, wenn ihr hier seid?»

«Manchmal.»

«Ich auch. Montrouchet trinkt am Abend, dann schläft er wie ein Toter.»

Sie tanzten eine Zeit lang.

«Du kannst dich glücklich schätzen, dass du Cara hast», sagte sie.

«Mhm.»

«Sie muss – aufregend sein, für dich. Ich meine, sie ist einfach so, das spüre ich.»

«Ja?»

«Manchmal denke ich an euch beide, in eurem Zimmer.» Sie lachte. «Ich bin unmöglich, nicht wahr?»

«Nein, eigentlich nicht.»

«Ist mir auch egal. Du darfst ihr sogar erzählen, was ich gesagt habe.»

Später, im Bett, setzte sich Cara auf und lehnte sich an die Wand. Schweiß glänzte zwischen ihren Brüsten und auf ihrem Bauch. Sie nahm einen Zug von Moraths Chesterfield und stieß eine lange Rauchfahne aus. «Bist du glücklich, Nicky?»

«Spürst du das nicht?»

«Ehrlich?»

«Ja, ehrlich.»

Draußen der Aufprall der Wellen am Strand. Ein Rauschen, Stille, dann das Donnern.

Der Mond stand, dunstig-golden, abnehmend, in der unteren Ecke des Fensters, aber nicht lange. Vorsichtig, um Cara nicht zu wecken, tastete er nach seiner Uhr auf dem Stuhl neben dem Bett. Zehn vor vier. *Schlaf jetzt.* «Schlaf, der des Grams verworrn Gespinst entwirrt.» Ein schweres Stück Arbeit.

Cara durchschaute ihn. Na und, wenn schon. Er war dazu verurteilt, mit einer gewissen Schwermut zu leben. Nicht Verzweiflung, aber doch der zermürbende Zwang, sich ihres Ansturms zu erwehren. Vor langer Zeit hatte er deswegen eine Frau verloren, die Verlobung war nie zur Ehe gediehen, und seither waren aus demselben Grund mehrere Beziehungen in die Brüche gegangen. Wenn man eine Frau liebt, sollte einen das tunlichst glücklich machen, sonst …

Vielleicht war der Krieg schuld. Morath war nicht mehr derselbe, als er heimkehrte – er hatte erfahren, was Menschen einander antun können. Es wäre besser gewesen, es nicht zu wissen, man lebte dann ein anderes Leben. Er hatte Remarques Buch *Im Westen nichts Neues* gelesen, drei- oder viermal. Und einige Passagen noch viel öfter. *Wenn wir jetzt zurückkehren, sind wir müde, zerfallen, ausgebrannt, wurzellos und ohne Hoffnung. Wir werden uns nicht mehr zurechtfinden können … Mögen die Monate und Jahre kommen, sie nehmen mir nichts mehr, sie können mir nichts mehr nehmen. Ich bin so allein und so ohne Erwartung, dass ich ihnen entgegensehen kann ohne Furcht.*

Ein deutsches Buch. Morath hatte eine ziemlich genaue Vorstellung davon, wonach Hitler in den Herzen der deutschen Kriegsveteranen schürfte. Aber es handelte nicht nur von Deutschland. Sie alle, Briten, Franzosen, Russen, Deutsche, Ungarn und die Übrigen, waren in das Mahlwerk geschüttet worden. Manche kamen darin um, andere starben innerlich. Wer, fragte er sich, hat wirklich überlebt?

Aber wer überlebte überhaupt jemals? Er wusste es nicht. Wichtig war, dass man am Morgen aufstand. Dass man sah, was geschehen konnte, Gutes oder Schlechtes. Man setzte auf Rot oder Schwarz. Trotzdem, sagte einer seiner Freunde immer, sei es wahrscheinlich gut, dass man sich nicht einfach das Leben nehmen kann, indem man bis zehn zählt und *jetzt* sagt.

Ganz vorsichtig schlüpfte er aus dem Bett, zog sich eine Baumwollhose an, schlich die Treppe hinunter und stellte sich in die Tür. Ein silberner Brandungsstreifen schwoll an, brach und verschwand. Am Strand lachte jemand, jemand, der zu viel getrunken hatte, dem alles egal war. Wenn er die Augen zusammenkniff, konnte er gerade noch das Glimmen eines heruntergebrannten Feuers und ein paar Silhouetten in der Dunkelheit ausmachen. Ein geflüsterter Ruf, wieder ein Lachen.

Paris, 15. Juni.

Otto Adler ließ sich im Jardin du Luxembourg auf einem Stuhl nieder, genau gegenüber dem runden Teich, in dem Kinder ihre Segelboote fahren ließen. Er verschränkte die Hände im Nacken und betrachtete die Wolken, die sich, weiß aufgetürmt, vor dem blauen Himmel abzeichneten. Vielleicht ein Gewitter am Spätnachmittag, dachte er. Heiß genug war es, zu heiß für die Jahreszeit, und er hätte sich auf die Abkühlung gefreut, wären da nicht die paar Centime gewesen, die es ihn kosten würde, in dem Café an der Rue de Médicis Zuflucht zu suchen. Er konnte die paar Centime nicht erübrigen.

Es würde sein erster ganzer Sommer in Frankreich werden, und er würde ihn arm und verträumt vorfinden, mit einer Leidenschaft für dunkle, anmutige Ecken, Gässchen und Kirchen. Er war voller Pläne und Meinungen, verliebt in jede zweite Frau, die er sah, depressiv, amüsiert und ungeduldig aufs Mittagessen wartend. Mit einem Wort, pariserisch.

Die Aussicht konnte wie alle politischen Zeitschriften nicht leben und nicht sterben. Die Januarausgabe, erschienen im März, hatte als wichtigsten Beitrag einen Artikel von Professor Bordeleone von der Universität Turin gebracht: *Einige Anmerkungen zur Tradition der faschistischen Ästhetik.* Der Text hatte nicht ganz die erhabene Tiefe, die seine Leser erwarteten, wohl aber den großen epischen Atem – er griff zurück aufs kaiserliche Rom und gelangte auf verschlungenen Pfaden über die Architektur des neunzehnten Jahrhunderts bis zu D'Annunzio. Ein sanfter, blinzelnder Mann, dieser Bordeleone, jetzt emeritierter Professor der Turiner Universität, nachdem er eine Nacht lang auf dem Polizeirevier verhört und mit Rizinusöl traktiert worden war. Aber zum Glück war Signora Bordeleone reich, sie würden also überleben.

Für die Winterausgabe hatte sich Adler Ehrgeiziges vorgenommen. Er hatte einen Brief von einem alten Königsberger Freund bekommen, Dr. Pfeffer, jetzt Emigrant in der Schweiz. Pfeffer hatte in Basel einen Vortrag besucht, und beim Kaffee danach hatte der Redner erwähnt, dass Thomas Mann, seit 1933 ebenfalls Emigrant, erwäge, einen kurzen politischen Essay zu veröffentlichen. Bei Mann konnten das gut und gern achtzig Seiten werden, aber das war Adler egal. Sein Drucker unten in Saclay war – zumindest bis jetzt – ein Idealist in puncto Kredit und unbezahlte Rechnungen und, nun ja, *Thomas Mann*. «Ganz vorsichtig», schrieb Pfeffer in seinem Brief, «habe ich die Frage anklingen lassen, ob es irgendeinen Anhaltspunkt für Manns *Thema* gebe, aber der Mensch hat nur gehüstelt und weggeschaut – würde man Zeus fragen, was er zum Frühstück gegessen hat?» Adler musste lächeln, als er jetzt wieder an den Brief dachte. Natürlich war das Thema völlig nebensächlich. Um diesen Namen in die *Aussicht* zu bekommen, hätte er auch des Dichters Wäschezettel abgedruckt.

Er schnallte seine Aktentasche auf und schaute hinein: ein Exemplar von Schnitzlers dramatischen Werken, ein billiger

Schreibblock – die guten Sachen waren in seinem Schreibtisch daheim in Saint-Germain-en-Laye –, der *Figaro* von gestern, mitgenommen (oder, wie er es sah, gerettet) aus dem Bummelzug, der ihn nach Paris gebracht hatte, und ein in braunes Packpapier eingewickeltes Käsebrot. *«Ah, mais oui, monsieur, le fromage de campagne!»* Die Frau, der die örtliche *Crémerie* gehörte, war schon bald dahinter gekommen, dass er jeden Centime umdrehen musste, hatte aber als waschechte Französin eine Schwäche für verarmte Intellektuelle und verkaufte ihm, was sie in einer kuriosen Mischung aus Stolz und Grausamkeit *Bauernkäse* nannte. Namenlos, gelb, fad und billig. Trotzdem sei sie gesegnet, dachte Adler, dafür, dass sie uns am Leben erhält.

Er nahm den Block aus der Tasche, kramte nach einem Bleistift und begann zu schreiben. *Lieber Herr Dr. Mann.* Oder würde er mit einer respektvolleren Anrede mehr Erfolg haben? Sollte er es versuchen? Er ließ es stehen und ging zur Strategie über. *Lieber Herr Dr. Mann: Da ich eine Frau und vier Kinder ernähren muss und Löcher in der Unterwäsche habe, bin ich überzeugt, dass Sie bereit sein werden, einen wichtigen Essay in meiner kleinen Zeitschrift zu veröffentlichen.* Und wie nun das Nächste sagen, ohne es auszusprechen? «Die vielleicht nicht allzu bekannt ist, aber in wichtigen Kreisen gelesen wird»?

Pfui. «Die gehaltvollste und ideenreichste unter den politischen Emigrantenzeitschriften»?

Lahm. *Wenn Hitler sie liest, macht er sich in die Hosen!* Jetzt, dachte er, war er auf dem richtigen Weg. Was wäre, durchzuckte es ihn Schwindel erregend, wenn er tatsächlich so etwas schrieb?

Er hob den Blick und schaute zum satten Grün der Kastanienbäume auf der anderen Seite des Teiches hinüber. Kinder waren keine da, natürlich – sie mussten den heißen Junivormittag in der Schule absitzen.

Ein Spaziergänger näherte sich ihm. Ein junger Mann, der

offenbar nichts zu tun hatte, vielleicht war er, bedauerlicherweise, arbeitslos. Adler schaute wieder auf seinen Block, bis der Mann vor seinem Stuhl stehen blieb. *«Pardon, monsieur»*, sagte er, «können Sie mir bitte sagen, wie spät es ist?»

Adler griff in sein Jackett und holte eine silberne Taschenuhr hervor. Der Minutenzeiger stand genau auf der Vier.

«Es ist genau ...», sagte er.

M. Coupin war ein alter Mann, der von einer Eisenbahnerrente lebte und in den Park ging, um Zeitung zu lesen und nach den Mädchen zu schauen. Er erzählte seine Geschichte den *flics*, die vor dem Jardin du Luxembourg standen, dann den Kriminalbeamten in der *préfecture*, dann einem Reporter des *Paris-Soir*, dann zwei Beamten des Innenministeriums und schließlich noch einem Reporter, der sich in seinem Stammcafé mit ihm traf, ihm einen *pastis* und dann noch einen bestellte, anscheinend mehr über das Vorkommnis wusste als all die anderen und ihm eine Reihe von Fragen stellte, die er nicht beantworten konnte.

Er erzählte allen dieselbe Geschichte, mehr oder weniger. Von dem Mann, der auf der anderen Seite des Teiches gesessen hatte, von dem Mann im blauen Anzug und mit Nickelbrille, der zu ihm hingegangen war, und von den Schüssen. Ein Schuss und ein Gnadenschuss.

Wie der erste Schuss abgefeuert wurde, hatte er nicht gesehen, nur gehört. «Ein lauter Knall, wie von einem Silvesterkracher.» Dadurch war er aufmerksam geworden. «Der Mann, der gerade auf die Uhr schaute, ließ sie fallen und sprang auf, als hätte man ihn beleidigt. Er hat einen Moment geschwankt und ist dann zusammengebrochen. Dabei hat er den Stuhl umgerissen. Einmal hat sein Fuß noch gezuckt, dann hat er still dagelegen. Der Mann im blauen Anzug hat sich über ihn gebeugt, die Pistole in Anschlag gebracht und noch einmal geschossen. Dann ist er weggegangen.»

M. Coupin hatte nicht geschrien oder den Mann verfolgt oder sonst etwas unternommen. Er blieb, wo er war, wie gebannt. Denn, so erklärte er, «ich hab meinen Augen nicht getraut». Seine Zweifel wurden noch stärker, als der Mörder «einfach weggegangen ist. Er ist nicht gerannt. Er ist nicht mal schnell gegangen. Es war, es war, als ob er überhaupt nichts getan hätte.»

Es gab auch andere Augenzeugen. Einer beschrieb einen Mann in einem Mantel, ein anderer sagte, es seien zwei Männer gewesen, ein Dritter berichtete von einem heftigen Streit zwischen Mörder und Opfer. Aber sie waren fast alle weiter vom Schauplatz weg gewesen als M. Coupin. Mit Ausnahme eines Paares, Mann und Frau, das Arm in Arm einen Kiesweg entlangspazierte. Die Kriminalbeamten beobachteten den Park mehrere Tage, aber das Paar tauchte nicht mehr auf, und trotz eines Aufrufs in den Zeitungen meldete es sich auch nicht bei der *préfecture*.

«Phantastisch», sagte Graf Polanyi. Er meinte die zu einer kegelförmigen Tüte gefaltete weiche Waffel mit einer Kugel Vanilleeis obenauf. «Man kann es im Gehen essen.»

Morath hatte sich mit seinem Onkel im Zoo getroffen, wo ein *glacier* neben dem Restaurant das Tüteneis feilbot. Es war sehr heiß, Polanyi trug einen Seidenanzug und einen Strohhut. Sie schlenderten an einem Lama vorbei, dann an einem Löwen, der Zoogeruch war scharf in der Nachmittagssonne.

«Bekommst du da unten eigentlich die Zeitungen, Nicholas?»

Morath bejahte.

«Die Pariser Zeitungen?»

«Manchmal den *Figaro*, wenn sie ihn dahaben.»

Polanyi blieb einen Moment stehen, schleckte vorsichtig an dem Eis und hielt sein Taschentuch unter die Tüte, damit es ihm nicht auf die Schuhe tropfte. «Jede Menge Politik, während du weg warst», sagte er. «Vor allem in der Tschechoslowakei.»

«Ich hab's zum Teil gelesen.»

«Es kam einem vor wie 1914 – als die Politiker von den Ereignissen überrollt wurden. Also es war so: Hitler hat zehn Divisionen an die tschechische Grenze verlegt. Bei Nacht und Nebel. Aber er ist dabei ertappt worden. Die Tschechen haben mobil gemacht – im Gegensatz zu den Österreichern, die einfach dagesessen und abgewartet haben –, und die französischen und britischen Diplomaten in Berlin sind außer sich. *Das bedeutet Krieg!* Schließlich hat er eingelenkt.»

«Vorläufig.»

«Stimmt, er wird nicht aufgeben, er hasst die Tschechen. Er nennt sie ‹eine erbärmliche Zwergenrasse ohne Kultur›. Also wird er eine Möglichkeit finden. Und er wird uns mit hineinziehen, wenn er kann. Und die Polen auch. Er wird es so drehen, als wären wir einfach nur drei Länder, die territoriale Auseinandersetzungen mit einem vierten austragen müssen.»

«Das Übliche.»

«Ja.»

«Wo ich gerade herkomme, hat keiner die geringsten Zweifel hinsichtlich der Zukunft. ‹Es gibt Krieg, wir werden alle sterben, wir haben nur noch heute Nacht …›»

Polanyi runzelte die Stirn. «Damit macht man es sich denn doch viel zu leicht», sagte er. Er blieb stehen, um wieder an seinem Eis zu lecken. «Übrigens, bist du bei der Suche nach einer Gespielin für meinen Freund schon weitergekommen?»

«Nein, noch nicht.»

«Da du ohnehin noch dabei bist: Mir ist eingefallen, dass die Liebesvögelchen ja auch ein Liebesnest brauchen. Ganz verschwiegen natürlich und diskret.»

Morath überlegte.

«Es muss unter einem anderen Namen gemietet werden», sagte Polanyi.

«Unter meinem?»

«Nein. Aber frag doch mal deinen Freund Szubl.»

«Szubl und Mitten.»

Polanyi lachte. «Ja.» Die beiden Männer teilten seit ewigen Zeiten ein Zimmer und die Entbehrungen des Emigrantenlebens.

«Ich frag sie», sagte Morath.

Sie gingen weiter, durch die Ménagerie in den Park. Vom Gare d'Austerlitz hörte man die Lokomotiven pfeifen. Polanyi aß sein Eis auf. «Ich frage mich manchmal», sagte Morath, «was aus dem Mann geworden ist, den ich nach Paris gebracht habe.»

Polanyi zuckte die Achseln. «Ich für mein Teil ziehe es vor, solche Dinge nicht zu wissen.»

Es war nicht schwierig, mit Szubl und Mitten Kontakt aufzunehmen. Morath lud sie zum Mittagessen ein. In ein Lyonnaiser Restaurant, beschloss er, wo man ein *grand déjeuner* bekam, das einen für Wochen auf den Beinen hielt. Sie waren für ihre Armut berühmt, Szubl und Mitten. Vor ein paar Jahren hatte das Gerücht die Runde gemacht, dass immer nur einer von ihnen abends ausgehen konnte, weil sie zusammen nur einen aschgrauen Anzug besaßen.

Morath war früher da, aber Wolfi Szubl wartete schon auf ihn. Er war ein massiger Mann um die fünfzig, mit einem langen, kummervollen Gesicht, rot geränderten Augen und einem Rücken, der krumm geworden war, weil er jahrelang Musterkoffer mit Miederwaren in praktisch jede Stadt Mitteleuropas geschleppt hatte. Szubl vereinigte mehrere Nationalitäten in sich – welche genau, verriet er nie. Herbert Mitten war transsylvanischer Jude, geboren in Cluj, als es noch in Ungarn lag. Ihre Papiere, und ihr Leben, waren wie das dürre Laub der alten Monarchie, das seit Jahren ziellos durch die Straßen von einem Dutzend Städten geweht war. Bis sich dann 1930 eine gute Seele ihrer annahm und ihnen eine Aufenthaltsgenehmigung für Paris ausstellte.

Morath bestellte Aperitifs und plauderte mit Szubl, bis Mitten mit rot glänzendem Gesicht von der Toilette zurückkam. Mein Gott, dachte Morath, er wird sich da drin doch nicht rasiert haben. «Ah, Morath», sagte Mitten, reichte ihm seine weiche Hand und lächelte ihn theatralisch an. Mitten war Schauspieler von Beruf, hatte in fünf Ländern Filmrollen gehabt und dabei acht Sprachen gesprochen. Er spielte immer dieselbe Figur, die sich am besten anhand seines letzten Auftritts als Mr. Pickwick in einer ungarischen Verfilmung der *Pickwickier* definieren ließ. Mitten hatte eine Figur wie die Männer in Karikaturen aus dem neunzehnten Jahrhundert – in der Mitte ausladend und nach oben und unten verjüngt –, und die Haare standen ihm zu Berge wie eine Clownsperücke.

Sie bestellten. Reichlich. Es war ein Familienrestaurant mit dicken Porzellanschüsseln und schweren Tellern. Es gab Wurst, zum Teil in Öl, in Butter gebratene Kartoffelscheiben, fette Brathühner, Salate mit *haricots blancs* und Salate mit Speckwürfeln. Mont-d'Or-Käse. Und Erdbeeren. Die Tischdecke war kaum noch zu sehen. Morath ließ sich beim Wein nicht lumpen – 26er-Burgunder –, was den rotgesichtigen *patron* veranlasste, freundlich zu lächeln und sich ein ums andere Mal zu verbeugen.

Hinterher spazierten sie durch die dunklen Straßen, die aus den Tiefen des V. Arrondissements zur Seine führten. «Eine Wohnung», sagte Morath, «für eine heimliche Liebesaffäre.»

Szuble überlegte. «Ein Liebhaber, der nicht als Mieter in Erscheinung treten möchte.»

«Sehr romantisch», sagte Mitten.

«Auf jeden Fall sehr heimlich», sagte Szubl.

Mitten fragte: «Was für Leute sind das? Prominente?»

«Sie sind vorsichtig», sagte Morath. «Und sie sind reich.»

«Aha.»

Sie warteten. Morath sagte: «Zweitausend pro Monat für das Liebesnest. Fünfhundert für euch. Einer von euch unterschreibt den Mietvertrag. Wenn sie ein Hausmädchen brauchen, engagiert ihr eins. Die Concierge kennt euch, nur euch, die Freunde des Liebespaars.»

Szubl lachte. «Und für die fünfhundert sollen wir das glauben?»

«Für die fünfhundert wisst ihr es besser.»

«Nicholas», sagte Mitten, «Leute wie wir werden erwischt, wenn sie spionieren.»

«Es geht nicht um Spionage.»

«Man stellt uns an die Wand.»

Morath schüttelte den Kopf.

«Also in Gottes Namen, dann ist es eben nur ein Bankraub.»

«Eine Liebesaffäre», sagte Morath.

«Sechshundert», sagte Mitten.

«Na gut. Sechshundert. Ich gebe euch noch Geld für die Möbel.»

«Möbel!»

«Was für eine Liebesaffäre ist das eigentlich?»

Zu Moraths Überraschung machten sie sich gut. Ziemlich gut. Irgendwie schafften sie es, binnen einer Woche eine ganze Auswahl von Liebesnestern aufzutun. Zum Auftakt fuhren sie mit ihm in die Gegend der Avenue Foche, wo bildschöne käufliche «Verkäuferinnen» sich auf flauschigen Sofas räkelten, hinter in Rosa und Gold dekorierten Fenstern. In der Wohnung, die sie besichtigten, hatte die letzte Liebesaffäre offenbar ein abruptes Ende genommen; dafür sprachen eine geöffnete Dose Kaviar und eine bemooste Zitrone in dem kleinen Kühlschrank.

Als Nächstes zeigten sie ihm einen großen Raum, ein ehemaliges Dienstbotenzimmer, unter dem Dach eines *hôtel particulier* im IV. Arrondissement, wohin sich nie jemand verirrte. «Sechs Treppen hoch», sagte Mitten.

«Aber sehr verschwiegen.»

Und, so überlegte Morath, nicht die schlechteste Wahl für eine echte Liebesaffäre. Ein ruhiges Viertel, das seit 1788 nicht mehr als gute Wohngegend galt, und verlassene Straßen. Anschließend mit dem Taxi nach Saint-Germain-des-Prés, ins Atelier eines Malers an der Rue Guénégaud, aus dem man durch ein Fenster einen hübschen blauen Streifen Seine sah. «Er malt, sie sitzt Modell», sagte Szubl.

«Und dann, eines Nachmittags, Fragonard!»

Morath war beeindruckt. «Perfekt.»

«Wenn's für einen Pariser ist, weiß ich nicht so recht. Aber wenn die Liebesleute vielleicht Ausländer sind, na ja, es ist, wie Sie sehen, MGM pur.»

«Très chic», sagte Szubl.

«Und der Hauswirt sitzt hinter Gittern.»

Das letzte Objekt war – erwartungsgemäß – eine Bruchbude. Vielleicht aus Gefälligkeit für einen Freund, einen zweiten Szubl, einen anderen Mitten, der bettelarm und hilflos im gallischen Meer trieb. Zwei kleine Zimmer, am unteren Ende des IX. Arrondissements, nicht weit von der Métro Chaussée d'Antin, halb die Seitenstraße hinunter – die Rue Mogador –, direkt hinter den Galeries Lafayette. Die Straßen waren voller Menschen, die in dem Kaufhaus einkaufen wollten oder hier arbeiteten. Zu Weihnachten führten Eltern ihre Kinder hierher, damit sie sich den mechanischen Père Noël im Schaufenster anschauen konnten.

Die Wohnung lag im dritten Stock eines ruß- und dreckgeschwärzten Mietshauses aus dem neunzehnten Jahrhundert. Braune Wände, ein zweiflammiger Gasherd, Toilette auf dem Flur, vergilbte Stores, ein Tisch mit grüner Wachstuchdecke, eine Couch und ein schmales Bett mit einer an die Wand über dem Kopfteil gehefteten Seite aus einem illustrierten ungarischen Kalender – *Ernte in Esztergom.*

«Na, Morath, ist das nicht ein Schmuckstück?»

«Man kriegt schon einen Ständer, wenn man dieses Bett nur sieht, oder?»

«*Ma biche, ma douce*, diese Militärdecke! Und der zusammengerollte Mantel als Kopfkissen! Jetzt ist unser Moment gekommen! Zieh dich aus – wenn du dich traust!»

«Wer ist euer Freund?»

«Laszlo.»

«Netter ungarischer Name.»

«Netter Ungar.»

«Sagt ihm, ich lasse danken – ich gebe euch was, damit ihr ihn mal zum Essen ausführen könnt.»

«Also die Erste, stimmt's? Das rosa Boudoir?»

«Oder das Atelier. Ich überleg's mir noch.»

Sie verließen die Wohnung und gingen hinunter. Morath strebte zur Vordertür, aber Mitten packte ihn am Ellbogen. «Wir gehen besser hinten raus.»

Morath folgte ihnen, durch eine Tür am anderen Ende des Hausflurs, über einen engen Hof, der in ewigem Schatten lag, dann noch einmal durch eine Tür und einen Gang, in dem mehrere Männer und Frauen Zigaretten rauchten und sich unterhielten.

«Wo zum Teufel sind wir hier?»

«In den Galeries. Aber nicht in dem Teil, den die Öffentlichkeit zu sehen bekommt. Hier kommen die Angestellten her, um eine zu rauchen. Manchmal wird dieser Eingang für Lieferungen benutzt.»

Sie kamen an eine dritte Tür, Szubl öffnete sie, und sie waren im Erdgeschoss des Kaufhauses, unter lauter gut gekleideten Leuten mit Taschen und Päckchen.

«Brauchst du was?», fragte Szubl.

«Eine Krawatte vielleicht?»

«Salauds!», lächelte Morath.

«Laszlo will zweieinhalbtausend.»

Balki rief ihn eine Woche danach an.

«Vielleicht möchten Sie sich mit einer Freundin von mir treffen.»

Morath war einverstanden.

«Dann bis morgen. In dem großen Café an der Rue de Rivoli, Métro Palais Royal. Gegen vier. Sie wird Blumen tragen – Sie werden sie auf Anhieb erkennen.»

«Um vier.»

«Sie heißt Silvana.»

«Ich danke Ihnen, Boris.»

«Schon gut», sagte Balki mit harter Stimme. «Jederzeit.»

Das Café war neutraler Boden *par excellence*; Touristen, Dichter, Diebe, jeder konnte dort hingehen. Silvana trug an diesem schwülen Julitag einen dunklen Hosenanzug mit einem winzigen Sträußchen am Revers. Rücken gerade, Knie zusammen, die Beine nach der Seite, die Miene versteinert.

Morath hatte sehr gute Manieren – noch nie im Leben war er sitzen geblieben, wenn eine Frau an den Tisch kam. Und ein gutes Herz, das merkten die Leute auf Anhieb. Trotzdem lief es nicht besonders gut zwischen ihnen. Er sei erfreut, sie kennen zu lernen, sagte er und redete noch ein bisschen weiter, die Stimme ruhig und kühl und viel umgänglicher als die Worte, die er sprach. *Ich weiß, wie schwer das Leben sein kann. Wir tun alle unser Bestes. Sie haben nichts zu befürchten.*

Sie war nicht unattraktiv – diese Wendung fiel ihm als Erstes ein, als er sie sah. Etwa fünfunddreißig, mit messinggelbem Haar, das schlaff ihr Gesicht umrahmte, einer Himmelfahrtsnase, vollen Lippen und dunkler, leicht fettiger Haut. Nicht strahlend, eher schmollend, dieser Typ. Feste Brüste, durch den engen Pullover betont, schmale Taille, nicht zu breite Hüften. Aus irgendeinem Mittelmeerland, vermutete er. War sie eine *Marseillaise*? Vielleicht Griechin, oder Italienerin, aber kalt, dachte er. Würde von Schleben wirklich mit ihr ins Bett wollen? Er selbst hätte dankend abgelehnt, aber man wusste nie, was andere Männer gern im Bett hatten.

«Ja, also», sagte er. «Einen Aperitif? Cinzano – wäre Ihnen das recht? Mit *glaçons* – machen wir's wie die Amerikaner.»

Sie schüttelte sich eine Gauloise Bleue aus der Packung und klopfte mit dem Fingernagel auf das Ende. Er riss ein Zündholz an, sie legte ihre hohle Hand um seine und blies dann die Flamme aus. «Danke», sagte sie. Sie inhalierte gierig, musste husten.

Die Drinks kamen – ohne Eiswürfel. Über Silvanas Schulter hinweg sah er, dass ein kleiner Mann an einem Ecktisch sie beobachtete. Er hatte flach gekämmtes dünnes Haar und trug eine Fliege, wodurch er aussah – Morath musste überlegen – wie der amerikanische Komiker Buster Keaton. Er fing für einen Moment Moraths Blick auf und las dann weiter in seiner Zeitschrift.

«Mein Freund ist Deutscher», sagte Morath. «Ein feiner Herr, ein Adeliger.»

Sie nickte. «Ja, Balki hat's mir gesagt.»

«Er würde sich freuen, wenn Sie morgen Abend mit ihm essen würden, im Pré Catalan. Um halb neun. Selbstverständlich wird er Ihnen seinen Wagen schicken.»

«Einverstanden. Ich wohne in einem Hotel an der Rue Georgette, am Montparnasse.» Sie machte eine Pause. «Nur er und ich?»

«Nein. Eine größere Gesellschaft, glaube ich.»

«Wie hieß noch mal das Restaurant?»

«Pré Catalan. Im Bois de Boulogne. Sehr *fin-de-siècle*. Champagner, Tanz bis in die frühen Morgenstunden.»

Silvana war amüsiert. «Oh», sagte sie.

Morath erzählte ihr von Szubl und Mitten, der Wohnung, dem Geld. Silvana wirkte ein wenig abwesend, sie betrachtete den Rauch, der von ihrer Zigarette aufstieg. Sie tranken noch einen Cinzano. Silvana sagte ihm, sie sei Rumänin, aus Sinaia.

Sie sei im Winter 1936 nach Paris gekommen, mit «einem Mann, der vom Kartenspielen lebte». Er hatte irgendwelche Schwierigkeiten bekommen und war daraufhin verschwunden. «Ich nehme an, er ist tot», sagte sie. Dann lächelte sie. «Aber bei ihm kann man nie wissen.» Eine Freundin hatte ihr eine Arbeit in einem Laden besorgt, Süßigkeiten-Verkäuferin in einer *confiserie*, aber man hatte sie nicht lange behalten. Nach dieser Enttäuschung war sie im Balalaika als Garderobenfrau angestellt worden. Sie schüttelte betrübt den Kopf. *«Quelle catastrophe.»* Sie lachte und atmete dabei Gauloise-Rauch aus. «Ich hab mich unmöglich angestellt, und der arme Boris musste es ausbaden.»

Der Nachmittag neigte sich dem Ende zu, es war kühl und dunkel unter den Arkaden der Rue de Rivoli. Das Café war gesteckt voll und sehr laut. Ein Straßenmusikant tauchte auf und fing an, Ziehharmonika zu spielen. «Ich glaube, ich fahr jetzt nach Hause», sagte Silvana. Sie standen auf und gaben sich die Hand, sie machte das Fahrrad los, das sie an dem Laternenpfahl an der Ecke angekettet hatte, stieg auf, winkte Morath und radelte davon.

Morath bestellte einen Scotch.

Eine alte Frau kam vorbei, die Zeitungen verkaufte. Morath ließ sich den *Paris-Soir* geben, um nachzusehen, was in den Kinos lief. Er wollte den Abend allein verbringen. Die Schlagzeilen waren in großen schwarzen Lettern gedruckt: Regierung: Verteidigung der Tschechoslowakei HEILIGE PFLICHT.

Der kleine Mann, der wie Buster Keaton aussah, verließ das Café und warf Morath im Vorbeigehen einen Blick zu. Einen Moment lang glaubte Morath, er habe ihm zugenickt. Wenn, dann war es bestenfalls die leise Andeutung eines Nickens gewesen, aber wahrscheinlich hatte er es sich ohnehin nur eingebildet.

Juillet, Juillet.

Die Sonne brannte auf die Stadt herab, und der Geruch der Metzgereien hing wie Rauch in der toten Luft.

Morath zog sich in die Agence Courtmain zurück. Es war nicht das erste Mal, dass er dort Zuflucht suchte. Auf der Flucht vor dem Sommer, auf der Flucht vor Onkel Janos und seiner Politik, auf der Flucht vor Cara, die in letzter Zeit nur noch vom Urlaub redete. Der geheiligte *mois d'Août* rückte näher – man fuhr entweder aufs Land oder verkroch sich in seiner Wohnung und ging nicht ans Telefon. Was Cara umtrieb, war die Frage, ob sie zur Baronin Frei in die Normandie oder zu ihrer Freundin Francesca und deren Freund nach Sussex fahren sollten. Das war keineswegs ein und dasselbe, und man musste schließlich einkaufen gehen.

In der Agence Courtmain gab es große schwarze Ventilatoren, die die heiße Luft quirlten, und manchmal fand ein kühles Lüftchen den Weg vom Fluss herauf zur Avenue Matignon und sickerte durchs Fenster herein. Morath saß mit Courtmain und der Cheftexterin in deren Büro und begutachtete eine Kakaobüchse.

«Sie haben Plantagen in Afrika, an der Südgrenze der Goldküste», sagte die Cheftexterin. Sie hieß Mary Day – ihre Mutter war Französin, ihr Vater Ire. Sie war ungefähr so alt wie Morath und ledig. Der Klatsch über sie ließ sich in zwei Lager einteilen. Die einen behaupteten, sie sei früher einmal Nonne gewesen, die anderen vertraten die Theorie, sie verdiene sich ein Zubrot, indem sie unter Pseudonym erotische Romane schreibe.

Morath erkundigte sich nach dem Hersteller.

«Eine große Familie aus der Provinz, in der Nähe von Bordeaux. Wir verhandeln mit dem Generaldirektor.»

«Pariser?»

«Aus den Kolonien», sagte Courtmain. «*Pied-noir*, mit sauber gestutztem Backenbart.»

Die Dose trug ein rotes Etikett, auf dem am oberen Rand *Castignac* stand. Darunter: *Cacao fin*. Morath hebelte den Blechdeckel ab, steckte einen Finger hinein und leckte ihn ab. Bitter, aber nicht unangenehm. Er tat es noch einmal.

«Angeblich ist er sehr rein», sagte Mary Day. «Sie verkaufen ihn an *chocolatiers*, hier, in Turin und in Wien.»

«Und was erwarten sie von uns?»

«Dass wir Kakao verkaufen», sagte Courtmain.

«Na ja, neue Werbemittel», sagte Mary Day. «Plakate für Bäckereien und Lebensmittelläden. Außerdem hat er uns gesagt, dass sie den Kakao jetzt, wo der Krieg zu Ende geht, auch in Spanien verkaufen wollen.»

«Mögen Spanier Schokolade?»

Sie beugte sich vor und wollte *natürlich* sagen, doch dann fiel ihr ein, dass sie es nicht wusste.

«Die kriegen nicht genug davon», sagte Courtmain. *Wie die Leute in unserer Agentur.*

Morath hielt die Dose ins Licht. Draußen war der Himmel weiß, auf einem Gesims gurrten Tauben. «Das Etikett ist gar nicht übel.» Der einzige Schmuck war eine Umrahmung aus Efeugirlanden.

Courtmain lachte. «Es ist perfekt», sagte er. «In zehn Jahren verkaufen wir es ihnen als unsere eigene Idee.»

Mary Day nahm mehrere Skizzen aus einer Mappe und heftete sie an die Wand. «Wir setzen Cassandre dran», sagte sie. A. M. Cassandre hatte das populäre dreiteilige *Dubo/Dubon/Dubonnet*-Motiv grafisch gestaltet.

«Unsere hauseigene Kassandra», sagte Courtmain.

Die Entwürfe waren üppig und beschworen die Tropen herauf. Hintergründe in verschiedenen Schattierungen von Renaissance-Ocker und Chromgelb, Figuren – hauptsächlich Tiger und Palmen – in Abstufungen von Tizianrot.

«Sehr hübsch», sagte Morath anerkennend.

Courtmain stimmte ihm zu. «Wenn nur der Name nicht

wäre», sagte er. Er deutete mit Daumen und Zeigefinger ein Etikett an. *«Palmier«*, schlug er vor, Palme. *«Cacao fin!»*

«Tigre?», sagte Morath.

Mary Day lächelte schelmisch. *«Tigresse»*, sagte sie.

Courtmain nickte. Er nahm ein Stück Malkreide aus einem Becher auf dem Schreibtisch und stellte sich neben einen der Entwürfe. «Das ist der Name», sagte er. «Mit diesem Baum» – die Palme, mit drei Wedeln, neigte sich graziös – «und diesem Tiger.» Eine *en-face*-Ansicht. Das Raubtier saß auf den Hinterbeinen und zeigte seine breite weiße Brust.

Morath war begeistert. «Meinen Sie, die werden drauf eingehen?»

«Nie und nimmer.»

Er war bei Cara, als das Telefon klingelte, um halb vier Uhr früh. Er wälzte sich aus dem Bett und erwischte nach einigem Herumtasten den Hörer. «Ja?»

«Ich bin's, Wolfi.» Szubl flüsterte fast.

«Was ist denn?»

«Am besten, Sie fahren sofort in die Wohnung. Es gibt mächtig Ärger.»

«Bin schon unterwegs», sagte Morath und legte auf.

Was anziehen?

«Nicky?»

Er hatte bereits ein Hemd an und versuchte, den Schlips zu binden. «Ich muss weg.»

«Jetzt?»

«Ja.»

«Warum denn?»

«Ein Freund ist in Schwierigkeiten.»

Nach einer Pause: «Aha.»

Er knöpfte sich die Hose zu, zog ein Jackett an und zwängte seine Füße in die Schuhe, während er sich mit den Händen die Haare glatt strich.

«Welcher Freund?» Jetzt hatte ihre Stimme einen gewissen Unterton.

«Ein Ungar, Cara. Du kennst ihn nicht.»

Und schon war er zur Tür hinaus.

Die Straßen lagen verwaist. Er ging mit schnellen Schritten zur Métro Pont d'Alma. Die Bahnen fuhren schon seit zwei Stunden nicht mehr, aber am Eingang stand ein Taxi. «Rue Mogador», sagte Morath dem Fahrer. «Um die Ecke von den Galeries Lafayette.»

Die Haustür war offen. Morath stand am Fuß der Treppe und spähte ins Dunkel hinauf. Dreißig Sekunden, nichts tat sich, dann, als er die ersten Stufen hinaufging, hörte er irgendwo weiter oben eine Tür klicken. *Man soll es nicht hören.* Wieder wartete er, dann ging er weiter.

Im ersten Stock blieb er wieder stehen. «Szubl?» Er sprach leise – gerade laut genug, dass man es einen Stock höher noch hören konnte. Keine Antwort.

Er hielt den Atem an. Er meinte, ein leises Schnarchen zu hören, ein Knarzen, dann noch einmal. Ganz normal in so einem Haus um vier Uhr morgens. Langsam stieg er weiter, mit einer kurzen Pause auf jeder Stufe. Ein Stück weiter oben berührte er etwas Klebriges an der Wand. Was war das? Sehen konnte er es nicht, dazu war es zu dunkel. Er fluchte und wischte sich die Finger an der Hose ab.

Im dritten Stock ging er bis ans Ende des Korridors und blieb vor der Tür stehen. Der Geruch war keineswegs stark – noch nicht –, aber Morath war im Krieg gewesen und wusste genau, um was es sich handelte. *Die Frau.* Ihm wurde mulmig. Er hatte gewusst, dass das passieren würde. Aus irgendeinem geheimnisvollen Grund hatte er es gewusst. Und er würde abrechnen mit dem, der es getan hatte. Ob von Schleben oder sonst wer, spielte keine Rolle. Sein Herz hämmerte, er musste sich zwingen, ruhig zu werden.

Oder womöglich Szubl. Nein, warum sollte sich jemand die Mühe machen.

Er legte den Zeigefinger an die Tür und drückte. Sie ging auf. Er sah die Couch, das Bett, einen Toilettentisch, an den er sich nicht erinnerte. Er roch Farbe, neben diesem anderen Geruch, der jetzt stärker war, und den bittersüßen, brenzligen Geruch einer in einem kleinen Raum abgefeuerten Waffe.

Er ging hinein. Jetzt sah er den kleinen Herd und den Tisch mit der Wachstuchdecke. Am einen Ende saß ein Mann auf einem Stuhl, die Beine gespreizt. Der Kopf hing nach hinten über die Lehne, fast senkrecht. Die Arme hingen schlaff an den Seiten.

Morath riss ein Zündholz an. Stiefel und die Hosen einer deutschen Offiziersuniform. Der Mann trug ein weißes Hemd und Hosenträger. Seine Jacke, die er ordentlich über die Lehne gehängt hatte, war jetzt durch seinen Kopf festgeklemmt. Das Gesicht grau, aufgedunsen, ein Auge offen, das andere geschlossen. Der Ausdruck – auch das hatte Morath schon gesehen – eine Mischung aus Gram und leichter Gereiztheit. Das Loch in seiner Schläfe war klein, das Blut auf dem Gesicht und am Arm braun getrocknet. Morath kniete nieder, die Walther-Pistole war auf den Boden unter der Hand gefallen. Auf dem Tisch lag die Brieftasche. Ein Abschiedsbrief? Nein, nichts.

Das Zündholz verbrannte ihm die Finger. Morath schüttelte es aus und riss ein zweites an. Er öffnete die Brieftasche: ein Foto von Frau und erwachsenen Kindern, verschiedene Wehrmachtsausweise. Es war Oberst Albert Stieffen vom deutschen Generalstab. Er war nach Paris gekommen und hatte sich in von Schlebens Liebesnest in der Küche erschossen.

Leises Pochen an der Tür. Morath schaute nach der Pistole, ließ sie aber liegen. «Ja?»

Szubl kam herein. Er schwitzte und war rot im Gesicht. «Mein Gott», sagte er.

«Wo warst du?»

«Drüben an der Gare Saint-Lazare. Ich hab dich von dort aus angerufen, dann hab ich mich auf die andere Straßenseite gestellt und dich beobachtet.»

«Wie ist das passiert?»

Szubl breitete die Arme aus. *Weiß der Himmel.* «Gegen halb drei hat ein Mann angerufen. Er hat gesagt, ich soll hierher kommen und nach dem Rechten sehen.»

«Nach dem Rechten sehen.»

«Ja. Ein Deutscher, er hat Deutsch gesprochen.»

«Das bedeutet, dass es hier passiert ist. Also ist es unser Problem.» Morath schaute auf die Uhr, es war fast fünf.

«Sieht so aus.»

Sie schwiegen eine Weile. Szubl schüttelte den Kopf, langsam und gewichtig. Morath atmete gereizt aus, fuhr sich mit den Fingern durchs Haar, fluchte auf Ungarisch – es ging hauptsächlich um das Schicksal, um scheißende Schweine und um das Blut von Heiligen – und zündete sich eine Zigarette an. «Na gut», sagte er, mehr zu sich selbst als zu Szubl. «Dann muss er eben verschwinden.»

Szubls Miene war düster. «Das kostet eine Stange, so eine Aktion.»

Morath lachte und machte eine wegwerfende Handbewegung. «Lass das nur meine Sorge sein», sagte er.

«Wirklich? Na, dann kannst du von Glück sagen. Ich hab einen Freund.»

«*Flic?* Leichenbestatter?»

«Noch besser. Empfangschef im Grand Hotel.»

«Wer ist das?»

«Einer von uns. Aus Debrecen. Ist lange her. Er war 1917 in einem französischen Kriegsgefangenenlager und hat es irgendwie geschafft, sich ins örtliche Krankenhaus verlegen zu lassen. Um es kurz zu machen, er hat die Krankenschwester geheiratet. Nach dem Krieg hat er sich dann in Paris niedergelassen und in Hotels gearbeitet. Vor ungefähr einem Jahr hat er mir eine Geschichte erzählt. Anscheinend hatte ein berühmter Dirigent die Luxus-Suite bewohnt. Eines Nachts so gegen zwei Uhr früh klingelt das Telefon am Empfang. Es ist der Maestro, völlig aufgelöst. Mein Freund rennt die Treppe rauf – der Kerl hatte einen Matrosen im Zimmer, der Matrose war tot.»

«Künstlerpech.»

«Allerdings. Na, jedenfalls, die Sache wurde bereinigt.»

Morath überlegte. «Geh zum Saint-Lazare zurück», sagte er. «Ruf deinen Freund an.»

Szubl wandte sich zum Gehen.

«Tut mir Leid, dass ich dich da reinziehe, Wolfi. Polanyi mit seinen ...»

Szubl zuckte die Achseln und rückte sich den Hut zurecht. «Nimm's deinem Onkel nicht übel, Nicholas. Genauso gut könnte man einen Fuchs dafür tadeln, dass er ein Huhn umgebracht hat.»

Morath quittierte das mit einem säuerlichen Lächeln. Szubl hatte nicht Unrecht. *Allerdings «tadelt» man einen Fuchs nicht.* Die Treppen knarrten, als Szubl hinunterging. Morath sah ihm durchs Fenster nach. Der heraufdämmernde Morgen war grau und feucht, Szubl trottete dahin, mit gesenktem Kopf und hängenden Schultern.

Der Empfangschef war ein großer, gut aussehender Mann mit einem feschen Kavalleristen-Schnurrbart. Er kam um halb sieben, in einer roten Uniform mit Goldknöpfen. «Na, ist dir jetzt wohler?», fragte er die Leiche.

«Zweitausend Franc», sagte Morath. «Einverstanden?»

«Könnte ein bisschen mehr werden, bis das geschafft ist, aber da verlass ich mich auf Wolfi.» Einen Moment lang sah er sich den toten Offizier an. «Unser Freund hier ist betrunken», sagte er zu Morath. «Wir werden uns seine Arme über die Schultern legen und ihn runtertragen. Ich würde Sie ja bitten zu singen, aber ich hab das Gefühl, das würden Sie nicht tun. Wie auch immer, vor der Tür steht ein Taxi, der Fahrer weiß Bescheid. Wir werden unseren Freund hier auf die Rückbank setzen, ich steige vorn ein, und das wär's dann. Die Jacke, die Pistole und die Brieftasche lassen Sie verschwinden. Ich an Ihrer Stelle würde die Papiere verbrennen.»

Morath und der Empfangschef mussten Stieffen schließlich die Treppe hinuntertragen – die Pantomime wurde nur von der Haustür bis zum Taxi gespielt, dieses kurze Stück schafften sie gerade noch.

Ein blauer Wagen – später meinte er, es sei ein großer Peugeot gewesen – hielt vor ihm am Bordstein. Langsam wurde die hintere Fensterscheibe heruntergekurbelt, und der kleine Mann mit der Fliege schaute Morath an. «Danke», sagte er. Die Scheibe ging wieder hoch, und der Wagen fuhr los, hinter dem Taxi her.

Morath sah ihnen nach, dann kehrte er in die Wohnung zurück, wo Szubl in Unterwäsche den Boden schrubbte und dabei eine Mozart-Arie pfiff.

Polanyi, dachte Morath, hatte sich bei der Wahl des Treffpunkts selbst übertroffen. Eine namenlose kleine Kneipe in der so genannten *grande truanderie*, dem Gaunerviertel im Labyrinth der Straßen von Montorgueil. Es erinnerte Morath daran, was Emile Courtmain ihm einmal gesagt hatte: «Das Wichtigste am Mittagessen ist die Wahl des Restaurants. Der ganze andere Kram – Essen, Trinken, Reden – ist eigentlich unwichtig.»

Polanyi saß da, sichtlich bedrückt, wie einer, dem die Götter übel mitgespielt haben. «Ich denke nicht daran, mich zu entschuldigen», sagte er.

«Weißt du, wer dieser Oberst Stieffen war?»

«Keine Ahnung. Und keine Ahnung, warum es passiert ist. Irgendwelche Ehrenhändel, Nicholas – wenn ich wetten müsste, würde ich auf so was setzen. Er legt seine Brieftasche auf den Tisch, soll heißen, das war ich. Und er macht es in einer verschwiegenen Wohnung, soll heißen, hier habe ich versagt.»

«Inwiefern versagt?»

Polanyi schüttelte den Kopf.

Sie saßen an einem der drei Tische in dem Raum. Die dicke Frau am Tresen rief: «Also, Jungs, ihr meldet euch, wenn ihr noch einen braucht.»

«Machen wir», sagte Polanyi.

«Wer ist der kleine Mann mit der Fliege?»

«Er wird Dr. Lapp genannt.»

«Dr. Lapp.»

«Ein Name. Bestimmt hat er noch andere. Ein Offizier der Abwehr.»

«Aha, das erklärt manches. Jetzt bin ich also ein deutscher Spion. Sollen wir hier zu Mittag essen?»

Polanyi trank einen Schluck Wein. Er sieht aus, dachte Morath, wie ein Mann auf dem Weg zur Arbeit. «Die werden ihn beseitigen, Nicholas. Es ist gefährlich für mich, dir das zu sagen, und es ist gefährlich für dich, es zu wissen, aber dieser Oberst Stieffen hat eine Tür aufgestoßen, und jetzt muss ich dich reinlassen, wider besseres Wissen, glaub mir.»

«Wen beseitigen?»

«Hitler.»

Keine Antwort.

«Wenn sie scheitern, gibt es Krieg, und es wird ein Krieg, gegen den der letzte ein Kaffeekränzchen war. Wenn du dich nicht gemeldet hättest, hätte ich dich angerufen. Ich finde, du solltest dir schleunigst überlegen, wie du deine Mutter und deine Schwester aus Ungarn rausholst.»

Er hatte ein Eigenleben, der Krieg, wie ein wucherndes Gerücht, das sich durch Zeitungen, in Cafés, über Märkte ausbreitet. Aber nach Polanyis Tonfall zu schließen war es Realität, und zum ersten Mal glaubte Morath ihm auch.

Polanyi beugte sich vor. «Hitler», sagte er in vertraulichem Ton, «wird mit den Tschechen *abrechnen*, wie er sich ausdrückt. Die Wehrmacht wird einmarschieren, wahrscheinlich im Herbst – die traditionelle Zeit, weil dann die Ernte eingebracht ist und die Männer vom Land zur Armee können. Russland ist im Wort, der Tschechoslowakei Beistand zu leisten, falls Frankreich es auch tut. Die Russen werden durch Polen marschieren, mit oder ohne Einwilligung der Polen, aber Ungarn werden sie besetzen. Du weißt, was das heißt – mongolische Kavallerie, die Tscheka und alles, was dazugehört. Frankreich und England werden über Belgien nach Deutschland einmarschieren – genau wie 1914. Bei den bestehenden Verträgen in Europa, den Bündnissen, wird genau das geschehen. Deutschland wird die Städte bombardieren, fünfzigtausend Opfer pro Nacht. Außer sie verwenden Phosgengas, dann werden es noch mehr. Großbritannien wird die Häfen blockieren, Mitteleuropa wird hungern. Das Brennen und Hungern wird weitergehen, bis die Rote Armee die deutsche Grenze überschreitet und das Reich zerstört. Aber werden sie es dabei bewenden lassen? ‹Leben wie Gott in Frankreich›, sagen die Deutschen. Vielleicht kommt Stalin die Lust an, *Ihm* Gesellschaft zu leisten.»

Morath suchte nach Widersprüchen. Er fand keine.

«Das macht mir Sorgen, und es sollte auch dir Sorgen machen, aber das schert das OKW, das Oberkommando der Wehrmacht, den Generalstab, herzlich wenig. Diesen Leuten – den Kartographen, Logistikern, Nachrichtendienstlern – haben die Kommandierenden der kämpfenden Truppe schon immer vorgeworfen, sie dächten mehr, als gut für sie ist. Aber diesmal haben sie Recht. Wenn Hitler die Tschechoslowakei angreift, was für Deutschland ein Kinderspiel ist, weil die Tschechoslowakei seit dem Anschluss auf drei Seiten eingekreist ist, werden England, Frankreich und Russland in den Krieg eintreten. Deutschland wird zerstört werden. Was aber dem OKW noch wichtiger ist: Die *Wehrmacht* wird vernichtet werden. Alles, wofür sie gearbeitet haben, seit die Tinte auf den Verträgen von 1918 getrocknet ist, wird zunichte gemacht werden. Alles. Das können sie nicht zulassen. Und sie wissen: Hitler steht unter dem Schutz der SS, also hat nur die Wehrmacht die Kraft, ihn auszuschalten.»

Morath überlegte eine Weile. «In gewisser Weise», sagte er, «ist das das Beste, was passieren kann.»

«Wenn es passiert, ja.»

«Was könnte schief gehen?»

«Russland zieht nur dann in den Krieg, wenn Frankreich es auch tut. Frankreich und England werden nur kämpfen, wenn Deutschland einmarschiert und die Tschechen Widerstand leisten. Hitler kann nur kalt gestellt werden, wenn er einen Krieg anfängt, den er nicht gewinnen kann.»

«Und, werden die Tschechen sich wehren?»

«Sie haben fünfunddreißig Divisionen, etwa 350 000 Mann, und eine Verteidigungslinie von Festungen, die sich an der Grenze des Sudetenlands entlangzieht. Sie soll gut sein – so gut wie die Maginot-Linie. Außerdem liegt Böhmen natürlich hinter einem Gebirge, dem Böhmerwald. Die deutschen Panzer werden sich auf den Pässen schwer tun, vor allem, wenn die verteidigt werden. Gewisse Leute im OKW nehmen deshalb zurzeit Fühlung mit den Briten und den Franzosen auf und beschwören sie, standhaft zu bleiben. *Gebt Hitler nicht freiwillig, was er haben will, lasst ihn darum kämpfen.* Wenn er dann kämpft, wird sich das OKW um ihn kümmern.»

«Sie nehmen Fühlung auf, sagst du.»

Polanyi lächelte. «Du weißt doch, wie das läuft, Nicholas, es ist nicht der einsame Held, der durch die Wüste kriecht und versucht, die Welt zu retten. Es sind immer diverse Leute, diverse Ansätze, diverse Methoden. Verbindungen, Beziehungen. Und wenn die Leute vom OKW einen ruhigen Ort zum Reden brauchen, weit weg von Berlin, weit weg von der Gestapo, dann haben sie eine Wohnung in der Rue Mogador – wo dieser Schlingel von Schleben sich mit seiner rumänischen Geliebten trifft. Wer weiß, vielleicht ist es sogar ein Ort, wo man sich mit einem ausländischen Kollegen trifft, der für einen Tag von London rüberkommt.»

«Ein Treffpunkt, von ihren ungarischen Freunden besorgt.»

«Ja, warum nicht?»

«Wie der Mann, den wir nach Paris geholt haben.»

«Ebenfalls für von Schleben. Er hat vielerlei Interessen, vielerlei Projekte.»

«Nämlich welche?»

Polanyi zuckte die Achseln. «Das hat er mir nicht gesagt, Nicholas. Und ich habe nicht weiter nachgefragt.»

«Und Oberst Stieffen?» Die Karussellfahrt war zu Ende, sie waren wieder am Ausgangspunkt angekommen. Vielleicht durfte Morath noch einmal umsonst fahren.

«Frag Dr. Lapp», sagte Polanyi, «wenn du es unbedingt wissen willst.»

Morath schaute seinen Onkel verständnislos an.

«Falls du ihn zufällig triffst, meine ich.»

Am Sonntagmorgen machten Cara und Nicky immer einen Ausritt im Bois de Boulogne, auf dem Chemin des Vieux Chênes oder um den Lac Inférieur. Sie ritten große dunkle Fuchs-Wallache, denen in der Hochsommerhitze der Schweiß weiß und schaumig an den Flanken hing. Sie ritten sehr gut; beide kamen aus Ländern, in denen das Reiten ganz selbstverständlich zum Leben gehörte, wie die Ehe oder die Religion. Manchmal fand Morath die Reitwege langweilig, zu zahm – früher war er in Maschinengewehrstellungen galoppiert und über Stacheldrahtzäune hinweggesetzt –, aber das Reiten gab ihm ein Gefühl des Friedens, das er sich auf keine andere Art verschaffen konnte.

Sie nickten den anderen Paaren zu, alle mondän in ihren

Reithosen und handgenähten Stiefeln, und legten im Schatten der Eichen einen flotten Trab hin.

«Ich habe einen Brief von Francesca bekommen», erzählte ihm Cara. «Sie sagt, das Haus in Sussex ist entzückend, aber klein.»

«Wenn du etwas Hochherrschaftliches vorziehst, fahren wir zur Baronin.»

«Das wäre dir am liebsten, Nicky, hab ich Recht?»

«Na ja», sagte Morath. Es war ihm eigentlich egal, aber Cara zuliebe heuchelte er Interesse. «Vielleicht ist die Normandie besser. Dort sind die Nächte kühl, und ich schwimme gern im Meer.»

«Gut. Ich schreibe noch heute Nachmittag. Francesca sehen wir, wenn sie im Herbst kommt, wegen der Mode.»

Boris Balki rief an und bat ihn, in den Nachtclub zu kommen. Das Balalaika war wegen der Ferien den ganzen August über geschlossen, die Tische waren mit alten Bettlaken abgedeckt. Da kein Bier da war, machte Balki eine Flasche Wein auf. «Die werden sie nicht vermissen», sagte er. Und dann: «Sie müssen also bald fahren.»

«In ein paar Tagen. Die Völkerwanderung.»

«Wohin gehen Sie?»

«In die Normandie. Gleich bei Deauville.»

«Da muss es schön sein.»

«Ja, geht schon.»

«Ich genieße die Zeit, in der wir geschlossen haben», sagte Balki. «Wir müssen zwar renovieren und reparieren, aber wenigstens brauch ich keine Witze zu reißen.» Er griff in die Tasche und entfaltete ein Blatt billiges Schreibpapier, das mit kleinen kyrillischen Buchstaben bedeckt war. «Es ist von einem Freund von mir, aus Budapest. Er schreibt aus der Matyas-Straße.»

«Da gibt's nicht viel. Nur das Gefängnis.»

Balki verzog den Mund.

«Eben.»

«Er ist ein alter Freund. Aus Odessa. Ich dachte, vielleicht, wenn irgendjemand jemanden kennt ...»

«Matyas ist das Schlimmste – in Budapest jedenfalls.»

«Das schreibt er auch. Soweit er es durch die Zensur kriegt.»

«Muss er lange einsitzen?»

«Vierzig Monate.»

«Lange genug. Was hat er getan?»

«Anleihen.»

«Ungarische?»

«Russische. Eisenbahnanleihen. Die von 1916.»

«Es gibt Leute, die *das* kaufen?»

Balki nickte, dann musste er unwillkürlich lachen. «Der arme Raschkow. Er ist ein Winzling. ‹Schaut mich an›, hat er immer gesagt, ‹wenn ich versuchen würde, jemanden auszurauben, würde der mich in eine Schublade stecken.› Also verkauft er dies und das. Manchmal Schmuck, manchmal Gemälde, sogar Handschriften. Tolstoi! Seinen unvollendeten Roman! Aber in letzter Zeit waren es Eisenbahnanleihen.»

Sie lachten.

«Sie verstehen, warum ich ihn ins Herz geschlossen habe», sagte Balki.

«Die sind doch überhaupt nichts wert, oder?»

«Na ja, Raschkow würde sagen, noch nicht, aber denken Sie an die Zukunft. ‹Ich verkaufe Hoffnung›, hat er immer gesagt. ‹Die Hoffnung gilt dem Morgen. Denkt daran, wie wichtig das ist, Hoffnung auf morgen.›»

«Boris», sagte Morath, «ich weiß nicht, ob ich Ihnen helfen kann.»

«Na ja, Sie können es wenigstens versuchen.» Das *jedenfalls hab ich Sie gefragt* war unausgesprochen, aber deutlich zu hören.

«Natürlich.»

«Vor der Abreise?»

«Auch wenn es nicht mehr klappt: Ich werde nicht bis September warten. Es gibt Telefone in Deauville.»

«Semjon Raschkow.» Balki hielt den Brief gegen das Licht und kniff die Augen zusammen. Er braucht eine Brille, dachte Morath. «Nummer 3352-18.»

«Nur so aus Neugier, wer hat denn Tolstois unvollendeten Roman geschrieben?»

Balki grinste. «Der war gar nicht schlecht, Morath. Wirklich nicht.»

Der Ort, wo es ihn am wenigsten hinzog, Oberst Sombors Büro in der obersten Etage der ungarischen Gesandtschaft. Sombor saß kerzengerade am Schreibtisch und las in einer Akte, wobei er mit einem Bleistift die Zeilen des Maschinen geschriebenen Textes entlangfuhr. Morath schaute aus dem offenen Fenster. Unten, im Garten, rechte der Hausmeister, ein alter Mann in grauer Uniform und mit einer grauen Schildmütze auf dem Kopf, den Kies. Das Geräusch hallte in dem stillen Hof wider.

Er musste helfen; er fand, dass er helfen musste. Balki war nicht einfach nur ein freundlicher Barkeeper, Balki war er selbst, Morath, nur im falschen Land, im falschen Jahr, gezwungen, das falsche Leben zu führen. Ein Mann, der es verabscheute, auch noch dankbar sein zu müssen für die Arbeit, die er verabscheute.

Morath hatte zuerst seinen Onkel fragen wollen, doch man sagte ihm, er sei nicht in Paris. Dann hatte er Sombor im Büro erreicht. «Aber natürlich, kommen Sie morgen Vormittag.» Sombor war der Mann, der helfen konnte, also ging Morath zu ihm, obwohl ihm mit jedem Schritt klarer wurde, dass es ein Fehler war. Sombor hatte irgendeinen harmlosen Titel, doch er arbeitete für die Geheimpolizei, das war allgemein bekannt. Es gab einen offiziellen Spion in der Gesandtschaft, Major Fekaj, den Militärattaché. Und es gab Sombor.

«Sie machen sich allzu rar», klagte er und klappte die Akte

zu. Morath fiel es schwer, ihn anzusehen. Er war einer der Menschen, deren Haar wie eine Haube aussieht – eine glänzende schwarze Haube –, und mit seinen scharfen, schrägen Augenbrauen erinnerte er an einen Tenor, der für die Rolle des Teufels in einer komischen Oper geschminkt ist.

«Mein Onkel hält mich in Trab.»

Mit einem würdevollen Nicken bekundete Sombor seinen Respekt vor Polanyis Position. Das ist auch das Mindeste, dachte Morath.

«Das glaube ich gern», sagte Sombor. «Aber sicher doch auch diese herrliche Stadt. Mit allem, was sie zu bieten hat.»

«Das auch.»

Sombor fuhr sich mit der Zunge über die Lippen, beugte sich vor, senkte die Stimme. «Wir sind natürlich dankbar.»

Das war nicht unbedingt das, was Morath hören wollte – von einem Mann, den man 1937 hatte zwingen müssen, ein Bild von Julius Gombos abzuhängen. Gombos galt vielen als der Erfinder von Adolf Hitlers Philosophie. «Sehr freundlich, dass Sie das sagen.» *Dankbar wofür?*

«So etwas kann man einfach nicht dulden», sagte Sombor.

Morath nickte. Was um alles in der Welt hatte Polanyi diesem Mann gesagt? Und warum? Weil es ihm nützte? Oder Morath? Aus irgendeinem anderen Grund? Eins wusste er jedoch bestimmt: Das hier würde kein offenes, ehrliches Gespräch werden, dafür würde er sorgen.

«Jemand, der mir, uns, einen Gefallen getan hat» – Morath lächelte, Sombor ebenfalls – «braucht nun seinerseits eine Gefälligkeit.»

«Gefälligkeiten …»

«Na ja, was soll man machen?»

«In der Tat.»

Ein Schweigeduell. Sombor beendete es. «Nun, um welche Art von Gefälligkeit handelt es sich denn genau?»

«Ein alter Freund. Er sitzt in Matyas ein.»

«Wofür?»

«Verkauf wertloser Anleihen.»

«Beszivargo?» Infiltrant. Was, für Sombor und andere, gleichbedeutend mit Jude war.

Morath überlegte. Raschkow? «Ich glaube nicht», sagte er. «Dem Namen nach.»

«Nämlich?»

«Raschkow.»

Sombor zog sich einen Schreibblock heran, schraubte die Kappe seines Füllers ab und notierte gewissenhaft den Namen.

Der *Monat auf dem Lande* stand vor der Tür, die Vorbereitungen in der Avenue Bourdonnais traten in ihre fieberhafte Phase ein. Die Baronin hatte einen Brief bekommen und war zweimal angerufen worden. Caras MG war gewaschen und gewachst, Wasser, Öl und Benzin waren nachgefüllt, die Sitze mit Sattelseife eingerieben, das Nussbaum-Armaturenbrett auf schimmernden Glanz poliert. Der Picknickkorb wurde bei Pantagruel, dann bei Delbard, dann bei Fauchon bestellt. Ob Morath in Scheiben geschnittene Rinderzunge in Aspik mochte? Nein? Warum nicht? Der kleine Klapptisch war gekauft und zurückgebracht worden, an seine Stelle war eine grüne Pferdedecke und dann eine schöne Wolldecke getreten, braun mit einem grauen Streifen, die auch am Strand benutzt werden konnte. Cara brachte einen kleinen Badeanzug nach Hause, dann einen winzig kleinen, dann einen noch kleineren; beim Letzten platzte eine Naht, als Morath ihn ihr herunterzog. Sie kann froh sein, dachte er, dass keine Bissspuren dran sind – *trag den zurück zu Mademoiselle Ninette in der Rue Saint-Honoré.*

Samstagmorgen arbeitete Morath eine lange Liste von Besorgungen ab, die er mit Bedacht aufgespart hatte, um sich Caras Packwut entziehen zu können. Er ging zu Courtmain, zur Bank, in den Tabakladen und in die Buchhandlung, wo er

Freya Starks *Im Tal der Mörder* und Hemingways *In einem anderen Land* kaufte, beides in französischer Übersetzung. Einen Roman von Gyula Krudy hatte er bereits. Krudy war praktisch der ungarische Proust – «Der Herbst und Budapest haben dieselbe Mutter gehabt» –, und Morath hatte ihn von jeher gemocht. Dabei waren die Häuser der Baronin bis unters Dach voll mit Büchern, und er wusste, dass er sich in irgendein vergessenes exotisches Meisterwerk verlieben und keinen Blick in die mitgebrachten Bücher werfen würde.

Wieder in der Avenue Bourdonnais stellte er fest, dass es in der Wohnung Unterwäsche, Schuhe und zerknittertes rosa Papier gehagelt hatte. Auf dem Küchentisch stand eine Vase mit einem Dutzend gelber Rosen. «Die sind nicht von dir, Nicky, oder?»

«Nein.»

«Hätte mich auch gewundert.»

«Keine Karte dabei?»

«Doch, aber auf ungarisch. Kann ich nicht lesen.»

Morath konnte sie lesen. Ein einziges Wort war mit schwarzer Tinte auf die Karte eines Blumenladens geschrieben. Pardon.

Es war halb vier, als Caras Telefon läutete und eine Männerstimme ihn höflich fragte, ob es ihm was ausmachen würde, zum Zeitungskiosk an der Métro Pont d'Alma zu kommen.

«Ich hol mir noch schnell die Zeitung», sagte er zu Cara.

«Was? Jetzt? Um Himmels willen, Nicky, ich ...»

«Bin gleich wieder da.»

Dr. Lapp saß in einem schwarzen Mercedes. Sein Anzug war blau, seine Fliege grün, sein Gesicht so traurig wie das von Buster Keaton. Es gebe eigentlich nichts zu besprechen, sagte er.

Das war eine Vergünstigung, kein Opfer.

Trotzdem hatte Morath ein ungutes Gefühl. Vielleicht wäre es doch ganz gut gewesen, wenn er etwas zur Erklärung hätte sagen können.

«Messieurs et mesdames.»

Der Schaffner hatte die Abteiltür geöffnet, und das rhythmische Hämmern der Räder auf den Schienen wurde plötzlich lauter. Morath ließ das Buch von Freya Stark aufs Knie sinken.

Der Schaffner hielt die Liste der Erste-Klasse-Fahrgäste in der Hand. «*Sieurs et 'dames*, der Speisewagen öffnet in dreißig Minuten. Sie können für das erste oder zweite Essen reservieren.»

Er sah die Leute im Abteil der Reihe nach an: ein Geschäftsmann, eine Frau mittleren Alters, eine Mutter mit ihrem kleinen Jungen – möglicherweise Engländer, dachte Morath. «Für das zweite bitte», sagte er.

«Und der werte Name?»

«Morath.»

«Sehr wohl, Monsieur.»

«Könnten Sie mir sagen, wann wir voraussichtlich in Prag ankommen?»

«Fahrplanmäßig um 16.30 Uhr, Monsieur, aber in diesen Zeiten …»

Marienbad, Tschechoslowakei, 2. August 1938.

Abends um zwanzig nach sechs kam Morath die Marmortreppe herunter und durchquerte langsam die Lobby. Grandhotels in Kurbädern glichen sich alle, und das Europa machte da keine Ausnahme – kilometerlange Gänge, Kronleuchter, Mahagoni überall. Ausgefranste Teppiche, ausgefranstes Renommé, die Ersteren vielfach ausgebessert, das Letztere ein schwacher, aber noch wahrnehmbarer Hauch, wie der Küchengeruch.

Zwei Frauen in Ledersesseln lächelten ihm zu, eine Witwe

mit lediger Tochter, vermutete er, auf der Jagd nach einem Ehemann in Marienbad. Morath war erst eine Nacht und einen Tag im Europa, und die beiden hatten schon zweimal mit ihm geflirtet. Sie sahen gut aus und standen gut im Futter. *Gesunder Appetit*, dachte er, *in jeder Hinsicht.* Nichts Ungewöhnliches in diesem Teil der Welt. Die Tschechen fanden, dass das Leben ihnen ein wenig Vergnügen schuldig war; sie liebten die christlichen Tugenden, aber sie liebten gern auch einander. Wenn kein Heiratsantrag anstand, konnte man sich ja vielleicht ein bisschen in einem quietschenden Hotelbett wälzen, sei es mit der Mutter oder der Tochter.

Morath ging durch den Haupteingang hinaus auf ein elegantes, mit Gaslaternen beleuchtetes Sträßchen. In der Ferne sah man Berge, dunkle Formen im schwindenden Licht. Er ging lange Zeit und sah alle paar Minuten auf die Uhr. Einmal hatte er, von Caras Vorgängerin nach Evian-les-Bains geschleppt, tatsächlich eine Kur gemacht – lachende Mädchen hatten ihn in Schlamm gepackt, dann war er von einer strengen Frau, die ein Haarnetz trug, mit dem Schlauch abgespritzt worden. Viktorianische Heilbehandlung. Viktorianische Erotik? Egal, jedenfalls viktorianisch.

Er erreichte den Stadtrand. Dichter schwarzer Nadelwald zog sich oberhalb der Straße einen Hang hinauf. Unten funkelten die Gaslaternen. Mehrere Orchester taten ihren Dienst, und wenn der Wind richtig stand, hörte er die Geigen. Sehr romantisch. Zwischen den Bäumen hindurch erhaschte er einen Blick auf das Bähnchen, das bergan in den Bahnhof Marianské Lázné keuchte. Marienbad, in österreichisch-ungarischen Zeiten. Es fiel schwer, es sich unter einem anderen Namen vorzustellen. Der Wind drehte, die fernen Geigen wehten wieder zu ihm herauf. Zusammen mit einem schwachen Artilleriegeruch.

Es war jetzt zehn nach sieben. Kerzen standen auf den Tischen der Teestube in der Otava-Straße. Morath studierte die in Messing gerahmte Speisekarte auf einem Ständer neben der Tür. Drinnen ein tschechischer Offizier, der ihn kurz musterte und dann aufstand, obwohl er sein Dessert noch nicht angerührt hatte. Um auf die Beine zu kommen, stützte er sich auf einen Stock, einen guten, wie Morath registrierte, mit Messingspitze und Elfenbeinkrücke. Er konnte nicht viel älter oder jünger sein als Morath und hatte ein Soldatengesicht mit einem gepflegten Bart, blond, grau und rot.

Sie gaben sich die Hand. «Oberst Novotny», sagte der Offizier mit einer Kopfbewegung irgendwo zwischen einem Nicken und einer Verbeugung.

«Morath.»

Austausch von Artigkeiten. Wir sind uns ähnlich, dachte Morath, zwei Offiziere aus der Provinz, die sich in der verschlafenen Zeit der alten Monarchie kennen lernen.

Novotny hatte ein Militärfahrzeug: den billigsten Opel, einem Pariser Taxi nicht unähnlich, olivgrün. «Wir fahren nach Kreslice hinauf», sagte er, «etwa vierzig Kilometer von hier.»

Morath öffnete die Beifahrertür. Auf dem Sitz lag eine Automatikpistole mit Halfter an einem Ledergürtel. «Ach, legen Sie sie einfach auf den Boden», sagte Novotny. «Wir sind hier im Sudetenland – da empfiehlt es sich, immer etwas im Auto zu haben.»

Sie fuhren auf Bergstraßen, es wurde immer dunkler, im Lichtkegel der Scheinwerfer schwirrten Insekten umher. Novotny spähte durch die Windschutzscheibe. Der schmale Fahrweg schlängelte sich, machte Kehren und verlor sich im Dunkeln. Zweimal mussten sie Zweige unter die Räder legen, und wenn sie Brücken über Gebirgsbäche überquerten – gebaut für Ochsengespanne und Pferdefuhrwerke –, stieg Morath aus und ging mit einer Taschenlampe vorneweg. Sie kamen nur an einem einzigen Haus vorbei, einer Holzfällerhütte. Oben auf dem Joch lief etwas vor ihnen davon, sie hörten es durchs Unterholz brechen.

«Einmal habe ich meine Hündin mitgenommen», sagte Novotny, «als ich hier heraufgefahren bin. Die ist schier verrückt geworden. Sie ist im Auto ständig von einer Seite auf die andere und hat mir mit den Krallen die Fenster zerkratzt.»

«Was für eine ist es denn?»

«Eine Vorstehhündin.»

«Hatte ich auch schon – die können es gar nicht erwarten, sich an die Arbeit zu machen.»

«Genau, so ist meine auch. Sie hat gejault, weil ich sie nicht aus dem Auto gelassen habe. Ich hab hier oben schon Bären gesehen, und Hirsche. Wildschweine. Die Bauern sagen, es gibt auch Luchse – sie reißen ihr Vieh.»

Novotny fuhr nur noch Schrittgeschwindigkeit und lenkte den Wagen vorsichtig durch eine Haarnadelkurve. Tief unter ihnen toste ein Bach. «Wirklich eine Schande», sagte Novotny. «Wenn hier die Kämpfe losgehen, na ja, man kann sich vorstellen, was dann mit dem Wild passiert.»

«Ich weiß. Ich war in den Karpaten, 1915.»

«Da wollen wir sie natürlich hinlocken.»

«In die Berge.»

«Ja. Wir haben sie bei der Mobilmachung beobachtet, im Mai. Sehr lehrreich. Panzer, LKWs, Autos, Motorräder. Große Benzintanker. Es ist kein Geheimnis, was sie vorhaben – lesen Sie Guderians Buch, und das von Rommel. Alles ist motorisiert, das ist die Schneide ihrer Axt. Nach der ersten Welle kommen natürlich nur noch Pferde und Geschützwagen, wie bei allen anderen auch. Also müssen wir sie, das ist unsere Überlegung, die Berge hinauftreiben oder zwingen, durch die Täler vorzurücken.»

«Flankenfeuer.»

«Genau. Mit eingeschossenen Mörsern. Und Maschinengewehren an den Hängen.»

«Wann geht's los?»

«Im Herbst. Wenn wir sie zwei Monate aufhalten können, fängt es zu schneien an.» Die Straße vor ihnen hatte tiefe Wagenfurchen. Dann wurde sie steiler, und Novotny schaltete mit aufheulendem Getriebe in den ersten Gang zurück. «Was haben Sie damals gemacht?»

«Husaren. Das Sechzehnte Korps, in der Zweiten Armee.»

«Madjar.»

«Richtig.»

«Ich war in der Siebten. Erst unter Pflanzer, dann unter Baltin.»

«Unten in der Moldau.»

«Ja, am Anfang. Später – ich bin Artillerieoffizier – haben sie mich ins russische Polen geschickt. Lemberg und Przemysl.»

«Die Festungen.»

«Achtundzwanzig Monate», sagte Novotny. «Wir haben sie erst verloren, dann wieder zurückerobert und so weiter.»

Morath hatte nie auf Seiten der Tschechen gekämpft. In der österreichischen Armee wurden zehn Sprachen gesprochen – Tschechisch, Slowakisch, Kroatisch, Serbisch, Slowenisch, Ruthenisch, Polnisch, Italienisch, Ungarisch und Deutsch –, und sie war normalerweise in nationale Regimenter gegliedert. Aber die Geschichte der Soldaten, die die Festungen verteidigten, war wohl bekannt. Zweimal waren sie eingeschlossen und abgeschnitten gewesen, doch die hundertfünfzigtausend Mann in den Blockhütten und Bunkern hatten monatelang durchgehalten, unter ihren Geschützen gefallene Russen zuhauf.

Es war längst neun durch, als sie die Kaserne von Kreslice erreichten – einen Komplex lang gestreckter Flachbauten im kaiserlichen Stil, errichtet aus dem honigfarbenen Sandstein, den Franz Josefs Baumeister so liebten. «Wahrscheinlich kriegen wir noch was zu essen», sagte Novotny hoffnungsvoll.

Aber in der Offiziersmesse war für Morath ein Festmahl angerichtet. Gänsebraten mit Blaukraut, Bier aus einer kleinen Brauerei in Pilsen und ein Generalleutnant am Kopfende der Tafel.

«Auf die Freundschaft zwischen unseren Nationen!»

«Auf die Freundschaft!»

Viele Offiziere trugen Bärte nach Artilleristenart, und viele hatten 1914 an der Ostfront gedient – Morath sah die vielen Orden. Am höchsten dekoriert war der General: klein und dick und übellaunig. Und ziemlich betrunken, dachte Morath: Er war rot angelaufen und redete zu laut. «Es fällt einem immer schwerer, die verfluchten Zeitungen zu lesen», sagte er. «Im letzten Winter konnten sie sich nicht genugtun, vor allem die Franzosen. Die Tschechoslowakei – neue Hoffnung! Eine liberale Demokratie – Vorbild für ganz Europa! Masaryk und Beneš – Staatsmänner, die in die Geschichte eingehen werden! Dann ist etwas passiert. Im Juli, glaube ich, hat Halifax im britischen Oberhaus von einem ‹unrealistischen Festhalten an hohen Idealen› geredet. *Ach du Scheiße*, haben wir gesagt, und sehen Sie sich an, wie es seitdem gelaufen ist.»

«Und es geht weiter», sagte Novotny. «Das kleine Menuett.»

Der General nahm einen kräftigen Schluck Bier und wischte sich mit einer olivgrünen Serviette den Mund ab. «Das bestärkt ihn natürlich. Den Führer. Die Wehrmacht ist das Einzige, was er jemals gemocht hat, aber jetzt hat er's satt, sie immer nur marschieren zu sehen. Jetzt soll sie kämpfen. Leider hat er sich die falsche Gegend dafür ausgesucht.»

«Weil Sie sich verteidigen werden.»

«Wir werden ihm mit unseren tschechischen Stiefeln einen ordentlichen Tritt in seinen österreichischen Hintern verpassen. Diese Wehrmacht, wir haben Filmaufnahmen von ihren Manövern; die sind dafür gerüstet, die Ebenen Europas zu überrollen. Grund zur Besorgnis haben die Polen und die Russen. Wir hier unten werden in den Bergen kämpfen. Wie die

Schweizer, wie die Spanier. Er kann uns schlagen – er ist stärker als wir, da kann man nichts dran ändern –, aber dafür braucht er alles, was er hat. Und wenn er das tut, lässt er den Westwall ungeschützt – dann können die Franzosen mit einem Bataillon von Kaffeehauskellnern einmarschieren.»

«Wenn sie sich trauen.» Allgemeines Gelächter.

Die Augen des Generals leuchteten. Wie Novotnys Vorstehhündin konnte er es nicht erwarten, sich auf die Beute zu stürzen. «Ja, wenn sie sich trauen. Irgendwas ist bei denen schief gelaufen.» Er legte eine Pause ein und beugte sich dann zu Morath vor. «Und was ist mit Ungarn? Lauter Ebenen, genau wie Polen. Ihr habt nicht einmal einen Fluss an der Westgrenze.»

«Das weiß Gott allein», sagte Morath. «Wir haben ja kaum eine nennenswerte Armee. Im Moment sind wir darauf angewiesen, klüger zu sein als die anderen.»

«Klüger», wiederholte der General. Er überlegte. Er hielt nicht viel davon. «Als alle anderen?»

«Hitler hat die wirklich Klugen alle umbringen lassen oder aus dem Land gejagt. Deshalb ist das im Moment unser Trumpf.»

«Nun denn, möge Gott Ihnen beistehen», sagte der General.

Er bekam ein Zimmer für sich – über den Pferdeställen –, ein hartes Bett und eine Flasche Slibowitz. Wenigstens schicken sie mir nicht auch noch die Tochter des Stallmeisters, dachte er. Er trank etwas von dem Schnaps, konnte aber trotzdem nicht einschlafen. Ferner Donner hielt ihn wach, von einem Gewitter, das nicht heraufstieg, aber auch nicht abzog. Hin und wieder schaute er aus dem Fenster, doch der Himmel war sternklar. Dann ging ihm auf, dass die Tschechen auch bei Nacht arbeiteten. Er spürte es im Fußboden. Kein Donner, sondern Dynamit. Die Explosionen hallten in den Tälern wider. Die Ingenieure hielten ihn wach – sie sprengten in den Bergen Felsen für den Bau von Befestigungen.

2.30 Uhr. 3.00 Uhr. Statt zu schlafen, rauchte er. Seit er in der Kaserne war, spürte er eine bestimmte, vertraute Unterströmung. *Gemeinsam leben wir, gemeinsam sterben wir, und keinen kümmert's, wie es kommt.* Das Gefühl hatte er lange nicht mehr gehabt. Nicht, dass er es genossen hätte, aber der Gedanke daran hielt ihn wach.

Kurz nach Tagesanbruch waren sie wieder in den Bergen unterwegs, diesmal in einem gepanzerten Fahrzeug, begleitet vom General und einem blassen, weichlichen, etwas unheimlich wirkenden Zivilisten, der einen schwarzen Anzug und eine Sonnenbrille trug und kaum sprach. Ein *Spion*, dachte Morath. Zumindest ein Filmspion.

Die Straße war neu angelegt, mit Bulldozern und Sprengstoff in den Wald gefräst und dann an den tiefen Stellen mit Baumstämmen aufgefüllt. Es brach einem schier das Rückgrat, aber wenigstens blieb man nicht stecken. Zu allem Übel hatte man das Gefühl, dass der gepanzerte Wagen mit massiven Stahlstangen gefedert war. «Halten Sie besser den Mund», sagte Novotny. Dann fügte er hinzu: «Nichts für ungut.»

Morath sah die Festung erst, als sie dicht davor waren – Betonmauern mit Schießscharten, in den Hang gebaut, und davon getrennt Blockhäuser, geschickt im Gelände versteckt. Sichtlich stolz sagte der General: «Mal sieht man sie, mal wieder nicht.»

Morath war beeindruckt und ließ es sich auch anmerken.

Der Spion lächelte, zufrieden mit dieser Reaktion.

Drinnen der scharfe Geruch nach Zement und feuchter Erde. Während sie eine schier endlose Treppe hinunterstiegen, sagte Novotny: «In der Maginot-Linie haben sie Aufzüge. Für Menschen. Aufzüge! Hier bei uns wird nur die Munition gefahren.» In den Fels war ein Schacht getrieben worden, darin hing an Kabeln eine stählerne Plattform, die sich elektrisch oder mit Handkurbeln auf und ab bewegen ließ.

Der Spion sprach miserabel Deutsch. «Immer wieder fliegen Festungen in die Luft, weil ihre eigenen Sprengstoffvorräte explodieren. Das muss nicht sein.»

Eine Gruppe von Offizieren, die in der Festung Dienst taten, schloss sich Novotny an. In einem langen Korridor machte der General Morath ein Zeichen, hinter den anderen zurückzubleiben. «Was halten Sie von meinem Ingenieur?»

«Wer ist das?»

«Ein Fachmann für Festungsbau – ein Künstler, sollte man besser sagen. Aus Savoyen. Die bauen dort solche Anlagen seit der Renaissance – Leonardo, Sie wissen schon.»

«Ist er Italiener?»

Der General hob die Hände. «Dem Pass nach Franzose, der Kultur nach Italiener, obwohl er selbst sich als Savoyarde bezeichnen würde, und der Abstammung nach Jude.» Savoyen, das gebirgige Land zwischen Frankreich und Italien, hatte sich bis 1860 seine Unabhängigkeit bewahrt. «Dort konnten Juden schon immer Offiziere werden», sagte der General. «Unserer hier war Major. Jetzt arbeitet er für mich.»

Am Ende einer Betonkammer mit einer knapp zwei Meter hohen Decke tat sich über einem bewaldeten Tal eine Scharte auf. Die tschechischen Offiziere traten, die Hände auf dem Rücken verschränkt, beiseite, als der General, der Spion und Morath sich der Öffnung näherten.

«Sehen Sie den Fluss?», fragte der Spion.

Es dauerte eine Weile. Ein heller Sommerhimmel, dann ein dicht bewaldeter Bergrücken, grüne Hänge und schließlich das enge Tal, das zu der Anhöhe anstieg, auf der die Festung stand. Endlich konnte Morath ein blaues Band ausmachen, das sich zwischen den Nadelbäumen hindurchschlängelte.

«Haben Sie ihn?»

«Ja.»

«Hier, nehmen Sie.»

Er gab Morath einen faustgroßen Wattebausch. Zwei Soldaten rollten eine 105-Millimeter-Gebirgskanone an die Scharte, öffneten die Ladeklappe und schoben eine Granate ein. Morath rupfte kleine Büschel von dem Wattebausch ab und stopfte sie sich in die Ohren, dann hielt er noch die Hände darüber. Alle anderen taten dasselbe. Schließlich formte der General mit den Lippen das Wort *fertig?* Morath nickte, und der Boden erbebte, als eine Flamme aus dem Lauf der Kanone züngelte. Auch bei zugestöpselten Ohren war der Knall noch betäubend.

Tief unter ihnen ein Blitz und aufsteigender grauer Rauch. In den Fluss, dachte Morath, obwohl er es nicht direkt gesehen hatte. Nach und nach wurden noch andere Kanonen abgefeuert, manche aus der Etage unter ihnen, andere aus benachbarten Blockhäusern. Rauchwölkchen schwebten über der Bergflanke. Der General reichte Morath einen Feldstecher. Jetzt sah er fünf Meter hohe Erdfontänen und Bäume, die entwurzelt oder zerfetzt wurden. Wie er jetzt erst feststellte, führte eine schmale Straße zum Fluss hinab. Eine Wolke orangefarbener Leuchtspurgeschosse flog durch sein Blickfeld und ließ auf der Straße eine ganze Serie von Erdfontänen aufsteigen.

Der Spion zeigte auf seine Ohren. Morath nahm die Watte heraus, der Raum dröhnte noch immer von den Erschütterungen. «Sehen Sie?», fragte der Spion.

«Ja.»

«Die Schusslinien überschneiden sich, und die Festungen geben einander Feuerschutz. Jeder Versuch, sie zu stürmen, würde zu hohen Verlusten führen.» Er griff in seine Innentasche und brachte ein paar Zettel und einen gespitzten Bleistift zum Vorschein. «Bitte», sagte er, «zeichnen Sie, so gut Sie können.»

Der General erläuterte: «Ich kann Ihnen natürlich keine Baupläne mitgeben, aber wir haben nichts dagegen, dass Sie Skizzen anfertigen.»

Der Spion lächelte. «Mein Vater wollte immer den Leuten von der Spionage das Zeichnen beibringen. ‹Einfach schrecklich›, hat er immer gesagt.»

Sie überließen Morath seiner Aufgabe, nur Novotny blieb bei ihm. «Also, jetzt haben Sie unseren Fachmann kennen gelernt.»

«Kommt mir ein bisschen seltsam vor.»

«Ja. Ein höchst seltsamer Mensch. Aber ein Genie. Architekt, Mathematiker, Artillerieexperte. Außerdem versteht er was von Geologie und Bergbau.» Novotny schüttelte den Kopf. «Wahrscheinlich kann er noch mehr, und wir sind nur noch nicht dahinter gekommen.»

Morath zeichnete, wenn auch etwas unbeholfen. Er wollte vor allem darstellen, wie die Festung und ihre unabhängigen Geschützstände in die Berglandschaft eingebettet waren. Es würde schwer sein, sie zu bombardieren. Selbst ein Stuka würde direkt auf sie zufliegen müssen, und von dem Moment an, da er über dem Berg auftauchte, würde er von Maschinengewehren beharkt werden.

«Zeichnen Sie auch diesen Raum», sagte Novotny. «Und vergessen Sie den Munitionsaufzug nicht.»

Sein Tag hatte kaum begonnen. Sie fuhren ihn noch zu anderen Festungen. In einer davon, oberhalb einer Straße, die von Dresden nach Süden führte, nahm der Spion einen Stock und zeichnete Halbkreise in den Staub, um darzustellen, wie die Schussfelder einander überlappten. Morath kroch in die Zweimann-Bunker, visierte am Lauf von Maschinengewehren entlang, die auf abgemähte Getreidefelder gerichtet waren, sah Panzersperren aus Betonpfählen, Panzerfallen und dick mit Stacheldraht umwickelte Drachenzähne. Er spähte durch Schweizer Zielfernrohre an Steyr-Gewehren, feuerte ein ZGB 33 ab, ein in Brünn hergestelltes tschechisches Maschinengewehr – es hatte als Vorbild für das britische Bren (*Br*no/*En*field) gedient –, und erlegte acht Daunenkissen, die sich am anderen Ende eines Weizenfelds zum Angriff gesammelt hatten. «Gut gezielt», sagte Novotny.

Beim Nachladen schnappte das bogenförmige Kastenmagazin mit einem lauten metallischen Klacken ein.

«Wenn Sie von Ihrem Ausflug in die Berge erzählen», sagte Novotny, «dann vergessen Sie nicht zu erwähnen, dass Europa besser dran wäre, wenn Adolf nicht die Kontrolle über die tschechischen Maschinenfabriken bekäme.»

Morath nickte. «Sollte es dazu kommen», sagte er, «kann ich mir vorstellen, dass den hiesigen Arbeitern – nun ja, hin und wieder ein kleiner Fehler unterlaufen würde.»

Aber sein verschwörerisches Lächeln wurde nicht erwidert. «Ganz unter uns», sagte Novotny, «sollten wir von denen verraten werden, die sich als unsere Freunde ausgeben, wären wir nicht ohne weiteres bereit, in ihrem Dienst unser Leben zu lassen. Es ist ein blutiges Geschäft, Morath. Es kommt immer zu Verhören, zu Repressalien – eine Widerstandsbewegung kann man nur mit Menschen aufbauen, denen nichts am Leben liegt.»

Am Abend fuhr Novotny ihn zum Europa zurück. Es war ein schöner Sommerabend, hoch über den Hotels flogen Scharen von Schwalben. In der Lobby lächelten Mutter und Tochter ihm freundlicher zu denn je. *Wer würde es schon erfahren?* Auf einem Ledersofa las ein in Bergsteigerkluft gekleideter Mann mit Koteletten den *Völkischen Beobachter*. *Tschechische Polizei steckt sudetendeutsche Höfe in Brand* lautete die Schlagzeile. *Dutzende von Verletzten*. Vieh beschlagnahmt. Hunde erschossen. Drei junge Frauen vermisst.

Dr. Lapp, einen breitkrempigen Strohhut schräg auf dem Kopf, wartete in seinem Zimmer auf ihn und befächelte sich mit der Zimmerservice-Karte.

«Ich habe Sie nicht anklopfen hören», sagte Morath.

«Ich habe geklopft», sagte Dr. Lapp leicht amüsiert. «Aber wenn Sie es wünschen, will ich mich gern entschuldigen.»

«Schon gut.»

Dr. Lapp schaute aus dem Fenster. Die Straßenlaternen brannten, Paare gingen in der Gebirgsluft spazieren. «Wissen Sie, ich kann mit diesen Leuten nichts anfangen, mit den Tschechen.»

Morath hängte sein Jackett auf und löste seinen Schlips. Ob es nun in Krieg in Europa gab oder nicht, er musste ein Bad nehmen.

«Die haben keine Kultur», sagte Dr. Lapp.

«Das sehen sie anders.»

«Etwa Smetana? Sagen Sie bloß, Sie mögen Dvořák. Gütiger Himmel.»

Morath legte seinen Schlips ab, hängte ihn über einen Kleiderbügel, setzte sich auf die Bettkante und zündete sich eine Chesterfield an.

«Ach, übrigens», sagte Dr. Lapp, «ich habe vor nicht allzu langer Zeit mit Graf Polanyi gesprochen, er lässt grüßen. Er sagte, Sie hätten eigentlich vorgehabt, in England Urlaub zu machen. Trifft das zu?»

«Ja.»

Dr. Lapp nickte. «Können Sie das nachholen?»

Morath dachte an Cara. «Vielleicht», sagte er, «vielleicht auch nicht.»

«Verstehe. Aber wenn ja, sollten Sie es unbedingt tun.»

«Ich werd's versuchen», sagte Morath.

«Sie werden langsam weich, die Briten. In der Londoner *Times* von heute Morgen steht, die tschechische Regierung solle den Sudetendeutschen die *Selbstbestimmung* gewähren, *auch wenn das zur Abspaltung des Sudetenlandes von der Tschechoslowakei führen sollte*. Ich nehme an, das kommt aus Chamberlains Ressort. Wir wissen, dass er vor ein paar Wochen bei Lady Astor zum Lunch war und amerikanischen Korrespondenten mitgeteilt hat, Großbritannien sei der Ansicht, das Sudetenland solle Deutschland angegliedert werden. Im Interesse des Weltfriedens, verstehen Sie. Sein eigentliches Problem ist, er traut den Franzosen nicht, er traut den Russen nicht, und er fürchtet, Großbritannien könnte sich gezwungen sehen, den – politischen – Kampf allein zu führen.»

«Er traut den Franzosen nicht?»

Dr. Lapps Lachen war kurz, trocken und diskret.

Es war fast dunkel, lange Zeit saßen sie schweigend da. Schließlich stand Dr. Lapp auf. «Ich möchte, dass Sie sich etwas ansehen», sagte er. «Ich lasse es Ihnen morgen vorbeibringen, wenn's recht ist.»

Er zog lautlos die Tür hinter sich zu. Morath machte kein Licht. Er ging ins Badezimmer und drehte das Wasser auf. Unter dem Hahn war ein hellgrüner mineralischer Fleck. *Gut für die Gesundheit.* Wer's glaubt, dachte er. Das Wasser lief nur spärlich. Er wartete geduldig und lauschte dem fernen Donner.

Früh am nächsten Morgen meldete er ein Gespräch nach Paris an. Die Frau in der Vermittlung rief eine Stunde später zurück. «Leider schwer durchzukommen, der Herr», entschuldigte sie sich. «Ungewöhnlich für August.»

In Paris meldete sich eine kultivierte Stimme. «Cartier, guten Morgen.»

Polanyi sagte oft, der größte Fehler von Dichtern sei, dass sie nie die Macht des Geldes in den Beziehungen zwischen Männern und Frauen besingen. «Deshalb sind wir in der Hinsicht auf Gedeih und Verderb den Zynikern ausgeliefert – Barkeepern, Romanciers oder frivolen Tanten.» Amüsant, wie er es sagte, nicht ganz so amüsant im wirklichen Leben. Morath konnte sich selbst nicht ausstehen, als er diesen Anruf tätigte, aber es fiel ihm nichts Besseres ein. Die andere Möglichkeit wären Blumen gewesen, aber Blumen reichten nicht aus.

Ohne es eigentlich zu wollen, erzählte er der Verkäuferin

fast alles. «Ich verstehe», sagte sie. Sie überlegte einen Moment, dann fuhr sie fort: «Wir haben gerade eine neue Kreation fertig gestellt, ein Armband. Ich könnte mir vorstellen, das wäre genau das Richtige für Madame. Ein wenig exotisch – Smaragde in Silber und schwarzem Onyx –, aber sehr persönlich. Etwas ganz Ausgefallenes. Glauben Sie, das könnte ihr zusagen?»

«Ja.»

«Sie wäre die Erste in Paris, die es trägt. Es ist wie gesagt ein neuer Stil. Könnte ihr das gefallen?»

Er wusste, es würde ihr gefallen. Die Verkäuferin erklärte, die Größe lasse sich leicht korrigieren. Das Armband würde also von einem Cartier-Boten ins Haus gebracht. «Und schließlich, Monsieur» – ihre Stimme nahm vorübergehend einen anderen Klang an, sie sprach einen Moment lang aus dem Herzen –, «die Karte.»

«Schreiben Sie einfach nur: *In Liebe, Nicky.*»

Später bekam er noch eine Verbindung mit einem Beamten des Credit Lyonnais. Man würde noch am Nachmittag einen Verrechnungsscheck zu Cartier hinüberschicken.

Novotny erschien um elf, und sie arbeiteten fast den ganzen Tag; sie fuhren viel mit dem Auto, an der böhmischen Nordgrenze entlang nach Osten. Noch mehr Festungen, noch mehr Stacheldraht, noch mehr auf Deutschland gerichtete Geschütze. «Was wird aus dem allem», fragte Morath, «wenn das Sudetenland die Unabhängigkeit bekommt?»

Novotny lachte. «Dann gehört alles Hitler», sagte er. «Mitsamt den guten, flachen Straßen, die direkt nach Prag führen. Rund hundert Kilometer, etwa zwei Stunden.»

Gegen Abend fuhren sie wieder in westlicher Richtung, zurück zur Kaserne von Kreslice und zu einem Regimentsdiner, einem Abschiedsessen, in Anwesenheit des Generals. «Möglicherweise wird eine Rede gehalten», sagte Novotny.

Er machte eine Pause und spähte in die Dunkelheit vor ihnen. Sie ratterten über eine Passhöhe, dann fuhr Novotny im niedrigen Gang die steile Straße auf der anderen Seite hinunter. «Děčín», sagte er – eine Ansammlung von Lichtern inmitten von Bäumen. Das, dachte Morath, war eine letzte Demonstration gewesen: Die tschechischen Truppen konnten nach Osten und Westen fahren, ohne zu den Straßen in den Tälern zurückzukehren. Die alten Feldwege, die hauptsächlich von Kühen und Ziegen benutzt wurden, waren ausgebessert worden. Im Scheinwerferlicht sah man Schlaglöcher, die mit festgestampftem Splitt aufgefüllt worden waren.

«Und dann, nach der Ansprache ...», sagte Novotny.

«Ja?» *O nein, da würde er sich weigern.*

«Wären Sie eventuell bereit ...»

Morath wurde geblendet. Eine Explosion gelben Lichts, dann Schwärze, mit dem grellen Nachbild eines Feuersterns. Er drückte die Hände auf die Augen, aber es wurde nicht schwächer. Irgendetwas hatte direkt vor ihm die Luft in Brand gesetzt und war dann zischend in die Bäume gefahren. Novotny schrie etwas, offenbar auf Tschechisch, Morath verstand es nicht. Er stieß die Tür auf und griff nach Novotny, der wie versteinert dasaß. Er bekam einen Ärmel zu fassen, doch im selben Moment hörte er zwei Aufschläge, Metall auf Metall, und ein weiteres Leuchtspurgeschoss traf den Wagen, diesmal auf der anderen Seite der Windschutzscheibe. Morath hörte das Maschinengewehr, präzise fünfschüssige Salven. Als er Benzingeruch wahrnahm, zog er Novotny mit aller Kraft über den Beifahrersitz aus dem Wagen.

Flach auf der Erde liegend, rieb er sich die Augen, und der Stern begann zu verblassen.

«Sehen Sie was?» Novotny sprach wieder Deutsch.

«Nicht viel.»

Lautes Krachen von der Vorderseite des Autos, als eine Salve den Motorblock traf, gefolgt vom scharfen Dampfgeruch aus dem Kühler. «Mein Gott», sagte Morath. Er kroch von der Straße weg und zog Novotny hinter sich her. Er geriet in ein Gestrüpp aus Ästen und Ranken, ein Dorn zerkratzte ihm die Stirn. Allmählich klärten sich die verschwommenen grauen Formen zu Bäumen und Wald. Er atmete auf – eine verbrannte Netzhaut hätte lebenslange Blindheit bedeutet.

«Wie geht's Ihnen?», fragte er.

«Besser.» Novotny betastete seinen Haaransatz mit dem Zeigefinger. «Das Ding hat mich doch tatsächlich verbrannt.»

Der Maschinengewehrschütze ließ den Wagen nicht in Ruhe. Er durchlöcherte die Windschutzscheibe und zerschoss mit Breitenfeuer die Reifen. In der Ferne war Geschützdonner zu hören, und eine Wolke über der Stadt flackerte orangefarben auf.

«Ist das die Invasion?», fragte Morath.

Novotny schnaubte verächtlich. «Das sind die unterdrückten Sudetendeutschen», sagte er. «Die nach Gerechtigkeit und Gleichberechtigung schreien.»

Morath erhob sich auf die Knie. «Wir müssen zu Fuß nach Děčín.»

«Ich kann nicht», sagte Novotny, «ohne meinen Stock.»

Morath kroch zum Wagen zurück, öffnete die hintere Tür, legte sich flach auf den Sitz und nahm den Gehstock und die Pistole in ihrem Holster an sich. Novotny war froh, die Sachen wiederzuhaben. Er kam mühsam auf die Beine, öffnete mit den Zähnen die Klappe des Holsters und warf sich den Gurt über die Schulter, als die Pistole herausglitt. «Jetzt können sie kommen», sagte er mit einem Lachen über sich selbst und die absurde Situation.

Sie gingen durch den Wald. Novotny humpelte und atmete schwer, hielt aber Schritt. Wie sich herausstellte, hatten sie Glück, dass er in Uniform war – ein sechzehnjähriger Milizionär hätte sie um ein Haar mit der Maschinenpistole erledigt, als sie den Stadtrand von Děčín erreichten.

Auf dem Weg zur Polizeiwache hielten sie sich an die Gässchen. Die Hausmauern hatten zahlreiche Einschüsse von Kleinfeuerwaffen. «Ich hab ja gewusst, dass es hier Ärger gibt», sagte Morath. «Protestmärsche und Ausschreitungen, man sieht es in der Wochenschau. Aber doch nicht so was.»

Novotny lächelte säuerlich. «Das sind Kommandotrupps, bewaffnet und ausgebildet von der SS. *Das* bringen sie nicht in der Wochenschau.»

Die Gasse mündete in eine Nebenstraße, Morath und Novotny duckten sich an einer Mauerecke. Links von ihnen, auf der gegenüberliegenden Seite einer breiten Hauptstraße, brannte das Schulhaus, Garben roter Funken stiegen in den Nachthimmel. Zwei Tote lagen im Licht des Feuers am Straßenrand, das Gesicht im Rinnstein. Einer von ihnen hatte einen nackten Fuß.

«Gehen Sie vor», sagte Morath. Das war eine edle Geste – *als Erster über die Straße* war eine Grundregel, wenn man unter Beschuss stand. Die feindlichen Schützen sahen den Ersten und erwischten den Zweiten.

«Vielen Dank», sagte Novotny, «aber wir gehen zusammen.»

Trotzdem nahm Morath die Seite, von der die Schüsse kamen, und packte Novotny um die Taille. Als dreibeiniges Gespann galoppierten sie verwegen los, auf die rettende Deckung zu, und lachten wie zwei Verrückte, während ihnen die Kugeln um die Ohren pfiffen.

Sie brauchten zwanzig Minuten bis zur Polizeiwache, wo eine zerfetzte tschechische Flagge schlaff über den verbarrikadierten Fenstern hing. «Das arme Ding», sagte der Polizeichef von Děčín. «Diese Mistkerle schießen immer wieder darauf.»

Eine seltsame Szene auf der Wache. Polizisten, von denen einige dienstfrei hatten, als der Angriff gekommen war – einer von ihnen, die Serviette noch im Hosenbund, feuerte mit dem

Gewehr aus dem Fenster –, ein paar Soldaten, Einheimische. In der Ecke, auf einem Schreibtisch ausgestreckt, lag ein großer, magerer Mann mit Gehrock und Stehkragen. Er hielt sich eine Kompresse an eine blutende Kopfwunde, und ein Glas seiner Brille war in der Mitte durchgebrochen.

«Unser Lateinlehrer», sagte der Polizeichef. «Sie haben ihn verprügelt. Sind mit Gewalt in die Schule eingedrungen, haben tschechische Schulbücher auf die Straße geworfen, sie angezündet und zu *singen* angefangen, und dann haben sie die Schule in Brand gesteckt. Anschließend sind sie durchs Viertel gezogen und haben im Sprechchor *Mehr deutsche Schulen für unsere Kinder* gerufen, und ein kleiner Mann hat von einem Autodach aus gefilmt.

Und wir – wir haben tatenlos zugesehen. Wir haben strikten Befehl: Lasst euch von denen nicht provozieren. Also haben wir gelächelt und uns verbeugt, ganz unprovoziert, haben die Schwester geholt, damit sie unseren Lateinlehrer zusammenflickt, und alles war bestens.

Aber *die* hatten natürlich Befehl, uns um jeden Preis zu provozieren, also haben sie auf einen Polizisten geschossen. Er schoss zurück, alles rannte, und jetzt haben wir den Salat.»

«Haben Sie die Armee per Funk benachrichtigt?», fragte Novotny.

Der Polizist nickte. «Sie kommen. In gepanzerten Fahrzeugen. Aber die haben es mit vier oder fünf solchen Zwischenfällen zu tun, es kann also ein Weilchen dauern.»

«Sie haben Waffen für uns», sagte Morath. Es war keine Frage.

Bevor der Polizeichef antworten konnte, redete Novotny schon hastig auf ihn ein, auf Tschechisch. Hinterher, als sie zum sicheren Ende der Stadt fuhren, lieferte er die Erklärung nach. «Bitte entschuldigen Sie», sagte er, «aber die machen mich einen Kopf kürzer, wenn Ihnen was zustößt.»

Das sichere Ende der Stadt war alles andere als sicher. In einer gewundenen Straße stießen sie auf den Pferdekarren eines Milchmanns; der Mann lag mit dem Gesicht nach unten auf dem Pflaster, den Kopf von der hochgeschlagenen Jacke verdeckt. Das Pferd stand geduldig vor dem Wagen mit den Milchkannen, drehte den Kopf und schaute sie an, als sie vorbeigingen.

Der Polizeichef hatte ihnen den Weg zu einem monströsen dreistöckigen Ziegelbau beschrieben, dem vielleicht imposantesten Haus in Děčín, an einer breiten Lindenallee. Das Gebäude wurde von zwei Polizisten bewacht, die Helme französischen Stils trugen und mit Gewehren bewaffnet waren. Einer der beiden führte sie in einen überladenen Salon in der obersten Etage, an dessen Wänden dicht an dicht Ölgemälde von sehr dicken Menschen in sehr teurer Kleidung hingen. Als Morath und Novotny Platz genommen hatten, kam ein einheimischer Beamter mit zwei Kontobüchern die Treppe heraufgekeucht, gefolgt von einem Angestellten und einer Sekretärin, die noch zwei weitere trugen. Schwer atmend blieb er stocksteif stehen, verbeugte sich höflich, machte auf dem Absatz kehrt und eilte davon.

«Das war der Herr Bürgermeister», sagte der Polizist. «Die Deutschen versuchen immer wieder, das Rathaus niederzubrennen, deshalb bringt er die Steuerakten hier herauf.»

«Immer wieder?»

Der Polizist nickte grimmig. «Seit März schon dreimal.»

Morath schaute aus dem Fenster über die Stadt. Dem Polizisten zufolge hatten die deutschen Einheiten mehrere Gebäude – Autowerkstätten und andere Kleinbetriebe – sowie den Bahnhof in ihre Gewalt gebracht. Morath sah den einen oder anderen von ihnen, als sie die Stellung wechselten, unförmige Gestalten mit Mützen und Jacken, die geduckt dicht an den Häuserwänden entlangliefen. Einmal erkannte er ganz deutlich einen Maschinengewehrschützen und seinen Helfer, als die beiden kurz im Schein einer Straßenlaterne auftauchten; der eine trug ein Maxim-MG, der andere den Dreifuß und die Gurte. Sie hatten es eilig und verschwanden im Dunkeln zwischen den verlassenen Bürogebäuden auf der anderen Seite der Allee.

Mitternacht. Das Geknatter von Handfeuerwaffen wurde stärker. Dann gingen in der ganzen Stadt die Lichter aus, ein paar Minuten später kam der Funkspruch. Novotny und der ranghöhere Polizist machten sich auf den Rückweg zur Polizeiwache. Der andere Polizist kam in den dritten Stock herauf, nahm seinen Helm ab und setzte sich auf ein Sofa. Er war noch jung, kaum über zwanzig. «Die Panzerwagen müssten jetzt bald da sein», sagte er.

Morath spähte auf die Straße hinab. Es war nicht viel zu sehen, die warme, dunstige Nachtluft wurde durch den Rauch von den brennenden Gebäuden zusätzlich verdunkelt. Die Schießerei in der Ferne ließ nach und hörte dann ganz auf, und eine lastende Stille trat ein. Morath schaute auf die Uhr. Zwanzig nach zwei. Cara schlief sicher schon an der Avenue Bourdonnais, wenn sie nicht ausgegangen war. Am Nachmittag musste das Armband geliefert worden sein. Seltsam, wie weit weg ihm das alles erschien. *Dabei war es gar nicht so weit.* Er erinnerte sich an die Bars am Mittelmeerstrand, an das Donnern der Brandung, hörte noch die Leute sagen: «Halb neun in Juan-les-Pins, halb zehn in Prag.»

Ein leises, fernes Grollen, das sich allmählich als das Tuckern schwerer Motoren entpuppte. Der Polizist sprang auf. Er machte kein Hehl daraus, wie erleichtert er war – Morath hatte nicht gemerkt, welche Angst der Mann ausgestanden hatte. «Jetzt werden wir ja sehen», sagte er und strich über seine weizenblonde Stirnlocke. «Jetzt werden wir ja sehen.»

Zwei Panzerwagen krochen die Allee herauf, mit höchstens fünfzehn Stundenkilometern. Der eine scherte aus und fuhr in Richtung des nördlichen Stadtteils, der andere blieb in der

Straßenmitte stehen, und sein Turm drehte sich langsam – der Schütze suchte nach einem Ziel. Jemand – besonders intelligent kann der nicht sein, dachte Morath – schoss auf den Panzer. Die Antwort war ein Feuerstoß aus dem Turmgeschütz, eine Explosion und ein dumpfer Knall, der in den leeren Straßen widerhallte.

«Idiot.»

«Ein Scharfschütze», sagte der Polizist. «Er zielt auf den Sehschlitz des Turms.»

Sie standen beide am Fenster. Als der Panzerwagen wieder anfuhr, ertönte ein zweiter Schuss.

«Haben Sie's gesehen?»

Morath schüttelte den Kopf.

«Manchmal sieht man's.» Er war jetzt ziemlich erregt und sprach mit lauter Flüsterstimme. Er kniete sich vor das Fenster, stützte das Gewehr auf dem Sims ab und visierte.

Der Panzerwagen geriet außer Sicht. Am anderen Ende der Stadt wurde offenbar ernsthaft gekämpft – man hörte Geschütz- und Maschinengewehrfeuer. Morath lehnte sich aus dem Fenster und meinte, Mündungsfeuer aufblitzen zu sehen. Irgendetwas explodierte, ein Panzerwagen fuhr mit hoher Geschwindigkeit in die Richtung der Kämpfe. Und irgendetwas brannte. Ganz langsam traten die Konturen der Gebäude in orangefarbenem Licht hervor. Unten in der Küche knatterte das Funksprechgerät. Der Polizist fluchte leise und lief los, um sich zu melden.

Vier Uhr früh. Der Polizist schnarchte auf dem Sofa, Morath hielt Wache. Der Polizist hatte sich für seine Müdigkeit entschuldigt. «Wir waren zwei Tage auf der Straße», sagte er, «und haben sie mit Schlagstöcken und Schilden bekämpft.» Morath rauchte, um wach zu bleiben. Er entfernte sich vom Fenster, wenn er ein Streichholz anriss, und schirmte die Zigarettenglut mit der Hand ab. Einmal fuhr zu seiner Verwunderung ein Güterzug durch die Stadt. Er hörte ihn schon von weitem. Er hielt nicht an, das langsame Puffen der Lokomotive bewegte sich kontinuierlich von Ost nach West, und er horchte, bis es verstummt war.

Eine Silhouette.

Morath war sofort hellwach, trat die Zigarette aus, schnappte sich das Gewehr aus der Ecke und stützte es auf den Fenstersims.

War die Gestalt wirklich da? Wahrscheinlich nicht. Ein Geist, ein Phantom – *genau so eins wie die, die wir in Galizien gesehen haben*. Bis zum Morgengrauen.

Aber nein. Diesmal nicht.

Eine Gestalt, aufs Knie gestützt, dicht an der Wand eines Hauses auf der anderen Seite der Allee, völlig reglos. Der Mann stand auf, rannte ein paar Meter und blieb wieder stehen. Morath glaubte zu sehen, dass er etwas in der Hand hielt.

Er berührte das Schloss des Gewehrs, um sich zu vergewissern, dass es entsichert war, und legte dann den Finger sanft an den Abzug. Als er über Kimme und Korn visierte, verlor er den Mann, bis er sich wieder bewegte. Er stand auf, rannte, ging in die Knie. Stand auf, rannte, kniete nieder. Stand auf, rannte.

Zielen. Abdrücken.

Der Polizist schrie auf und rollte vom Sofa. «Was ist?», fragte er atemlos. «Sind sie da?»

Morath zuckte die Achseln. «Ich hab was gesehen.»

«Wo?» Der Polizist kniete sich neben ihn.

Morath schaute hinaus. Nichts.

Aber eine Stunde später sahen sie ihn, im grauen Licht, als sie die Allee überquerten. «Ein Läufer!», sagte der Polizist. «Er sollte dem Scharfschützen Nachschub bringen.»

Vielleicht. Fast noch ein Kind. Er war nach hinten gerissen worden, in einen Kellereingang gestürzt und dort gestorben, auf der Stufe, die Arme ausgebreitet, um sich abzufangen. Sein in Zeitungspapier gewickeltes Butterbrot lag noch auf dem Bürgersteig.

Bei Tagesanbruch gingen sie zur Polizeiwache zurück, aber die gab es nicht mehr. Übrig waren nur noch eine ausgebrannte Schale, rußgeschwärzte Balken, aus dem verkohlten Inneren aufsteigender Rauch. Eine Ecke des Gebäudes war weggesprengt – eine Handgranate, dachte Morath, oder eine selbstgebaute Bombe. Sie würden es nie erfahren, es war niemand übrig, der es ihnen hätte erzählen können. Er blieb noch eine Weile und sprach mit den Feuerwehrleuten, die sich umsahen, ob sie noch etwas tun könnten. Dann erschien ein Hauptmann der Armee und fuhr ihn zum Hotel zurück. «Es war nicht nur Novotny», sagte er. «Wir haben noch drei Männer verloren. Sie kamen mit Fahrrädern von einem Beobachtungsposten zurück, als sie über Funk angerufen wurden. Außerdem der Polizeichef, mehrere Offiziere, Miliz. Am Schluss haben sie sogar die Betrunkenen aus den Zellen geholt und ihnen Gewehre in die Hand gedrückt.» Er schüttelte den Kopf, voller Zorn und Abscheu. «Jemand hat erzählt, sie hätten sich ergeben wollen, als das Gebäude in Brand geriet, aber die Deutschen sind angeblich nicht darauf eingegangen.» Er schwieg eine Zeit lang. «Ich weiß nicht, vielleicht stimmt das nicht», sagte er. «Aber vielleicht spielt es auch keine Rolle.»

Im Europa standen Gladiolen in einer silbernen Vase auf einem Tisch in der Halle. In seinem Zimmer schlief Morath eine Stunde, dann wachte er auf und konnte nicht mehr einschlafen. Er bestellte Kaffee und Semmeln, ließ das meiste auf dem Tablett und rief den Bahnhof an. «Natürlich fahren sie», sagte man ihm. Als er auflegte, klopfte es an der Tür. «Frische Handtücher, der Herr.»

Morath öffnete, Dr. Lapp kam herein und nahm im Sessel Platz.

«Und, wo sind meine Handtücher?»

«Sie werden lachen, aber das hab ich tatsächlich mal gemacht. Lange her. Als Zimmermädchen verkleidet, mit einem Wägelchen.»

«Das muss dem Gast mindestens ein Lächeln entlockt haben.»

«Nein, überhaupt nicht. Der Mann, der an die Tür kam, war aschgrau im Gesicht.»

Morath begann zu packen, legte Unterwäsche und Socken ordentlich in seinen Koffer.

«Ach, übrigens», sagte Dr. Lapp, «haben Sie die beiden Frauen kennen gelernt, die immer in der Lobby sitzen?»

«Nicht richtig.»

«Nein? Sie haben – sich nicht bedient?»

Ein Blick von der Seite. *Sag ich doch.*

«Sie sind letzte Nacht verhaftet worden, deswegen frage ich. In diesem Zimmer, ob Sie's glauben oder nicht. Man hat sie in Handschellen durch die Lobby abgeführt.»

Morath erstarrte, zwei silberne Haarbürsten in den Händen. «Wer waren sie?»

«Sudetendeutsche. Wahrscheinlich im Auftrag des Sicherheitsdienstes, SD, des Geheimdienstes der SS. Hat einigen Wirbel verursacht unten. *In Marienbad! Tja!* Aber den Frauen schien es nichts auszumachen, sie haben gelacht und gescherzt. Die Tschechen können sie höchstens eine Nacht auf dem Polizeirevier behalten, und wahrscheinlich werden sie nicht einmal das wagen.»

Morath schob die Bürsten in die Schlaufen einer ledernen Toilettentasche und zog den Reißverschluss zu.

Dr. Lapp griff in seine Tasche. «Wo Sie schon beim Packen sind.» Er gab ihm eine Zellophanhülle, kaum größer als eine Briefmarke. Darin befand sich ein aus einem Filmstreifen herausgeschnittenes Negativ. Morath hielt es gegen das Licht und sah, dass es ein Schriftstück in deutscher Sprache war.

Ein Todesurteil. Seine Zeichnungen von den Befestigungen hatte er in einen Aktendeckel getan und unten in den Koffer gelegt. Damit konnte er durchkommen, selbst wenn er gefilzt wurde. Er konnte behaupten, es handle sich um ein Immobilienobjekt, das zum Verkauf stehe, oder um Pläne für eine Skihütte. Aber mit dem hier nicht.

«Was ist das?»

«Eine Denkschrift auf Briefpapier des Oberkommandos der Wehrmacht. Von General Ludwig Beck, der gerade als Chef des OKW zurückgetreten ist, an seinen Vorgesetzten, General von Brauchitsch, den Oberkommandierenden der deutschen Armee. Er schreibt, Hitler müsse *sein Vorhaben aufgeben, die tschechische Frage mit Gewalt zu lösen. Gesagt* hat er noch viel mehr: dass die Gestapo und die nationalsozialistischen Parteibonzen ausgeschaltet werden sollten und dass Deutschland wieder zu ‹Anstand und Einfachheit› zurückfinden müsse. Dann ist er aus Protest zurückgetreten. Und sein Nachfolger, General Halder, glaubt da noch fester dran als Beck.»

«Man wird mich fragen, woher ich das habe.»

Dr. Lapp nickte. «Die Abwehr, der militärische Geheimdienst, ist dem OKW unterstellt. Wir gehen auf dieselben Konferenzen und abends zu denselben Diners.» Er schlug die Beine übereinander, tippte auf den Absatz seines Schuhs und sah Morath mit einem Blick an, der besagte *Sie wissen natürlich, wo Sie das verstecken können.* Er beugte sich über den Tisch, nahm das Buttermesser vom Hotel-Europa-Gedeck, hielt es gegen das Licht, prüfte die Schneide und reichte es Morath.

Morath zog einen Schuh aus und ging an die Arbeit. Er war todmüde und der Welt überdrüssig und musste sich zwingen, die nötige Geduld und Sorgfalt aufzubringen. Er hebelte den Absatz an einer Ecke auf und schob das Negativ hinein. Es funktionierte nicht, man sah den Spalt, und er spürte ihn auch beim Gehen.

Dr. Lapp zuckte die Achseln. «Improvisation», sagte er seufzend.

Morath packte fertig, zog die Gurte des Koffers stramm und schnallte sie zu.

«Ich weiß nicht, mit wem Sie darüber reden können, Herr Morath, aber je mächtiger, desto besser. Wir versuchen, möglichst viele Informationskanäle zu öffnen. Einer davon wird doch wohl funktionieren.» Es klang so, als glaubte er selbst nicht daran, als wollte er sich einreden, dass zwei und zwei fünf ist. «Von den Engländern wünschen wir uns nur, dass sie stillhalten.» Er schaute zu Morath auf. «Ist das zu viel verlangt?»

Morath warf einen Blick auf die Uhr, zündete sich eine Zigarette an und setzte sich, um zu warten, bis es Zeit war, zum Bahnhof zu fahren. Es war still im Hotel: gedämpfte Stimmen auf dem Gang, das Geräusch eines Staubsaugers.

«Armes Deutschland», sagte Dr. Lapp. Er griff in die Innentasche seines Jacketts und brachte eine Brille in einem Lederetui und ein Blechschächtelchen zum Vorschein. «Vielleicht ist es besser, wenn Sie das haben.»

Morath öffnete es und fand eine goldene Hakenkreuz-Anstecknadel. Er befestigte sie an seiner Brusttasche und ging ins Bad, um sich im Spiegel zu betrachten.

«Stecken Sie es an, wenn Sie an die deutsche Grenze kommen», sagte Dr. Lapp, die Hand auf der Türklinke. «Aber vergessen Sie nicht, es wieder abzunehmen, sobald Sie in Frankreich sind.»

«Die beiden Frauen», fragte Morath. «Waren die speziell auf mich angesetzt?»

Dr. Lapp schüttelte langsam den Kopf und sah Morath traurig an. «Das weiß der Himmel», sagte er, «ich nicht.»

Bromley-on-Ware, Sussex, England, 17. August.

Morath stand am Ende der mit Kies bestreuten Auffahrt, als

das Taxi über den Fahrweg davonratterte. Francescas Freund, Simon der Anwalt, kam über den geheiligten Rasen auf ihn zu. Er trug Shorts und Sandalen, ein Hemd mit hochgekrempelten Ärmeln, hatte ein Jackett über der Schulter, eine Pfeife im Mund und eine Zeitung unterm Arm. Hinter ihm ein Backsteinhaus mit vielen Schornsteinen, blauer Himmel, eine weiße Wolke.

Simon nahm Moraths Tasche mit der einen und seinen Arm mit der anderen Hand und sagte: «Wie schön, dass du kommen konntest, Nicholas.»

Während sie auf das Haus zugingen, kam Cara heraus, in einem dünnen Sommerkleid, das sie im Laufen umflatterte. «Du bist ein schrecklicher Mensch, Nicky», sagte sie, wütend und zugleich versöhnlich, und drückte ihn fest an sich. Sie ist erleichtert, dachte er, weil sie weiß, dass ich in etwas verwickelt war, worüber ich nicht sprechen kann. Vor allem aber hatte sie keine Lust, im Landhaus anderer Leute zu schmollen. «Das musst du wieder gutmachen», sagte sie, als sie die Treppe hinaufstiegen.

Auf der Terrasse Frauen mit Strohhüten, Männer mit weißem Haar, ein Whisky Soda für Morath.

«Angenehm, Bromley.»

Dann ist also das dein Dorf und dein Schloss, und es sind deine Bauern. «Guten Tag, Mr. Bromley.»

«Nicht doch, ‹Bramble›.»

«Mr. Bramble?»

«Nein, nein, ‹*Bram*-well›. Ja. Hm.»

Der Mond schien Cara auf den nackten Po. «Nicht so laut», zischte sie.

«Das Bett quietscht so – ich kann nichts dafür.»

«*Méchant!* Wir können nicht solchen Lärm machen. Komm, leg dich auf den Rücken.»

Das Flussufer war auf der anderen Seite einer Kuhweide. «Pass auf die Kuhfladen auf», warnte ihn Simon.

Sie setzten sich auf eine Bank unter einer riesigen Weide. Wo der Baumschatten aufhörte, glitzerte die Sonne auf dem Wasser. «Ich habe einen alten Freund», sagte Morath. «Als er hörte, dass ich im August Urlaub in England mache, bat er mich, ein paar Papiere mitzunehmen.»

«Aha.» Simon hatte gedacht, das *Gespräch unter vier Augen* würde sich um Cara drehen, um Frauengeschichten oder dergleichen. «Papiere?»

«Vertrauliche Papiere.»

«Aha.» Simon strich sich sein braunes Haar aus der Stirn. «Du bist also ein Spion, Nicholas?»

«Nein. Nur jemand, der Hitler nicht leiden kann», sagte Morath. «Hitler und seinesgleichen.» Er erzählte Simon von den Befestigungen in der Tschechoslowakei und von General Becks Denkschrift. «Mein Freund ist der Meinung», erläuterte er, «dass Hitler nur gestürzt werden kann, wenn er versagt. Wenn eure Regierung standhaft bleibt, wird das auch eintreten. So oder so.»

Simon überlegte eine Zeit lang. «Es ist schwierig, weißt du, denn die Sache hat zwei Seiten. Wie eigentlich alles in der Politik. Auf der einen Seite, der Seite, die sich raushalten will, steht Nevile Henderson, unser Botschafter in Deutschland. Er hegt die allergrößten Sympathien für die Deutschen – für die Nazis, sagen manche –, und von den Tschechen hält er gar nichts. Aber Chamberlain hört auf ihn. Auf der anderen Seite stehen Leute wie Vansittart, der Berater des Außenministers, der eher Churchills Lager zuzurechnen ist. Die Frage ist also, mit wem reden wir? Für mich ist Vansittart der Held und Henderson der Schurke.» *Un homme néfaste*, nannte Simon ihn.

«Aber wenn ich einen Freund auftreibe, der mit Vansittart sprechen kann, würdest du da nicht offene Türen einrennen?»

Morath schätzte Simon auf Ende zwanzig, aber manchmal machte es ihm Spaß, sich jünger zu geben und schrecklich albern zu sein. Nun kam er ihm plötzlich älter vor, viel älter.

Simon starrte auf das träg fließende Wasser hinab. «Also», sagte er, «was machen wir?»

Morath wusste es nicht. Die heitere Friedlichkeit der Landschaft – des ganzen Landes – war wie Frühlingsluft, sie ließ das Festland mit seinen Wirren töricht, brutal und weit weg erscheinen.

Als sie zurück waren, ging Simon zum Telefon und rief den Freund eines Freundes an.

Der kam noch am Abend desselben Tages auf ein Glas vorbei. Auf der Terrasse mit dem Spaniel der Familie allein gelassen, radebrechten sie in Moraths stockendem Englisch und dem akademischen Französisch des Freundes eines Freundes. Aber sie kamen zurecht. Morath erklärte ihm die Verteidigungsanlagen, zeigte ihm die Denkschrift und gab sich Mühe, Dr. Lapps Botschaft so dringlich wie möglich darzustellen. Etwas besser lief es am nächsten Tag, als der Freund eines Freundes – sehr guter Anzug und hoher militärischer Dienstgrad – einen lächelnden Gnom mitbrachte, der Ungarisch sprach, Budapester Ungarisch.

«Einen Freund in Paris können wir immer gebrauchen», sagten sie ihm.

Morath lehnte lächelnd ab.

Sie wurden nie direkt unhöflich. Aber sie waren neugierig. Wie war er in diese Angelegenheit verwickelt worden? War er schlicht und einfach Offizier im VK-VI, dem ungarischen Geheimdienst? Hatte er sich auch mit Deutschen getroffen? Aber das ging sie nichts an, er sagte es ihnen nicht und wurde schließlich von Simons Mutter gerettet, die auf die Terrasse kam und redete und lachte und mit ihnen flirtete, bis sie sich empfahlen.

August 1938, der Sommer vor dem Krieg. Bei Nacht knisterte das Radio, und die Grillen zirpten. Die Tschechen machten mobil, die britische Flotte machte mobil, Beneš bot Henlein und den Sudetendeutschen alles an, was ihnen beiden nur einfiel – uneingeschränkte Selbstbestimmung und vieles mehr. Aber nicht genug. In England wurden Gasmasken verteilt und in Londoner Parks Splittergräben ausgehoben. «Aber was wird aus *Ihnen*, Nicholas?», fragte Simons Mutter ihn bei Tisch.

Darüber hatte er auch schon nachgedacht. Öfter, als er eigentlich wollte. Er nahm an, man würde ihn wieder zu den Waffen rufen, ihn auffordern, sich in der Kaserne seines Regiments zu melden, zusammen mit dicklichen Börsenmaklern und kahlköpfigen Anwälten, und ihm befehlen, auf Seiten der Wehrmacht zu kämpfen.

Eines Abends fand er Cara, wie sie, das Cartier-Armband am Handgelenk, mit dem Gesicht nach unten auf der Bettdecke lag und ins Kissen heulte. «Ich werde meinem Vater sagen», flüsterte sie, «dass wir eine unserer *estancias* verkaufen müssen, weil ich mir eine Villa in Lugano kaufen will.»

Am nächsten Tag zur Cocktailstunde sah er sich der Attacke – anders konnte man es nicht nennen – eines Nachbarn in Offiziersuniform ausgesetzt. Der Mann hatte jede Beherrschung verloren und war knallrot vor Wut. Er sprach mit einen völlig unverständlichen Akzent – die Worte blieben in seinem dichten schwarzen Schnurrbart hängen –, Morath wich einen Schritt zurück und wusste sich nicht zu helfen. Simon rettete ihn, indem er ihn unter dem Vorwand wegzog, er müsse unbedingt den Onkel aus Perth kennen lernen.

Man war in dem Haus in Sussex schrecklich nett, ja fast übertrieben freundlich zu ihm. Eines regnerischen Nachmittags, als alle bis auf Morath und Cara Bridge spielten, kramten sie in einer Truhe und fanden ein verblichenes Puzzle: *Der Untergang der Armada*.

Apropos Flotte: Am sechsundzwanzigsten kam im Radio

ein Bericht über den Besuch von Admiral Horthy im Deutschen Reich, in Kiel, wo er, offiziell als letzter Oberkommandierender der österreichisch-ungarischen Marine, ein neues deutsches Schlachtschiff, die *Prinz Eugen*, taufen und, wie die BBC sagte, «sich unter vier Augen mit Reichskanzler Hitler» beraten sollte. Keiner im Raum sah Morath an, aller Augen fanden irgendetwas anderes weitaus interessanter. Die BBC erwähnte nicht, was Graf Polanyi drei Wochen später behauptete, als sie sich in Paris trafen. Die ganze Geschichte sei nur inszeniert worden, damit Hitler Horthy Folgendes sagen konnte: «Wer mit an der Tafel sitzen will, muss auch beim Kochen helfen.»

Man brauchte zwei Autos, um sie alle zum Bahnhof zu bringen. Die Dienstmädchen und der Gärtner standen vor dem Haus, als sie abfuhren. Der einunddreißigste August erwies sich als teuflisch schöner Tag. Der Himmel war pastellblau, die Bilderbuchwolken hatten ziselierte Ränder, das Bähnchen kam aus einer anderen Zeit. Simon schüttelte Morath die Hand und sagte: «Hoffen wir das Beste, ja?» Morath nickte. Cara betupfte sich mit einem Taschentuch die Augen und umarmte Francesca, als der Zug einfuhr. Und Simons Mutter nahm seine Hände. Sie hatte kühle graue Augen und sah ihn lange an. «Ich bin so froh, dass Sie hier sein konnten», sagte sie, «und wir wünschen uns sehr, dass Sie wiederkommen, Nicholas. Sie werden es versuchen, ja?»

Er versprach, dass er es versuchen würde, und hielt ihre Hände in den seinen.

III. Nachtexpress nach Budapest

PARIS WAR IN DIESEM SEPTEMBER spannungsgeladen und nervös, am Rande des Krieges, dunkler, als Morath es je erlebt hatte. *Le retour*, die Rückkehr in den Alltag nach den Augustferien, war normalerweise ein schöner Moment im Pariser Leben, nicht aber in diesem Herbst. Die Menschen kamen zurück ins Büro, zur Abendgesellschaft, zur Liebesaffäre, aber Hitler brüllte ihnen von jedem Zeitungskiosk entgegen, und sie fanden es degoutant. In Moraths Frühstückscafé sagte der Kellner: «Sollen sie doch endlich kommen und ihre Bomben schmeißen, die Warterei macht einen ja ganz fertig.»

Er war unerträglich, der Gedanke an einen neuen Krieg – sie hatten sich noch nicht einmal vom letzten erholt. Der Mann, der an dem Tag im Jahre 1918, als der Krieg vorbei war, aus den Schützengräben heimkehrte und mit seiner Frau schlief, hatte jetzt einen neunzehn Jahre alten Sohn, genau das richtige Alter für die Armee. Am sechsten September diskutierten die Morgenzeitungen, ob die Sudetenfrage wirklich einen Weltkrieg wert sei. Tags darauf befürwortete der Leitartikel der Londoner *Times* die Abtrennung.

In Deutschland begann der alljährliche Reichsparteitag in Nürnberg am sechsten und sollte bis zum zwölften dauern, mit Fackelzügen, Turnerinnen und, zum grandiosen Finale, einer Rede in dem kolossalen Deutschen Stadion, in der der Führer verkünden wollte, was er mit der Tschechoslowakei vorhatte.

Am zehnten verbreitete der Pariser Rundfunk Roosevelts Erklärung, es sei «hundertprozentig falsch» anzunehmen, die Vereinigten Staaten würden an der Seite Großbritanniens und

Frankreichs in einen Krieg um die Tschechoslowakei eintreten. Am elften zeigte der Besitzer der Schreibwarenhandlung in der Rue Richelieu Morath seinen alten Lebel-Revolver aus dem Ersten Weltkrieg. «Das ist *meine* Antwort auf das alles», sagte er. Was meinte er damit? Wollte er Selbstmord begehen? Einen deutschen Touristen erschießen? Als Scharfschütze gegen die Wehrmacht kämpfen?

«Er hat uns dort, wo er uns haben will», sagte Polanyi beim Mittagessen am Quai de la Tournelle. «Hast du die Wochenschau-Reportage von Horthys Ankunft in Kiel gesehen?» Morath verneinte. «Da bin ich kurz zu sehen, über Graf Csakys Schulter.» Dann erzählte er, dass Ungarn die umstrittenen Gebiete zurückbekommen sollte, falls es sich bereit erklärte, in die Slowakei einzumarschieren, wenn Hitler die Tschechen angriff.

«Horthy hat abgelehnt. Mit der Begründung, dass wir keine nennenswerte Armee haben und die wenigen Einheiten, die wir haben, kaum über Waffen und Munition verfügen», sagte Polanyi. Dann wiederholte er Hitlers Bemerkung über die Tafel und das Kochen.

Sie aßen *blanquette de veau* auf der Terrasse eines normannischen Restaurants. Polanyi unterbrach sich, als zwei junge Männer an ihrem Tisch vorbeigingen. «Naturgemäß», sagte er, «wird jetzt die eine oder andere Einheit einberufen. Aber ich habe dafür gesorgt, dass es dich nicht trifft, jedenfalls diesmal noch nicht.» Er tauchte eine Gabel voll Bratkartoffeln in ein Schälchen mit Mayonnaise, hielt aber inne und sagte: «Ich hoffe, das war in deinem Sinne.»

Morath sparte sich die Antwort.

«Warum solltest du dein Leben in einer Kaserne vertrödeln?» sagte Polanyi. «Außerdem brauch ich dich hier.»

Am Morgen des vierzehnten September um halb neun – Chamberlain war zu Beratungen mit Hitler nach Berchtesgaden geflogen – klingelte in Moraths Wohnung das Telefon. Es war Cara. Ihre Stimme klang fremd. «Ich hoffe, du kommst rüber und sagst mir auf Wiedersehen», sagte sie.

Er sagte «Was ...», aber sie hatte bereits aufgelegt.

Zwanzig Minuten später war er bei ihr. Die Tür stand offen, er ging hinein. Zwei Männer in blauen Kitteln packten Caras Kleidung in die Schubladen eines großen Überseekoffers, dessen Schrankseite bereits mit Kleidern auf kleinen Bügeln voll hing. Ein dritter Mann, größer als die beiden anderen, stand mit verschränkten Armen daneben und sah zu. Er hatte ein kantiges Gesicht und trug eine kragenlose Jacke – wahrscheinlich der Chauffeur oder ein Leibwächter, dachte Morath. Als Morath ins Zimmer kam, löste er die Arme und ging einen halben Schritt auf ihn zu.

Cara saß auf der Bettkante, den Picasso-Akt in seinem Goldrahmen auf den Knien. «Monsieur Morath», sagte sie mit tonloser Stimme, «erlauben Sie mir, Sie mit meinem Vater, Señor Dionello, bekannt zu machen.»

Ein kleiner Mann stand aus dem Schlafzimmersessel auf. Er hatte einen schwarz-weißen Schnurrbart und trug einen Zweireiher mit schwarzen und weißen Streifen und einen schwarzen Borsalino-Hut. Er sagte «Señor», tippte sich an die Hutkrempe und gab Morath die Hand. Morath sah sofort, dass der Mann nicht erfreut war, den vierundvierzig Jahre alten Geliebten, den ungarischen Geliebten, den Pariser Geliebten seiner Tochter kennen zu lernen, dass er aber keine Szene machen würde, wenn Morath seinerseits ruhig blieb.

Morath suchte Caras Blick – *Was soll ich denn machen?* Familie war nun mal Familie, aber er würde es nicht zulassen, dass sie gegen ihren Willen entführt wurde.

Sie schüttelte den Kopf und schloss die Augen. Es war eine hilflose kleine Geste der Kapitulation, aber sie verriet ihm, was er wissen musste.

Ihm wurde schwer ums Herz – er hatte sie verloren.

Señor Dionello sprach mit ihr in schnellem Spanisch, seine Stimme klang nicht unfreundlich.

«Es ist wegen des Krieges, Nicky», sagte Cara. «Mein Vater drückt sein Bedauern aus, aber meine Mutter und meine Großmutter sind krank vor Sorge um mich, sagt er, sie fürchten, mir könnte etwas zustoßen.»

Señor Dionello lächelte entschuldigend, während Cara sprach. Wortlos bat er um Verständnis, bat darum, man möge ihn nicht zwingen, Gewalt anzuwenden oder Geld einzusetzen, um seinen Willen zu bekommen.

«Mein Vater ist im Meurice abgestiegen, und ich werde auch ein paar Tage dort wohnen, bis das Schiff ausläuft.»

Morath nickte Señor Dionello zu und gab sich Mühe, möglichst gefasst zu wirken.

Señor Dionello sagte wieder etwas und lächelte Morath zu. «Mein Vater würde sich freuen, wenn du heute Abend im Hotel mit uns essen würdest.» Sie zögerte, dann sagte sie: «Das muss man ihm hoch anrechnen, Nicky.»

Morath lehnte ab. Cara übersetzte, dann sagte sie: *«Un momentito, por favor.»*

Sie gingen auf den Gang hinaus, und Señor Dionello bedeutete dem Leibwächter, den beiden nicht zu folgen.

Auf dem Gang packte Cara ihn mit beiden Fäusten am Hemd und schluchzte leise, das Gesicht an seine Brust gepresst. Dann stieß sie ihn von sich, wischte sich mit dem Handrücken die Tränen ab, machte zwei Schritte zur Tür hin, sah ihn ein letztes Mal an und ging wieder hinein.

Am einundzwanzigsten September unternahm Chamberlain noch einen Versuch. Er flog nach Bad Godesberg und bot Hitler an, was dieser nach eigenem Bekunden wollte. Das Sudetenland würde mit Billigung der Franzosen und der Briten Deutschland angegliedert werden. Aber der Führer reagierte nicht ganz so, wie Chamberlain es sich vorgestellt hatte. Kaum hatte er, was er wollte, verlangte er mehr. Jetzt war es die militärische Besetzung, bis zum ersten Oktober.

Andernfalls Krieg.

Also flog Chamberlain am neunundzwanzigsten abermals nach Deutschland, diesmal nach München, und stimmte der Besetzung zu. Die tschechoslowakische Armee räumte ihre Festungen und zog sich aus den Bergen zurück.

18. Oktober.

Morath schaute aus dem Abteilfenster, ein winziges Dorf glitt vorbei. Hieß es Szentovar? Vielleicht. Oder war das ein anderer Ort, hundert Kilometer und hundert Jahre von Budapest entfernt, wo die Bauern die Scheunentore noch mit Knoblauch einrieben, damit die Vampire nicht nächtens die Kühe molken?

Auf der Landstraße ein Zigeunerwagen. Der Kutscher schaute genau in dem Moment auf, als Morath auf seiner Höhe war. Er war gut genährt, mit Dreifachkinn und listigen Augen, vielleicht ein *primas*, ein Sippenoberhaupt. Er hielt die Zügel locker in den Händen, drehte sich um und sagte etwas zu der Frau hinten auf dem Wagen. Morath sah ihr Gesicht nicht, nur das Rot und Gelb ihrer Kleidung, während der Zug vorbeiratterte.

Der Oktober ist ein toter Monat, dachte er. In den Zeitungen ließ man sich über die brutale Politik aus. Die Franzosen waren erleichtert, beglückwünschten sich selbst dazu, einmal in ihrem verträumten Leben das Richtige getan zu haben, das Kluge. Morath rauchte zu viel und starrte morgens nach dem Aufwachen aus dem Fenster.

Er war überrascht, wie nahe ihm die Trennung ging. Er hatte sich immer gesagt, dass die Affäre mit Cara etwas Vorübergehendes war, das zufällig länger anhielt. Aber nun, da sie fort war, fehlte ihm, was er für selbstverständlich gehalten hatte, und es tat ihm Leid, dass sie so viel hatte aufgeben müssen.

«Als ich in Paris lebte», würde sie zu ihren Freunden in Buenos Aires sagen.

Graf Polanyi hatte kein Verständnis für diese Stimmung und ließ es Morath auch wissen. «Wir sind alle schon mal abgeworfen worden», sagte er. «Wichtig ist nur, dass man wieder in den Sattel kommt.» Als das nichts fruchtete, wählte er eine schärfere Gangart. «Jetzt ist nicht die Zeit für Selbstmitleid. Brauchst du was zu tun? Dann fahr nach Budapest und rette deiner Mutter das Leben.»

Keleti Pályaudvar. Der östliche Bahnhof, in dem – man befand sich in Ungarn – alle wichtigen Züge aus dem Westen ankamen. Auf den Straßen gab es Taxis, aber Morath beschloss, zu Fuß zu gehen, am Spätnachmittag eines Herbsttages das einzig Wahre. *Deine Nase sagt dir, dass du zu Hause bist.* Gerösteter Kaffee und Kohlenstaub, türkischer Tabak und verfaultes Obst, Fliederwasser aus den Friseursalons, Gullys und feuchte Steine, Grillhähnchen, nur Gott allein wusste, was es wirklich war. Ein tiefer Atemzug, noch einer – Morath inhalierte seine Kindheit, sein Land. Der heimgekehrte Auswanderer.

Lange Zeit ging er so durch die gepflasterten Gassen, mehr oder minder Richtung Innenstadt, zu einer Villa in den Hügeln des Dritten Bezirks, auf der Budaer Seite der Donau. Er trödelte, blieb stehen, sah sich die Auslagen der Geschäfte an. Wie immer zu dieser Tageszeit senkte sich eine melancholische, nachdenkliche Stimmung über die Stadt, und Morath verlangsamte seine Schritte, um sich ihrem Rhythmus anzupassen. Um halb sechs, als die Sonne die Fenster eines Mietshauses an der Kazinczy-Straße golden aufflammen ließ, stieg Morath in eine Tram der Linie sieben und fuhr über die Kettenbrücke nach Hause.

Richtig zum Reden kamen sie am nächsten Morgen. Im Wohnzimmer waren die für die Sommermonate entfernten Teppiche noch nicht wieder ausgelegt, sodass es ein wenig hallte, wenn seine Mutter sprach. Sie saß ruhig und gefasst auf einem zierlichen Stuhl vor einer der Glastüren, ein Schattenriss vor dem hellen Garten. Sie war immer noch schlank und anmutig, das eisgraue Haar wie Gusseisen, die Haut im Ausschnitt ihres Seidenkleides blass.

«Siehst du Lillian Frei öfter?» fragte sie.

«Hin und wieder. Sie erkundigt sich immer nach dir.»

«Sie fehlt mir. Trägt sie noch immer Kostüme von De Pinna?»

«Von wem?»

«Ein Geschäft in der Fifth Avenue in New York.»

Morath zuckte höflich die Achseln. Er hatte keine Ahnung.

«Gib ihr auf alle Fälle einen Kuss von mir.»

Morath trank einen Schluck Kaffee.

«Hättest du gern etwas Gebäck, Nicholas? Ich kann Malya zu Gundel schicken.»

«Nein, danke.»

«Dann vielleicht Butterbrot?»

«Nein, wirklich, nur Kaffee.»

«Ach, Nicholas, ein richtiger Pariser bist du geworden. Möchtest du wirklich nichts?»

Morath lächelte. Vor Mittag hatte er noch nie etwas hinuntergebracht. «Wie lange ist es her, *anyuci*, dass du in Paris warst?» *Anyuci* bedeutete *Mutter*, was sie bei weitem vorzog. Sie war nie *mama* gewesen.

Seine Mutter seufzte. «Oh, sehr lange. Dein Vater hat noch gelebt, der Krieg war gerade vorbei. 1919 – kann das sein?»

«Ja.»

«Stimmt es, was die Leute sagen, dass die Stadt sich sehr verändert hat?»

«Es gibt mehr Autos. Leuchtreklamen. Billige Restaurants

auf den Boulevards. Manche sagen, es ist nicht mehr so wie früher.»

«Hier auch.»

«Anyuci?»

«Ja?»

«Janos Polanyi findet, angesichts der Situation in Deutschland solltest du, und vielleicht auch Teresa, daran denken, einen Ort zu finden, wo …»

Wenn sie lächelte, war seine Mutter noch immer hinreißend schön. «Du hast doch hoffentlich nicht extra deswegen den langen Weg gemacht? Ferenc Molnar ist nach New York gegangen. Er wohnt im Plaza und soll todunglücklich sein.»

Ein langer Blick zwischen Mutter und Sohn.

«Ich verlasse mein Haus nicht, Nicholas.» *Das hättest du dir doch denken können!*

Nachmittags gingen sie ins Kino. Eine britische Komödie, synchronisiert, aus den zwanziger Jahren. Da gab es ein Kreuzfahrtschiff, Nachtclubs mit glänzenden Fußböden, einen Hund namens Randy, einen Helden mit Lackhaar namens Tony und eine blond gelockte Frau, um die sich die Herren balgten. Sie hieß Veronica, ein Name, der in ungarischen Ohren seltsam klang.

Moraths Mutter amüsierte sich köstlich. Mit einem Seitenblick stellte er fest, dass ihre Augen strahlten wie die eines Kindes. Sie lachte über jeden Witz und aß Karamellen aus einer kleinen Tüte. Bei einer Tanzszene mit Gesang in einem Nachtclub summte sie mit:

Akor mikor, Lambeth utodon,
Bar melyek este, bar melyek napon,
Ugy találnád hogy mi mind is
Sétalják a Lambeth Walk. Oi!

Minden kis Lambeth leany
Az ö kis, Lembeth parjäval
Ugy találnád hogy ök
Sétalják a Lambeth Walk. Oi!

Hinterher gingen sie in den Tearoom des Hotels Gellert und aßen getoasteten Kuchen mit Akazienhonig und Schlagsahne.

3.30 Uhr früh. In den weitläufigen, schmiedeeisern umzäunten Gärten des Villenbezirks hielten sich manche Leute Nachtigallen. Ansonsten hörte er den Wind im Herbstlaub, das Quietschen eines Fensterladens, den Springbrunnen eines Nachbarn, fernes Donnergrollen – im Norden, dachte er, in den Bergen.

Trotzdem konnte er nicht schlafen. Er lag in seinem alten Bett und las Freya Stark. Es war das dritte Mal, dass er das Buch anfing, eine Reiseerzählung, Abenteuer in den wilden Gebirgstälern Persiens.

Er war in diesem Haus immer lange aufgeblieben – wie der Vater, so der Sohn. Manchmal hörte er ihn im Wohnzimmer auf und ab gehen. Oft spielte er in seinem Zimmer bei der Arbeit – Briefmarken mit einer silbernen Pinzette in Pergaminhüllen stecken – Schallplatten auf dem Victrola.

Sie waren nicht reich, aber sein Vater hatte nie für Geld gearbeitet. Er war einer der großen Philatelisten Ungarns, sehr gut sortiert in Marken aus dem 19. Jahrhundert, Europa und Kolonien. Morath nahm an, dass sein Vater auf den internationalen Börsen getauscht hatte, vielleicht hatte er auf diese Weise etwas Geld verdient. Außerdem hatte vor dem Krieg sowieso niemand richtig arbeiten müssen. Jedenfalls niemand, den sie kannten.

Aber nach Trianon war alles anders geworden. Familien verloren das Einkommen aus ihrem Landbesitz. Trotzdem kamen die meisten zurecht, sie mussten nur lernen zu improvisieren.

Der Satz «Wenn ich es mir nur leisten könnte, so zu leben, wie ich lebe» wurde zu einem geflügelten Wort.

Und dann, an einem Junitag des Jahres 1919, brachten die Kommunisten seinen Vater um.

In den politischen Wirren nach dem verlorenen Krieg kam die Sowjetrepublik Ungarn. Die aus der nationalen Verzweiflung entstandene Regierung war derart verblendet, dass sie sich einredete, Lenin und die Rote Armee würden das Land vor seinen Feinden beschützen, den Serben und den Rumänen.

Der Sowjet wurde von einem ungarischen Journalisten namens Bela Kun geführt, der als Angehöriger der österreichisch-ungarischen Armee während des Krieges zu den Russen desertiert war. Kun, sein Kumpan Szamuelly und fünfundvierzig Kommissare errichteten eine Schreckensherrschaft von hundertdreiunddreißig Tagen und zogen mordend, plündernd und brandschatzend durch ganz Ungarn. Dann wurden sie aus dem Land gejagt, erst über die Grenze und schließlich in die Lubjanka, und zwar von einer rumänischen Armee, die Budapest besetzte, ziellos im Land umherstreifte und die Zeit mit beiläufigen Plünderungen totschlug, bis sie von einer ungarischen Armee unter dem Befehl von Miklos Horthy wieder über die Grenze zurückgescheucht wurde. Die Konterrevolution war dann der Anlass für den Weißen Terror, der mordend, plündernd und brandschatzend durch Ungarn zog und sich insbesondere Juden vornahm, denn Juden waren Bolschewisten (oder Bankiers), und Kun und einige seiner Genossen waren Juden.

Es war eine von Kuns marodierenden Banden, die Moraths Vater ermordete. Er war an einem Wochenende ins Landhaus der Familie in den Vorbergen der Karpaten gefahren. Die kommunistische Soldateska kam in der Abenddämmerung in den Hof geritten, verlangte Schmuck für die unterdrückten Massen, schlug dem Gutsverwalter die Nase blutig, warf Moraths Vater in einen Pferdetrog und kassierte drei Briefmarkenalben – 1910er-Gedenkmarken aus Luxemburg –, alles Bargeld, das zu finden war, mehrere Hemden und eine Lampe. Die Männer jagten den Dienstmädchen nach, die in den Wald liefen, bekamen sie aber nicht zu fassen, legten in einer Ecke der Küche ein Feuer, das ein Loch in die Wand brannte, und verschwanden.

Moraths Vater zog trockene Sachen an, beruhigte die Dienstmädchen, legte dem alten Tibor einen kalten Löffel auf den Nacken, um die Blutung zu stillen, goss sich ein Gläschen Slibowitz ein und setzte sich in seinen Lieblingssessel, in dem er, die zusammengelegte Brille vorsichtig in der Hand, alsbald starb.

Morath war bei seiner Schwester zum Abendessen eingeladen. Sie hatte eine neue Villa, ebenfalls im Dritten Bezirk, jedoch oben in dem neuerdings vornehmen Viertel, das den Namen Rosenhügel trug. Seine Schwester, in einem tief ausgeschnittenen Kleid und roten Filzstiefeletten mit winzigen Spiegeln – o Cara! –, umarmte ihn sinnlich und küsste ihn auf den Mund. «Ich freu mich so, dass du da bist, Nicholas. Wirklich.» Sie gab ihn erst frei, als ein Dienstmädchen hereinkam.

So war es schon immer gewesen. Sie war drei Jahre älter als er. Als er neun und sie zwölf war, hatte sie ihn immer gekämmt und war zu ihm ins Bett gekrochen, wenn ein Gewitter ihr Angst machte, hatte es stets gespürt, wenn er melancholisch war, und ihn zärtlich getröstet.

«Teresa», sagte er. «Meine einzige Liebe.» Sie mussten beide lachen.

Morath sah sich um. Es standen zu viele Möbel im Haus Duchazy, viel zu teuer und viel zu neu. Wie seine Schwester diesen Schwachkopf Duchazy hatte heiraten können, war ihm schleierhaft. Sie hatten drei Kinder, unter ihnen den zehnjährigen Nicholas – das perfekte Ebenbild dieses Schwachkopfs Duchazy.

Aber Teresa hatte ihn nun einmal geheiratet, und die Zeiten, als sie sich Sorgen ums Geld machen musste, waren lange vorbei. Die Familie Duchazy besaß Getreidemühlen – vor dreißig Jahren hatte es in Budapest mehr Mühlen gegeben als in jeder anderen Stadt der Welt. Moraths Mutter, die Duchazy noch weniger leiden konnte als er, nannte ihn im vertrauten Kreis nur «der Müller».

Aber er war nicht der typische Müller. Er kam mit langen Schritten auf Morath zu und umarmte ihn. Er war ein sehniger Mann mit einer unbequem steifen Haltung, einem schmalen Schnurrbärtchen und seltsamen blassgrünen Augen. Na, wie war's denn in Paris? Immer noch in der Werbung? Und immer noch Junggeselle? Du hast ein Leben! Die Kinder wurden geholt, vorgezeigt und weggebracht. Duchazy schenkte Kognak ein und ließ im Kamin Feuer machen.

Man unterhielt sich über dieses und jenes. Die Familie Duchazy war nicht direkt *nyilas*, aber doch beinahe. Teresa warnte ihn mehrmals mit einem Blick, wenn er sich auf heikles Terrain wagte. Nach dem zweiten Kognak ließ Duchazy noch ein Scheit ins Feuer legen, das in einem neu eingebauten, mit gelben Fliesen verkleideten Kamin munter prasselte.

«Janos Polanyi meint, Mutter sollte aus Budapest weggehen», sagte Morath.

«Wieso denn das?» fragte Duchazy gereizt.

«Es gibt Krieg», sagte Morath.

Teresa zuckte die Achseln. «Das würde sie nie tun.»

«Vielleicht doch, wenn ihr beide es auch tut.»

«Aber wir denken nicht daran», sagte Duchazy. «Wir sind Patrioten. Außerdem glaube ich, dass es noch lange so weitergehen wird.» Er meinte Diplomatie, Protestmärsche, Straßenkämpfe – was man aus dem Sudetenland kannte. «Hitler will den Balkan beherrschen», fuhr er fort. «Irgendeiner wird das sowieso erreichen, also kann es genauso gut er sein. Und er will, dass in Ungarn Ruhe und südlich von hier Ruhe herrscht, wegen des Getreides und des Erdöls. Ich glaube nicht, dass die

Briten den Mut haben werden, sich militärisch mit ihm anzulegen, aber sollte es doch dazu kommen, wird er den Weizen und das Erdöl brauchen. Wie auch immer, wenn wir es geschickt anstellen, werden wir uns seine Gunst erhalten, und das ist wichtig, denn die Grenzen werden in Bewegung geraten.»

«Sie bewegen sich jetzt schon», sagte Teresa.

Das stimmte. Da Ungarn der Besetzung des Sudetenlandes zugestimmt hatte, sollte es mit der Rückgabe eines Teiles seiner nördlichen Gebiete belohnt werden, vor allem in der unteren Slowakei, wo der ungarische Bevölkerungsanteil fünfundachtzig Prozent betrug.

«Laszlos Bruder kämpft oben in Ruthenien», sagte Teresa.

Morath fand das verwirrend. Duchazy warf seiner Frau einen Blick zu: *Das war indiskret von dir.*

«Wirklich?» fragte Morath.

Duchazy zuckte die Schultern. «Hier bei uns bleibt nichts geheim.» Damit meint er das Haus, Budapest, die ganze Nation, dachte Morath.

«In Ruthenien?»

«Bei Užhorod. Uns geht's wie den Polen. Sie haben Partisanen, im Norden, und wir haben die Rongyos Garda.» Die Wilde Garde.

«Was ist das?»

«Pfeilkreuzler, Straßenjungen und so, angeführt von ein paar Armeeoffizieren in Zivil. Sie kämpfen gegen die ukrainische Miliz. Das Nächste wird sein, dass die ansässigen Ungarn ein Ende der Instabilität fordern, dann schicken wir ihnen die regulären Truppen. Das war schließlich einmal Ungarn, warum soll es also den Tschechen gehören?»

Schakale, dachte Morath. Jetzt, da die Beute am Boden lag, wollten sie ein Stück für sich herausreißen.

«Die Welt ändert sich», sagte Duchazy. Seine Augen blitzten. «Es wurde auch Zeit.»

Das Essen war denkwürdig. Scharf gebratener Karpfen mit

Zwiebeln, Kohlrouladen und ein Médoc von den Duchazy-Gütern bei Erlau.

Nach dem Essen ließ Teresa die beiden Männer allein, und Morath und Duchazy setzten sich an den Kamin. Zigarren wurden angezündet, und eine Zeit lang rauchten sie in stummer Eintracht. «Eins wollte ich dich fragen», sagte Duchazy.

«Ja?»

«Ein paar von uns haben sich zusammengeschlossen, um Szalassy zu unterstützen. Kann ich mit einem Beitrag von dir rechnen?» Szalassy war einer der Führer der Pfeilkreuzler-Partei.

«Danke, dass du gefragt hast, aber im Augenblick nicht», sagte Morath.

«Mhm. Na ja, ich habe ein paar Leuten versprochen, dich zu fragen.»

«Schon gut.»

«Sprichst du manchmal mit Oberst Sombor, in der Gesandtschaft?»

«Da geh ich fast nie hin.»

«Aha. Er hat nach dir gefragt. Ich dachte mir, ihr seid vielleicht befreundet.»

Dienstag. Am Spätnachmittag fuhr Morath mit der Tram in den Bezirk Kobanya, wo beiderseits der Straße Fabrikmauern hoch über den Fahrdamm aufragten. Rauchiger Dunst hing in der Luft, als der Abend hereinbrach, und leichter Regen tüpfelte die Oberfläche der Donau. Eine junge Frau saß ihm gegenüber, sie hatte die weiche Ausstrahlung mancher ungarischen Mädchen und langes Haar, das ihr übers Gesicht wehte, als die Tram durch eine Kurve fuhr. Sie strich es mit einer Hand zurück und sah Morath an. Die Bahn hielt vor einer Brauerei, und das Mädchen stieg zusammen mit einer Schar Arbeiter aus. Manche von ihnen kannten sie, nannten sie beim Namen, und einer reichte ihr beim Herabsteigen die Hand.

Der Schlachthof war die nächste Haltestelle. Auf einem an die Ziegelmauer geschraubten Blechschild stand *Gersoviczy*. Als Morath ausstieg, roch die Luft nach Ammoniak und trieb ihm die Tränen in die Augen. Es war ein weiter Weg bis zu dem Eingang, durch den man ins Büro gelangte, vorbei an Laderampen mit offenen Toren, durch die man die roten Kadaver an Haken und Metzger mit Lederschürzen sah. Einer von ihnen legte seinen schweren Hammer ins Sägemehl und gönnte sich eine Zigarettenpause.

«Zum Büro?»

«Die Treppe rauf. Gehen Sie so lange geradeaus, bis Sie den Fluss sehen.»

Im Büro der Brüder Gersoviczy standen ein Schreibtisch mit einem Telefon und einer Addiermaschine, ein uralter Safe in einer Ecke und ein Kleiderständer hinter der Tür. Die Brüder erwarteten ihn schon. Sie trugen schwarze Homburgs, schwere Anzüge und silberne Krawatten, und sie hatten die langen Schläfenlocken und Bärte der orthodoxen Juden. An der Wand hing ein hebräischer Kalender mit einem Bild von einem Rabbi, der ein Widderhorn blies. Am oberen Rand stand in ungarischer Sprache *Die Brüder Gersoviczy wünschen Ihnen ein gutes und erfolgreiches neues Jahr.*

Ein rußgeschwärztes Fenster ging auf die Donau. Auf einem Hügel oberhalb des jenseitigen Ufers blinkten Lichter. Die Brüder, die beide ovale Zigaretten rauchten, spähten durch das Dunkel des unbeleuchteten Raums nach Morath.

«Sie sind Morath *uhr*?» Er benutzte die traditionelle Form der Anrede, Morath Herr.

«Ja. Der Neffe von Graf Polanyi.»

«Bitte nehmen Sie Platz. Entschuldigen Sie, dass wir Ihnen nichts anbieten können.»

Morath und der ältere Bruder, dessen Bart silbern meliert war, setzten sich auf die beiden Drehstühle, der jüngere lehnte sich an den Schreibtisch. «Ich bin Szimon Gersoviczy», sagte er. «Und das ist Herschel.» Der ältere Bruder nickte steif.

Szimon sprach Ungarisch mit starkem Akzent. «Wir sind Polen», erklärte er. «Aus Tarnopol. Vor zwanzig Jahren kamen wir hierher. Halb Galizien ist hierher gekommen, vor hundert Jahren. Auch wir sind gekommen, um den Pogromen zu entfliehen – und um eine kleine Chance zu haben. Und die Rechnung ging auf. Also sind wir geblieben und haben unseren Namen madjarisiert. Eigentlich heißen wir Gersovicz.»

Der ältere Bruder hatte seine Zigarette zu Ende geraucht und drückte sie in einem Blech-Aschenbecher aus. «Ihr Onkel hat sich um Hilfe an uns gewandt, im September. Ich weiß nicht, ob er Ihnen das gesagt hat.»

«Damals nicht, nein.»

«Nun, jedenfalls hat er es getan. Über unseren Schwager in Paris. Er ließ anfragen, ob wir helfen würden, dem Land helfen. Er sah das Menetekel, wie man sagt.»

Er hielt einen Moment inne. Draußen das Tuckern eines Schleppers, der eine Reihe von Lastkähnen auf dem Fluss nordwärts zog.

«Wir erwarten nichts», fuhr er fort, «aber jetzt weiß es Polanyi, und Sie wissen es, also ...»

Szimon trat an den Safe und gab die Kombination ein. Dann stellte er den Hebel senkrecht und zog die Tür auf. Herschel beugte sich zu Morath hinüber. Er roch streng, nach Schweiß, Zwiebeln und Zigaretten.

«Es ist in Pengö», sagte er. «Wenn sich mehr daran beteiligen würden, könnten wir es in einer anderen Währung abwickeln. Aber der Graf wollte den Kreis möglichst klein halten, also wissen nur ein paar Leute davon. Szimon und ich, wissen Sie, unsere Familie und noch ein paar andere, aber hauptsächlich wir.»

Szimon begann, Bündel von Pengö-Scheinen auf dem Schreibtisch zu stapeln, jeweils fünfzig Noten, an der Ecke zusammengeklammert. Er blätterte die Enden der Stapel durch, benetzte seinen Daumen und zählte auf jiddisch. Herschel musste lachen. «Irgendwie fällt es schwer, das auf ungarisch zu machen.»

Morath schüttelte den Kopf. «Niemand hätte sich träumen lassen, dass es einmal so weit kommen würde», sagte er.

«Vergebung, der Herr, aber es kommt immer so weit.»

«Zwejhunderttojsnt», sagte Szimon.

«Wie werden Sie es nennen?»

«Ich weiß nicht. Komitee Freies Ungarn – irgendwas in der Art.»

«In Paris?»

«Oder London. Wenn das Land besetzt wird, ist der nächste Ort der Beste. Der nächste sichere Ort.»

«Mögen Sie New York?»

«Gott bewahre!»

Szimon war mit dem Zählen fertig und richtete die Bündel aus, indem er sie auf die Tischplatte aufstieß. «Vierhunderttausend Pengö», sagte er. «Etwa genauso viel in Franc. Oder, wenn es denn sein muss, achtzigtausend Dollar.»

«Sagen Sie mir eins», sagte Herschel. «Glauben Sie, Ungarn wird besetzt werden? Manche raten einem, zu verkaufen und außer Landes zu gehen.»

«Und alles zu verlieren», sagte Szimon. Er schob das Geld über den Schreibtisch – Tausend-Pengö-Scheine, breiter als die französischen Noten, mit schwarz-roten Stichen, die auf der Vorderseite den Heiligen Stefan und auf der Rückseite ein Schloss zeigten. Morath öffnete den mitgebrachten Aktenkoffer, legte die Geldscheine unten hinein und Freya Stark obendrauf.

«Haben wir keine Gummibänder?» fragte Herschel.

Morath zog die Gurte straff und schnallte sie zu. Dann schüttelte er feierlich den beiden Brüdern die Hand. «Gehen Sie mit Gott», sagte Herschel.

An diesem Abend traf er sich mit Wolfi Szubl im Arizona, einem Nachtlokal in der Szint-Josef-Gasse auf der Margareteninsel. Szubl trug einen hellblauen Anzug und eine geblümte Krawatte und roch nach Heliotrop. «Man kann nie wissen», sagte er zu Morath. «Die Nächte sind hier sehr lang.»

«Wolfi», sage Morath kopfschüttelnd.

«Es gibt für jeden jemanden», sagte Szubl.

Szubl führte ihn zu einem Tisch auf einem Podest an der Wand und drückte dann auf einen Knopf, worauf sie drei Meter hochgehoben wurden. «Hier ist es gut.» Per Zuruf von oben bestellten sie beim Kellner zweimal polnischen Wodka, und die Getränke kamen auf einem elektrisch betriebenen Tablett zu ihnen hinauf.

Das Orchester – die Musiker trugen weiße Smokings – spielte Songs von Cole Porter, und die überfüllte Tanzfläche wurde ab und zu unter dem Gekreisch und Gelächter der Tanzenden in den Keller abgesenkt.

Ein nacktes Mädchen in einem ledernen Geschirr schwebte vorüber, ihr dunkles Haar wie eine Schleppe hinter sich herziehend. Ihre Pose war geziert, hochmütig, mit einer Hand hielt sie sich lässig an dem Draht fest, der von der Decke herabhing.

«Ah», machte Szubl.

«Gefällt sie dir?»

Szubl grinste – wem würde die nicht gefallen?

«Warum ‹Arizona›?» erkundigte sich Morath.

«Das Ehepaar, dem es gehört, hat aus heiterem Himmel ein Vermögen geerbt, von einem Onkel in Wien. Da haben sie beschlossen, einen Nachtclub auf der Margareteninsel aufzumachen. Als sie das Telegramm bekamen, waren sie gerade in Arizona, also ...»

«Nein. Im Ernst?»

Szubl nickte. «Ja», sagte er. «In Tucson.»

Der Wodka kam. Das Mädchen schwebte erneut vorbei, in

die andere Richtung. «Siehst du? Sie ignoriert uns», sagte Szubl.

«Sie ist nur vorbeigeflogen, nackt an einem Draht. Du solltest dir nichts einbilden.»

Szubl hob das Glas. «Auf das Komitee Freies Ungarn.»

«Möge es nie Wirklichkeit werden.»

Morath mochte polnischen, aus Kartoffeln gebrannten Wodka, mit einem ganz feinen, undefinierbaren Beigeschmack. «Also, wie hast du abgeschnitten?»

«Nicht schlecht. Vom Salon Kitty in der Szinyei-Straße zweihundertfünfzigtausend Pengö. Das meiste von Madame Kitty, aber sie legte Wert auf die Feststellung, dass auch drei ihrer Mädchen etwas beigesteuert haben. Und vom Neffen des bedauerlicherweise verstorbenen Finanzministers noch mal hundertfünfzig.»

«Das ist alles? Dabei hat der Onkel zusammengerafft, was er kriegen konnte.»

«Zu spät, Nicholas. Das meiste davon hat er im Kasino gelassen, er ist ein Kandidat fürs Boot.»

Die Bürger von Budapest hatten einen Hang zum Suizid, deshalb unterhielt die Stadtverwaltung ein Boot, das unterhalb der Franz-Josef-Brücke festgemacht war. Ein Flussschiffer hielt am Bug Wache mit einer langen Stange, bereit, die nächtlichen Springer herauszufischen, bevor sie ertranken.

«Und du?» fragte Szubl.

«Vierhunderttausend von den Brüdern Gersoviczy. Morgen fahre ich nach Kolozsvár raus.»

«Um zu jagen?»

«Mein Gott, daran hab ich gar nicht gedacht.»

«Und ich nehme mir noch Woyschinkowsky vor.»

«Den Löwen der Börse. Der lebt doch in Paris, wieso ist er hier?»

«Heimweh.»

«Ober!»

«Der Herr wünschen?»

«Noch zwei, bitte.»

Eine große Rothaarige glitt vorbei. Sie verteilte Handküsse, fasste ihre Brüste von unten und ließ sie wackeln, dann zog sie eine Augenbraue hoch.

«Weißt du was, ich kauf sie dir, Wolfi. Für die ganze Nacht. Alles auf meine Rechnung.»

Sie tranken ihre Wodkas, bestellten Doppelte. Der Tanzboden stieg aus der Tiefe auf. Der Orchesterchef hatte glänzend schwarzes Haar und ein Schnurrbärtchen und lächelte wie ein Heiliger, während er sein Stöckchen schwang.

«When they begin the beguine.» Szubl holte tief Luft und seufzte. «Weißt du, was mir wirklich Spaß macht?», fragte er. «Nackte Frauen anschauen.»

«Ach ja?»

«Nein, Nicholas, mach dich nicht lustig über mich, es ist mir ernst. Ich meine, sonst gefällt mir wirklich nichts. Wenn ich es schon mit vierzehn hätte in Angriff nehmen können, als mein Lebenswerk sozusagen, als das Einzige, was ich je gemacht hätte, bei Tag und Nacht, hätte ich nie den geringsten Grund gehabt, der Welt noch anderweitig zur Last zu fallen.

Aber ich durfte natürlich nicht. Und deshalb zwänge ich mich jetzt in überfüllte Züge, lasse Telefone klingeln, werfe Orangenschalen in Abfalleimer, überrede Frauen, sich Hüftgürtel zu kaufen, bitte um Wechselgeld, es nimmt kein Ende. Und was das Schlimmste ist: Es ist ein wunderschöner Tag, man ist glücklich und zufrieden und geht hinaus auf die Straße – und schon hat es mich wieder! Es ist wirklich uferlos. Und es wird erst aufhören, wenn ich unter der Erde liege.»

Das Orchester spielte den *Tango du Chat*. Morath kannte das Stück aus der Strandbar in Juan-les-Pins. «Weißt du was», sagte er zu Szubl. «Wir fahren rüber in die Szinyei-Straße, zu Kitty. Wir bestellen eine Salonparade, sämtliche Mädchen im Haus. Oder wir spielen Fangen. Nein, warte, Verstecken!»

«Nicholas, du bist ein heilloser Romantiker.»

Später ging Morath auf die Toilette, traf unterwegs einen alten Freund und schwatzte eine Zeit lang mit ihm. Als er zurückkam, saß der Rotschopf auf Szubls Schoß, spielte mit seiner Krawatte und lachte. Wolfis Stimme ertönte von oben herab: «Gute Nacht, Nicholas. Gute Nacht.»

Ein heller, kalter Vormittag auf dem Bahnhof Kolozsvár.

Mit ihm zusammen stiegen noch zwei Ungarn aus. Jäger, mit Flinten unterm Arm. Der Kondukteur auf dem Bahnsteig wünschte ihm guten Morgen, auf Ungarisch, als er den Zug verließ. Und die beiden Frauen, die im Wartesaal den Boden aufwischten, alberten auf Ungarisch herum, ja lachten sogar auf Ungarisch. Eine anheimelnde Madjarenwelt – nur dass es Rumänien war. Früher Kolozsvár, jetzt Cluj. *Nem, nem, soha.*

Es hatte sich herausgestellt, dass eine Fahrt zum Besitz von Fürst Hrubal verteufelt schwer zu organisieren war. Alles in allem brauchte es dazu mehrere vorsintflutliche Telefongespräche, drei Telegramme – von denen eines unbegreiflicherweise nach Wales ging –, eine mündliche Nachricht, die von der Tochter des Wildhüters ins Schloss gebracht wurde, und eine persönliche Intervention des Dorfbürgermeisters. Aber schließlich klappte es.

Vor dem Bahnhof wartete der Stallmeister des Fürsten auf ihn. Er saß auf einem hellbraunen Wallach und hielt die Zügel einer schokoladenbraunen Stute mit Stutzschwanz. Das beste Fortbewegungsmittel. Man konnte es mit dem Auto auf der Straße probieren, aber dann musste man mehr schippen als fahren, und in einer Kutsche klapperten einem die Zähne. Also konnte man nur zu Fuß gehen oder reiten, und Reiten war schneller.

Er schwang sich in den Sattel und klemmte sich seinen Aktenkoffer unter den Arm. In Budapest hatte er wohlweislich Stiefel für die Reise angezogen.

«Küss die Hände, Exzellenz», sagte der Stallmeister.

«Guten Morgen», erwiderte Morath, und sie ritten los.

Die gute Straße in Cluj führte auf die schlechte Straße außerhalb von Cluj, dann auf eine Straße, die vor langer Zeit von einem namenlosen Träumer in einer Amtsstube gepflastert und bald wieder vergessen worden war. Das war das nördliche Transsilvanien, eine entlegene Gebirgsgegend, in der viele Generationen hindurch ungarische Adelige über rumänische Leibeigene geherrscht hatten. Hin und wieder hatte es erbitterte *jacqueries*, Bauernaufstände, gegeben, und das Plündern und Brandschatzen ging so lange, bis die Soldaten kamen, mit aufgerollten Stricken am Sattel. Die Bäume waren schon da. Jetzt war es ruhig, jedenfalls im Augenblick. Sehr ruhig. In der Ferne durchbrach eine Burgruine die Kammlinie eines Berges, dann kamen nur noch Wälder und ab und zu ein Feld.

Morath fühlte sich in den Krieg zurückversetzt. Sie waren nicht anders gewesen als irgendeine der Armeen, die an einem Herbstmorgen diese Straßen entlangzogen. Er erinnerte sich an Schwaden von Herbstnebel, die sich im Stacheldraht verfangen hatten, an das Zischeln des Windes in den Stoppeln der abgeernteten Roggenfelder, das Knarren des Zaumzeugs, an die Krähen, die am Himmel kreisten und sie auslachten. Manchmal sahen sie Wildgänse, die gen Süden flogen, manchmal, wenn es bei Tagesanbruch regnete, waren sie nur zu hören. Tausend Pferdehufe trappelten auf den gepflasterten Straßen – ihr Kommen war kein Geheimnis, und die Gewehrschützen lagen schon auf der Lauer. Es war einmal ein Feldwebel, ein Kroate, der richtete sich im Schatten einer Eiche den Steigbügel. Es knallte, und ein Offizier schrie etwas. Der Feldwebel hielt sich die Hand über ein Auge, wie jemand, der beim Augenarzt Buchstaben von einer Tafel abliest. Das Pferd stieg, galoppierte ein Stück die Straße entlang und begann zu grasen.

Fürst Hrubal besaß Wälder und Berge.

Ein Bedienter öffnete auf Moraths Klopfen und führte ihn in den großen Saal – an den Wänden Hirschköpfe, in einer Ecke Tennisschläger. Bald erschien der Fürst. «Willkommen in meinem Haus», sagte er. Er hatte unbarmherzige Augen, schwarz, unergründlich und grausam, einen kahl geschorenen Schädel, einen hängenden türkischen Schnurrbart, den Spitznamen «Jacky» aus seinen zwei Jahren an der Cornell University, eine Vorliebe für italienische Mannequins und einen fast pathologischen Hang zur Wohltätigkeit. Sein Buchhalter hatte Mühe, die Übersicht zu behalten – Besenfabriken für die Blinden, Waisenhäuser, Heime für alte Nonnen und in letzter Zeit Dachreparaturen an alten Klöstern. «Möglicherweise bin ich dabei, mich zu ruinieren, Nicholas», sagte er, den Arm schwer um Moraths Schultern gelegt. «Ich musste schon meine Zuckeraktien in Chicago verkaufen. Trotzdem, irgendjemand muss ja ein kontemplatives Leben führen, wenn Sie und ich es schon nicht tun, nicht wahr? Und wir können es doch nicht zulassen, dass die Mönche nass werden.»

Die Baronin Frei hatte Morath einmal gesagt, das Leben des Fürsten sei die Geschichte eines Aristokraten von Geblüt, der ein Aristokrat des Herzens werden wollte. «Hrubal ist ein bisschen verrückt», sagte sie. «Und es muss sich noch herausstellen, ob sein Reichtum seinem Wahn gewachsen ist. Ist es nicht spannend, solche Wettläufe zu beobachten? Der Ärmste. Dreißig Generationen von Vorfahren, die, brutal und blutdürstig, wie es schlimmer kaum geht, Aufständische auf eisernen Thronen geröstet haben und der Himmel weiß, was noch, und dann nur ein einziges Leben für die Sühne.»

Der Fürst ging mit Morath ins Freie. «Wir sind dabei, Buchsbäume umzupflanzen», sagte er. Er trug Schaftstiefel, Cordhosen und ein Bauernhemd, und in der Gesäßtasche hatte er ein Paar rindslederne Handschuhe. Wo der Rasen zu Ende war, warteten zwei Bauern auf ihn, auf ihre Schaufeln gestützt.

«Und Janos Polanyi», fragte Hrubal. «Immer noch wohlauf?»

«Er heckt ständig was Neues aus.»

Hrubal lachte. «Der König der Schwerter – das ist seine Tarot-Karte. Ein Anführer, mächtig, aber dunkel und verschwiegen. Seinen Untertanen geht es gut, aber es wäre ihnen lieber, sie hätten ihn nie gekannt.» Der Fürst lachte erneut, gutmütig, und klopfte Morath auf die Schulter. «Na, jedenfalls hat er Sie noch nicht umgebracht, wie ich sehe. Aber machen Sie sich nichts vor, Nicky, er tut es noch, er tut es noch.»

Abendessen für zwölf Personen. Wildbret aus Hrubals Wäldern, Forellen aus seinem Fluss, Sauce von seinen roten Johannisbeeren und Sauce von seinen Feigen, ein traditioneller Salat – mit Speck und Paprika angemachter Kopfsalat –, und Burgunder, «Stierblut», von den Hrubalschen Weinbergen.

Sie aßen in dem kleinen Speisezimmer. Die Wände waren mit rotem Satin bespannt, der hier und da melancholische Wellen schlug und reichlich mit Champagner-, Wachs- und Blutflecken verunziert war. «Aber er bezeugt das Alter des Zimmers», sagte Hrubal. «Zum letzten Mal 1810 abgebrannt. Das ist eine lange Zeit, in diesem Teil der Welt.» Man speiste beim Licht von zweihundert Kerzen. Morath spürte, wie ihm der Schweiß an den Seiten herunterlief.

Er saß nahe beim Hausherrn, zwischen Annalisa, der römischen Freundin des Fürsten – bleich wie ein Gespenst, mit langen weißen Händen, letzter Auftritt im Aprilheft von *Vogue* –, und der Verlobten des Reuter-Korrespondenten in Bukarest, Miss Bonington.

«Es ist ein Elend», sagte sie zu Morath. «Hitler ist ja schon schlimm genug, aber das einheimische Pack ist noch schlimmer.»

«Die Eiserne Garde.»

«Die sind überall. Mit Säckchen voll Erde um den Hals. Heiliger Erde, wissen Sie.»

«Kommen Sie erst mal nach Rom», sagte Annalisa, «und sehen Sie sich an, wie die herumstolzieren, unsere *fascisti*. Pummelige kleine Männer, die jetzt Morgenluft wittern.»

«Was sollen wir machen?» fragte Miss Bonington mit schriller Stimme. «Wählen?»

Annalisa wedelte mit der Hand. «Noch schlimmer sein als die, nehme ich an. Das ist die Tragödie. Die haben eine billige, schmutzige, leere Welt geschaffen, und wir haben nun das Vergnügen, in dieser Welt zu leben.»

«Also, ich persönlich hätte mir nie träumen lassen –»

«*Basta*», sagte Annalisa leise. «Hrubal schaut her. Beim Essen über Politik reden ist gegen die Vorschrift.»

Miss Bonington lachte. «Worüber dann?»

«Liebe. Poesie. Venedig.»

«Er ist ein Schatz.»

Die drei richteten ihre Blicke auf den Mann am Kopfende des Tisches.

«Mir hat das Leben dort gefallen», sagte Hrubal. «Jeden Samstagnachmittag das große Spiel. So haben sie es genannt – das große Spiel! Was mich angeht – nun ja, ich war der Champion im Säbelfechten, was sonst. Zu den Wettkämpfen kamen nur unsere Freundinnen. Aber zum Football sind wir alle gegangen. Ich hatte ein Riesenhorn, zum Anfeuern.»

«Ein Riesenhorn?»

«Verdammt. Irgendjemand ...»

«Sie meinen wahrscheinlich ein Megaphon», sagte der Reuter-Korrespondent.

«Genau! Danke. Seit Jahren ist mir dieses Wort nicht mehr eingefallen.»

Ein Diener erschien und flüsterte Hrubal etwas zu. «Ja, in Ordnung», sagte er.

Das Streichquartett war eingetroffen. Die vier Männer wurden ins Speisezimmer geführt, und Bediente brachten Stühle. Die Musiker lächelten und nickten, strichen sich den Regen aus dem Haar und wischten mit Taschentüchern ihre Instrumentenkästen trocken.

Als alle auf ihren Zimmern waren, ging Hrubal mit Morath in einen hohen, baufälligen Turm. Dort öffnete der Fürst eine eiserne Truhe und zählte Päckchen ausgebleichter österreichischer Schillingnoten ab. «Die sind sehr alt», sagte er. «Ich wusste nie so recht, was ich mit ihnen anfangen soll.» Morath rechnete im Kopf die Schillinge in Pengö um, während er das Geld in seinen Aktenkoffer schichtete. Etwa sechshunderttausend. «Sagen Sie Graf Janos», sagte Hrubal, «dass er notfalls noch mehr haben kann. Oder was auch immer, Nicholas, Sie verstehen schon.»

Später in der Nacht klopfte es leise an Moraths Tür, er stand auf und öffnete. *Nach dem Wildbret aus Fürst Hrubals Wäldern und Forellen aus seinem Fluss jetzt eine Dienstmagd aus seiner Küche.* Sie sprachen kein Wort. Sie sah ihn mit ernsten, dunklen Augen an, und als er die Tür geschlossen hatte, zündete sie die Kerze auf dem Nachttisch an und zog sich das Hemd über den Kopf. Sie hatte einen leichten Schnurrbart und einen üppigen Körper und trug rote Wollstrümpfe, die bis zur Mitte der Oberschenkel hinaufreichten.

Ein wunderschöner Morgen, dachte Morath, als er über das rotgelbe Laub auf dem Waldboden ritt. Vorsichtig suchte sich die Stute ihren Weg durch einen breiten Bach – ganz seichtes, schnell fließendes, silbriges Wasser – und mehrere steinige Geländestufen hinab. Morath hielt die Zügel locker, ließ das Tier selbst den besten Weg suchen. Ein alter madjarischer Kavallerist hatte ihm einmal erklärt, ein Pferd komme überall durch, wo ein Mensch durchkommt, ohne die Hände zu benutzen.

Morath saß aufrecht, hielt den Aktenkoffer auf dem Sattel

im Gleichgewicht und zog nur hin und wieder sanft tadelnd am Zügel, wenn die Stute etwas sah, was sie gern gefrühstückt hätte. «Benimm dich», sagte er leise. Er sprach ungarisch. Als transsilvanisches Pferd musste sie es verstehen.

Ein Stück voraus ritt Hrubals Stallmeister seinen hellbraunen Wallach. Morath hielt kurz an und pfiff leise, der Stallmeister drehte sich halb im Sattel um und schaute zu ihm zurück. Morath meinte, er hätte andere Pferde gehört, nicht weit weg, aber jetzt war es wieder still. Er schloss auf und fragte den Stallmeister.

«Nein, Euer Exzellenz», sagte der Mann. «Ich glaube, wir sind allein.»

«Vielleicht Jäger?»

Der Stallmeister horchte, schüttelte dann den Kopf.

Sie ritten weiter. Morath sah zu einer Nebelbank hinauf, die an einer Bergflanke entlangtrieb. Er schaute auf die Uhr – kurz nach Mittag. Der Stallmeister hatte einen Korb mit belegten Broten und Bier. Morath verspürte Hunger, beschloss aber, noch eine Stunde weiterzureiten.

Im Wald, irgendwo oberhalb auf einem sanft geneigten Hang, schnaubte ein Pferd und verstummte abrupt, als hätte ihm jemand die Hand über die Nüstern gelegt.

Morath beschleunigte, bis sie wieder gleichauf waren. «Aber das müssen Sie doch gehört haben.»

«Nein, Euer Exzellenz, ich habe nichts gehört.»

Morath sah ihm in die Augen. Er hatte ein scharf geschnittenes Gesicht, graue Haare und einen gestutzten Bart, und in seiner Stimme lag, fast unmerklich, aber doch hörbar, etwas wie Trotz: *Ich habe beschlossen, es nicht zu hören.*

«Sind Sie bewaffnet?»

Der Stallmeister griff in sein Hemd, hielt einen großen Revolver hoch und steckte ihn zurück. Morath hätte ihn gern gehabt.

«Können Sie damit umgehen?», fragte er.

«Ja, Euer Exzellenz.»

«Darf ich ihn mal sehen?»

«Verzeihung, Euer Exzellenz, aber das muss ich ablehnen.»

Morath spürte, wie ihm die Hitze ins Gesicht stieg. Er sollte wegen des Geldes ermordet werden, und das machte ihn sehr wütend. Er ließ die Zügel schnalzen und presste der Stute die Absätze in die Flanken. Sie stürmte los, und das dürre Laub knisterte unter ihren Hufen, als sie den Abhang hinuntergaloppierte. Morath blickte sich um und sah, dass der Stallmeister ihm nachritt und sein Pferd mühelos mithalten konnte. Aber er sah keinen Revolver und ließ seine Stute wieder im Schritt gehen.

«Sie sollten jetzt besser umkehren», rief er dem Stallmeister zu. «Ich reite allein weiter.» Er war nach dem Galopp ganz außer Atem.

«Ich kann nicht, Euer Exzellenz.»

Warum erschießt du mich nicht, damit wir's hinter uns haben? Morath ließ das Pferd langsam bergab gehen. Irgendetwas veranlasste ihn, sich erneut umzudrehen, und zwischen den kahlen Baumstämmen sah er einen Reiter, dann noch einen, ein Stück weiter oberhalb. Als sie merkten, dass er sie gesehen hatte, suchten sie Deckung, hatten es aber nicht eilig damit. Morath überlegte, ob er den Aktenkoffer wegwerfen sollte, doch inzwischen war ihm klar, dass das auch nichts genützt hätte. Er rief dem Stallmeister zu: «Wer sind Ihre Freunde?», und es klang fast spöttisch, aber der Mann antwortete nicht.

Ein paar Minuten später erreichte er die Straße. Sie stammte aus der Römerzeit, die Steinblöcke waren durch jahrhundertelangen Reiter- und Wagenverkehr eingesunken und gesprungen. Morath wandte sich Richtung Kolozsvár. Wenn er in den Wald hinaufschaute, sah er ab und zu die anderen Reiter, die mit ihm Schritt hielten. Direkt hinter ihm ritt der Stallmeister auf seinem hellbraunen Wallach.

Als er das Auto hörte, zügelte er seine Stute und tätschelte ihr die bebende Flanke. Ein braves Tier, es hatte sein Bestes gegeben, und er konnte nur hoffen, dass sie es nicht erschießen würden. Es war ein alter Citroën, der aus einem Birkenhain neben der Straße hervorkam. Türen und Kotflügel waren mit Dreck bespritzt, und über die Windschutzscheibe verlief ein bogenförmiger brauner Streifen, weil der Fahrer versucht hatte, den Schmutz mit dem einen Scheibenwischer wegzubekommen.

Der Citroën hielt mit laut quietschenden Bremsen, und zwei Männer stiegen aus, beide klein und untersetzt. Sie trugen Strohhüte, dunkle Anzüge und bis zum Kragen zugeknöpfte, schmuddelige weiße Hemden. *Siguranza*, dachte er, rumänische Geheimpolizei. Offenbar hatten sie auf ihn gewartet.

«Kommen Sie da runter», sagte der Fahrer. Er sprach ungarisch mit sehr schlechter Aussprache. Morath ließ sich Zeit fürs Absitzen, was den beiden sichtlich missfiel. Der auf der Beifahrerseite öffnete seine Jacke und zeigte Morath den Griff einer automatischen Pistole in einem Schulterhalfter. «Wenn Sie erschossen werden wollen, sind wir gern zu Diensten», sagte er. «Ehrensache.»

«Schon gut», sagte Morath. Er saß ab und hielt die Stute am Zügel. Der Fahrer kam herüber und nahm den Aktenkoffer. Irgendetwas an ihm machte die Stute nervös, sie warf den Kopf herum und stampfte mit den Hufen. Der Fahrer schnallte den Koffer auf und schaute hinein, dann rief er dem Stallmeister zu: «Du kannst jetzt heimreiten, Vilmos. Nimm sein Pferd mit.»

«Jawohl, Euer Exzellenz», sagte der Stallmeister. Er hatte große Angst.

«Und halt den Mund.»

Morath sah ihm nach, wie er in den Wald zurückritt. Die Stute führte er am Zügel.

Die Siguranza-Männer fesselten ihm mit einer Schnur die Handgelenke und stießen ihn auf die Rückbank des Autos. Dann rissen sie Witze, als der Anlasser mehrmals leer durchdrehte, bis endlich der Motor ansprang. Sie redeten noch eine Weile weiter – Morath verstand kein Rumänisch, hörte aber das Wort *Bistritz* heraus. Das war der Name einer kleinen Stadt nördlich von Kolozsvár. Der Wagen fuhr holpernd los, und der Beifahrer öffnete den Aktenkoffer und teilte Moraths Unterwäsche und sein Rasierzeug auf. Die beiden stritten sich kurz wegen Moraths Ersatzhemd, aber der Fahrer gab fast sofort nach. Dann drehte sich der Beifahrer auf dem Sitz um und starrte Morath an. Er hatte sich mehrere Tage nicht rasiert, die Stoppeln in seinem Gesicht waren schwarz und grau.

Er beugte sich über die Lehne und schlug Morath ins Gesicht. Dann noch einmal, fester. Der Fahrer lachte. Der Beifahrer lehnte sich in die Mitte, bis er sich im Rückspiegel sehen konnte, und rückte seinen Hut zurecht.

Morath fühlte keinen Schmerz von den Schlägen, aber die Handgelenke taten ihm weh, weil er versucht hatte, die Fesseln abzustreifen, als der Siguranza-Mann ihn schlug. Als es ihm einmal gelang, sich weit genug herumzudrehen, sah er, dass er blutete.

Bistritz hatte bis 1878 zum Osmanischen Reich gehört, und seither hatte es sich nicht nennenswert verändert. Staubige Straßen und Linden, gelb und hellgrün gestrichene Häuser, die besseren mit Ziegeldächern. Katholische Kreuze zierten jetzt die Kuppeln der einstigen Moscheen, die Frauen hielten auf der Straße den Blick gesenkt, die Männer ebenso.

Der Citroën hielt vor der Polizeiwache, und die beiden Männer hievten Morath an den Ellbogen aus dem Auto und beförderten ihn mit Fußtritten durch die Tür. Jetzt bloß nicht hinfallen! Sie prügelten ihn die Treppe hinunter und durch einen Gang zur Tür einer Zelle. Als sie ihm die Fesseln durchschnitten, schlitzte das Messer den Rücken seiner Jacke auf. Einer von ihnen machte einen Witz, der andere kicherte. Dann leerten sie seine Taschen, nahmen ihm Schuhe und Socken, Jacke und Schlips ab, stießen ihn in die Zelle, schlugen die Eisentür zu und schoben den Riegel vor.

In der fensterlosen Zelle war es stockfinster, und die Wände dünsteten Kälte aus. Ein Strohsack, ein Eimer und in der Wand zwei uralte, verrostete Klammern zum Anketten des Häftlings – im Jahre 1540 oder letzte Nacht. Man brachte ihm einen Salzhering, den er wohlweislich nicht aß – er hätte schrecklichen Durst davon bekommen –, einen Kanten Brot und einen kleinen Becher Wasser. In dem Raum direkt über ihm ging jemand auf und ab.

Heidelberg. Fachwerkhäuser, die Brücke über den Neckar. Als er in Eötvös war, waren sie hingefahren, um sich Schollwagens Vorlesung über Aristophanes anzuhören. Und – es war Ende Februar – einfach nur, um woanders zu sein. In einer Weinstube Frieda: lockiges Haar, breite Hüften, ein wunderbares Lachen. Es klang ihm noch im Ohr.

Eine Liebelei von zwei Tagen und lange her, aber jede Minute hatte sich ihm eingeprägt, und jetzt gefiel es ihm, sich das alles zurückzurufen. Denn sie hatte es auf jede erdenkliche Art gemocht und war vor Erregung erschauert. Er war neunzehn, er dachte, Frauen taten so etwas vielleicht aus Gefälligkeit, wenn sie einen liebten, vielleicht zum Geburtstag, oder man bekam es bei einer Hure gegen Aufpreis.

Über ihm ein dumpfes Geräusch. *Ein auf den Boden geworfener Sack Mehl.* Cara interessierte sich nicht besonders für *choses affreuses*. Sie hätte sie gemacht – sie hätte alles gemacht, um modern und schick zu sein, das fand sie aufregend. Ob sie es mit Francesca gemacht hatte? Sie zog ihn gern damit auf, weil sie wusste, dass es ihn interessierte. *Noch ein Mehlsack.* Nur dass dieser schrie, als er aufschlug.

Ihr Scheißkerle.

Er hatte daran gedacht, sich in Budapest mit Eva Zameny

zu treffen, seiner ehemaligen Verlobten, die inzwischen ihren Mann verlassen hatte. Gott, war diese Frau schön gewesen. In keinem anderen Land gab es Frauen, die so aussahen. Von Eva hatte er kaum Bilder im Kopf – leidenschaftliche Küsse im Vestibül ihres Hauses. Einmal hatte er ihre Bluse aufgeknöpft. Sie hatte Nonne werden wollen, hatte sie ihm erzählt. Ging zweimal täglich zur Messe, weil sie da Frieden fand, sagte sie, wie sonst nirgends.

Mit Eva verheiratet, zwei Kinder, drei, vier. Als Anwalt arbeiten, seine Tage mit Testamenten und Verträgen zubringen. Freitagabend Essen bei seiner Mutter, Sonntagsessen zu Hause. Samstagnacht Liebe unter einem Federbett im ungarischen Winter. Ein Sommerhäuschen am Balaton. Er hätte sein Kaffeehaus, einen Herrenclub, einen Schneider. Warum hatte er sein Leben nicht so gelebt?

Im Ernst: Warum?

Dann säße er jetzt nicht in einem rumänischen Gefängnis. Wer mochte ihn verraten haben? Und würde er – geb's Gott! – eine Chance bekommen, diese Rechnung zu begleichen? War es jemand in Hrubals Haus gewesen? Duchazy?

Schluss damit. Denk an Frieda: lockiges Haar, breite Hüften, süßes Lachen.

«Pech für Sie, Monsieur Morath. Für Sie und für uns. Der Himmel weiß, wie wir das bereinigen sollen. Was in Dreiteufelsnamen haben Sie sich dabei gedacht?»

Noch einer von der Siguranza, dachte Morath, aber in viel höherer Stellung. Glatt rasiert, reichlich pomadisiert, kultivierte Sprache, Französisch.

Der Mann hatte die Ellbogen auf die Schreibtischplatte aufgestützt und die Fingerkuppen aneinander gelegt. Er sagte, Morath habe, genau genommen, zweifellos schwere Verbrechen begangen, aber wen kümmere das schon. Ihn jedenfalls nicht. Trotzdem, was habe er denn mit dem vielen Geld vorgehabt? Ungarische Politik – Minoritätenpolitik – spielen? In Rumänien? «Hätten Sie nicht jemanden ermorden können? Eine Bank ausrauben? Eine Kirche niederbrennen? Nein. Sie mussten mir das Leben schwer machen, am Samstagmorgen, wo ich mit meinem Schwiegervater Golf spielen wollte.» Ja, es war Rumänien, *douce décadence*, *Byzance après Byzance*, es war nur allzu wahr. Trotzdem, sie hatten ihre Gesetze.

Morath nickte. Aber welches Gesetz genau hatte er übertreten?

Der Siguranza-Offizier war sprachlos – zu viele, zu wenige, zu alte, zu neue, ein paar, die wir uns jetzt gerade ausdenken. «Sprechen wir über Paris. Ich habe Anweisung gegeben, Ihnen Kaffee und eine Brioche zu bringen.» Er schaute auf die Uhr. «Jemand ist in das Kaffeehaus auf der anderen Seite des Platzes gegangen.»

In dieser Hinsicht beneide er Morath wirklich, das könne er rundheraus zugeben. Ein Mann seiner Klasse und mit seinen Verbindungen, der sich den Vergnügungen dieser reizvollen Stadt hingibt. Man kennt – Leugnen hat keinen Zweck – die anregendsten Leute. Französische Generäle, russische Emigranten, Diplomaten. Kennen Sie Monsieur X, Herrn Y, Señor Z? Und Oberst Soundso von der britischen Botschaft? Nie gehört? Also den müssen Sie unbedingt kennen lernen. Es heißt, er sei höchst amüsant.

Nein, sagte Morath.

Nein? Warum denn nicht? Morath sei doch sicher ein Herr, der kennen lernen könne, wen er wolle. Was könnte denn ... Ach, etwa Geld? Ich will nicht indezent sein, aber die Rechnungen stapeln sich. Unangenehme Menschen schicken einem unangenehme Briefe. Verschuldet zu sein könnte sich zur Hauptbeschäftigung entwickeln.

Ein lebenslanges Hobby. Aber Morath sagte es nicht.

Das Leben müsse nicht so schwer sein, belehrte ihn der Offizier. Er selbst beispielsweise habe Freunde in Paris, Geschäftsleute, die stets Rat und Hilfe bei Leuten wie Morath suchten. «Und für die, glauben Sie mir, ist Geld kein Problem.»

Ein Polizist brachte ein Tablett mit zwei Tassen, einer Kaffeekanne aus Zink und einer Brioche. Morath brach ein Stück von der Brioche ab, gelb und süß. «Ich wette, das essen Sie zu Hause jeden Morgen», sagte der Offizier.

Morath lächelte.

«Ich reise, wie Sie wissen, mit ungarischem Diplomatenpass.»

Der Offizier nickte und schnippte einen Krümel von seinem Revers.

«Man wird wissen wollen, wo ich geblieben bin.»

«Zweifellos. Die werden uns eine Note schicken. Und wir werden ihnen eine schicken. Dann schicken sie uns wieder eine. Und so weiter. Ein bedächtiges Verfahren, Diplomatie. Zieht sich hin.»

Morath überlegte. «Trotzdem, meine Freunde werden sich Sorgen machen. Sie werden mir helfen wollen.»

Der Offizier starrte ihn an, um klarzumachen, dass er ein schlechter, gewalttätiger Mensch war. Morath hatte ihm Bestechungsgeld angeboten, und das goutierte er nicht. «Wir haben Sie sehr gut behandelt, wissen Sie.»

Bis jetzt.

«Danke für den Kaffee», sagte Morath.

Der Offizier war wieder liebenswürdig wie zuvor. «Keine Ursache», sagte er. «Wir haben es nicht eilig, Sie einzusperren. Zwanzig Jahre in einem rumänischen Gefängnis würden Ihnen nicht gut bekommen. Und auch wir hätten nichts davon. Besser, wir schieben Sie bei Großwardein über die Grenze ab. Ade, alles Gute, fort mit Schaden. Aber es liegt bei Ihnen.»

Morath gab zu erkennen, dass er verstanden hatte. «Vielleicht sollte ich darüber nachdenken.»

«Sie müssen tun, was das Beste für Sie ist», sagte der Offizier. «Ich komme morgen wieder.»

In dem Raum über ihm hörte das Auf- und Abgehen nie auf. Draußen ein Gewitter. Er hörte den Donner und den trommelnden Regen. Langsam sickerte Wasser in die Zelle, bis es zwei Fingerbreit hoch stand. Dann hörte es auf. Morath lag auf dem Strohsack und starrte an die Decke. *Sie haben mich nicht umgebracht und nehmen das Geld.* Für die Siguranza-Schläger, die ihn festgenommen hatten, war es ein Vermögen, ein Leben an der französischen Riviera. Aber das hier war Rumänien, «Küsse die Hand, die du nicht beißen kannst», und sie hatten getan, was man ihnen befohlen hatte.

Er schlief, manchmal. Die Kälte weckte ihn, und ein böser Traum. Aber böse Träume hatte er auch nach dem Aufwachen.

Am Morgen brachte man ihn in einen kleinen Raum im obersten Stock, wahrscheinlich das Büro des Polizeichefs von Bistritz, dachte er. Ein Kalender mit Ansichten von Konstanza am Schwarzen Meer. Auf dem Schreibtisch ein gerahmtes Foto, eine lächelnde Frau mit dunklem Haar und dunklen Augen. Und an der Wand ein offizielles Foto von König Carol in weißer Armeeuniform mit Schärpe und Orden.

Durchs Fenster konnte Morath auf den belebten Platz hinunterschauen. An den Marktständen kauften Frauen Brot, in ihren Einkaufsnetzen lag Gemüse. Vor dem Brunnen produzierte sich ein ungarischer Straßensänger, ein eher komischer dicker Mann, der wie ein Operntenor sang und die Arme weit ausbreitete. Ein altes Lied aus den Budapester Nachtlokalen:

Warte auf mich, bitte warte auf mich,
wenn auch die Nächte lang sind,
meine süße, meine einzige Taube,
o bitte, warte auf mich.

Als jemand eine Münze in den ramponierten Hut vor ihm auf dem Pflaster warf, lächelte er und nickte würdig, ohne im Geringsten aus dem Takt zu geraten.

Oberst Sombor kam herein und zog die Tür hinter sich zu. Sombor, mit dem kappenartigen, glänzend schwarzen Haar und den schrägen Augenbrauen, in einem flotten grünen Anzug und mit einer goldenen Krone auf der Krawatte. Ernst und schmallippig begrüßte er Morath und schüttelte den Kopf – *Da sehen Sie, was Sie angestellt haben.* Er setzte sich auf den Drehstuhl am Schreibtisch des Polizeichefs, Morath nahm ihm gegenüber Platz. «Ich bin sofort rübergeflogen, als ich davon erfuhr», sagte Sombor. «Geht es Ihnen – gut?»

Morath war ungewaschen, unrasiert und barfuß. «Wie Sie sehen.»

«Aber sie haben Ihnen nichts getan?»

«Nein.»

Sombor zog eine Packung Chesterfield aus der Tasche und legte sie zusammen mit einer Schachtel Streichhölzer auf den Tisch. Morath riss die Folie auf, zog eine Zigarette heraus, zündete sie an und blies dankbar eine lange Rauchfahne in die Luft.

«Erzählen Sie.»

«Ich war in Budapest. Ich bin nach Rumänien gekommen, um einen Freund zu besuchen, und sie haben mich verhaftet.»

«Die Polizei?»

«Siguranza.»

Sombor machte ein grimmiges Gesicht. «Keine Sorge, wir kriegen Sie in ein, zwei Tagen frei.»

«Das sollte mich freuen.»

Sombor lächelte. «Haben Sie irgendeine Idee, worauf die aus sind?»

«Eigentlich nicht.»

Sombor blickte sich kurz in dem Büro um, dann stand er auf, trat ans Fenster und schaute auf die Straße hinaus. «Ich wollte ohnehin mit Ihnen reden», sagte er.

Morath wartete.

«Meine Aufgabe», sagte Sombor, «wird von Tag zu Tag schwieriger.» Er wandte sich wieder Morath zu. «Europa ist im Umbruch. Es ist eine neue Welt, wir gehören dazu, ob wir wollen oder nicht, und wir können gewinnen oder verlieren, je nachdem, wie wir unsere Karten ausspielen. Die Tschechen zum Beispiel haben verloren. Sie haben den falschen Leuten vertraut. Da stimmen Sie mir sicher zu.»

«Ja.»

«Also schauen Sie, Morath, ich muss aufrichtig mit Ihnen sein. Ich weiß, wer Sie sind und was Sie denken – Kossuth, Bürgerfreiheit, Demokratie, der ganze Idealismus der Schattenfront. Vielleicht denke ich da anders, aber wen kümmert's. Sie kennen den alten Spruch: Das Nachdenken über Politik soll man den Pferden überlassen, die haben die größeren Köpfe. Stimmt's?»

«Stimmt.»

«Ich muss die Welt pragmatisch sehen, ich hab keine Zeit fürs Philosophieren. Ich habe den größten Respekt vor Graf Polanyi, auch er ist Realist, vielleicht mehr, als Ihnen bekannt ist. Er tut, was er tun muss, und Sie helfen ihm dabei. Sie sind kein Unschuldslamm, will ich damit sagen.»

Sombor wartete auf eine Antwort. «Ja, und?», fragte Morath leise.

«So wie ich gekommen bin, um Ihnen zu helfen, hätte ich gerne, dass Sie mir helfen. Helfen Sie Ihrem Land. Das wäre doch sicher nicht gegen Ihre Prinzipien.»

«Keineswegs.»

«Sie werden sich sowieso die Hände schmutzig machen müssen, mein Freund. Wenn nicht heute, dann morgen, ob es Ihnen gefällt oder nicht. Glauben Sie mir, die Zeit ist gekommen.»

«Und wenn ich Nein sage?»

Sombor zuckte die Achseln. «Werden wir Ihre Entscheidung akzeptieren müssen.»

Das war noch nicht alles gewesen.

Morath lag auf dem feuchten Stroh und starrte ins Dunkel. Draußen ratterte ein Lastwagen vorbei, langsam fuhr er um den Platz. Ein paar Minuten später kehrte er zurück, hielt kurz vor der Wache und fuhr dann weg.

Sombor hatte noch lange weitergeredet – das bisschen Licht in seinen Augen war erloschen wie eine Kerze, aber seine Stimme war unverändert geblieben. *Es dürfte nicht ganz leicht werden, Sie hier herauszuholen. Aber keine Sorge. Wir tun unser Bestes. Das Gefängnis in Jassi. Das Gefängnis in Sinaia. Wo man gezwungen wird, zweiundsiebzig Stunden mit der Nase an der Wand zu stehen.*

Als Abendessen hatte man ihm wieder einen Salzhering gebracht. Er trennte ein winziges Stück ab, nur um zu sehen, wie er schmeckte. Er aß das Brot, trank den kalten Tee. Sie hatten ihm seine Zigaretten und seine Zündhölzer abgenommen, als sie ihn in die Zelle zurückbrachten.

Ich bin sofort rübergeflogen, als ich davon erfuhr. Ganz beiläufig erwähnt. Die Gesandtschaft in Paris besaß zwei Fieseler-Storch-Flugzeuge, die Deutschland nach mühseligen Verhandlungen und weiß Gott was für Gegenleistungen an Ungarn verkauft hatte. *Ich bin bedeutender, als Sie denken*, hatte Sombor damit sagen wollen. Ich kann über das Flugzeug der Gesandtschaft verfügen.

Als Sombor aufstand, um zu gehen, sagte Morath: «Sie lassen Graf Polanyi wissen, was passiert ist?»

«Natürlich.»

Polanyi würde nie etwas erfahren. *Bei Nacht und Nebel.* Adolf Hitlers Wendung. Ein Mann verließ am Morgen seine Wohnung und ward nicht mehr gesehen. Morath gab sich Mühe, *denk nur an die nächste Stunde*, aber Verzweiflung griff ihm ans Herz, und er konnte sie nicht vertreiben. Petöfi, Ungarns Nationaldichter, sagte einmal, die Hunde seien immer gut versorgt und die Wölfe hungerten, aber nur die Wölfe seien frei. Hier, in dieser Zelle oder in den nächsten war also die Freiheit.

Sie holten ihn im Morgengrauen ab.

Die Tür ging auf, zwei Wächter packten ihn unter den Armen, zerrten ihn den Gang entlang und schleppten ihn die Treppe hinauf. Es war noch kaum Tag, aber selbst das dämmrige Licht tat seinen Augen weh. Sie gaben ihm seine Schuhe zurück, fesselten ihn an Händen und Füßen und bugsierten ihn durch die Vordertür in einen bereitstehenden Kleinlaster. In dem Wagen saßen noch zwei andere Häftlinge, der eine ein Zigeuner, der andere vielleicht ein Russe, hoch gewachsen, mit kurz geschorenem weißem Haar und auf die Augenwinkel tätowierten blauen Tränen.

Nur die Frauen, die die Straße fegten, beobachteten seine Abfahrt. Sie hielten für einen kurzen Moment inne, die Reisigbesen auf den Boden gestützt. *Ihr armen Kerle. Gott helfe euch.* Morath vergaß die Szene nie.

Der Wagen holperte über das Kopfsteinpflaster. Der Zigeuner fing Moraths Blick auf und schnupperte – sie fuhren gerade an einer Bäckerei vorbei. Die Fahrt dauerte nicht lange, nur etwa eine Viertelstunde. Dann waren sie auf dem Bahnhof, von dem aus, so vermutete Morath, Züge in Städte wie Jassi oder Sinaia fuhren.

Drei Männer in Ketten und sechs Polizisten. Ein sehenswerter Anblick, wenn man gerade Aufenthalt auf dem Bahnhof Bistritz hatte. Die Fahrgäste ließen die Fenster herunter, um das Schauspiel zu genießen. Ein Handlungsreisender, dem Aussehen nach, der eine Orange schälte und die Schale auf den Bahnsteig fallen ließ. Eine Frau mit einem Hütchen, dessen dunkler Schleier ihre Augen verbarg, die weißen Hände auf der Oberkante des Fensters. Andere Gesichter, blass im Licht des frühen Morgens. Ein Mann machte einen Witz, sein Freund lachte. Ein kleines Mädchen sah Morath mit großen Augen an, sie wusste, dass sie ihn anstarren durfte, ohne gescholten zu werden. Ein Mann in einem Mantel mit Samtkragen, streng, elegant, nickte Morath zu wie einem Bekannten.

Dann Chaos. Wer waren diese Männer? Für einen zeitlupenlangen Moment ging Morath dieser Gedanke durch den Kopf. Sie tauchten aus dem Nichts auf. Sie waren so schnell, dass man sie nicht zählen konnte, und brüllten – war es Russisch? Polnisch? Der Polizist an Moraths Seite wurde getroffen. Morath hörte den Einschlag, dann den Aufschrei, dann taumelte der Polizist davon und nestelte an seinem Holster. Ein Mann mit Schlapphut trat aus einer von der Lokomotive ausgestoßenen Dampfwolke. Es war ein kühler, frostiger Morgen, er hatte sich einen Schal umgebunden, die Enden in die Jacke gesteckt und den Kragen hochgeschlagen. Er musterte Morath genau, scheinbar lange Zeit, schwang dann seine Flinte leicht zur Seite und feuerte aus beiden Läufen. Mehrere Passagiere schrien auf, Morath hörte es laut und klar wie Glockenklang.

Der russische Gefangene wusste Bescheid. *Vielleicht hat er zu viel gewusst*, dachte Morath später. Er legte sich flach auf den Bahnsteig und schützte seinen Kopf mit den gefesselten Händen. Vielleicht war er ein zu Lebenslänglich Verurteilter, der wusste, dass das traurigerweise nicht ihm galt, so mächtig waren seine Götter nicht. Der Zigeuner rief einem Mann, der sich ein Taschentuch vors Gesicht gebunden hatte, etwas zu und hielt ihm die Hände hin. Befreie mich! Aber der Mann stieß ihn beiseite. Der Zigeuner wäre beinahe gestürzt, dann versuchte er wegzulaufen, mit winzigen Schritten, die Fußkette über den Beton hinter sich herschleifend.

Im Tötungsrausch hätten sie Morath beinahe vergessen. Er stand allein inmitten des Tumults. Ein Kriminalbeamter oder zumindest ein Mann im Anzug und mit einem Revolver in der Hand lief vorbei, drehte sich dann zu Morath um, das Gesicht besorgt, unsicher, er musste das Richtige tun. Er zögerte, hob den Revolver, schloss die Augen, biss sich auf die Lippe und setzte sich. Jetzt wusste er, was zu tun war, aber es war zu spät. Der Revolver bewegte sich nur eine Handbreit, eine rote Wunde tat sich in seiner Stirn auf, und ganz langsam sackte er zusammen. Ein paar Meter weiter lehnte der Zugführer an einem Rad des Tenders. In seinen Augen ein Ausdruck, den Morath kannte. Er hatte nur noch Sekunden zu leben.

Jetzt kam ein schwarzes Auto ganz langsam über den Bahnsteig gefahren. Am Steuer saß ein Junge, höchstens dreizehn, die Hände weiß am Lenkrad, das Gesicht vor Anspannung verkrampft. Er hielt an, während der Mann mit dem Schlapphut einen anderen Mann hinten an der Jacke packte und ihn zur hinteren Tür des Wagens schleifte. Er öffnete die Tür und warf ihn auf den Rücksitz. Trotz des Getümmels, der Schreie und Schüsse staunte Morath, dass jemand so stark sein konnte.

«Los, vorwärts, du Idiot!» Es war Deutsch, aber mit so starkem slawischem Akzent, dass Morath es nicht auf Anhieb verstand. Der Mann packte seinen Arm wie eine Stahlklammer. Hakennase, dunkles Gesicht, eine unangezündete Zigarette zwischen den Lippen. «Zu dem Kleinlaster, ja?», sagte er. *«Ja?»*

Morath ging so schnell er konnte. Hinter ihm, aus dem Zug, schrie jemand etwas auf Ungarisch. Es war eine Frau, die wütend fluchte, kreischte, die Männer Bestien und Teufel nannte und ihnen zuschrie, endlich mit diesen Schändlichkeiten aufzuhören, zur Hölle sollten sie fahren und dort schmoren. Der Mann neben Morath verlor vollends die Geduld – das Geheul ferner Sirenen kam näher – und zerrte ihn zu dem Wagen. Der Fahrer beugte sich herüber und half ihm hinein, er sank auf dem Beifahrersitz zusammen und setzte sich dann mit Mühe auf.

Der Fahrer war ein alter Mann mit Bart und einer Narbe quer über dem Mund. Er trat vorsichtig aufs Gaspedal, der Motor heulte kurz auf. «Sehr gut», sagte er.

«Ungar?»

Der Mann schüttelte den Kopf. «Ich lerne in Krieg.»

Er trat das Kupplungspedal durch, während der Mann mit dem Schlapphut auf den Wagen zugerannt kam und mit seiner Flinte fuchtelte. *Los. Fahr schon.* «Ja, ja», sagte der Fahrer, diesmal auf Russisch. Er schob den Ganghebel nach vorn, und mit einer kleinen Verzögerung rastete das Getriebe ein. Er warf Morath einen fragenden Blick zu. Morath nickte.

Sie fuhren langsam davon, auf die Straße hinter dem Bahnhof. Ein Polizeiauto stand mit laufendem Motor an der Ecke, beide Türen offen. Morath hörte den Zug aus dem Bahnhof fahren, der Lokführer war endlich zur Vernunft gekommen. Eine schwarze Limousine schoss mit quietschenden Reifen an ihnen vorbei, setzte sich vor sie und wurde langsamer. Eine Hand kam aus dem Fenster auf der Fahrerseite und winkte sie weiter. Die Limousine beschleunigte, bog an der nächsten Ecke ab und fuhr mit hoher Geschwindigkeit davon.

Nach kurzer Zeit hatten sie Bistritz hinter sich gelassen, die Straße verengte sich, wurde zu einer Schotterstraße, schlängelte sich an ein paar verfallenen Gehöften und Dörfern vorbei und stieg dann hinauf in den transsilvanischen Wald. Als die Sonne unterging, schlief Morath trotz des kalten Eisens an seinen Hand- und Fußgelenken ein. Er erwachte im Dunkeln. Draußen ein in Frost und Mondlicht gemaltes Feld. Der alte Mann beugte sich über das Lenkrad und spähte ins Dunkel.

«Wo sind wir?», fragte Morath.

Der Mann zuckte beredt die Achseln. Er nahm einen Fetzen braunes Papier vom Armaturenbrett und gab es Morath. Ein Gewirr von Linien, mit stumpfem Bleistift gezeichnet, am Rand gekritzelte Anmerkungen in kyrillischer Schrift. «Na, wo sind wir?»

Morath musste lachen.

Der alte Mann lachte mit. Vielleicht würden sie den Weg finden, vielleicht auch nicht, so ist das Leben.

Der Kleinlaster kroch eine lange Steigung hinauf, die Räder drehten in den vereisten Furchen durch, der alte Mann schaltete unablässig. «Wie Traktor», sagte er. Ein fernes Glimmen tauchte ab und zu zwischen den Bäumen auf. Es war, wie sich Minuten später herausstellte, ein niedriges Steingebäude an der Kreuzung zweier uralter Straßen, die Fenster von Petroleumlampen erhellt. Eine Herberge, ein hölzernes Schild hing an Ketten über der Tür.

Der alte Mann lächelte triumphierend, ließ den Wagen auf dem gepflasterten Hof ausrollen und hupte. Daraufhin erschienen zwei englische Doggen, die bellend im Scheinwerferlicht hin und her sprangen, und der Herbergsvater in einer Lederschürze, der eine brennende Kienfackel hochhielt. «Ich heiße Sie willkommen in meinem Haus», sagte er in steifem Ungarisch.

Ein bedächtiger Mann, rundlich und liebenswürdig. Er ging mit Morath in den Stall, steckte die Fackel in eine Halterung an der Wand, zerschlug mit Hammer und Meißel seine Fesseln und nahm sie ihm ab. Während der Arbeit wurde sein Gesicht sorgenvoll. «Wie mein Großvater», erklärte er, indem er die Kette auf dem Amboss verschob. «Und seiner.»

Als er fertig war, führte er Morath in die Küche, ließ ihn vor dem Kaminfeuer Platz nehmen und brachte ihm ein großes Glas Bier und eine dicke Scheibe Polenta. Als Morath gegessen hatte, wurde er in einen Raum neben der Küche geführt, wo er auf der Stelle einschlief.

Als er aufwachte, war der Kleinlaster weg. Der Herbergsvater gab ihm eine alte Jacke und eine Schildmütze, und später am Vormittag saß er neben einem Bauern auf einem Fuhrwerk und gelangte über eine abgemähte Wiese auf ungarisches Gebiet.

Morath hatte den November in Paris schon immer gemocht. Es regnete, aber die Bistros waren gemütlich warm, die Seine war dunkel, die Lampen waren golden, die Liebesaffären der

Saison neu und aufregend. Der November 1938 begann durchaus hoffnungsvoll, *tout Paris* war begeistert, dass es doch keinen Krieg geben würde. Aber dann, am neunten November, kam die Kristallnacht, und aus den Tonnen zu Bruch gegangener jüdischer Fensterscheiben ließ sich, klarer, als es irgendjemandem lieb war, herauslesen, was die nahe Zukunft bringen würde. Trotzdem, *hier* blieb man verschont. Mochten sich doch Hitler und Stalin an die Gurgel gehen, so die vorherrschende Stimmung in dieser Woche, wir fahren übers Wochenende in die Normandie.

Morath verabredete sich mit seinem Onkel in einer winzigen *cuisine grand-mère* draußen in Clichy. Er hatte noch zehn Tage in Budapest verbracht, Geld gesammelt und sich Szubls Erzählung von seinen Missgeschicken mit dem rothaarigen Revuegirl aus dem Nachtclub angehört. Dann hatten sie das Geld in einem Cello versteckt und den Nachtexpress zurück nach Paris genommen. Im Moment hatte Morath weit über zwei Millionen Pengö im Schrank.

Es war nicht zu übersehen, dass Graf Polanyi schon mit dem Mittagessen begonnen hatte. Als Morath sich setzen wollte, stieß er am Nebentisch an, hätte um ein Haar ein Malheur mit der Suppe verursacht und zog sich einen strafenden Blick der *grand-mère* zu. «Die Götter meinen es heute nicht gut mit mir», sagte er in einem Schwall von Kognak-Dunst.

Es waren nicht die Götter. Die Tränensäcke unter seinen Augen waren beunruhigend groß und dunkel geworden.

Polanyi spähte nach der Tafel, auf der mit Kreide die Tagesgerichte angeschrieben waren. «*Andouillette*», sagte er.

«Wie ich höre, warst du verreist», sagte Morath.

«Ja, ich bin wieder ein Mann mit einem Haus auf dem Lande – was davon übrig ist.» Am zweiten November hatte Hitler Ungarn als Gegenleistung dafür, dass es Deutschland in der Sudetenkrise unterstützt hatte, die madjarischen Gebiete der südlichen Tschechoslowakei zurückgegeben. Dreißigtausend

Quadratkilometer, eine Million Einwohner. Die neue Grenze verlief von Pozsony/Bratislava/Preßburg in östlicher Richtung bis nach Ruthenien.

Der Kellner erschien mit einer Karaffe Wein und einem Teller Schnecken.

«Onkel Janos?»

«Ja?»

«Wie viel weißt du darüber, was mir in Rumänien passiert ist?»

Polanyis Miene ließ keinen Zweifel daran aufkommen, dass er nicht darüber sprechen wollte. «Du warst in Schwierigkeiten. Man hat sich der Sache angenommen.»

«Und damit basta.»

«Nicholas, mach mir jetzt keine Vorwürfe. Genau betrachtet hast du Glück gehabt. Wäre ich zwei Wochen früher ins Ausland gereist, wäre es womöglich um dich geschehen gewesen.»

«Aber irgendwie hast du doch davon erfahren.»

Polanyi zuckte die Achseln.

«Hast du gehört, dass Sombor aufgetaucht ist? Auf der Polizeiwache in Bistritz?»

Sein Onkel zog eine Augenbraue hoch, spießte beim dritten Versuch eine Schnecke auf und verspeiste sie, wobei Knoblauchbutter auf den Tisch tropfte. «Aha. Was hat er gewollt?»

«Mich.»

«Hat er dich bekommen?»

«Nein.»

«Also, wo ist das Problem?»

«Vielleicht ist Sombor das Problem.»

«Sombor ist Sombor.»

«Er hat sich benommen, als gehörte ihm die Welt.»

«Sie gehört ihm.»

«War er verantwortlich für das, was mir passiert ist?»

«Eine interessante Hypothese. Und wenn es so wäre, was würdest du tun?»

«Was würdest du vorschlagen?»

«Ihn umzubringen.»

«Ist das dein Ernst?»

«Bring ihn um, Nicholas, oder verdirb mir mein Mittagessen. Du kannst wählen.»

Morath goss sich ein Glas Wein ein und zündete sich eine Chesterfield an. «Und die Leute, die mich gerettet haben?»

«*Très cher*, Nicholas.»

«Bei wem muss ich mich bedanken?»

«Bei jemandem, der mir noch was schuldig war. Jetzt schulde ich ihm was.»

«Russe? Deutscher?»

«Eskimo! Mein lieber Neffe, wenn du jetzt neugierig werden und Schwierigkeiten machen willst ...»

«Verzeih. Natürlich bin ich dir dankbar.»

«Lässt du mir die letzte Schnecke? Reicht deine Dankbarkeit so weit?»

«Mindestens.»

Polanyi stach mit dem winzigen Gäbelchen in die Schnecke und runzelte die Stirn, während er sie aus dem Gehäuse pulte. Dann sah er einen Moment lang sehr traurig aus. «Ich bin bloß ein dicker alter Ungar, Nicholas. Ich kann die Welt nicht retten. Ich würde ja gern, aber ich kann's nicht.»

Die letzten Novembertage. Morath zog seinen Mantel enger um sich und eilte durch die Straßen des Marais ins Café Madine. Es war, dachte er, als sei die Zeit stehen geblieben. Leer, wie beim letzten Mal, im kalten Morgenlicht, eine schlafende Katze auf dem Tresen, der *patron* mit der Brille auf der Nasenspitze.

Der *patron*, mutmaßte Morath, erkannte ihn wieder. Er bestellte *café au lait*, und als er kam, wärmte er sich die Hände an der Schale.

«Ich war schon einmal hier», sagte er zu dem *patron*. «Im März, glaube ich.»

Der *patron* sah ihn an. *Ach ja?*

«Ich habe mich hier mit einem alten Mann getroffen. Ich kann mich nicht an seinen Namen erinnern, ich glaube, er hat ihn gar nicht genannt. Damals hatte ein Freund von mir Schwierigkeiten mit seinem Pass.»

Der Besitzer nickte. Ja, so etwas kommt vor, hin und wieder. «Schon möglich. Ein Mann, auf den Ihre Beschreibung zutrifft, war ein paar Mal hier.»

«Aber jetzt kommt er nicht mehr?»

«Deportiert», sagte der Besitzer. «Im Sommer. Er hatte ein kleines Problem mit der Polizei. Für ihn wurde aus dem kleinen Problem ein großes, und sie haben ihn nach Wien zurückgeschickt. Was weiter passiert ist, weiß ich nicht.»

«Das tut mir Leid», sagte Morath.

«Ihm tut es bestimmt auch Leid.»

Morath senkte den Blick. Plötzlich war eine Mauer zwischen ihm und dem *patron*. Es gab nichts mehr zu sagen. «Er hatte einen Bekannten. Einen Mann mit Spitzbart. Ziemlich gebildet, fand ich. Wir haben uns im Louvre getroffen.»

«Im Louvre.»

«Ja.»

Der *patron* putzte ein Glas mit einem Handtuch, hielt es gegen das Licht und stellte es wieder ins Regal. «Kalt heute», sagte er.

«Vielleicht gibt's Schnee.»

«Glauben Sie?»

«Man riecht's.»

«Vielleicht haben Sie Recht.» Er wischte mit dem Tuch den Tresen ab, hob Moraths Kaffeeschale hoch, nahm die Katze und setzte sie sanft auf den Boden. «Ich muss sauber machen, Sascha», sagte er.

Morath wartete und trank seinen Kaffee. Eine Frau mit einem Baby in einer Decke ging draußen vorbei.

«Ruhig hier», sagte Morath. «Sehr angenehm.»

«Dann sollten Sie öfter kommen.» Der *patron* lächelte säuerlich.

«Mach ich. Vielleicht schon morgen.»

«Ich bin da. So Gott will.»

Am nächsten Morgen wartete er eine halbe Stunde in dem Café. Dann erschien die Frau – die Frau, die das Geld übernommen, ihn auf der Vortreppe des Louvre geküsst hatte. «Er wird sich mit Ihnen treffen», sagte sie. «Seien Sie morgen um Viertel nach vier in der Métro Jussieu. Wenn er nicht kommt, versuchen Sie es übermorgen, um Viertel nach drei. Wenn es auch dann nicht klappt, müssen Sie einen anderen Weg finden.»

Beim ersten Mal erschien er nicht. So spät am Nachmittag herrschte großes Gedränge, und falls irgendjemand ihn beobachtete, um sicherzugehen, dass keine Polizei da war, sah Morath ihn jedenfalls nicht. Am zweiten Tag wartete er eine Dreiviertelstunde und gab dann auf. Als er die Treppe zur Straße hinaufstieg, ging der Mann auf einmal neben ihm.

Er war nicht mehr so stattlich, wie Morath ihn in Erinnerung hatte, aber er trug noch immer den Spitzbart und den Tweed-Anzug, und irgendetwas an ihm ließ an Kultur und Kommerz denken. *Der Kunsthändler.* Wie damals war er in Begleitung eines Mannes mit weißem, knochigem Gesicht, der einen Hut auf dem kahl geschorenen Kopf trug.

«Nehmen wir ein Taxi», sagte der Kunsthändler. «Es ist zu kalt zum Laufen.»

Zu dritt stiegen sie hinten in ein Taxi, das mit laufendem Motor am Bordstein stand. «Zum Ritz», sagte der Kunsthändler.

Der Fahrer lachte. Er fuhr langsam die Rue Jussieu entlang und bog in die Rue Cuvier ein.

«Ihre Freunde», sagte der Kunsthändler, «haben also immer noch Passprobleme.»

«Diesmal nicht», sagte Morath.

«Aha. Was dann?»

«Ich würde gern jemanden kennen lernen, der im Diamantengeschäft tätig ist.»

«Möchten Sie verkaufen?»

«Kaufen.»

«Eine Kleinigkeit für die Dame Ihres Herzens.»

«Genau. In einem Samtschächtelchen.»

Der Taxifahrer fuhr die Rue Monge hinauf. Aus den tief hängenden Wolken fielen ein paar Regentropfen, die Leute auf der Straße spannten ihre Schirme auf. «Es soll ein größerer Kauf werden», sagte Morath. «Am besten wäre jemand, der schon lange in der Branche ist.»

«Und diskret.»

«Äußerst. Aber damit wir uns nicht falsch verstehen, es ist nichts Kriminelles. Wir wollen nur kein Aufsehen.»

Der Kunsthändler nickte. «Also nicht der Juwelier um die Ecke.»

«Nein.»

«Aber in Paris?»

Morath überlegte. «Westeuropa.»

«Dann ist es einfach. Für uns bedeutet das eine Taxifahrt und, vielleicht morgen, eine Eisenbahnreise. Sagen wir fünftausend Franc?»

Morath griff in seine Innentasche, zählte den Betrag in Hundert-Franc-Scheinen ab und steckte den Rest wieder ein.

«Eins muss ich Ihnen aber sagen. Der Markt für Flüchtlingsdiamanten ist nicht gut. Wenn Sie vor einem Jahr in Amsterdam gekauft hätten und morgen in Costa Rica verkaufen wollten, würden Sie eine böse Überraschung erleben. Wenn Sie glauben, tausend Karat sind tausend Karat und stellen einen bestimmten Wert dar, wie Bargeld in irgendeinem normalen Land, und meinen, Sie müssten nur den Absatz Ihres

Schuhs aushöhlen, dann irren Sie sich. So stellt sich das jeder vor, aber es stimmt nicht. Seit Hitler kann man im Diamantenhandel sein letztes Hemd verlieren. *Fastejst?*»

«Verstehe», sagte Morath.

«Sagen Sie, möchten Sie einen Vermeer kaufen?»

Morath musste lachen.

«Nein? Dann vielleicht einen Hals, einen kleinen. Passt in einen Koffer. Und ist echt! Ich verbürge mich dafür. Sie wissen nicht, wer ich bin, und das soll auch so bleiben, aber ich weiß, wovon ich rede.»

«Sie brauchen einen reichen Mann.»

«Diese Woche nicht, nein.»

Morath lächelte bedauernd.

Der kalkweiße Mann nahm den Hut ab und fuhr sich mit der Hand über den Schädel. Dann sagte er auf Deutsch: «Hör auf, der ist moralisch.»

«Ach so!», sagte der Kunsthändler. «Sie möchten keinen ausnutzen, der auf der Flucht ist?»

Der Fahrer lachte.

«Nun ja, wenn Sie einmal, was Gott verhüten möge, um Ihr Leben laufen müssen, dann werden Sie verstehen. Dann spielt der Wert keine Rolle mehr. Dann sagen Sie nur: ‹Nehmen Sie das Bild, geben Sir mir das Geld, danke, adieu.› Wenn es Ihnen nur noch darum geht, bis zum Nachmittag zu überleben, dann werden Sie das verstehen.»

Eine Zeit lang war es still im Taxi. Der Kunsthändler tätschelte Morath das Knie. «Verzeihen Sie mir. Was Sie heute brauchen, ist ein Name. Er lautet Schabet. Eine chassidische Familie, in Antwerpen, im Diamantenviertel. Da gibt es Brüder, Söhne, was weiß ich, aber machen Sie Geschäfte mit einem von ihnen, und Sie machen Geschäfte mit allen.»

«Kann man ihnen trauen?»

«Sie können ihnen Ihr Leben anvertrauen. Ich habe es getan, und hier sitze ich.» Der Kunsthändler buchstabierte den

Namen, dann sagte er: «Natürlich muss ich mich bei ihnen für Sie verbürgen. Wie nenne ich Sie?»

«André.»

«So sei es. Geben Sie mir zehn Tage, ich muss jemanden hinschicken. Das geht nicht telefonisch. Und, nur für den Fall, dass Sie und ich ein Erkennungszeichen brauchen: Gehen Sie in zehn Tagen ins Madine. Wenn Sie die Frau sehen, ist alles geregelt.»

Morath bedankte sich. Dann gaben sie sich die Hand. Der kalkweiße Mann tippte sich an die Hutkrempe. «Viel Glück, der Herr», sagte er auf Deutsch. Der Fahrer hielt am Straßenrand, vor einer Metzgerei mit der lebensgroßen Blechfigur eines Schweins neben dem Eingang, das mit elegantem Schwung des Vorderfußes die Kunden zum Eintreten aufforderte. *«Voilà le Ritz!»*, rief der Fahrer.

Emile Courtmain lehnte sich zurück, verschränkte die Hände im Nacken und schaute auf die Avenue Matignon hinaus. «Anfangs denkt man, es kann nicht so schwer sein. Aber kaum fängt man an, merkt man, dass es gar nicht so einfach ist.»

Vierzig lavierte Zeichnungen waren über das Büro verteilt – an die Wände geheftet, auf Stühle gestellt. *Menschen in Frankreich.* Bauernpaare auf dem Feld, vor ihrem Haus oder auf einem Fuhrwerk. Ein bisschen wie Millet vielleicht, ein wohl wollender, optimistischer Millet. Außerdem sah man Pariser *papas* und *mamans* beim Sonntagsspaziergang, an einem Karussell oder vor dem Arc de Triomphe. Ein Liebespaar auf einer Seinebrücke, Händchen haltend, sie mit einem Bouquet, er im feierlichen Anzug – *an der Schwelle der Zukunft*. Ein Soldat, von der Front heimgekehrt, am Küchentisch, auf den sein treu sorgendes Weib gerade eine Suppenterrine stellt. Gar nicht schlecht, dachte Morath.

«Zu harmlos», sagte Courtmain. «Das Ministerium wird sich ein bisschen mehr geballte Faust wünschen.»

«Irgendein Text?»

«Ein paar Worte – Mary wird gleich kommen. Irgendetwas wie: *In einer gefährlichen Welt bleibt Frankreich stark.* Es soll den Defätismus vertreiben, vor allem nach dem Debakel von München.»

«Und wo soll das hängen?»

«An den üblichen Stellen. Métro, Zeitungskioske, Postämter.»

«Nicht so einfach, den Defätismus in einem französischen Postamt zu vertreiben.»

Morath setzte sich Courtmain gegenüber auf einen Stuhl. Mary Day klopfte leise an den Rahmen der offen stehenden Tür. «Hallo, Nicholas», sagte sie. Sie nahm sich einen Stuhl, zündete sich eine Gitane an und reichte Courtmain ein Blatt Papier.

«Frankreich wird siegen», las er. Dann, zu Morath gewandt: «So etwas ist nicht gerade die starke Seite unserer armen Mary.» Dabei lächelte er liebevoll. Mary Day hatte den typischen Horror des intelligenten Menschen vor hohlen Phrasen.

«Es ist der kleine Mann im Innenministerium», erklärte sie. «Er ‹hatte eine Idee›.»

«Hoffentlich zahlen sie wenigstens.»

Courtmain verzog das Gesicht. *Nicht viel.* «Die Werbung zieht in den Krieg – man kann ihnen keinen Korb geben.»

Mary Day nahm Courtmain das Blatt wieder ab. *«Frankreich für immer.»*

«Bon Dieu», sagte Courtmain.

«Unser Frankreich.»

Morath sagte: «Warum nicht einfach *La France*?»

«Ja», sagte Mary Day. «Das *Vive* würde man sich dazudenken. Das war mein erster Vorschlag. Sie haben ihn abgelehnt.»

«Zu subtil», sagte Courtmain. Er schaute auf die Uhr. «Ich muss um fünf bei RCA sein.» Er stand auf, öffnete seinen Aktenkoffer und vergewisserte sich, dass er alles hatte, was er brauchte. Dann rückte er seinen Krawattenknoten zurecht. «Sie kommen morgen?», fragte er Morath.

«Gegen zehn», sagte Morath.

«Gut.» Courtmain hatte Morath gern um sich, und er zeigte es ihm. Er verabschiedete sich von beiden und ging hinaus.

Womit Morath und Mary Day unter sich waren.

Er tat so, als sei er noch immer mit den Entwürfen beschäftigt, und überlegte, was er Intelligentes sagen könnte. Sie warf ihm einen Blick zu und überflog ihre Notizen. Sie war die Tochter eines irischen Offiziers der Royal Navy und der französischen Malerin Marie d'Aumonville; ein ungewöhnliches Gespann, wenn man Morath fragte – oder irgendwen sonst. Der Nasenrücken mit Sommersprossen gesprenkelt, das Haar lang, lose, braun, in den braunen Augen ein flehentlicher Ausdruck. Sie war flachbrüstig, lustig, schelmisch, zerstreut, unbeholfen. «Mary ist so ein bestimmter Typ», hatte Courtmain einmal zu ihm gesagt. Mit sechzehn, meinte er, waren bestimmt alle Jungen unsterblich in sie verliebt, trauten sich aber nicht, sie ins Kino einzuladen.

Sie richtete sich auf und sagte: «Tja, dann müssen wir wohl wieder an die Arbeit.»

Morath nickte.

«Und anschließend laden Sie mich zu einem Gläschen ein.» Sie nahm ihre Unterlagen an sich. «Ja?»

Morath sah sie unschlüssig an. Meinte sie es ernst? «Aber mit Vergnügen», sagte er, sich ins Förmliche rettend. «Um sieben?»

Ihr Lächeln war wie immer zaghaft. «Aber nur, wenn Sie möchten, Nicholas.» Sie neckte ihn nur.

«Ich möchte», sagte er. «Fouquet, wenn es Ihnen recht ist.»

«Gern», sagte sie, «das wäre nett. Oder das Lokal an der Ecke?»

«Fouquet», entschied er. «Warum nicht?»

Ein komisches Achselzucken – *weiß auch nicht*. «Um sieben», sagte sie, ein bisschen erstaunt über sich selbst.

Sie gingen schnell durchs Gedränge, die Champs Elysées hinauf. Ein paar Schneeflocken wirbelten durch die Nachtluft. Mary schritt kräftig aus, die Schultern nach vorn, die Hände in den Taschen ihres Mantels vergraben, den Morath ausgesprochen seltsam fand – dreiviertellang, kastanienbrauner Wollstoff, mit braunem Stoff überzogene große Knöpfe.

Bei Fouquet herrschte Hochbetrieb, sie mussten auf einen Tisch warten. Mary Day rieb sich die Hände, um sie zu wärmen. Morath gab einem Kellner zehn Franc, und sie bekamen einen Tisch in einer Ecke. «Was nehmen Sie?», fragte Morath.

Sie überlegte.

«*Garçon*, Champagner!»

Sie grinste. «Vielleicht einen Wermut. Martini *rouge*.»

Morath bestellte sich eine *gentiane*, Mary Day überlegte es sich anders und wollte auch eine. «Ich mag *gentiane*, ich denke nur nie dran, mir eine zu bestellen.» Sie sah sich in aller Ruhe um und musterte die Leute – Pariser Abendtheater –, und ihrem Gesichtsausdruck nach zu schließen machte ihr das viel Vergnügen. «Ich hab mal was über diesen Laden geschrieben, seinerzeit, einen Artikel für den Pariser *Herald*. Restaurants mit Separés – was sich da drin wirklich abspielt.»

«Ja, was?»

«Balzac. Aber nicht so sehr, wie man es sich vorstellt. Kleine Jubiläumsfeiern. Geburtstage. Erstkommunion.»

«Sie haben beim *Herald* gearbeitet?»

«Als Freie. Alles und jedes, solange man mich dafür bezahlt hat.»

«Wie zum Beispiel …»

«Weinfest in Anjou! Der türkische Außenminister zu Gast bei den Lumpingtons!»

«Kein leichtes Brot.»

«Aber auch nicht schwer. Man braucht vor allem Stehvermögen.»

«Jemand im Büro meint, Sie schreiben Bücher.»

Sie antwortete mit der Stimme eines harten Burschen aus einem amerikanischen Gangsterfilm. «Das wissen Sie also auch schon.»

«Ja, Sie sind Romanautorin.»

«Na ja, so was Ähnliches. Frivole Bücher, aber es reicht für die Miete. Ich hatte irgendwann genug von Weinfesten in Anjou, ob Sie 's glauben oder nicht, und jemand hat mich einem englischen Verleger vorgestellt – er hat ein kleines Büro an der Place Vendôme. Der netteste Mensch, den man sich vorstellen kann. Jude, glaub ich, aus Birmingham. Er war in der Textilbranche, kam im Krieg nach Frankreich, entdeckte Paris und konnte sich einfach nicht überwinden, nach England heimzukehren. Also hat er angefangen, Bücher zu verlegen. Manche davon sind berühmt, bei einem bestimmten Publikum, aber die meisten werden in neutralen braunen Umschlägen verkauft, wenn Sie wissen, was ich meine. ‹Bücher, die man nur mit einer Hand liest›, nennt sie ein Freund von mir.»

Morath lachte.

«Manche sind gar nicht schlecht. Eins hat den Titel *Wendekreis des Krebses.*»

«Ach. Ich glaube, die Frau, mit der ich zusammengelebt habe, hat es gelesen.»

«Ganz schön gepfeffert.»

«Könnte hinkommen.»

«Dann hat sie vielleicht auch *Suzette* gelesen. Oder die Fortsetzung, *Suzette im Boot.*»

«Sind die von Ihnen?»

«Auf dem Umschlag steht D. E. Cameron.»

«Und, worum geht's?»

«‹Sie streifte die Träger von ihren weißen Schultern und ließ das Hemd bis zur Hüfte herabfallen. Der schneidige Leutnant ...›»

«Ja? Was hat er gemacht?»

Mary Day lachte und warf ihr Haar zurück. «Nichts Besonderes. Es geht hauptsächlich um Dessous.»

Die *gentianes* kamen, mit einem Schälchen gesalzener Mandeln.

Sie tranken noch zwei. Und dann noch zwei. Sie berührte mit den Fingerspitzen seine Hand.

Eine Stunde später hatten sie genug von Fouquet und gingen, um irgendwo zu essen. Sie schauten bei Lucas Carton vorbei, aber es war *complet*, und sie hatten nicht reserviert. Sie gingen die Rue Marbeuf entlang, fanden ein kleines Lokal, das gut roch, und aßen Suppe, Omeletts und Saint Marcellin.

Sie klatschten über das Büro. «Ich muss ab und zu reisen», sagte Morath, «aber ich bin gern im Büro, mir gefällt, was wir hier machen – die Kunden und die Produkte, die sie verkaufen.»

«Es kann aber in Arbeit ausarten.»

«Würde mich nicht stören.»

Sie brach ein Stück Weißbrot ab und legte etwas bröckeligen Saint Marcellin darauf. «Ich will nicht aufdringlich sein, aber Sie haben gesagt, ‹die Frau, mit der ich zusammengelebt habe›. Gibt es sie nicht mehr?»

«Sie ist weg, musste weg. Ihr Vater ist aus Buenos Aires gekommen und hat sie mitgenommen. Er dachte, inzwischen wäre hier schon Krieg.»

Sie aß das Brot und den Käse. «Fehlt sie Ihnen?»

Morath antwortete zögernd. «Natürlich fehlt sie mir, wir haben eine schöne Zeit miteinander verlebt.»

«Manchmal ist das das Wichtigste.»

Morath nickte.

«Ich habe meinen Freund vor einem Jahr verloren. Vielleicht hat Courtmain es Ihnen erzählt.»

«Nein, hat er nicht. Wir reden fast nur über Geschäftliches.»

«Es war sehr traurig. Wir haben drei Jahre zusammengelebt. Nicht, dass wir hätten heiraten wollen, so war es nicht. Aber wir waren verliebt, die meiste Zeit. Er war Musiker, Gitarrist, aus einer kleineren Stadt in der Nähe von Chartres. Mit klassischer Ausbildung, aber er hat dann in den Jazzclubs auf dem Montparnasse gespielt und Geschmack an diesem Leben gefunden. Er hat zu viel getrunken und mit seinen Freunden Opium geraucht und ist nie vor Sonnenaufgang ins Bett gekommen. Eines Nachts wurde er tot auf der Straße gefunden.»

«Das Opium?»

Sie hob die Hände, *wer weiß?*

«Das tut mir Leid», sagte Morath.

Ihre Augen glänzten, sie tupfte sie sich mit der Serviette ab.

Auf der Fahrt mit dem Taxi zu ihrer Wohnung schwiegen sie. Sie wohnte in der Rue Guisarde, einer ruhigen Straße im äußeren VI. Arrondissement. Er ging um das Taxi herum, öffnete ihr die Tür und half ihr heraus. Vor der Haustür hob sie das Gesicht für das Gutenachtküsschen auf die Wange, aber es wurde erst ein bisschen mehr und dann viel mehr, und es dauerte lange. Es war sehr zärtlich, ihre Lippen waren trocken und weich, ihre Haut warm unter seiner Hand. Er wartete vor dem Haus, bis er Licht in ihrer Wohnung sah, dann ging er mit klopfendem Herzen die Straße hinunter.

Er war weit von zu Hause, aber er wollte zu Fuß gehen. *Zu schön, um wahr zu sein*, sagte er sich. Weil das Tageslicht solche Dinge zu Staub zerfallen ließ. Eine *folie*, wie die Franzosen gesagt hätten, ein Irrtum des Herzens.

Er war sehr bedrückt, seit er wieder in Paris war. Die Tage in der Zelle in Bistritz, der Bahnhof – er wurde es nicht los. Nachts wachte er oft auf und dachte darüber nach. Deshalb hatte er in der Agence Courtmain Zuflucht und Ablenkung gesucht. Und jetzt eine Büroromanze. Alle waren ein bisschen in Mary Day verliebt, warum nicht auch er?

Die Straßen waren kalt und dunkel, auf dem Pont Royal wehte ein eisiger Wind. Am Boulevard fand er ein freies Taxi. Er stieg ein. Zurück zu ihrer Wohnung? «Rue Richelieu», sagte er dem Fahrer.

Aber am nächsten Morgen, bei Tageslicht, trug sie ein hellgraues, durchgeknöpftes Kleid mit einem Bindegürtel, ein Kleid, das sie auf eine bestimmte Art und Weise zur Geltung brachte, und als sich ihre Blicke zum ersten Mal trafen, wusste er Bescheid.

Das Schreiben, das er am Abend in seinem Briefkasten fand, brachte ihn wieder auf die Erde. Préfecture de Police, Quai du Marché Neuf, Paris I^{ier}. *Monsieur* war auf dem Brief vorgedruckt, *Morath, Nicholas* handschriftlich eingetragen. Er wurde gebeten, sich am achten Dezember zwischen neun und zwölf Uhr vormittags in *la salle 24* der *préfecture* einzufinden.

Veuillez accepter, Monsieur, l'expression de nos sentiments distingués.

Das kam ab und zu vor. Die Vorladung in die *préfecture* – für jeden Ausländer etwas Unvermeidliches, eine Kaltfront im bürokratischen Wetter der Stadt. Morath kostete es jedes Mal große Überwindung – das abgetretene Linoleum und die grünen Wände, die deprimierende Atmosphäre, die Gesichter der Vorgeladenen, jeder mit seiner besonderen Mischung aus Langeweile und Angst.

Zimmer vierundzwanzig. Das war nicht sein normaler Raum, die gute alte Nummer achtunddreißig, wo in Paris ansässige Ausländer aus befreundeten Staaten hinbestellt wurden. *Was kann das bedeuten?* Er zog seinen besten blauen Anzug an.

Es bedeutete: ein ernster Inspektor mit einem harten, kantigen Gesicht und militärischem Gebaren. Sehr förmlich, sehr korrekt – und sehr gefährlich. Er ließ sich Moraths Papiere geben, machte sich Notizen auf einem Vordruck. Fragte Morath, ob sich etwas an seinen *persönlichen Lebensumständen* geändert habe: Wohnsitz, Beschäftigung, Personenstand. Und ob er in letzter Zeit nach Rumänien gereist sei.

Morath spürte, dass er sich auf dünnem Eis bewegte. Ja, Ende Oktober.

Und wo genau waren Sie in Rumänien?

Im Kreis Cluj.

Und sonst?

Sonst nirgends.

Und zu welchem Zweck?

Aus privaten Gründen.

Nicht aus geschäftlichen?

Non, monsieur l'inspecteur.

Très bien, seien Sie bitte so freundlich und warten Sie an der *réception*.

Morath nahm dort Platz, und der juristische Teil seines Verstandes begann zu arbeiten. Zwanzig Minuten. Dreißig. *Schweine*.

Dann kam der Inspektor, mit Moraths Papieren in der Hand. Danke, Monsieur, es gibt keine weiteren Fragen. Im Moment. Eine lange Pause, dann: «*Vos papiers, monsieur.*»

Polanyi sah aus, als hätte er die ganze Nacht nicht geschlafen. Er verdrehte die Augen, als er die Geschichte hörte. *Gott, das mir!* Sie trafen sich noch am selben Nachmittag im Büro eines eleganten Herrenausstatters in der Rue de la Paix. Polanyi sprach mit dem makellos gekleideten und rasierten Besitzer, auf Ungarisch. «Könnten wir für ein Weilchen Ihr Büro benutzen, Kovacs *uhr*?» Der Mann nickte dienstbeflissen und rang die Hände, in seinem Blick lag Angst. Morath gefiel das nicht.

«Ich glaube nicht, dass da noch was nachkommt», sagte Polanyi.

«Können die mich an Rumänien ausliefern?»

«Das können sie natürlich, aber sie werden es nicht tun. Ein Prozess, Zeitungsberichte, das käme ihnen gar nicht gelegen.

Ich würde dir zweierlei vorschlagen: Erstens, mach dir keine Sorgen. Zweitens: Fahr nicht nach Rumänien.»

Morath drückte seine Zigarette im Aschenbecher aus.

«Du weißt natürlich, dass die Beziehungen zwischen Frankreich und Rumänien von jeher beiden Ländern wichtig waren. Französische Firmen haben Konzessionen auf den rumänischen Ölfeldern bei Ploesti. Es ist also Vorsicht geboten.»

Nach einer kurzen Pause fuhr Polanyi fort: «Da wir schon hier zusammensitzen, muss ich dich etwas fragen. Hrubal hat mir geschrieben. Er meint, du könntest vielleicht wissen, was aus seinem Stallmeister Vilmos geworden ist. Er ist nicht zurückgekommen, nachdem er dich zum Bahnhof Cluj begleitet hatte.»

«Die werden ihn umgebracht haben.»

«Wirklich? Vielleicht ist er einfach auf und davon.»

«Das wäre auch möglich. Weiß Hrubal, dass sein Geld weg ist?»

«Nein. Und er wird's auch nie erfahren. Ich musste Woyschinkowsky aufsuchen. Er hat sich ohne große Umstände bereit erklärt, für den Schaden aufzukommen. Fürst Hrubals Beitrag zum Nationalkomitee wird also in seinem Namen geleistet.»

Morath seufzte. «Mein Gott, nimmt das denn nie ein Ende?»

«Die Zeiten sind nun mal so, Nicholas. Ein schwacher Trost, ich weiß, aber früher war es noch schlimmer. Auf jeden Fall möchte ich nicht, dass du deswegen schlaflose Nächte hast. Solange ich da bin, um dich zu schützen, bist du einigermaßen in Sicherheit.»

Nach den Anweisungen des Kunsthändlers musste Morath an diesem Vormittag ins Café Madine, aber er fuhr zunächst ins Büro. Es war noch verwaist, er war zu früh dran. Dann plötzlich hektische Aktivität. Mary Day mit einem Praktikanten für Werbetexte, Mary Day mit Léon, dem Grafiker, Mary Day im

Gespräch mit Courtmain durch dessen offene Tür. In einem engelsgleich weißen Pullover hastete sie wie jemand, der alle Hände voll zu tun hat, an ihm vorbei und warf ihm einen Blick zu. Morath zog sich in sein Zimmer zurück, schaute auf die Uhr, ging auf den Gang hinaus, ging wieder hinein. Schließlich saß sie dann doch einmal allein am Schreibtisch, den Kopf auf die Hände gestützt, über fünf Wörtern brütend, die sie auf ein Blatt gelbes Papier getippt hatte. «Mary», sagte er.

Sie schaute auf. «Hallo», sagte sie. «Wo hast du denn gesteckt?»

«Ich wollte dich gestern Abend anrufen, aber ich hab dich nicht im Telefonbuch gefunden.»

«Ach, das ist eine lange Geschichte», sagte sie. «Die Wohnung ist eigentlich ...» Sie blickte sich um. Überall Leute. «Mist, ich hab keine Bleistifte mehr.»

Sie stand abrupt auf, und er ging hinter ihr her in die Abstellkammer, die als Materiallager diente. Er zog die Tür hinter sich zu. «Hier, das ist sie», sagte sie und schrieb die Nummer auf.

«Können wir uns sehen?»

Sie gab ihm den Zettel, dann küsste sie ihn. Er nahm sie in die Arme, zog sie an sich, roch ihr Parfüm. «Morgen Abend?», schlug sie vor.

Morath überlegte. «Gegen zehn würde mir passen.»

«An der Ecke der Rue Guisarde ist ein Café.» Sie legte ihm die Hand auf die Wange, dann schnappte sie sich eine Hand voll Stifte. «Man darf uns nicht beim Schmusen im Materiallager erwischen», sagte sie lachend.

Er folgte ihrem schwingenden Rock den Gang entlang, bis sie in der Buchhaltung verschwand. In der Tür warf sie noch einen Blick zurück.

Im Café Madine stand Morath am Tresen und trank seinen üblichen Kaffee. Zwanzig Minuten später – er hatte das Gefühl, beobachtet zu werden – erschien die Frau. Sie beachtete Morath nicht, setzte sich an einen Tisch an der Wand und las in *Le Temps*.

Also Antwerpen. Er suchte Boris Balki im Nachtclub auf.

«Immer noch am Ball?», fragte Balki und schenkte zwei polnische Wodkas ein.

«Sieht so aus», sagte Morath.

«Ja, also, ich glaube, ich muss mich bei Ihnen bedanken», sagte Balki, hob schweigend das Glas und kippte den Wodka. «Mein Freund Raschkow ist aus der Haft entlassen worden. Sie haben ihm mitten in der Nacht seine Sachen gebracht, ihn ans hintere Tor geführt, ihm einen Tritt in den Hintern gegeben und gesagt, dass sie ihn nie mehr sehen wollen.»

«Freut mich, dass ich behilflich sein konnte.»

«Der arme Raschkow», sagte Balki.

«Ich muss nach Antwerpen», sagte Morath. «Ich dachte, Sie fahren vielleicht mit.»

«Nach Antwerpen.»

«Wir brauchen ein Auto.»

Morath stand bei Tagesanbruch an der Métro Palais Royal im Nebel und stampfte mit den Füßen auf, um sich warm zu halten. Ein prächtiges Auto, dachte er. Es kam ganz langsam die Rue Saint-Honoré herauf, ein Peugeot 201, zehn Jahre alt, dunkel tannengrün lackiert und blitzend vor Politur und Zuneigung.

Hinter Lastwagenkolonnen fuhren sie nordwärts nach Saint-Denis. Morath lotste Balki durch ein Labyrinth gewundener Straßen in einen Park hinter einer Kirche. Dann bauten sie die Rückbank aus, wegen der widerspenstigen Riegel eine mühselige Arbeit. «Passen Sie bitte auf, Morath», sagte Balki, «dass Sie nichts kaputtmachen. Dieser Wagen ist der ganze Lebensinhalt seines Besitzers.» Er trug einen steifen braunen Anzug ohne Krawatte und eine Schildmütze – ein Barkeeper an seinem freien Tag.

Morath öffnete seinen Koffer und packte dicke Bündel Pengö-Scheine unter die Sprungfedern der Sitzbank. Balki schüttelte grimmig den Kopf, als er das viele Geld sah.

Die Route 2, die von Paris aus in nordöstlicher Richtung verlief, führte durch Soissons und Laon. Auf der Strecke sahen sie Wegweiser nach Cambrai und Amiens, der grasbewachsenen Ebene, auf der die Franzosen immer gegen die Deutschen gekämpft hatten. In den Dörfern stieg Rauch aus den Schornsteinen, Frauen öffneten die Fensterläden, blickten zum Himmel hinauf und legten Kissen und Decken zum Lüften hinaus. Kinder gingen zur Schule, ihre Hunde trotteten neben ihnen her, Verkäufer zogen die Rollläden ihrer Geschäfte hoch, Milchmänner stellten Flaschen vor die Haustüren.

Kurz hinter der französischen Kleinstadt Bettignies lehnten die belgischen Grenzer Zigaretten rauchend an ihrer Baracke und schauten nicht einmal auf, als der Peugeot vorbeifuhr.

«Die erste Hälfte wäre geschafft», sagte Balki erleichtert.

«Nein, das war schon alles», sagte Morath, während der Grenzposten im Rückspiegel verschwand. «Wenn wir erst mal in Antwerpen sind, sind wir Touristen. Vielleicht hätte ich doch einfach mit dem Zug fahren sollen.»

Balki zuckte die Achseln. «Na ja, man weiß nie.»

Sie bogen von der Straße in einen Feldweg ab, fuhren ein Stück und packten das Geld wieder in den Koffer.

In Brüssel kamen sie nur langsam voran. Am Stadtrand hielten sie an, um in einer Imbissstube Aale und *frites* zu kaufen, dann fuhren sie an der Schelde entlang nach Antwerpen hinein. In der Ferne ertönte die Sirene eines auslaufenden Frachters. Der Diamantenhandel konzentrierte sich in der Van-Eycklei-Straße, in einem luxuriösen Viertel bei einem dreieckigen Park. «Ich gehe jetzt zu Fuß weiter», sagte Morath. Balki fuhr rechts an den Rand und verzog das Gesicht, als ein Reifen am Bordstein entlangschrammte.

«Schabet? Zwei Stände weiter», sagte man ihm. Er hatte die Diamantenbörse in der Pelikaanstraat gefunden. Die Diamantenhändler saßen an langen Tischen, die Werkstätten der Schleifer befanden sich im ersten Stock. Der Schabet, den er fand, war in den Dreißigern, hatte eine Halbglatze und machte ein besorgtes Gesicht. «Sie sprechen besser mit meinem Onkel», sagte er. Morath wartete am Tisch, während der Mann telefonierte, und zehn Minuten später erschien der Onkel. «Gehen wir in mein Büro», sagte er.

Es befand sich weiter hinten in der Van Eycklei, im ersten Stock eines imposanten grauen Gebäudes, und war nobel eingerichtet: Perserteppiche, ein riesiger Mahagoni-Bücherschrank voller alter Bücher, ein reich verzierter Schreibtisch, die Einlegeplatte mit grünem Filz bespannt.

Der ältere Schabet setzte sich an den Schreibtisch. «Also, wie kann ich Ihnen behilflich sein?»

«Ein Bekannter in Paris hat mir Ihren Namen genannt.»

«Paris. Oh, Sie sind Monsieur André?»

«Ich habe gebeten, diesen Namen zu verwenden.»

Schabet musterte ihn. Er war nach Moraths Einschätzung in den Sechzigern, hatte fein geschnittene Gesichtszüge und silberweißes Haar und trug ein weißseidenes Käppchen. Ein gut situierter Geschäftsmann, wohlhabend und sicher in seinem Urteil über die Dinge, von denen er etwas verstand. «Die Zeiten sind nun mal so», sagte er, um Morath zu zeigen, dass er ihm den kleinen Schwindel nachsah. «Ihr Freund in Paris hat jemanden zu mir geschickt. Ich nehme an, Ihr Interesse gilt einer Geldanlage.»

«Mehr oder minder. Es geht um einen Betrag in Pengö, etwa zwei Millionen.»

«Sie interessieren sich nicht für Größe oder Qualität, das überlassen Sie uns. Es geht Ihnen nur um die Umwandlung.»

«In Diamanten.»

Schabet faltete die Hände auf dem Schreibtisch, die Daumen fest aneinander gedrückt. «Die Steine sind natürlich verfügbar.» Er wusste, dass es nicht so einfach war.

«Und sobald sie uns gehören, sollen sie wieder verkauft werden.»

«Von uns?»

«Von Ihren Geschäftspartnern, möglicherweise Mitgliedern Ihrer Familie, in New York. Der Erlös wäre auf ein Konto in Amerika einzuzahlen.»

«Aha.»

«Und wenn die Firma in New York, um Transportkosten zu sparen, ihre eigenen Bestände einsetzt, Steine von entsprechendem Wert, würde uns das auch nicht tangieren.»

«Sie denken an einen Brief, nehme ich an. Von uns an New York. Und die Verrechnung könnte innerhalb der Familie erfolgen? Verstehe ich Sie da richtig?»

Morath nickte und reichte Schabet ein elfenbeinfarbenes Blatt Schreibpapier.

Schabet zog einen Kneifer aus seiner Brusttasche und setzte ihn auf. «United Chemical Supply», las er. «Mr. J. S. Horvath, Schatzmeister. Bei der Chase National Bank, Zweigstelle Park Avenue.» Er legte das Blatt auf den Tisch und steckte den Kneifer wieder in die Tasche.

«Monsieur André? Was für Geld ist das?»

«Spendengeld.»

«Für Spionage?»

«Nein.»

«Was dann?»

«Für bestimmte Fonds. Für den Fall eines – nationalen Notstands.»

«Handle ich demnach im Auftrag der ungarischen Regierung?»

«Nein. Das Geld stammt von privaten Spendern. Es ist kein faschistisches Geld, es wurde nicht konfisziert, erpresst oder geraubt. Die Politik, die hinter diesem Geld steht, ist die Politik, die von der Presse *die Schattenfront* genannt wird. Will sagen: Liberale, Legitimisten, Juden, Intellektuelle.»

Schabet war nicht erbaut. Er zog die Stirn in Falten wie jemand, der eigentlich Nein sagen möchte, es aber nicht kann. «Es ist eine sehr hohe Summe, Monsieur.»

«Wir bitten nur um diese eine Transaktion.»

Schabet schaute aus dem Fenster. Ein paar Schneeflocken trieben jetzt durch die Luft. «Nun, die Methode ist sehr alt.»

«Mittelalterlich.»

Schabet nickte. «Und Sie vertrauen darauf, dass wir das Geschäft korrekt abwickeln? Es wird keine Quittungen geben, nichts dergleichen.»

«Wir sind überzeugt, dass Sie eine angesehene, alteingesessene Firma sind.»

«So könnte man sagen, Monsieur André. So muss man sagen. Seit 1550.»

Schabet nahm das Blatt Papier vom Schreibtisch, faltete es einmal und legte es in die Schublade. «Es gab eine Zeit», sagte er, «da hätten wir Ihnen vorgeschlagen, sich in dieser Angelegenheit an jemand anderen zu wenden. Heute jedoch ...» Der Satz brauchte nicht vollendet zu werden, und Schabet tat es auch nicht. «Nun denn», sagte er, «haben Sie das Geld bei sich?»

Es dämmerte bereits, als sie versuchten, den Weg aus Antwerpen hinaus zu finden. Sie hatten einen Stadtplan, doch den hatte offenbar ein unerschrockener belgischer Anarchist gezeichnet. Sie stritten miteinander, während der Peugeot sich durch die schmalen Straßen schlängelte. Morath stieß mit dem Finger auf den Stadtplan und sagte Balki, wo sie waren, Balki schaute nach den Straßenschildern und sagte Morath, wo sie nicht waren.

Quietschend schoben die Wischer nassen Schnee auf der beschlagenen Windschutzscheibe hin und her. In einer Straße brannte es, und sie brauchten eine Ewigkeit, um rückwärts hinauszukommen. In der nächsten Straße gerieten sie hinter einen Lumpensammler mit seinem Pferdewagen, dann probierten sie eine dritte, die zum Standbild eines Königs führte und dann als Sackgasse endete. Balki sagte: *«Merde»*, wendete und bog nach links in die nächste Seitenstraße ab.

Sie kam Morath aus irgendeinem Grund vage bekannt vor, als sei er schon einmal dort gewesen. Dann sah er den Grund – das Geschäft mit dem Namen Homme du Monde, Madame Golsztahns Smokingverleih. Aber es waren keine Schaufensterpuppen mehr in der Auslage. Nur ein handgeschriebenes Schild: *FERMÉ*.

«Was ist?», fragte Balki.

Morath antwortete nicht.

So gleichgültig die belgische Grenzpolizei gewesen war, so genau nahmen es nun die französischen Zöllner. «Ihre Uhr, Monsieur. Ist die, äh, neu?»

«In Paris gekauft», sagte Balki.

Es war heiß in der Zollbaracke, ein Kanonenofen glühte in einer Ecke, und es roch nach den feuchten wollenen Umhängen der Inspektoren. *Ein Russe? Und ein Ungar? Mit Aufenthaltserlaubnis? Arbeitserlaubnis? Der Ungar mit Diplomatenpass? In einem geborgten Auto?*

Also, die Herren, welcher Art sind denn die *Geschäfte*, die Sie veranlassen, in einem Schneesturm die Grenze zu überqueren? Vielleicht sollten wir doch einen Blick in Ihren Kofferraum werfen. Bitte den Schlüssel, Monsieur.

Morath rechnete. Um gegen zehn im Café in der Rue Guisarde zu sein, hätten sie diese Hölle eine Stunde früher verlassen müssen. Draußen hupte ein Lastwagenfahrer. Allmählich bildete sich ein Stau, während die Zöllner versuchten, die Pariser *préfecture* telefonisch zu erreichen. Morath hörte die Frau in der Vermittlung, die auf den Inspektor einredete. Dieser deckte die Sprechmuschel ab und sagte zu seinem Vorgesetzten: «Sie sagt, in Lille ist eine Leitung ausgefallen.»

«Unsere Anrufe laufen nicht über Lille, das sollte sie doch nun wirklich wissen!»

Morath und Balki sahen sich an. Aber ein paar Minuten später verlor der Vorgesetzte das Interesse an ihnen und entließ sie mit einer herrischen Handbewegung. Was ging es ihn an, ob sie Ausländer waren oder nicht.

Auf der Route 2 Schneefall.

Der Peugeot kroch hinter einer alten Citroën-*camionette* her, auf deren Hecktür der Name einer Lebensmittelhandlung in Soissons gemalt war. Balki fluchte leise vor sich hin und setzte zum Überholen an, die Räder drehten durch, der Peugeot geriet ins Schleudern, Balki trat auf die Bremse, Morath sah das weiße, wütende Gesicht des Fahrers, als die *camionette* vorbeischlitterte, der Peugeot drehte sich im Kreis, kam von der Straße ab und holperte über die Ackerfurchen unter dem Schnee.

Sie kamen einen Meter vor einer großen Platane zum Stehen, deren Stamm schon mehrmals unter mangelndem Distanzgefühl von Autofahrern gelitten hatte. Balki und Morath standen im Schneetreiben und starrten den Wagen an. Der rechte Hinterreifen war platt.

Zehn Minuten vor Mitternacht, die Rue Guisarde weiß und still im wispernden Schneefall, die Lichter des Cafés ein gelbliches Glimmen am Ende der Straße. Er sah sie sofort, sie war der letzte Gast und wirkte besorgt und verloren, wie sie so über ein Buch und eine leere Kaffeetasse gebeugt saß.

Er setzte sich zu ihr. «Verzeih», sagte er.

«Ach, schon gut.»

«Ein Alptraum, die Straßen bei dem Wetter. Wir mussten einen Reifen wechseln.» Er nahm ihre Hände.

«Du bist ja ganz durchnässt», sagte sie.

«Und mir ist kalt.»

«Vielleicht fährst du besser nach Hause. Es war kein schöner Abend.»

Er wollte nicht nach Hause.

«Oder komm mit rauf zu mir. Und trockne dir wenigstens die Haare.»

Er stand auf, holte ein paar Franc aus der Tasche und legte sie für den Kaffee auf den Tisch.

Eine sehr kleine Wohnung, ein Zimmer mit einem Bett in einem Alkoven, ein Bad. Er zog den Mantel aus, sie hängte ihn vor die Heizung, nahm ihm die Jacke ab, hängte sie in den Schrank und stellte seine durchweichten Schuhe auf Zeitungspapier.

Sie setzten sich auf ein verschnörkeltes altes Sofa, ein viktorianisches Monster, das, wenn es einmal fünf Stockwerke hinaufgelangt war, nie mehr woandershin gebracht wurde. «Das gute Stück», sagte sie liebevoll und strich mit der Hand über das braune Samtkissen. «Es hat schon so manche Rolle in den Romanen von D. E. Cameron gespielt.»

«Feld der Ehre.»

«Ja.» Sie lachte und sagte: «Ein Glücksfall, dass ich diese Wohnung gefunden habe. Ich bin nicht die rechtmäßige Mieterin, deswegen stehe ich nicht im Telefonbuch. Sie gehört einer Frau namens Moni.»

«Moni?»

«Ihr richtiger Name ist, glaube ich, Mona, aber wenn man Mona heißt, gibt es wohl nur die Koseform Moni.»

«Klein und dunkelhaarig? Fängt gern Streit an?»

«Genau. Sie ist Malerin, aus Montreal, und wohnt mit ihrer Freundin irgendwo bei der Bastille. Woher kennst du sie?»

«Aus Juan-les-Pins. Sie war eine von Caras Freundinnen.»

«Ach so. Na ja, mir hat sie jedenfalls der Himmel geschickt. Als Jean-Marie gestorben ist, hab ich mir geschworen, in unserer Wohnung zu bleiben, aber ich hab's nicht ausgehalten. Hier fehlt mir im Sommer der Kühlschrank, aber ich hab eine Kochplatte und den Blick auf Saint Sulpice.»

«Schön ruhig hier.»

«Wie hinterm Mond.»

Sie nahm eine Flasche Wein vom Fensterbrett, machte sie auf, füllte sein Glas und schenkte sich dann selbst ein. Er zündete sich eine Zigarette an, und sie stellte ihm einen Ricon-Aschenbecher hin.

«Portugiesischer», sagte sie.

Er trank einen Schluck. «Sehr gut.»

«Nicht übel, würde ich sagen.»

«Überhaupt nicht.»

«Mir schmeckt er.»

«Mhm.»

«Garrafeira heißt er.»

Mein Gott, ist das weit vom einen Ende des Sofas zum anderen.

«Was hast du gelesen, vorhin im Café?»

«Babel.»

«Auf Französisch?»

«Englisch. Mein Vater war Ire, aber ich musste Englisch in der Schule lernen. Meine Mutter war Französin, und wir haben in Paris gelebt und zu Hause französisch gesprochen.»

«Also bist du offiziell Französin.»

«Irin. Ich war nur zweimal dort, aber an meinem achtzehnten Geburtstag musste ich mich für eins von beiden entscheiden. Meine Eltern waren beide für Irland – ich glaube, meine Mutter wollte, dass ich es meinem Vater zuliebe tue. Ist ja auch egal. Man ist schließlich Kosmopolit, oder?»

«Wirklich?»

«Nein, mit dem Herzen bin ich Französin. Mein Verleger denkt, ich schreibe englisch, aber ich mache ihm was vor. Ich schreibe französisch und übersetze es ins Englische.»

Morath stand auf, trat ans Fenster und schaute zu, wie die

Schneeflocken durchs Licht der Straßenlaternen schwebten. Mary Day kam zu ihm und lehnte sich an ihn. Er nahm ihre Hand.

«Hat dir Irland gefallen?» Seine Stimme war sanft.

«Es war wunderschön», sagte sie.

Er war froh, als sie es hinter sich gebracht hatten, das erste Mal, denn weiß der Himmel was dabei alles hätte schief gehen können. Das zweite Mal war viel besser. Sie hatte einen langen, glatten Körper, seidig und schlank. Anfangs war sie ein bisschen scheu, dann nicht mehr. Das Bett war schmal, eigentlich nicht für zwei gedacht, aber sie schlief die ganze Nacht in seinen Armen, also ging es ganz gut.

Heiliger Abend. Eine altehrwürdige Tradition, die Einladung der Baronin Frei. Im Taxi war Mary Day nervös. Wegen dieser Einladung hätten sie beinahe Streit bekommen. Er musste hingehen, aber er wollte sie am Heiligen Abend nicht allein lassen. «Mal was Neues für dich», hatte er gesagt, «ein ungarischer Abend.»

«Mit wem soll ich denn da reden?»

«Mary, *ma douce*, es gibt keinen Ungarn, der nur Ungarisch spricht. Die Gäste werden französisch sprechen, vielleicht auch englisch. Und wenn du jemandem vorgestellt wirst, und es zeigt sich, was Gott verhüten möge, dass ihr kein Wort miteinander reden könnt – na und? Ein bedauerndes Lächeln, und du rettest dich ans Buffet.»

Schließlich kam sie mit. In etwas Schwarzem – es war ein wenig seltsam, wie alles, was sie trug –, und sie sah darin noch anrührender aus als sonst. Sie war natürlich begeistert vom Impasse Villon und von dem Haus. Und von dem Diener, der an die Tür kam und ihnen die Mäntel abnahm.

«Nicholas?», flüsterte sie.

«Ja?»

«Das war ein livrierter Lakai, Nicholas.» Sie blickte sich um. Die Kerzen, das Silber, die hundertjährige Weihnachtskrippe über dem Kamin, die Männer, die Frauen. In einem anderen Zimmer spielte ein Streichquartett.

Die Baronin Frei war erfreut, Morath in Begleitung zu sehen, und billigte offensichtlich seine Wahl. «Sie müssen mich irgendwann einmal besuchen, damit wir mehr Zeit zum Reden haben», sagte sie zu Mary. Die nur zehn Minuten an Moraths Seite blieb, dann wurde sie von einem Baron entführt.

Morath, ein Glas Champagner in der Hand, kam mit einem Mann ins Gespräch, der ihm als Bolthos vorgestellt worden war, ein Beamter der ungarischen Gesandtschaft. Er war sehr distinguiert, hatte grau melierte Schläfen und sah aus, fand Morath, wie das Porträt eines Diplomaten aus der Zeit um 1910. Bolthos wollte über Politik sprechen. «Hitler ist wütend auf sie», sagte er über die Rumänen. «Călinescu, der Innenminister, hat mit der Eisernen Garde kurzen Prozess gemacht. Natürlich mit Zustimmung des Königs. Sie haben Codreanu und vierzehn seiner Gefolgsleute umgebracht. ‹Auf der Flucht erschossen›, wie es immer heißt.»

«Vielleicht sollten wir uns an ihnen ein Beispiel nehmen.»

«Es war, glaube ich, eine Warnung. *Lass uns mit deinem Gesindel in Frieden, Adolf.*»

Morath nickte. «Wenn wir uns mit den Polen und den Rumänen und vielleicht sogar mit den Serben gegen ihn verbünden würden, könnten wir mit heiler Haut davonkommen.»

«Ja, das Intermarium. Ich bin Ihrer Meinung, vor allem, wenn die Franzosen uns helfen würden.»

Die Franzosen hatten zwei Wochen zuvor einen Freundschaftsvertrag mit Berlin geschlossen – eine Bestätigung für München. «Und, würden sie das tun?», fragte Morath.

Bolthos trank etwas Champagner. «Vielleicht in letzter Minute, wenn wir schon die Hoffnung aufgegeben hätten. Die Franzosen brauchen immer lange, um das Richtige zu tun.»

«Die Polen werden kein Münchner Abkommen schließen», sagte Morath.

«Nein, sie werden kämpfen.»

«Und Horthy?»

«Wird lavieren, wie immer. Das wird aber vielleicht nicht reichen. Und dann gnade uns Gott.»

Bolthos' hinreißende Frau gesellte sich zu ihnen, platinblond und mit Brillant-Ohrringen. «Ich habe euch doch nicht etwa beim Politisieren ertappt», sagte sie mit gespieltem Unmut. «Es ist Weihnachten, Liebster, keine Zeit für Duelle.»

«Zu Ihrer Verfügung.» Morath knallte die Hacken zusammen und verbeugte sich.

«Siehst du!», sagte Madame Bolthos. «Jetzt musst du im Morgengrauen aufstehen. Geschieht dir recht.»

«Schnell!», sagte eine junge Frau. «Es ist Kolowitzky!»

«Wo?»

«Im Ballsaal.»

Morath folgte ihr durchs Gewühl. «Kennen wir uns?»

Die Frau blickte über die Schulter zurück und lachte.

Im Ballsaal stand der gefeierte Cellist Bela Kolowitzky auf dem Podium und grinste über das hereinströmende Publikum. Seine Kollegen, die übrigen Mitglieder des Streichquartetts, mischten sich unter die Zuhörer. Kolowitzky steckte sich ein Taschentuch in den Kragen und setzte sich mit einer Violine zurecht. Er war in Budapest zu Ruhm und Erfolg gelangt und 1933 nach Hollywood gegangen.

«Der Hummelflug!», rief jemand, offenkundig im Spaß.

Kolowitzky produzierte ein dissonantes Blöken und schaute zwischen seine Füße. «Sonst noch was?»

Dann begann er zu spielen, eine langsame, tiefe, romantische Melodie, vage vertraut. «Das ist aus *Enchanted Holiday*», sagte er.

Die Melodie wurde immer melancholischer. «Jetzt blickt Hedy Lamarr zum Dampfer auf.»

Und nun sehnsüchtig. «Sie sieht Charles Boyer an der Reling stehen ... Er sucht sie ... in der Menge ... Sie hebt zögernd die Hand... lässt sie wieder sinken ... Nein, sie können nicht zusammenkommen ... Jetzt lässt der Dampfer seine Sirene ertönen ...» – er imitierte den Ton auf der Violine – «Charles Boyer ist in Panik ... wo ist sie?»

«Von wem ist das?», fragte eine Frau. «Irgendwoher kenne ich es.»

Kolowitzky zuckte die Achseln. «Irgendwas zwischen Tschaikowsky und Brahms. Sagen wir *Brahmsky*.» Er fing an, Englisch zu sprechen, mit einem komischen ungarischen Akzent. «Es muss sehr zärtlich, ro-man-tisch, sen-ti-men-tal klingen. So lieblich, dass es ... Sam Goldwyn die Tränen in die Augen treibt ... und Kolowitzky ... reich macht.»

Morath schlenderte umher, auf der Suche nach Mary. Er fand sie in der Bibliothek, sie saß am prasselnden Kaminfeuer, vorgebeugt auf dem Sofa, den Daumen als Lesezeichen in einem Buch, und hörte ernst einem winzigen weißhaarigen Herrn zu, der in einem Ledersessel saß, die Hand auf einen Stock mit silberner Widderkopfkrücke gestützt. Mary zu Füßen lag einer der Vizslas wohlig auf dem Rücken, in einer Art Trance, weil Mary ihm unablässig das samtige Fell streichelte. «Und von diesem Hügel aus», sagte der weißhaarige ältere Herr, «sehen Sie den Tempel der Pallas Athene.»

Morath saß auf einem Stuhl vor einer Terrassentür und aß Kuchen von einem Teller auf seinen Knien. Die Baronin Frei saß dicht neben ihm, mit ihrem gekrümmten Rücken unter dem seidenen Abendkleid, das Gesicht leuchtend wie immer. *Man könnte fast sagen, sie ist die schönste Frau Europas.*

«Und Ihre Mutter, Nicholas, wie hat sie sich entschieden?»

«Sie bleibt dort.»

«Ich werde ihr schreiben», sagte die Baronin entschieden.

«Ja, bitte», sagte er. «Aber sie wird sich nicht umstimmen lassen.»

«Dieser Dickkopf. So war sie schon immer.»

«Kurz vor meiner Abreise hat sie gesagt, mit den Deutschen könnte sie notfalls leben, aber falls Ungarn von den Russen besetzt werden sollte, müsste ich sie irgendwie rausholen. ‹Dann komme ich nach Paris›, hat sie gesagt.»

Er suchte Mary und ging mit ihr in den winterlichen Garten hinaus; an den eisernen Gartenmöbeln klebten tote Blätter, kahle Rosenäste klammerten sich an das Spalier. In der eiskalten Luft glitzerten die Sterne weiß und hart am schwarzen Himmel. Als Mary fröstelte, stellte Morath sich hinter sie und schloss sie in die Arme. «Ich liebe dich, Nicholas», sagte sie.

IV. Intermarium

10. MÄRZ 1939.

Amen. Die Welt im Chaos, die Hälfte der Armeen Europas mobilisiert, Diplomaten in ständiger Bewegung, bald hier und bald dort auftauchend wie Blechaffen in einer Schießbude. *Genau wie Blechaffen in einer Schießbude.*

Er ging auf dem Weg zum Mittagessen über den Pont Royal, und da er es nicht eilig hatte, blieb er stehen und lehnte sich an die steinerne Brüstung. Der Fluss glitt schwer und voll dahin, grau glänzend wie Schiefer, die Oberfläche aufgeraut vom Märzwind und von der frühjahrsbedingten Strömung. Am Westhimmel trieben dünne Wolken rasch von der Küste heran. *Die letzten Tage im Zeichen der Fische*, Träume und Geheimnisse. Wenn es mitten in der Nacht regnete, wachten sie auf und liebten sich.

Er schaute auf die Uhr – Polanyi wartete bestimmt schon auf ihn –, war es irgendwie zu vermeiden? Von hier floss die Seine nordwärts, nach Rouen, in die Normandie, ins Meer. *Fliehen.*

Nein, Mittagessen.

Eine halbe Stunde später in der Brasserie Heininger. Eine weiße Marmortreppe führte zu einem Raum mit roten Plüschbänken an den Wänden, gemalten Putten und goldenen Vorhangkordeln hinauf. Kellner mit Backenbärten rannten hin und her und brachten Langusten auf silbernen Tabletts. Morath war erleichtert. Schluss mit Prévert, Schluss mit der «Schönheit des Dunklen». Der Graf von Polanyi de Nemeszvar war offenbar aus den Tiefen emporgestiegen, angelockt von üppigem Essen und einer in Leder gebundenen Weinkarte.

Polanyi begrüßte ihn förmlich auf Ungarisch und erhob sich, um ihm die Hand zu geben.

«Entschuldige die Verspätung.»

Eine Flasche Echézeaux stand geöffnet auf dem Tisch, ein Kellner eilte herbei, um Morath einzuschenken. Er nahm einen Schluck und sah zu dem Wandspiegel über den Bänkchen hinüber. Polanyi folgte seinem Blick.

«Schau jetzt nicht hin», sagte Morath, «aber in dem Spiegel hinter dir ist ein Einschussloch.»

«Ja. Der berüchtigte Tisch vierzehn. Dieser Platz hat eine Geschichte.»

«Wirklich?»

«Es ist zwei Jahre her, glaube ich. Der Oberkellner wurde ermordet, während er in der Damentoilette auf dem Klo saß.»

«Dann wird er das bestimmt nicht noch mal tun.»

«Angeblich mit einem Maschinengewehr. Es hatte irgendwas mit bulgarischer Politik zu tun.»

«Aha. Und zu seinem Andenken ...»

«Ja. Außerdem, so erzählt man sich, hat hier eine britische Meisterspionin immer Hof gehalten.»

«Genau an diesem Tisch.»

Der Kellner kam wieder, Polanyi bestellte Muscheln und *choucroute royale*.

«Was bedeutet das *royale*?», wollte Morath wissen.

«Da wird das Sauerkraut in Champagner statt in Bier gekocht.»

«Und das schmeckt man? Bei Sauerkraut?»

«Man bildet es sich ein. Aber es ist doch eine hübsche Idee.»

Morath bestellte *suprêmes de volaille*, Hühnerbrust in Sahne, das einfachste Gericht auf der Karte.

«Hast du gehört, was im französischen Luftfahrtministerium passiert ist?», fragte Polanyi.

«Was denn nun schon wieder?»

«Also Erstens haben sie einen Auftrag zum Bau von Jagdflugzeugen an einen Möbelhersteller vergeben.»

«Vetternwirtschaft.»

«Vermutlich. Und dann hatten sie den grandiosen Einfall, ihre geheimen Unterlagen in einer Versuchsanlage bei Paris aufzubewahren. In einem stillgelegten Windkanal. Nur haben sie vergessen, den Technikern Bescheid zu sagen. Die haben das Ding wieder in Betrieb genommen und die Akten in die ganze Gegend gepustet.»

Morath schüttelte den Kopf; zu anderen Zeiten wäre es eine lustige Geschichte gewesen. «Wenn die nicht aufpassen, sitzt Adolf demnächst im Elysée-Palast.»

«Nicht zu unseren Lebzeiten», sagte Polanyi, leerte sein Glas und schenkte sich nach. «Wir glauben, Adolf ist drauf und dran, einen Fehler zu machen.»

«Nämlich welchen?»

«Polen. In letzter Zeit krakeelt er ständig wegen Danzig herum – ‹es ist deutsch, war immer deutsch und wird immer deutsch bleiben›. Im Radio werden alle Deutschen in der Stadt aufgefordert, *Listen von all euren Feinden zu führen. Schon bald wird die deutsche Wehrmacht euch helfen, sie zu bestrafen.* Was wir jetzt brauchen, ist ein Pakt, zwischen den Polen, den Rumänen und uns. Das so genannte Intermarium, die Länder zwischen den Meeren, zwischen Ostsee und Adria. Vereint sind wir stark. Polen hat das größte Landheer in Europa, und wir können Hitler die rumänischen Weizen- und Erdöllieferungen sperren. Wenn es uns gelingt, ihn in die Schranken zu weisen, kann er einpacken.»

Polanyi sah, dass Morath skeptisch war. «Ich weiß, ich weiß», sagte er. «Uralter Hass, uralte Gebietsstreitigkeiten und so weiter. Aber wenn wir nicht irgendetwas unternehmen, wird es uns allen gehen wie den Tschechen.»

Das Essen kam, der Kellner nannte jedes Gericht, während er es auf den Tisch stellte.

«Und wie denkt Horthy darüber?»

«Er ist dafür. Ich weiß nicht, ob du die Hintergründe der politischen Ereignisse im Februar kennst. Offiziell ist Imredy zurückgetreten, und Graf Teleki ist Ministerpräsident geworden. Horthy hatte nämlich erfahren, dass eine Budapester Zeitung aus der Tschechoslowakei stammende Beweise dafür veröffentlichen wollte, dass Dr. Bela Imredy, der rabiate Antisemit, Jude ist. Oder zumindest einen jüdischen Urgroßvater hat. Imredy ist also nicht gesprungen, er wurde gestoßen. Dann hat Horthy beschlossen, ihn durch Teleki zu ersetzen, einen international angesehenen Geographen und Liberalen. Das bedeutet, dass Horthy zumindest einen gewissen Widerstand gegen die deutschen Pläne als bestes Mittel ansieht, Ungarn aus einem neuen Krieg herauszuhalten.»

«Gegen Großbritannien und Frankreich. Und, früher oder später, gegen Amerika. Den werden wir bestimmt gewinnen.»

«Du vergisst Russland», sagte Polanyi. «Wie ist das Huhn?»

«Sehr gut.»

Schweigend schob Polanyi mit dem Messer ein Häufchen Sauerkraut über ein Stück Frankfurter Würstchen auf seiner Gabel und garnierte das Ganze mit einem Klacks Senf. «Du hast doch nichts gegen die Polen, oder, Nicholas?»

«Gar nichts.»

«Ein schönes Land. Und die Berge, die Tatra, superb. Vor allem um diese Jahreszeit.»

«Angeblich.»

«Nicholas!»

«Ja?»

«Kann es sein, dass du noch nie dort warst? In der majestätischen Tatra?»

Eine Aktennotiz auf seinem Schreibtisch in der Agence Courtmain forderte ihn auf, sich einmal die Unterlagen über Betravix anzuschauen, ein aus Rüben hergestelltes Nerventonikum.

Und darin fand er eine Postkarte: Ein wild dreinblickender Zeus, den Bart seitwärts weggeweht, eine Gewitterwolke über seinem Kopf, machte Anstalten, sich mit einer splitternackten und außerordentlich rosigen Hera zu verlustieren, die er am Fuß gepackt hielt. Auf die Rückseite der Karte war mit rotem Buntstift ein von einem Ausrufungszeichen durchbohrtes Herz gemalt.

Er saß eine Besprechung mit Courtmain ab, und als er wieder in seinem Büro war, fand er eine zweite Nachricht vor, diesmal auf einen Zettel gekritzelt: *Dein Freund Ilja hat angerufen. M.*

Er ging in ihr Büro, ein verglastes Gehäuse an einem Fenster. «Die Karte hat mir gefallen», sagte er. «Führt man sich so auf, wenn man Betravix nimmt?»

«Probier's lieber nicht aus.» Die Abendsonne beschien ihr Haar. «Hast du die Telefonnotiz gefunden?»

«Ja. Wer ist Ilja?»

«Ein Freund, hat er gesagt. Er will sich mit dir treffen.» Sie blätterte ein Bündel Notizen auf ihrem Schreibtisch durch. «Auf ein Glas. In dem Café in der Rue Maubeuge, gegenüber vom Gare du Nord. Um Viertel nach sechs.»

Ilja? «Bist du sicher, dass das für mich war?»

Sie nickte. «Er hat gesagt: ‹Können Sie das bitte Nicholas ausrichten.›»

«Gibt es noch einen zweiten Nicholas?»

Sie überlegte. «Nicht hier im Büro. Er hat sich nett angehört, sehr ruhig. Russischer Akzent.»

«Na ja, wer weiß.»

«Gehst du hin?»

Er zögerte. Unbekannte Russen, Treffen in Bahnhofscafés. «Warum hat er ausgerechnet dich verlangt?»

«Weiß ich nicht, mein Schatz.» Sie schaute an ihm vorbei zur Tür.

Er drehte sich um und sah Léon mit der Skizze einer Frau

mit Pelzstola. «Ich kann nachher wiederkommen, wenn Sie beschäftigt sind», sagte Léon.

«Nein, wir sind fertig», sagte Morath.

Hinterher dachte er ständig an diese Sache, sie ging ihm einfach nicht aus dem Sinn. Einmal war er drauf und dran, Polanyi anzurufen, tat es dann aber doch nicht. Entschied sich schließlich, nicht hinzugehen. Um halb sechs verließ er das Büro, stand einen Moment unschlüssig an der Avenue Matignon und winkte dann ein Taxi heran, um nach Hause zu fahren.

«Monsieur?», sagte der Fahrer.

«Zum Gare du Nord.» *Je m'en fous*, was soll's.

Er saß in dem Café, eine ungelesene Zeitung neben der Kaffeetasse, und musterte jeden, der hereinkam. Hatte es etwas mit dem Diamantenhändler in Antwerpen zu tun? War es ein Bekannter von Balki? Oder der Freund eines Freundes – *Ruf Morath an, wenn du in Paris bist.* Vielleicht jemand, der ihm eine Versicherung verkaufen wollte, ein Börsenmakler oder ein Emigrant, der Arbeit suchte. Ein russischer Kunde? Der Reklame machen wollte für – sein Schuhgeschäft?

Eigentlich alles, seinetwegen, nur nicht das, was er dumpf ahnte.

Er wartete bis sieben und fuhr dann mit dem Taxi zu Mary Day. Sie tranken ein Glas Wein, liebten sich, gingen aus, um *steak frites* zu essen, gingen zu Fuß wieder nach Hause, kuschelten sich ins Bett. Aber er wachte um halb vier auf und um fünf wieder.

Am Montagmorgen im Büro ließ er das Telefon dreimal klingeln, bevor er abhob.

«Ich bitte um Entschuldigung, Monsieur Morath. Ich hoffe, Sie verzeihen mir.» Weiche Stimme, starker Akzent.

«Wer sind Sie?»

«Einfach nur Ilja. Ich werde morgen auf dem Markt am Maubert sein.»

«Und worum geht ...»

«Danke.» Im Hintergrund rief jemand *«Un café allongé»*. Ein Radio spielte, ein Stuhl scharrte über einen Fliesenboden, dann wurde der Hörer aufgelegt.

Ein großer Markt auf der Place Maubert, dienstags und samstags, Kabeljau und Goldmakrelen auf zerstoßenem Eis. Kohlköpfe, Kartoffeln, Steckrüben, Lauch, Zwiebeln. Getrockneter Rosmarin und Lavendel. Walnüsse und Haselnüsse. Zwei blutige Schweinenieren, in Zeitungspapier eingewickelt.

Morath sah ihn, er wartete in einem Hauseingang. *Ein Gespenst.* Er schaute nur kurz hin und bekam ein Nicken als Antwort.

Sie gingen zwischen den Ständen hindurch, in der kalten Luft waren ihre Atemwölkchen sichtbar.

«Kenne ich Sie?», fragte Morath.

«Nein», sagte Ilja. «Aber ich kenne Sie.»

Irgendetwas stimmt nicht an seiner Figur, dachte Morath, vielleicht ist der Rumpf zu lang für die Beine, oder die Arme sind zu kurz. Eine Halbglatze, die Haare so kurz geschnitten, dass es auf den ersten Blick aussah, als habe er eine hohe Stirn. Ein ruhiges Gesicht, wächsern und blass, das den schwarzen Schnurrbart noch schwärzer erscheinen ließ. Und in seinem Auftreten war etwas, was an einen Arzt oder Juristen denken ließ, an einen Mann, der sich aus beruflichen Gründen anerzogen hat, keine Gefühle zu zeigen. Er trug einen schäbigen alten Mantel, olivgrün, vielleicht aus irgendwelchen Armeebeständen, so schmutzig und verschlissen, dass er schon vor langer Zeit seine Identität eingebüßt hatte.

«Sind wir uns irgendwo begegnet?», fragte ihn Morath.

«Nicht direkt. Ich kenne Sie aus Ihrer Akte, in Moskau. Eine Akte, wie sie von Nachrichtendiensten angelegt wird. Sie ist vollständiger, als Sie vielleicht denken. Mit wem Sie bekannt sind, was Sie verdienen. Politische Ansichten, Familie –

das Übliche. Ich hatte die Wahl zwischen hunderten von Leuten in Paris. Verschiedene Nationalitäten, persönliche Verhältnisse, Sie verstehen. Schließlich habe ich mich für Sie entschieden.»

Sie gingen eine Zeit lang schweigend weiter. «Ich bin natürlich auf der Flucht. Ich sollte erschossen werden, im Rahmen der Säuberungen der Auslandsabteilung. Meine Freunde waren verhaftet worden, waren verschwunden, wie es dort der normale Lauf der Dinge ist. Ich war damals in – sagen wir, in Europa. Und als ich nach Moskau zurückbeordert wurde (zur Verleihung eines Ordens, hieß es), wusste ich genau, was für ein Orden das war, neun Gramm schwer, und ich wusste, was ich würde durchmachen müssen, bevor die Kugel kam. Also bin ich geflohen und nach Paris gekommen, um mich hier zu verstecken. Sieben Monate lang habe ich in einem Zimmer gelebt. Während dieser Zeit habe ich den Raum vielleicht dreimal verlassen.»

«Und wovon haben Sie gelebt?»

Ilja zuckte die Achseln. «Man schlägt sich so durch. Von dem bisschen Geld, das ich hatte, habe ich mir einen Topf, einen Spirituskocher und eine große Tüte Haferflocken gekauft. Mit Wasser, das es auf dem Flur gibt, konnte ich die Haferflocken kochen und mir Kascha machen. Dazu ein bisschen Schmalz, das reicht, um am Leben zu bleiben. Mir hat es jedenfalls gereicht.»

«Und ich? Was wollen Sie von mir?»

«Hilfe.»

Ein Polizist ging vorbei, die Pelerine eng um sich gezogen. Morath wich seinem Blick aus.

«Es gibt Dinge, die bekannt werden sollten», sagte Ilja. «Vielleicht können Sie mir dabei helfen.»

«Die suchen Sie natürlich.»

«Fieberhaft. Und sie werden mich finden.»

«Dann sollten Sie aber nicht auf die Straße gehen.»

«Nein.»

Sie kamen an einer *boulangerie* vorbei. «Moment», sagte Morath, ging in den Laden und kam mit einem *bâtard* heraus. Er brach sich ein kleines Stück ab und gab den Rest Ilja.

Morath kaute lange auf dem Brot herum. Sein Mund war ausgedörrt, er konnte kaum schlucken.

«Ich weiß, ich habe Sie in Gefahr gebracht», sagte Ilja. «Und Ihre Freundin. Dafür muss ich mich entschuldigen.»

«Woher wussten Sie, dass Sie mich über sie im Büro erreichen?»

«Ich bin Ihnen gefolgt, Monsieur. Das ist nicht weiter schwer.»

«Nein, ist es wohl nicht.»

«Sie können natürlich einfach gehen. Dann werde ich Sie nicht mehr behelligen.»

«Ja, ich weiß.»

«Aber Sie tun es nicht.»

Morath gab keine Antwort.

Ilja lächelte. «Ja, dann», sagte er.

Morath griff in die Tasche und gab Ilja das ganze Geld, das er bei sich hatte.

«Ich danke Ihnen für Ihre Freundlichkeit», sagte Ilja. «Und für alles weitere, so Gott will. Bitte bedenken Sie, dass ich nicht mehr viel Zeit habe.»

Am Abend ging Morath mit Mary ins Kino, in einen Gangsterfilm, wie es sich zufällig ergab – Kriminalbeamte jagten einen gut aussehenden Bankräuber im Regen durch Hintergässchen. Er war ein edler Wilder, dessen finstere Seele im ersten Teil durch Liebe geläutert worden war, aber das wussten die *flics* nicht. Das kleine Halstuch in seiner Hand, als er in einer Pfütze unter einer Straßenlaterne starb, gehörte seiner lieben, guten, aufregenden Dany mit den engen Pullovern. Keine Gerechtigkeit auf dieser Welt. Ein verschämtes Schniefen von

Mary war alles, was er bekam. Als die Wochenschau begann – ein Bergwerksunglück bei Lille, ein kreischender Hitler in Regensburg –, gingen sie.

Zu Hause in der Rue Guisarde lagen sie im Dunkeln im Bett. «Hast du deinen Russen gefunden?», fragte sie.

«Ja, heute Vormittag. Auf dem Maubert-Markt.»

«Und?»

«Ein Flüchtling.»

«Ach ja?»

Sie fühlte sich leicht an in seinen Armen, zerbrechlich.

«Was hat er gewollt?»

«Irgendwelche Hilfe.»

«Wirst du ihm helfen?»

Er schwieg einen Moment, dann sagte er: «Vielleicht.»

Er wollte nicht darüber sprechen und ließ seine Hand ihren Bauch hinabgleiten, um das Thema zu wechseln. «Siehst du, was passiert, wenn ich mein Betravix nehme?»

Sie kicherte. «Ich erzähl dir was anderes, was ich gesehen habe. Ich glaube, es war eine Woche, nachdem ich hier angefangen hatte. Du warst irgendwo unterwegs – wo du dich halt so rumtreibst –, und da kam dieser merkwürdige kleine Mann mit seinem Tonikum. ‹Für die Nerven›, sagte er. ‹Und als Stärkungsmittel.› Courtmain wollte den Etat unbedingt haben. Wir saßen in seinem Büro, diese grüne Flasche stand auf seinem Schreibtisch, und irgendwo fand er einen Löffel. Ich nahm die Kappe ab und roch daran. Courtmain sah mich fragend an, aber ich sagte nichts – ich war schließlich erst ein paar Tage da und hatte Angst, etwas falsch zu machen. Na ja, Courtmain schreckt bekanntlich vor nichts zurück, er hat einen Löffel voll von dem Zeug genommen. Dann ist er blass geworden und aus dem Zimmer gerannt.»

«Betravix bringt dich auf Trab.»

«Sein Gesicht hättest du sehen sollen.» Sie prustete los.

Die Iden des März. Am fünfzehnten besetzten die Deutschen mit motorisierter Infanterie, Motorrädern, Halbkettenfahrzeugen und Panzerwagen in einem schweren Schneesturm Prag. Die tschechische Armee leistete keinen Widerstand, die Luftwaffe blieb am Boden. Den ganzen Tag marschierten die Kolonnen der Wehrmacht durch die Stadt. Am nächsten Morgen wandte sich Hitler vom Balkon des Hradschin aus an eine große Menge von Volksdeutschen. Innerhalb der nächsten paar Tage gab es in der Tschechoslowakei fünftausend Verhaftungen und hunderte von Selbstmorden.

Zwei Wochen zuvor war Ungarn dem Antikominternpakt – Deutschland, Italien und Japan – beigetreten und hatte gleichzeitig begonnen, faschistische Elemente im ganzen Land unnachsichtig zu verfolgen. *Wir werden uns gegen die Bolschewiken wehren*, schien man damit sagen zu wollen, *und wir können jeden Vertrag unterschreiben, der uns gefällt, aber wir werden uns nicht von Nazi-Verschnitt tyrannisieren lassen.* In einem gewissen Licht, einem fahlen, gequälten Licht, erschien das plausibel. Umso mehr, als am vierzehnten März die Honved, die königlich-ungarische Armee, die Grenze überschritt und Ruthenien besetzte. Langsam und unter Schmerzen wurden die abgetretenen Gebiete zurückgewonnen.

In Paris fiel der Prager Schnee als Regen. Auf den Straßen wurden die neuesten Nachrichten ausgetauscht. Unter glänzend schwarzen Regenschirmen bildeten sich Menschentrauben an den Kiosken, wo die Schlagzeilen ausgehängt waren. *Verrat.* Morath spürte, dass das Wort in der Luft lag. Als hätte das wilde Tier, das in München in den Keller gesperrt worden war, die Tür aufgebrochen und angefangen, das Porzellan zu zerschlagen.

Die Empfangsdame in der Agentur nahm die Anrufe entgegen und betupfte sich dabei mit dem Taschentuch die Augen. Ein geknickter Courtmain zeigte Morath eine Liste von jüngeren Mitarbeitern, die wahrscheinlich eingezogen werden würden – wie sollte man ohne sie auskommen? Auf den Gängen wurde eifrig getuschelt.

Doch als Morath mittags das Büro verließ, tuschelte niemand mehr. Auf den Straßen, im Café, in der Bank, überall hörte man immer wieder *merde* und nochmals *merde*. Und *merdeux*, *un beau merdier*, *merdique*, *emmerdé* und *emmerdeur*. Die Pariser hatten viele Möglichkeiten, es zu sagen, und sie nutzten sie alle. Moraths Zeitung prophezeite eine tiefschwarze Zukunft und erinnerte ihre Leser an Churchills Antwort auf Chamberlains Gerede vom ehrenvollen Frieden zurzeit des Münchner Abkommens: *Sie hatten die Wahl zwischen Krieg und Schande. Sie haben die Schande gewählt, und Sie werden den Krieg bekommen.*

Am achtundzwanzigsten März eroberten Francos Truppen Madrid, und die spanische Republik kapitulierte. Mary Day saß im Flanellnachthemd auf der Bettkante und hörte Radio. «Weißt du, ich hatte mal einen Freund», sagte sie, den Tränen nahe. «Einen Engländer. Groß, albern und blind wie ein Maulwurf – Edwin Pennington. Edwin Pennington, der *Annabelle Surprised* und *Miss Lovett's School* geschrieben hat. Und dann ist er eines Tages losgezogen und in Andalusien gefallen.»

Morath, der an diesem Vormittag arbeitete, bekam ein *petit bleu*, ein Telegramm per Rohrpost. Eine einfache Mitteilung: NOTRE DAME DE LORETTE, 13.30 UHR.

Die Kirche Notre Dame de Lorette lag im heruntergekommenen IX. Arrondissement – die Huren des Viertels wurden *Lorettes* genannt. Auf den Straßen rund um die Kirche würde Ilja nicht weiter auffallen. Sein Instinkt riet Morath, nicht hinzugehen. Er lehnte sich in seinem Sessel zurück, starrte auf das Telegramm, rauchte eine Zigarette und verließ um eins das Büro.

In der Kirche war es dunkel. Um diese Tageszeit waren viele Gläubige da, vor allem ältere Frauen. *Kriegerwitwen*, dachte er, schwarz gekleidet, noch zu früh für die Zwei-Uhr-Messe. Er ging in die dunkelste Ecke, möglichst weit weg von den Buntglasfenstern. Ilja erschien fast augenblicklich. Er war angespannt, von dem bescheidenen Wagemut, den er auf dem Maubert-Markt gezeigt hatte, war nichts mehr zu merken. Er setzte sich und atmete schwer wie jemand, der schnell gelaufen ist. «Gut», sagte er gedämpft. «Sie sind da.»

Nach einer kurzen Pause fuhr er leise fort: «Was in Prag los ist, wissen Sie selbst, und als Nächstes ist Polen dran. Das brauche ich Ihnen nicht zu sagen. Weniger bekannt ist, dass der Befehl *schriftlich vorliegt*, dass der Plan schon feststeht. Er hat einen Namen, *Fall Weiß*, und auch die Zeit steht fest, irgendwann nach dem ersten September.»

Morath wiederholte den Namen und das Datum.

«Ich kann beweisen», sagte Ilja, vor Aufregung sein Französisch vergessend, «mit Papiere.» Er machte eine Pause, dann sagte er: «Das ist gute Tscheka-Arbeit, aber es muss gehen – hoch hinauf. Sonst Krieg. Kein Aufhalten möglich. Können Sie helfen?»

«Ich kann's versuchen.»

Ilja schaute ihm tief in die Augen, wollte wissen, ob er die Wahrheit sagte. «Das ist meine Hoffnung.» Er hat eine ungeheure Ausstrahlung, dachte Morath. Kraft. Obwohl er abgerissen und halb verhungert und verängstigt ist.

«Es gibt jemanden, den ich aufsuchen kann», sagte Morath.

Iljas Gesichtsausdruck besagte: *Wenn ich das haben kann, nehme ich es.* «Die Polen stecken mitten drin», sagte er. «Und sie sind schwierig, unmöglich. Von den fünf Männern, die das Land regieren, sind nur Beck und Rydz-Smigly wichtig – Beck für Außenpolitik, Rydz-Smigly für die Armee –, aber sie sind alle Pilsudskis Kinder. Als er 1935 starb, haben sie das Land geerbt, und sie haben dieselben Erfahrungen. Sie haben 1914 für die Unabhängigkeit gekämpft, und sie haben sie bekommen. Dann haben sie 1920 die Russen geschlagen, vor den Toren

Warschaus, und jetzt wollen sie nichts mit ihnen zu tun haben. Zu viele Kriege in den letzten hundert Jahren. Zu viel Blut. Es gibt einen Punkt in der Beziehung zwischen zwei Nationen, wo es zu spät ist. Bei Russland und Polen ist er erreicht.

Jetzt denken sie, sie können Deutschland besiegen. Jozef Beck kommt aus dem Geheimdienst – er wurde 1923 aus Frankreich ausgewiesen, wo er polnischer Militärattaché war, unter dem Verdacht, für Deutschland spioniert zu haben. Was er über Russland und Deutschland weiß, hat er aus dem Schattenbereich, wo die Wahrheit normalerweise zu finden ist.

Die Polen wollen ein Bündnis mit Frankreich und Großbritannien. Oberflächlich betrachtet ist das logisch. Aber wie kann Großbritannien ihnen helfen? Mit Schiffen? Wie bei Gallipoli? Ein Witz. Das einzige Land, das Polen heute helfen kann, ist Russland – ein Blick auf die Landkarte genügt. Und Stalin will dasselbe wie die Polen, ein Bündnis mit Großbritannien, aus demselben Grund: um Hitlers Wölfe von seiner Schwelle fern zu halten. Aber die Briten verachten uns, fürchten uns und hassen uns als die gottlosen Kommunisten und Mörder. Das stimmt zwar, aber genauso wahr ist, dass wir das einzige Land sind, das zusammen mit Polen eine Ostfront gegen die Wehrmacht aufbauen kann.

Chamberlain und Halifax halten nichts von dieser Idee, und es gibt eine ganze Reihe Anzeichen dafür, dass es ihnen viel lieber wäre, wenn Hitler gegen Stalin zu Felde zieht. Glauben die, Stalin wüsste das nicht? Glauben sie das wirklich? Die Wahrheit ist: Wenn Stalin sich nicht mit den Briten verbünden kann, wird er sich mit den Deutschen verbünden. Es bleibt ihm nichts anderes übrig.»

Morath schwieg, er musste das alles überdenken. Die Zwei-Uhr-Messe hatte begonnen, am Nachmittag las sie ein junger Priester. Morath erwartete, etwas über blutige Verbrechen zu hören: Hungersnöte, Säuberungen. Ilja war nicht der einzige Deserteur aus dem russischen Geheimdienst – und jeder hatte andere Motive für diesen Schritt. Ilja, nahm Morath an, wollte Schutz, Asyl als Gegenleistung für Beweise, dass Stalin die Weltherrschaft anstrebte.

«Glauben Sie mir?», fragte Ilja.

«Ja.» Mehr oder weniger, aus einem bestimmten Blickwinkel.

«Ihr Freund, kann der mit den Briten sprechen?»

«Ich denke schon. Und die Unterlagen?»

«Wenn er einverstanden ist, bekommt er sie.»

«Worum handelt es sich?»

«Sitzungsprotokolle aus dem Kreml. NKWD-Berichte, Abschriften von deutschen Denkschriften.»

«Wie kann ich Sie erreichen?»

Ilja lächelte und schüttelte langsam den Kopf. «Wie viel Zeit brauchen Sie?»

«Eine Woche ungefähr.»

«Also gut.» Ilja stand auf. «Ich verschwinde als Erster, Sie können in ein paar Minuten gehen. Sicherer so.»

Ilja strebte zur Tür. Morath blieb sitzen. Er schaute auf die Uhr, hörte auf die lateinischen Worte des Priesters. Er war damit aufgewachsen, aber nicht mehr in die Kirche gegangen, seit er aus dem Krieg heimgekehrt war.

Schließlich stand er auf und ging langsam zum Ausgang.

Ilja wartete vor der Tür und schaute in den Regen. Morath ging zu ihm. «Bleiben Sie hier?»

Er nickte zur Straße hin. «Ein Wagen.»

Vor der Kirche stand ein Renault, in dem ein Mann auf dem Beifahrersitz saß.

«Für mich, vielleicht», sagte Ilja.

«Wir gehen zusammen.»

«Nein.»

«Dann durch die Seitentür.»

Ilja schaute ihn an. Warten die nur an einer Tür? Er hätte fast gelacht. «In der Falle», sagte er.

«Gehen Sie an die Stelle zurück, wo wir waren. Ich komme Sie holen. Bleiben Sie in der Nähe von Leuten.»

Ilja zögerte, dann ging er.

Morath war außer sich. *Im Regen an einem Dienstagnachmittag zu sterben!* Auf der Straße hielt er Ausschau nach einem Taxi. Eilig ging er die Rue Peletier entlang, dann die Rue Drouot. An der Ecke hielt ein leeres Taxi vor einem kleinen Hotel. Im Laufen sah Morath einen stattlichen Mann mit einer Frau am Arm aus dem Hotel kommen. Morath und der Mann öffneten gleichzeitig die hinteren Türen und starrten sich über die Rückbank hinweg an. «Verzeihen Sie, mein Freund», sagte der Mann, «aber ich habe das Taxi telefonisch bestellt.» Er reichte der Frau die Hand, und sie stieg ein.

Morath stand da wie ein begossener Pudel.

«Monsieur!», rief die Frau und zeigte auf die Straße. «Sie haben Glück!»

Ein leeres Taxi hatte wegen des Verkehrs anhalten müssen. Morath dankte der Frau und winkte dem Taxi. Er stieg ein und nannte dem Fahrer das Ziel. «Da wartet ein Freund auf mich.»

Morath fand Ilja in der Kirche und ging rasch mit ihm zum Ausgang. Das Taxi stand mit laufendem Motor unten an der Treppe, der Renault war verschwunden. «Schnell», sagte Morath.

Ilja zögerte.

«Los», drängte Morath. Ilja rührte sich nicht vom Fleck, er schien bewegungsunfähig, wie hypnotisiert. «Hier werden die Sie nicht erschießen.»

«O doch.»

Morath sah ihn an. Ihm wurde klar, dass etwas ablief, was Ilja kannte. Was er vielleicht selbst schon getan hatte. Der Taxifahrer hupte ungeduldig.

Er nahm Ilja am Arm und sagte: *«Jetzt!»* Er musste sich überwinden, um nicht loszurennen. Zusammen stiegen sie die Treppe hinunter.

Im Taxi nannte Ilja dem Fahrer eine Adresse, und als sie losfuhren, drehte er sich um und schaute durchs Heckfenster.

«Haben Sie den Mann wieder erkannt?», fragte Morath.

«Nein, diesmal nicht. Aber früher einmal schon, vielleicht. Und einmal mit Sicherheit.»

Minutenlang kroch das Taxi hinter einem Bus her, dessen hintere Plattform überfüllt war. Auf einmal rief Ilja: «Halt!» Er sprang aus dem Taxi und lief die Treppe einer Métro-Station hinunter. Chaussée D'Antin, sah Morath, eine belebte *correspondence*, wo man in eine andere Linie umsteigen konnte.

Der Taxifahrer sah Ilja nach und tippte sich dann mit dem Zeigefinger an die Schläfe – ein Verrückter. Er drehte sich zu Morath um. «Und jetzt?»

«Avenue Matignon. Gleich am Boulevard.»

Das war eine lange Fahrt von der Chaussée d'Antin, vor allem im Regen. Jemanden von hier nach dort befördern zu müssen, war im Grunde genommen eine Zumutung – jedenfalls sah der Taxifahrer das offenbar so. Er seufzte, rammte den Gang hinein und fuhr mit quietschenden Reifen los. «Was ist eigentlich los mit Ihrem Freund?»

«Seine Frau ist hinter ihm her.»

«Uff!» Besser er als ich.

Ein paar Minuten später fragte er: «Schon Zeitung gelesen?»

«Heute noch nicht.»

«Sogar der gute alte *J'aime Berlin* gibt's dem Hitler jetzt.» Er gebrauchte genussvoll das Pariser Wortspiel für den Namen Chamberlain.

«Was ist passiert?»

«Er hat eine Rede gehalten. ‹Vielleicht strebt Hitler die Weltherrschaft an.›»

«Vielleicht stimmt's ja.»

Der Taxifahrer drehte sich zu Morath um. «Der soll mit seiner Wehrmacht in Polen einmarschieren, und das wär's dann.»

«Ich verbiete dir, dich noch mal mit ihm zu treffen», sagte Polanyi. Sie saßen in einem Café in der Nähe der Gesandtschaft. «Jedenfalls halte ich es für meine Pflicht, dir das zu sagen.»

Morath amüsierte sich. «Du redest wie der Vater in einem Theaterstück.»

«Du hast ja Recht. Nimmst du ihm die Geschichte ab, Nicholas?»

«Ja und nein.»

«Ich muss zugeben, dass alles stimmt, was er sagt. Aber ich mache mir Sorgen, weil es immerhin möglich ist, dass ihn jemand aus der Dserschinski-Straße geschickt hat. Einen alten Mantel kann sich schließlich jeder kaufen.»

«Ist das wichtig?»

Polanyi gab zu, dass es vielleicht keine Rolle spielte. Wenn Diplomaten die Briten schon nicht überzeugen konnten, vielleicht gelang es dann einem Überläufer. «Diese Spielchen», sagte er. «‹Ungarische Diplomaten in Kontakt mit einem sowjetischen Agenten.›»

«Angeblich hat er Unterlagen, die seine Behauptungen beweisen.»

«Unterlagen, sicher. Wie Mäntel. Hast du eine Möglichkeit, dich bei ihm zu melden?»

«Nein.»

«Das dachte ich mir.» Er überlegte kurz. «Also schön, ich werde mit jemandem darüber sprechen. Aber wenn das auffliegt, aus Gründen, die wir nicht durchschauen, dann gib nicht mir die Schuld.»

«Warum sollte ich?»

«Wenn er das nächste Mal anruft, falls er noch mal anruft, werde *ich* hingehen. Aber sag ihm um Gottes willen nichts davon, erklär dich einfach einverstanden und überlass alles andere mir.»

Polanyi beugte sich vor und senkte die Stimme. «Weißt du, egal, wie es jetzt weitergeht, wir dürfen auf keinen Fall etwas tun, was den Ministerpräsidenten kompromittieren könnte. Teleki ist unsere einzige Hoffnung, aus dieser Bredouille rauszukommen – dieser kleine Mann ist ein Ritter, Nicholas, ein Held. Behalt's für dich, aber letzte Woche hat er in Budapest ein paar Jungs dafür bezahlt, die Türen des Außenministeriums mit Knoblauch einzureiben und einen Zettel anzuheften, auf dem stand: *Kein Zutritt für deutsche Vampire.*»

«Amen», sagte Morath. «Wie könnte ein Kontakt mit einem Überläufer Teleki schaden?»

«Das würde ich auch erst erfahren, wenn's schon zu spät wäre, Nicholas. So laufen die Dinge nun mal im Augenblick. Traurig, aber wahr.»

Traurig, aber wahr war für Morath auch der neue Brief von der *préfecture*, den er am letzten Märztag erhielt. Wieder einmal Zimmer vierundzwanzig, und noch sechs Tage hin, genug Zeit, sich Sorgen zu machen. Die Rumänen, vermutete er, ließen ihn nicht in Ruhe. Aber er hatte falsch geraten.

Er musste vor dem Büro des Inspektors eine Dreiviertelstunde warten. *Das ist Absicht*, dachte er, aber es machte ihn trotzdem nervös. Der Inspektor hatte sich nicht verändert: Stocksteif saß er da, mit steinerner Miene und Raubtierblick, kalt wie Eis. «Sie müssen entschuldigen, dass wir Sie noch einmal belästigen», sagte er. «Aber es sind noch ein paar Punkte zu klären.»

Morath wartete geduldig.

Der Inspektor ließ sich viel Zeit. Langsam las er eine Seite in einer Akte. «Monsieur Morath, haben Sie zufällig jemals etwas von einem Mann namens Andreas Panea gehört?»

Der Name in dem Pass, den er für Pavlo besorgt hatte. Er brauchte eine Sekunde, um sich zu fassen. «Panea?»

«Ja, ganz recht. Ein rumänischer Name.»

Warum? Warum jetzt? «Ich glaube nicht, dass ich ihn kenne», sagte er.

Der Inspektor machte sich eine Notiz. «Bitte, wir brauchen eine klare Aussage, Monsieur. Lassen Sie sich Zeit zum Nachdenken, wenn Sie möchten.»

«Tut mir Leid», sagte er. Mit Anstand.

Der Inspektor las weiter. Was immer in der Akte stand, es musste Hand und Fuß haben. «Und Dr. Otto Adler? Ist Ihnen dieser Name bekannt?»

Morath war erleichtert, diesmal konnte er bei der Wahrheit bleiben. «Auch das», sagte er, «ist niemand, den ich kenne.»

Der Inspektor notierte seine Antwort. «Dr. Otto Adler war Herausgeber einer politischen Zeitschrift – einer sozialistischen Zeitschrift. Er kam als deutscher Emigrant im Frühjahr 1938 nach Frankreich und richtete sich in seinem Haus in Saint-Germain-en-Laye ein Redaktionsbüro ein. Im Juni wurde er ermordet. Erschossen, im Jardin du Luxembourg. Ein politischer Mord, ohne Zweifel, und solche Fälle sind immer schwer zu lösen, aber wir setzen alles daran, dieses Verbrechen aufzuklären. Mord ist Mord, Monsieur Morath, auch in Zeiten politischer Unruhe.»

Der Inspektor bemerkte, dass seine Worte ihre Wirkung nicht verfehlten, jedenfalls hatte Morath den Eindruck. «Noch einmal», sagte Morath mit Bedauern, «ich glaube nicht, dass ich Ihnen weiterhelfen kann.»

Der Inspektor schien sich damit zufrieden zu geben. Er klappte die Akte zu. «Vielleicht versuchen Sie doch, sich zu erinnern, Monsieur. Lassen Sie sich ruhig Zeit. Vielleicht fällt Ihnen noch etwas ein.»

Etwas war ihm bereits eingefallen.

«Sollte dieser Fall eintreten», fuhr der Inspektor fort, «können Sie mich jederzeit hier erreichen.»

Er rief Polanyi an. Aus dem Café gegenüber, am anderen Seineufer – dort war das erste öffentliche Telefon, wenn man aus der *préfecture* kam. Die leben von ihren Nachbarn, dachte Morath, während er einen *jeton* in den Schlitz steckte. Die Flüchtlinge waren leicht zu erkennen: ein Paar, das mit einer Flasche Wein feierte, die es sich nicht leisten konnte, ein bärtiger Mann, der den Kopf in den Händen vergraben hatte.

«Graf Polanyi ist heute Nachmittag nicht zu sprechen», sagte eine Stimme in der Gesandtschaft. Morath legte auf, eine Frau wartete schon, wollte auch telefonieren. Polanyi würde sich doch niemals vor ihm verleugnen lassen, oder?

Er ging in die Agence Courtmain, hielt es dort aber nicht lange aus. Sprach kurz mit Mary Day. «Fehlt dir was?», fragte sie. Er ging auf die Toilette und schaute in den Spiegel: Was hatte sie gesehen? Ein bisschen blass war er vielleicht – sonst nichts. Aber der Unterschied zwischen der sechsundzwanzigjährigen Cara und der vierzigjährigen Mary Day, dachte er, ist, dass Mary weiß, was die Welt den Menschen antut. Offenbar hatte sie gespürt, dass sie Morath etwas angetan hatte.

Sie erwähnte es am Abend nicht, aber sie war unendlich lieb zu ihm. Sie berührte ihn öfter als sonst. Sie spürte, dass er zutiefst niedergeschlagen war, fragte aber nicht nach dem Grund. Sie gingen ins Bett, er schlief irgendwann ein, wachte lange vor Morgengrauen auf, glitt so lautlos wie möglich aus dem Bett, stellte sich ans Fenster und sah zu, wie die Nacht verging. *Jetzt kannst du nichts tun.*

Er kehrte erst gegen Mittag in seine Wohnung zurück, und dort wartete der Brief auf ihn. Durch Boten zugestellt, unfrankiert.

Ein Ausschnitt aus der Zeitung für die deutschen Einwohner Sofias vom neunten März. Sicher hatte es auch in den bulgarischen Zeitungen gestanden, aber der anonyme Absender wusste, dass er Deutsch verstand.

Ein gewisser Stefan Gujac, so stand da zu lesen, ein Kroate, hatte sich in einem Gefängnis in Sofia in seiner Zelle erhängt.

Dieser Gujac, der den gefälschten Pass eines verstorbenen Rumänen namens Andreas Panea benutzt hatte, wurde von den Sicherheitsdiensten mehrerer Balkanländer der Beteiligung an über einem Dutzend politischer Mordanschläge verdächtigt. Geboren in Zagreb, war Gujac der faschistischen Ustascha beigetreten und mehrmals in Kroatien verhaftet worden – wegen Agitation und Körperverletzung. Und er hatte drei Monate im Gefängnis gesessen, für einen Bankraub in Triest.

Zum Zeitpunkt seiner Verhaftung in Sofia wurde er von den Behörden in Saloniki als Zeuge gesucht: Es ging um einen Bombenanschlag auf ein Café, bei dem es sieben Todesopfer, unter ihnen E. X. Patridas, ein Beamter im Innenministerium, und über zwanzig Verletzte gegeben hatte. Außerdem hatte die Pariser Polizei ihn vernehmen wollen, im Zusammenhang mit dem Mord an einem deutschen Emigranten, dem Herausgeber einer politischen Zeitschrift.

Gujac war in Sofia verhaftet worden, nachdem er versucht hatte, einen türkischen Diplomaten, der im Grand Hotel Bulgarie wohnte, zu ermorden. Der Anschlag war jedoch von einem aufmerksamen Polizisten vereitelt worden. Die bulgarische Polizei hatte den Verdacht, das Verbrechen sei von der Zveno geplant worden, einer in Mazedonien ansässigen terroristischen Vereinigung.

Gujac, Alter achtundzwanzig Jahre, hatte sich erhängt, nachdem er aus seiner Unterwäsche eine Schlinge angefertigt hatte. Den Behörden in Sofia zufolge wurden die Ermittlungen in dem Fall fortgesetzt.

Polanyi erklärte sich am Nachmittag bereit, sich mit ihm im Café bei der ungarischen Gesandtschaft zu treffen. Polanyi sah sein Gesicht und fragte: «Nicholas?» Morath verschwendete keine Zeit. Er berichtete von der Befragung in der *préfecture* und schob dann den Zeitungsausschnitt über den Tisch.

«Das habe ich nicht gewusst», sagte Polanyi.

Morath lächelte bitter.

«Zu dem Zeitpunkt, als es geschah, habe ich es nicht gewusst. Ob du's glaubst oder nicht, es ist die Wahrheit. Ich habe es später erfahren, aber da war es schon passiert, und es hatte keinen Sinn, dir davon zu erzählen. Wozu? Was hätte es dir genützt?»

«Du meinst, du kannst nichts dafür?»

«Ja. Genau. Das war von Schleben. Du machst dir keine Vorstellung, was zurzeit in Deutschland los ist – wie die Macht dort verrückt spielt. Die machen Geschäfte, Nicholas, mit Menschenleben und Geld und Gefälligkeiten. Die ehrenhaften Männer sind weg. Überwiegend in Pension geschickt, wenn nicht ermordet oder aus dem Land gejagt. Von Schleben steht zu seinem Wort, das liegt in seiner Natur. Er steht zu seinem Wort, und ich verhandle mit ihm. Mit irgendwem muss ich verhandeln, also verhandle ich mit ihm. Und mache mit ihm das eine oder andere Geschäft.»

«Eine Hand wäscht die andere», sagte Morath kalt.

«Ja. Ich gehe Verbindlichkeiten ein, und dann zahle ich sie ab. Ich bin Bankier, Nicholas, und wenn ich bisweilen ein sorgenvoller Bankier bin, was ist daran so schlecht?»

«Du hast also widerstrebend, aber aus geschuldeter Gefälligkeit, diesen Mord organisiert?»

«Nein. Das hat von Schleben gemacht. Vielleicht war es eine Gefälligkeit, eine Schuld, die er abzutragen hatte, ich weiß es nicht. Vielleicht hat *er* lediglich zugestimmt, dass dieses, dieses *Ding* nach Paris gebracht wurde. Ich kann nicht sagen, von wem dieser Mensch seine Instruktionen erhalten hat, als er dann hier war. Jemand in der SS, fang da an zu suchen, da wirst du den Schuldigen finden. Aber du weißt sicher, dass er lange, bevor du ihn findest, dich finden wird.»

Polanyi legte eine kurze Pause ein, dann sagte er: «Weißt du, an manchen Tagen ist von Schleben der König, an anderen ein Bauer. Wie ich, Nicholas. Wie du.»

«Und was ich in der Tschechoslowakei gemacht habe? Wessen Idee war das?»

«Wieder von Schlebens. Auf der anderen Seite, diesmal.»

Ein Kellner brachte ihnen Kaffee, sie ließen die Tassen stehen. «Es tut mir Leid, Nicholas, und mir macht diese Geschichte mit der *préfecture* mehr Bauchschmerzen als die Frage, wer voriges Jahr was getan hat. Aber was passiert ist, ist passiert.»

«Aber zum letzten Mal.»

«Dann gehab dich wohl. Ich würde es schon um meiner selbst willen gern tun, Nicholas, aber ich kann nicht von meinem Land zurücktreten, und darum dreht sich alles. Wir können nicht unsere Nation nehmen und sie Norwegen anpappen. Wir sind, wo wir sind, und daraus ergibt sich alles andere.»

«Wer hat die *préfecture* auf mich angesetzt?»

«Derselbe Mann, der dir den Zeitungsausschnitt geschickt hat. Es war Sombor, in beiden Fällen.»

«Das weißt du?»

«Wissen kann man nie. Man nimmt an.»

«Was verspricht er sich davon?»

«Dass er dich kriegt. Und mir Schaden zufügt, denn er sieht in mir einen Rivalen. Das stimmt – er ist in den Händen der Pfeilkreuzler, ich bin es definitiv nicht. Was hier auf dem Spiel steht, ist die ungarische Politik.»

«Und wozu der Zeitungsausschnitt?»

«*Es ist noch nicht zu spät*, will er damit sagen. Bislang kennt die *préfecture* nur einen Teil. *Soll ich denen auch den Rest erzählen?* Das ist die Frage, die er dir damit stellt.»

«Ich muss etwas unternehmen», sagte Morath. «Vielleicht von hier weggehen.»

«Das könnte notwendig werden. Im Augenblick wirst du alles mir überlassen.»

«Warum?»

«Wenigstens das bin ich dir schuldig.»

«Warum sagst du nicht von Schleben, dass er sich darum kümmern soll?»

«Das könnte ich tun. Aber bist du bereit zu tun, was er als Gegenleistung verlangt?»

«Bist du sicher, dass er etwas verlangen würde?»

«Absolut sicher. Schließlich stehst du jetzt schon in seiner Schuld.»

«Ach ja? Wieso?»

«Falls du es schon vergessen hast: Als die Siguranza dich in Rumänien in den Fängen hatte, hat er dir das Leben gerettet.» Polanyi nahm über den Tisch hinweg seine Hand. «Verzeih mir, Nicholas. Verzeih, verzeih. Versuch, der Welt zu verzeihen, dass sie ist, wie sie ist. Vielleicht fällt Hitler nächste Woche tot um, und wir gehen alle schön essen.»

«Und du zahlst.»

«Ich zahle.»

Im April legte sich wie jedes Jahr die *grisaille*, das Grau in Grau, über Paris. Graue Häuser, grauer Himmel, Regen und Nebel an den langen Abenden. Der Maler Schublin hatte ihm in Juan-les-Pins einmal erzählt, dass den Künstlerbedarfsgeschäften jedes Frühjahr die Farbe Paynesgrau ausging.

Die Stadt hatte nichts gegen das Grau – ihr war all das Helle und Sonnige im Spätwinter etwas zu fröhlich. Moraths Leben sank in so etwas wie einen unheilschwangeren Frieden zurück, seine Vorstellung von einem *normalen Leben* war keine so süße Realität, wie er es gern gehabt hätte. Mary Day begann einen neuen Roman; auf *Suzette* und *Suzette im Boot* sollte jetzt *Suzette auf See* folgen. Ein Luxusdampfer, dessen Kompass von einem bösen Konkurrenten manipuliert wurde, irrt in tropischen Gewässern umher. Weitere Hauptfiguren sollten ein zügelloser Kapitän, ein gut aussehender Matrose namens Jack, ein amerikanischer Millionär und der schmierige Dirigent des Bordorchesters sein, die allesamt nur darauf sannen, irgendwie einen Blick auf Suzettes pralle Brüste und ihr rosiges Hinterteil zu erhaschen.

Mary Day schrieb jeden Abend ein bis zwei Stunden, auf einer klapprigen Schreibmaschine. Sie trug dazu stets einen viel zu großen Wollpullover, dessen Ärmel sie über ihre schmalen Handgelenke hochschob. Wenn Morath von seinem Buch aufschaute, sah er ihr Gesicht seltsam verzerrt, die Lippen in höchster Konzentration zusammengepresst, und sann seinerseits darauf, den einen oder anderen Blick zu erhaschen, was freilich nicht allzu schwierig war, sobald Mary ihr Pensum geschafft hatte.

Glaubte man dem Radio, so trieb die Welt langsam, aber sicher auf Blut und Feuer zu. Großbritannien und Frankreich verkündeten, sie würden Polen im Falle eines Angriffs zu Hilfe kommen. Churchill erklärte, es gebe «keine Möglichkeit, ohne Mithilfe der Russen eine Ostfront gegen die Nazis aufrechtzuerhalten». Im Unterhaus sagte ein Abgeordneter: «Wenn wir ohne die Hilfe Russlands losziehen, marschieren wir in eine Falle.» Morath beobachtete die Leute, die in den Cafés Zeitung lasen. Sie zuckten die Achseln und blätterten um, und genauso machte er es auch. Es schien sich alles in einem fernen, irrealen Land abzuspielen, in dem Minister auf Bahnhöfen ankamen und Monster ihr nächtliches Unwesen trieben. Irgendwo in Paris versteckte sich Ilja in einem winzigen Zimmer, oder er war bereits in der Lubjanka zu Tode geprügelt worden.

Die Kastanienbäume blühten, weiße Blüten klebten auf den nassen Straßen, der Kapitän linste durch Suzettes Schlüsselloch, während sie ihr langes blondes Haar kämmte. Léon, der Grafiker aus der Agence Courtmain, fuhr nach Rom zu seiner Verlobten und kam mit Abschürfungen im Gesicht und einer gebrochenen Hand zurück. Lucinda, die anmutigste unter den Vizslas der Baronin Frei, bekam einen Wurf Welpen, und Morath und Mary Day fuhren in die Rue Villon, um Sachertorte zu essen und die Neuankömmlinge zu betrachten, die in einem mit silbernen Borten verzierten Korb lagen. Adolf Hitler feierte seinen fünfzigsten Geburtstag. Auf deutschen Druck hin trat Ungarn aus dem Völkerbund aus. Morath ging in der Rue de la Paix einkaufen und erstand ein seidenes Tuch für Mary, goldene Schleifen und Schlieren auf tizianrotem Grund. Wolfi Szubl rief in höchster Not an, Morath ließ seine Arbeit liegen und fuhr in die kleine Wohnung in den Tiefen des XIV. Arrondissements, in eine Straße, wo Lenin einst während seines Exils gewohnt hatte.

Die Wohnung roch nach gekochtem Mehl, und überall lagen Korsetts herum. Violett und lindgrün, hellrosa und lachsfarben, weiß und schwarz. Ein großer Musterkoffer lag offen auf dem ungemachten Bett.

«Entschuldige die Unordnung», sagte Szubl. «Ich mache Inventur.»

«Ist Mitten da?»

«Mitten! Mitten ist reich. Er dreht in Straßburg.»

«Schön für ihn.»

«Ja, gar nicht schlecht. *Die Sünden des Dr. Braunschweig.*»

«Und die wären …»

«Morde. Herbert wird in den ersten zehn Minuten erstochen, es ist also keine große Rolle. Mit einer Stricknadel. Aber die Gage ist gut.»

Szubl nahm eine Liste in die Hand und fuhr mit dem Finger die Zeilen hinunter. «Nicholas, auf der Heizung liegt ein Korsett, kannst du den Namen lesen?»

«Das hier?» Es war silbern, am Rücken durchgeknöpft und mit Strapsen versehen. Während Morath nach dem Etikett suchte, glaubte er, Lavendel-Badesalz zu riechen. «Marie Louise», sagte er.

Szubl hakte es auf der Liste ab.

«Und die Frauen probieren diese Muster an?»

«Ab und zu. Bei privaten Anproben.» Er fing an, einen kleinen Stapel Hüftgürtel auf dem Bett durchzuzählen. «Ich habe gerade gehört, dass ich befördert werden soll.»

«Gratuliere.»

«Von wegen. Katastrophe.»

«Warum?»

«Die Firma ist in Frankfurt. Ich müsste in Deutschland leben.»

«Dann lehn doch ab.»

«Mal sehen. Der Alte ist zu alt, und der Sohn hat das Geschäft übernommen. ‹Jetzt wird alles anders›, sagt er. ‹Frischer Wind in der Zentrale.› Aber mit dem komm ich schon klar. Hier, deswegen hab ich dich angerufen.»

Er nahm ein zusammengefaltetes Blatt aus der Tasche und gab es Morath. Von der *préfecture*, eine Vorladung für *Szubl, Wolfgang*, Zimmer vierundzwanzig.

«Wieso?», fragte Szubl.

«Eine Ermittlung – aber sie wissen nichts. Trotzdem werden sie versuchen, dir Angst zu machen.»

«Das brauchen sie nicht erst zu versuchen. Was soll ich denn sagen?»

«‹Weiß nicht, war nicht dort, hab ihn nicht gekannt.› Du darfst nicht versuchen, dich bei ihnen einzuschmeicheln, und du darfst nicht drauflosreden, bloß weil dir das Schweigen unbehaglich ist. Sitz still.»

Szubl runzelte die Stirn, einen rosa Hüftgürtel in der Hand. «Ich hab's ja kommen sehen.»

«Kopf hoch, Wolfi.»

«Ich will aber nicht Steine klopfen.»

«Wirst du auch nicht. Aber du musst hingehen, dieses eine Mal, weil sie dir die Vorladung geschickt haben, das ist offiziell. Aber da kommt nichts nach. In Ordnung?»

Szubl nickte, niedergeschlagen und ängstlich.

Morath rief Polanyi an und erzählte es ihm.

Graf Janos Polanyi saß in seinem Büro in der ungarischen Gesandtschaft. Es war ruhig – ab und zu ein Telefon, ab und zu eine Schreibmaschine, aber der Raum hatte seine eigene Stille, die Vorhänge vor den hohen Fenstern schirmten ihn gegen das Wetter und die Stadt ab. Polanyi sah einen Stapel Telegramme auf seinem Schreibtisch durch und schob ihn dann beiseite. Nichts Neues, jedenfalls nichts Erfreuliches.

Er goss einen Schluck Marillenbrand in ein Gläschen und trank, schloss kurz die Augen und besann sich, wer er war und wo er herkam. *Reiter im hohen Gras, Lagerfeuer in der Ebene.* Müßige Träume, dachte er, romantischer Unsinn, aber es war noch alles da, irgendwo, und rumorte in seinem Innern. Zumindest bildete er sich ein, dass es noch da war. Im Kopf? Nein, im Herzen. *Schlecht in Naturwissenschaften, gut in Metaphysik.* So, dachte er, war er eigentlich immer gewesen.

Graf Janos Polanyi hatte zwei private Telefonbücher, beide in grünes Leder gebunden. Ein großes, das im Büro blieb, und ein kleines, das er überallhin mitnahm. Jetzt schlug er das kleine auf und rief eine Frau an, die er kannte. Sie lebte in sehr großem Stil in einer Wohnung im Palais Royal. *Weiß und makellos*, so sah er sie, *wie Schnee.*

Als er das Freizeichen hörte, schaute er auf die Uhr. 4.25. Sie hob, wie immer, erst nach einer ganzen Weile ab – geruhte abzunehmen, dem Klang der Stimme nach. Ein verwickeltes Gespräch entspann sich. Schräg, angenehm abwegig. Es betraf einige ihrer Freundinnen, manche ein wenig jünger, andere erfahrener als sie. Manche recht kontaktfreudig, andere schüchtern. Manche aßen gern, andere waren schlank. So unterschiedlich, die Menschen heutzutage. Blond. Und dunkel. Aus fremden Ländern, oder aus dem XVI. Arrondissement. Und jede mit ihrer eigenen Definition von Lust. Eine wundersame Welt war das! Die eine war streng, neigte zu Wutausbrüchen. Eine andere war verspielt und mit allem einverstanden, wenn es nur etwas zu lachen gab.

Schließlich wurden sie sich einig. Über den Zeitpunkt. Über den Preis.

Erst die Arbeit, dann das Vergnügen. Eine widerwärtige Redensart. Er seufzte, schaute zu den riesigen Porträts an der Wand auf, Arpadenkönige mit ihren edlen Jagdhunden, trank noch ein Gläschen, dann noch eins. *Der Madjarenfürst rüstet sich zur Schlacht.* Er verlachte sich selbst, eine alte Gewohnheit, aber das hatten sie schließlich alle getan, eine instinktive Regung des Nationalbewusstseins – Ironie, Paradox, die Welt verkehrt herum sehen, belustigt über Dinge, die nicht zur Belustigung da sind. Wahrscheinlich war das der Grund, weshalb die Deutschen nicht viel für sie übrig hatten, das hatte Polanyi schon immer vermutet. Es war der österreichische Erzherzog Franz Ferdinand gewesen, der über die Ungarn gesagt hatte: «Es war eine Geschmacklosigkeit von diesen Herren, überhaupt nach Europa gekommen zu sein.» Aber sie waren nun einmal da, ob es den Nachbarn gefiel oder nicht.

Polanyi sah erneut auf die Uhr. Ein paar Minuten konnte er das Unvermeidliche noch hinausschieben. Sein Abendvergnügen würde nicht vor sechs Uhr kommen, er hatte es eine Stunde später angesetzt als sonst. *Apropos Vergnügen nach der Arbeit.* Er nahm sich die Zeit und stieß aus tiefstem Herzen mehrere ungarische Verwünschungen aus. Warum nur, warum musste er das tun? Warum musste dieser Sombor, diese Kreatur, sich auf sein Leben stürzen? Aber es war nun einmal geschehen. Der arme Nicholas, das hatte er nicht verdient. Ihm ging es nur um seine Künstler und Schauspieler und Dichter, er hatte 1918 gedacht, er habe nun genug gekämpft. Und er hatte sich tapfer geschlagen, das wusste Polanyi, es war in der Chronik seines Regiments verzeichnet. Ein Held, sein Neffe, und ein guter Offizier, einer, der mit dem Leben seiner Untergebenen geknausert hatte.

Polanyi stellte den Marillenbrand weg, in die unterste Schublade. Stand auf, rückte seine Krawatte zurecht und machte leise die Tür hinter sich zu, als er das Büro verließ. Er ging den Gang entlang, vorbei an einer Vase mit frischen Blumen auf einem Tischchen vor einem Wandspiegel. Grüßte Bolthos, der mit Kurierpost unter dem Arm vorbeieilte, und stieg die Marmortreppe ins nächste Stockwerk hinauf.

Auf dieser Etage ging es geschäftiger zu, lauter. Der Handelsattaché im ersten Büro, dann der Ökonom, dann Sombor. Polanyi klopfte zweimal und öffnete die Tür. Sombor blickte auf, als er eintrat, und sagte «Exzellenz». Er war dabei, etwas zu schreiben – er übertrug hastig hingeworfene handschriftliche Notizen auf ein Blatt Papier, das dann als Bericht abgetippt werden würde.

«Oberst Sombor», sagte Polanyi, «auf ein Wort.»

«Jawohl, Exzellenz. Einen Augenblick noch.»

Das war eine unverhohlene Brüskierung. Sombor hätte aufstehen, höflich grüßen und sich diensteifrig nach den Wünschen seines Vorgesetzten erkundigen müssen. Durch dieses Benehmen wollte er kundtun, dass die Staatssicherheit vorging. Jetzt und bis in alle Ewigkeit. Polanyi sollte ruhig dastehen und warten.

Was er eine Zeit lang auch tat.

Sombors goldene Füllfeder kratzte über das Papier. *Wie eine Feldmaus in einem Getreidespeicher.* Er machte Notizen für die Ewigkeit, dieser Mann mit dem Lederhaar und den spitzen Ohren. Kratz, kratz. *Wo hab ich bloß die Mistgabel gelassen?* Aber er hatte keine Mistgabel.

Sombor spürte es. «Sicher ist es etwas Wichtiges, Exzellenz. Ich widme Ihnen sofort meine ungeteilte Aufmerksamkeit.»

«Bitte», sagte Polanyi, nur mit Mühe seine Erregung zügelnd. «Ich muss Sie davon in Kenntnis setzen, dass eine vertrauliche Information aus meinem Büro an die Pariser *préfecture* weitergeleitet wurde.»

«Ach, wirklich? Sind Sie sicher?»

«Ja. Es geschah entweder direkt, oder man hat sich eines Informanten bedient.»

«Bedauerlich. Mein Büro wird sich der Sache annehmen, Exzellenz. Sobald wir die Zeit dafür finden.»

Polanyi senkte die Stimme. «Schluss damit.»

«Nun, ich werde natürlich versuchen, dem ein Ende zu setzen. Würden Sie die Güte haben, mir einen Bericht in dieser Angelegenheit zu schicken?»

«Einen Bericht.»

«Ganz recht.»

Polanyi trat bis an die Schreibtischkante heran. Sombor blickte zu ihm auf und schrieb dann weiter. Polanyi zog eine kleine silberne Pistole aus seinem Gürtel und schoss ihm mitten in die Stirn.

Sombor sprang auf, wutentbrannt, die Augen zornglühend, ohne gewahr zu werden, dass ihm ein großer Blutstropfen vom Haaransatz über die Stirn lief. «Hundsfott!», schrie er. Sprang in die Luft, schlug die Hände an den Kopf, drehte sich im Kreis und krachte rücklings auf seinen Sessel. Kreischte, verfärbte sich blau und starb.

Polanyi nahm das weiße Taschentuch aus seiner Brusttasche, wischte den Griff der Pistole ab und warf sie auf den Boden. Draußen auf dem Gang hörte man eilige Schritte.

Die Polizei war fast sofort zur Stelle, die Kriminalpolizei eine halbe Stunde später. Der leitende Kommissar vernahm Polanyi in seinem Büro. Über fünfzig, registrierte Polanyi, klein und dick, mit einem Schnurrbärtchen und dunklen Augen.

Er setzte sich Polanyi gegenüber an den Schreibtisch und machte sich Notizen auf einem Block. «War Monsieur Sombor Ihres Wissens depressiv?»

«Keineswegs. Aber ich hatte nur dienstlich mit ihm zu tun, und auch das nur selten.»

«Können Sie genau beschreiben, Monsieur, was passiert ist?»

«Ich kam in sein Büro, um dienstliche Belange der Gesandtschaft zu besprechen, nichts, was keinen Aufschub geduldet hätte. Eigentlich wollte ich zum Handelsattaché, aber unterwegs dachte ich, ich schaue mal bei Sombor herein. Wir sprachen nur ein paar Minuten miteinander. Dann, als ich mich zum Gehen gewandt hatte, hörte ich einen Schuss. Ich lief zu ihm hin, doch Sekunden später war er tot.»

«Monsieur», sagte der Kommissar. Da fehlte doch noch etwas. «Seine letzten Worte, können Sie sich an die erinnern?»

«Er sagte Adieu. Vorher hatte er mich um einen schriftlichen Bericht über die Angelegenheit gebeten, die wir besprochen hatten.»

«Und was war das?»

«Es ging um eine vertrauliche Sicherheitsfrage.»

«Ich verstehe. Also er sprach ganz normal mit Ihnen, Sie wandten sich ab, um hinauszugehen, und in diesem Augenblick streckte der Verstorbene den Arm so weit wie möglich aus – ich stelle hier Vermutungen an, wir müssen den Obduktionsbericht abwarten, aber die Art der Wunde lässt auf einen, nun ja, einen gewissen Abstand schließen. Er streckte den Arm aus, so weit es ging, und schoss sich selbst in die Stirn?»

Er musste sich das Lachen verbeißen, Polanyi ebenso.

«Offenbar», sagte Polanyi. Auf keinen Fall durfte er dem Kommissar in die Augen sehen.

Der Kommissar räusperte sich. Nach einer Weile sagte er: «Warum hätte er das tun sollen?» Keine typische Polizeifrage.

«Das weiß Gott allein.»

«Finden Sie das nicht» – er suchte nach einem Wort – «bizarr?»

«Bizarr», sagte Polanyi. «Zweifellos.»

Die Vernehmung ging weiter, streng nach Vorschrift, immer noch einmal von vorne, aber die Fragen wurden halbherzig gestellt, die Wahrheit hing in der Luft, wurde aber nicht ausgesprochen.

Werft mich meinetwegen ins Gefängnis.

Nein, in diese Art Politik lassen wir uns nicht hineinziehen. Très Balkan, wie wir sagen.

Zum Teufel damit.

Der Kommissar klappte sein Notizbuch zu, steckte seinen Füller weg, ging zur Tür und rückte seinen Hut zurecht. Unter der Tür sagte er: «Er war natürlich von der Geheimpolizei.»

«Ja.»

«Schlimm?»

«Schlimm genug.»

«Mein Beileid», sagte der Kommissar.

Polanyi sorgte dafür, dass Morath es sofort erfuhr. Ein Anruf aus der Gesandtschaft. «Oberst Sombor hat tragischerweise seinem Leben ein Ende gesetzt. Dürfen wir Sie um eine Spende für den Blumenschmuck bitten?»

Ende April. Spätabends in der Rue Guisarde, noch ein paar letzte Sätze über die graziöse Suzette. Die Vorbereitungen für einen Neptunsball hatten die Passagiere aufgemuntert, die nach mehreren Tagen auf hoher See ein wenig mürrisch geworden waren. Noch munterer wurde der gut aussehende Matrose Jack, der so freundlich gewesen war, die Leiter zu halten, während Suzette hinaufstieg, um die Dekorationen im Ballsaal anzubringen.

«Ohne Unterhöschen?», fragte Morath.

«Hat sie vergessen.»

Es klopfte, und herein kam Moni. Sie wirkte sehr mitgenommen und fragte, ob sie auf der Couch übernachten dürfe.

Mary Day brachte den portugiesischen Wein, und Moni weinte ein bisschen. «Alles meine Schuld», sagte sie. «Ich bin mitten in einem Streit einfach aus der Wohnung marschiert, und Marlene hat abgeschlossen und wollte mich nicht mehr reinlassen.»

«Du kannst gern hier bleiben», sagte Mary.

«Nur die eine Nacht. Morgen ist alles vergeben und vergessen.» Sie trank einen Schluck Wein und zündete sich eine Gauloise an. «Eifersucht», sagte sie. «Warum mache ich solche Sachen?»

Sie schickten Morath nach einer neuen Flasche Wein, und als er wiederkam, telefonierte Moni. «Sie hat angeboten, in ein Hotel zu gehen», sagte Mary leise. «Aber ich hab sie gebeten zu bleiben.»

«Ist mir recht. Aber vielleicht wär's ihr lieber.»

«Geld, Nicholas», sagte Mary. «Keiner von uns hat welches. Eigentlich haben die meisten Leute keins.»

Moni legte auf. «Tja, also doch die Couch.»

Sie unterhielten sich über dieses und jenes – die arme Cara in Buenos Aires, Montrouchets Schwierigkeiten mit dem Théâtre des Catacombes, Juan-les-Pins – und kamen schließlich auf den Krieg zu sprechen. «Was wirst du machen, Nicholas, wenn es losgeht?»

Morath zuckte die Achseln. «Wahrscheinlich müsste ich nach Ungarn zurück. In die Armee.»

«Und Mary?»

«Ich wär die Marketenderin», sagte Mary. «Er würde kämpfen, ich würde an der Gulaschkanone stehen.»

Moni lächelte, aber Mary fing Moraths Blick auf. «Nein, im Ernst», sagte Moni. «Würdet ihr flüchten?»

«Ich weiß es nicht», sagte Morath. «Paris würde bombardiert werden. In Schutt und Asche gelegt.»

«Das sagen alle. Wir gehen alle zusammen nach Tanger – das ist beschlossene Sache. Ansonsten – Katastrophe. Zurück nach Montreal.»

Mary Day lachte. «Nicholas in einer Dschellaba.»

Sie tranken die zwei Flaschen aus, die Morath gebracht hatte, und lange nach Mitternacht schliefen Moni und Mary auf dem Bett ein, wie sie gerade lagen, und es war Morath, der mit der Couch vorlieb nehmen musste. Lange lag er in der verräucherten Dunkelheit und fragte sich, was wohl aus ihnen werden würde. Konnten sie fliehen? Wohin? Budapest vielleicht, oder New York. Lugano? Nein. Totenstille an einem kalten See, nach einem Monat hätten sie es satt. *Eine Pariser Liebesaffäre lässt sich nicht verpflanzen.* Sie konnten nirgendwo anders leben, nicht zusammen. *Also in Paris bleiben.* Noch eine Woche, noch einen Monat, wie es sich eben ergab. Und dann im Krieg sterben.

Am nächsten Morgen hatte er furchtbare Kopfschmerzen. Als er die Wohnung verließ und durch die Rue Mabillon Richtung Seine ging, kam Ilja aus einem Hauseingang und ging neben ihm her. Er hatte den grünen Mantel gegen eine Cordjacke vertauscht, die mehr oder weniger im gleichen Zustand war wie der Mantel.

«Wird Ihr Freund sich mit mir treffen?», drängte er.

«Ja.»

«Alles ist anders, sagen Sie ihm das. Litwinow ist kaltgestellt – ein Signal an Hitler, dass Stalin verhandeln will.» Litwinow war der sowjetische Außenminister. «Verstehen Sie?» Er wartete die Antwort nicht ab. «Litwinow ist ein jüdischer Intellektueller, ein Bolschewik alten Stils. Für die bevorstehenden Verhandlungen bietet Stalin den Nazis jetzt einen akzeptableren Partner an. Möglicherweise Molotow.»

«Wenn Sie sich mit meinem Freund treffen wollen, sagen Sie, wo und wann.»

«Morgen Abend. Um halb elf. In der Métro Parmentier.»

Eine öde Station, draußen im XI. Arrondissement. «Und wenn er nicht kommen kann?» Morath meinte *nicht kommt*, und Ilja spürte es.

«Dann kann er eben nicht. Und ich melde mich entweder noch einmal bei Ihnen oder nicht.»

Er wandte sich brüsk ab, machte kehrt, entfernte sich rasch und verschwand.

Eine Zeit lang spielte Morath mit dem Gedanken, die Sache einschlafen zu lassen. Doch dann, plötzlich: Ilja *wusste Bescheid*. Wieso? Das klang gar nicht nach einem, der sich mit einer Tüte Haferflocken in einer Dachkammer versteckt hält. War es möglich, dass er entdeckt worden war? Und einen Kuhhandel mit dem NKWD gemacht hatte? Aber Polanyi hatte gesagt, *überlass das mir*. Er war nicht dumm, er würde niemals ohne Schutz zu einem solche Treffen gehen. Ich muss es ihm überlassen, dachte Morath. Denn wenn die Information stimmte, bedeutete das, dass Hitler keine dreihundert russischen Divisionen mehr zu fürchten brauchte, und das bedeutete Krieg in Polen. Dann würden die Briten und die Franzosen eingreifen müssen, und das hieß Krieg in ganz Europa.

Von der Agence Courtmain aus rief Morath in der Gesandtschaft an.

«Ein Trick», sagte Polanyi. «Wir werden benutzt – ich weiß nicht genau, warum, aber wir werden benutzt.»

Sie saßen in einem glänzend schwarzen großen Mercedes, Bolthos vorne neben dem Fahrer. Es war der dreißigste Mai, ein heller, freundlicher Tag unter einem vom Wind blank gefegten Himmel. Sie fuhren an der Seine entlang, verließen an der Porte de Bercy die Stadt und fuhren südwärts zu dem Dorf Thiais.

«Du bist alleine hin?», fragte Morath.

Polanyi lachte. «Ein seltsamer Abend in der Métro Parmentier – untersetzte Männer, in ungarische Zeitungen vertieft.»

«Und die Dokumente?»

«Heute Abend. Und dann adieu Genosse Ilja.»

«Vielleicht spielt es jetzt keine Rolle mehr.» Litwinow war zwei Tage zuvor zurückgetreten.

«Nein, wir müssen etwas unternehmen. Die Briten aufwecken – noch ist es nicht zu spät für Diplomatie. Ich würde sagen,

Polen ist im Herbst dran. Nach der Ernte, bevor der Regen kommt.»

Der Wagen fuhr langsam durch das Dorf Alfortville, wo eine Reihe von Tanzlokalen am Quai stand, dem Fluss zugewandt. Hierher fuhren die Pariser an Sommerabenden, um bis in die frühen Morgenstunden zu trinken und zu tanzen. «Der Ärmste», sagte Polanyi. «Vielleicht hat er in diesen Lokalen gezecht.»

«Es gibt kaum welche, in denen er nicht gezecht hat.»

Sie fuhren zum Begräbnis des Schriftstellers Joseph Roth, der im Alter von vierundvierzig Jahren im Delirium tremens gestorben war. Polanyi und Morath hatten auf der Rückbank einen großen kunstvollen Kranz mit hellgelben Rosen und schwarzer Seidenschleife von der ungarischen Gesandtschaft.

«Das heißt also», sagte Morath, «diese Fluchtgeschichte ist nur eine List.»

«Höchstwahrscheinlich. So können die Leute, die ihn geschickt haben, seine Existenz leugnen. Vielleicht ist das die Absicht, die dahinter steckt. Oder wir haben es nur mit einem Manöver im sowjetischen Stil zu tun – hinter Betrug verbirgt sich Täuschung und wer weiß was noch alles. Möglich ist auch, dass er für eine Splittergruppe in Moskau arbeitet, Leute wie Litwinow, die mit Hitler nichts zu tun haben wollen.»

«Du bist doch vorsichtig, wenn du dich wieder mit ihm triffst?»

«Ja, natürlich. Wir können sicher sein, dass der Geheimdienst der Nazis etwaige Verhandlungen zwischen Hitler und Stalin unbedingt vor den Briten geheim halten will. Es würde ihnen überhaupt nicht in den Kram passen, wenn wir irgendwelche Dokumente an befreundete Engländer in Paris weitergeben würden.» Er machte eine Pause, dann sagte er: «Ich mache drei Kreuze, wenn das vorbei ist, wie immer es ausgeht.»

Offenbar wird ihm das alles zu viel, dachte Morath. Sombor, die Russen, weiß der Himmel was noch alles. Es roch im

Wagen stark nach Bayrum und Brandy – das Aroma von Macht und einem Leben in Wohlstand und Muße. Polanyi schaute auf die Uhr. «Es fängt um zwei an», sagte er dem Fahrer.

«Wir werden rechtzeitig da sein, Euer Exzellenz.» Aus Höflichkeit fuhr er ein wenig schneller.

«Hast du seine Romane gelesen, Nicholas?»

«Den *Radetzkymarsch* mehrmals. *Hotel Savoy. Die Flucht ohne Ende.*»

«Da, das ist es. Ein Epitaph.» Roth war 1933 aus Deutschland geflohen. «Aus einem brennenden Haus muss man hinauslaufen», hatte er an einen Freund geschrieben.

«Eine katholische Beerdigung?», fragte Morath.

«Ja. Er ist in einem galizischen Schtetl geboren, wurde es aber leid, Jude zu sein. Er liebte die Monarchie, Franz-Josef, Österreich-Ungarn.» Polanyi schüttelte den Kopf. «Es ist traurig, Nicholas. Er hat das Emigrantenleben gehasst und sich zu Tode getrunken, als er den Krieg kommen sah.»

Zwanzig Minuten später erreichten sie Thiais, und der Fahrer parkte vor der Kirche. Eine kleine Menschenmenge, überwiegend Emigranten, ärmlich und abgerissen, aber fein gemacht, so gut es ging. Unmittelbar bevor die Messe begann, trugen zwei Männer in ordensgeschmückten dunklen Anzügen einen Kranz in die Kirche. «Ah, die Legitimisten», sagte Polanyi. Quer über dem Kranz eine Schärpe, in den Farben der Monarchie, Schwarz und Gelb, und ein einziges Wort: *Otto* – Oberhaupt des Hauses Habsburg und Erbe eines untergegangenen Reiches. Morath ging der Gedanke durch den Kopf, dass er Zeuge des letzten Augenblicks im Leben Österreich-Ungarns wurde.

Auf dem Kirchhof sprach der Priester nur kurz. Er erwähnte Roths Frau Friedl, die in einer Heilanstalt in Wien lebte, seinen Militärdienst in Galizien während des Krieges, seine Romane und seine journalistische Arbeit, seine Liebe zur Kirche und zur Monarchie. *Wir alle haben die Welt überschätzt.* Der

Satz, den Roth nach seiner Ankunft in Paris einem Freund geschrieben hatte, war in einem Nachruf in der Morgenzeitung zitiert worden.

Nachdem der Sarg ins Grab hinabgelassen worden war, nahm Morath eine Hand voll Erde und streute sie auf den Kiefernholzdeckel. «Ruhe in Frieden», sagte er. Die Trauernden verharrten still, während die Totengräber begannen, das Grab zuzuschaufeln. Einige der Emigranten weinten. Die Nachmittagssonne schien auf den Grabstein, einen grauen Betonquader mit der Inschrift:

JOSEPH ROTH
Poète Autrichien
MORT A PARIS EN EXIL
2.9.1894–27.5.1939

Am Morgen des zweiten Juni fand Morath in der Agence Courtmain eine Telefonnotiz vor: *Bitte Major Fekaj in der ungarischen Gesandtschaft anrufen.* Leichte Unruhe erfasste ihn – Polanyi hatte ihm auf der Rückfahrt von Thiais gesagt, dass Fekaj jetzt in Sombors Büro sitze, weil der eigentliche Nachfolger erst in einer Woche aus Budapest kommen werde.

Morath steckte den Zettel ein und ging zu einer Besprechung bei Courtmain. Wieder eine Plakat-Aktion – eine Parade, ein Umzug, die Ministerien trafen Vorbereitungen für den hundertfünfzigsten Jahrestag der Revolution von 1789 im Juli. Nach der Besprechung luden Courtmain und Morath die Mitarbeiter der Agentur zu einem ausgelassenen Mittagessen im ersten Stock des Lapérouse ein – ihre Antwort auf die sinkende Stimmung im Lande.

Als er in die Avenue Matignon zurückkehrte, wusste Morath, dass er jetzt anrufen musste, sonst würde er den ganzen Tag daran denken müssen.

Fekajs Stimme war tonlos und kalt. Er war ein farbloser

Mann, pedantisch, förmlich und reserviert. «Ich habe angerufen, um Ihnen mitzuteilen, dass wir uns ernste Sorgen um das Wohlergehen seiner Exzellenz Graf Polanyi machen.»

«Ja?» Wieso denn das?

«Er ist seit zwei Tagen nicht mehr in der Gesandtschaft erschienen und geht zu Hause nicht ans Telefon. Wir wüssten gerne, ob Sie vielleicht mit ihm in Verbindung stehen.»

«Nein, ich habe ihn seit vorvorgestern nicht mehr gesprochen.»

«Hatte er Ihres Wissens vor, ins Ausland zu reisen?»

«Ich glaube nicht. Vielleicht ist er krank.»

«Wir haben alle Krankenhäuser angerufen. Es gibt keine Unterlagen über eine Einlieferung.»

«Waren Sie in seiner Wohnung?»

«Ja, heute Morgen, die Concierge hat uns eingelassen. Alles war in Ordnung, keinerlei Hinweise auf ... irgendetwas Ungewöhnliches. Das Hausmädchen erklärte, sein Bett sei zwei Nächte nicht benutzt worden.» Fekaj räusperte sich. «Könnten Sie uns sagen, ob er manchmal anderswo übernachtet? Bei einer Frau?»

«Falls er das tut, sagt er mir nichts davon, er behält die Einzelheiten seines Privatlebens für sich. Haben Sie die Polizei eingeschaltet?»

«Ja.»

Morath musste sich an seinen Schreibtisch setzen. Er zündete sich eine Zigarette an und sagte: «Major Fekaj, ich wüsste nicht, wie ich Ihnen helfen könnte.»

«Das akzeptieren wir.» Fekaj zögerte, dann fuhr er fort. «Es ist uns bewusst, dass gewisse Aspekte der Arbeit von Graf Polanyi – unsichtbar bleiben müssen. Aus Gründen der Staatssicherheit. Aber wir zählen darauf, dass Sie, sollte er sich bei Ihnen melden, uns zumindest wissen lassen, dass er wohlauf ist.»

Dass er noch lebt, meinst du. «Gewiss», sagte Morath.

«Ich danke Ihnen. Natürlich werden wir Sie unsererseits ebenfalls auf dem Laufenden halten.»

Morath hielt den Hörer noch in der Hand, als Fekaj schon längst aufgelegt hatte.

Verschwunden.

Er rief Bolthos im Büro an, aber Bolthos wollte am Telefon in der Gesandtschaft nicht sprechen und traf sich mit ihm kurz nach Einbruch der Dunkelheit in einem belebten Café.

«Ich habe mit Fekaj gesprochen», sagte Morath. «Aber ich hatte ihm nichts zu sagen.»

Bolthos wirkte eingefallen. «Es ist schwierig», sagte er. «Unmöglich. Dank unserer unsäglichen politischen Verhältnisse sind wir damit geschlagen, dass verschiedene Stellen separat ermitteln. Offiziell sind die *nyilas* zuständig, aber die eigentliche Arbeit müssen Polanyis Freunde erledigen. Fekaj und seine Verbündeten werden sich nicht engagieren.»

«Was meinen Sie, wo er ist?»

Ein höfliches Achselzucken. «Entführt.»

«Ermordet?»

«Zu gegebener Zeit.»

Nach einer kurzen Pause sagte Bolthos: «Er würde doch nicht von einer Brücke springen, oder?»

«Nein, der nicht.»

«Nicholas», sagte Bolthos. «Sie werden mir sagen müssen, was er zuletzt gemacht hat.»

Morath zögerte, aber er hatte keine Wahl. «Am Freitag wollte er sich mit einem Mann treffen, der sich für einen geflüchteten ehemaligen Angehörigen des sowjetischen Nachrichtendienstes ausgab, was ihm Polanyi aber nicht glaubte. Seiner Meinung nach war er nicht geflüchtet, sondern geschickt worden. Wie auch immer, er brachte Informationen, die Polanyi für sehr wichtig hielt – über Litwinows Entlassung und Verhandlungen zwischen Stalin und Hitler. Also hat sich Polanyi einmal mit ihm getroffen und ein zweites, letztes Treffen mit ihm vereinbart. Ich nehme an, die Dokumente sollten gegen Geld übergeben werden.

Wenn Sie nach Feinden suchen, müssen Sie aber auch andere in Betracht ziehen, beispielsweise Sombors Kollegen, die bestimmt ihre eigene Meinung über die Vorgänge in der Gesandtschaft haben und zu allem fähig sind. Und Sie können sich nicht der Tatsache verschließen, dass Polanyi mit den Deutschen in Verbindung stand: mit Diplomaten, Spionen, Stabsoffizieren der Wehrmacht. Außerdem hatte er Kontakt zu den Polen, möglicherweise auch zu den Rumänen und Serben – wegen einer etwaigen gemeinsamen Front gegen Hitler.»

Bolthos lächelte säuerlich. «Aber keine rachsüchtige Geliebte, da sind Sie sich sicher?» Sie saßen schweigend in dem turbulenten Café. Am Nachbartisch las eine Frau mit Hilfe eines Lorgnons, unter ihrem Stuhl schlief ihr Dackel. «Aber das hat natürlich alles zu seiner Arbeit gehört.»

«Ja, das hat es.» Morath hörte sich selbst in der Vergangenheitsform sprechen. «Sie glauben, er ist tot.»

«Ich hoffe nicht, aber es wäre immer noch besser als ein Verlies in Moskau oder Berlin.» Bolthos holte ein kleines Notizbuch hervor. «Können Sie mir sagen, wo dieses Treffen stattfinden sollte?»

«Ich weiß es nicht. Der erste Treffpunkt war die Métro Parmentier. Aber solange ich noch mit dem Mann zu tun hatte, hat er jedes Mal Zeit und Ort des Treffens gewechselt. Also können wir davon ausgehen, dass das zweite Treffen *dort* bestimmt nicht stattgefunden hat.»

«Es sei denn, Polanyi hat darauf bestanden.» Bolthos blätterte in seinem Notizbuch zurück. «Ich habe meine eigenen Quellen bei der Pariser Polizei angezapft. Am Freitag, dem dreißigsten Mai, wurde nicht weit von der Métro Parmentier ein Mann erschossen. Die Meldung stand irgendwo zwischen den Raubüberfällen und Familiendramen, aber etwas daran hat mich stutzig gemacht. Das Opfer war französischer Staatsbürger, aber gebürtiger Slowake. Er hatte in der Fremdenlegion gedient, war aber wegen politischer Umtriebe entlassen worden. Er konnte sich noch in einen Hauseingang in der Rue Saint-Maur schleppen und starb dort, etwa eine Gehminute von der Métro-Station.»

«Ein Phantom», sagte Morath. «Polanyis Leibwächter – ist das Ihre Vermutung? Oder sein Mörder? Oder beides, warum nicht. Oder eher keins von beidem, sondern irgendjemand, der in der Nacht zuvor jemandem in die Quere gekommen war oder wegen eines Zehnfrancstücks umgebracht wurde.»

Bolthos steckte sein Notizbuch weg. «Wir müssen es versuchen», sagte er. Er meinte damit, dass er sein Bestes getan habe.

«Ja, ich weiß», sagte Morath.

Temetni Tudunk, ein madjarisches Gefühl, komplex und ironisch: *Wie man Leute begräbt, das wenigstens wissen wir.* Es war Wolfi Szubl, der die Worte sagte, in einem ungarischen Nachtclub im Keller eines merkwürdigen kleinen Hotels im XVII. Arrondissement. Szubl und Mitten, die Baronin Frei in Begleitung eines französischen Filmproduzenten, Bolthos mit seiner Frau und deren Cousin, Woyschinkowsky und Lady Angela Hope, der Maler Szabo, die liebreizende Madame Kareny, verschiedene andere Heimatlose und Aristokraten, die durch Janos Polanyis kompliziertes Leben gegangen waren.

Es war kein Begräbnis – es gab kein Begräbnis, das war das Ironische an Szubls Bemerkung, nicht einmal eine Gedenkfeier, sondern nur einen Abend zum Andenken an einen Freund. «Ein schwieriger Freund», sagte Woyschinkowsky und wischte sich mit dem Zeigefinger den Augenwinkel. Es gab Kerzenlicht, eine kleine Zigeunerkapelle, Platten mit Paprikahuhn in Sahnesauce, Wein und Marillenbrand, und natürlich wurde im Laufe des Abends mehrmals geäußert, dass Polanyi wohl gern dabei gewesen wäre. Bei einem der besonders herzzerreißenden Lieder stellte sich eine gertenschlanke, blasse Frau vor das Orchester und tanzte mit einem seidenen Tuch. Sie war durch und durch *Parisienne* und angeblich eine Kupplerin, die im Palais Royal wohnte. Morath saß neben Mary Day und übersetzte ab und zu, wenn jemand etwas auf Ungarisch sagte.

Sie tranken auf Polanyi, *Wo immer er jetzt sein mag*, womit gemeint war, im Himmel oder in der Hölle. «Oder vielleicht in Palm Beach», sagte Herbert Mitten. «Warum eigentlich nicht, wär doch ein tröstlicher Gedanke.»

Um zwei Uhr morgens brachte der *patron* mit einer tiefen Verbeugung Morath die Rechnung auf einem silbernen Tablett. Woyschinkowsky, dessen Angebot, die Zeche zu begleichen, abgelehnt worden war, bestand darauf, Morath und Mary Day wenigstens in seinem Hispano-Suiza mit Chauffeur nach Hause zu bringen.

Wir müssen es versuchen. Bolthos hatte es für sie beide gesagt. Für Morath war das ein erkennbarer, aber verwickelter Strang, eigentlich der Einzige, den er kannte, in einem unüberschaubaren Gewirr schattenhafter Verknüpfungen.

Tags darauf ging er nachmittags ins Balalaika und trank Wodka mit Boris Balki.

«Eine Schande», sagte Balki und hob das Glas, «auf sein Andenken».

«Wenn man's genau überlegt, musste es wahrscheinlich so kommen.»

«Ja, früher oder später. Männer wie er leben in geborgter Zeit.»

«Die Verantwortlichen», sagte Morath, «sitzen vielleicht in Moskau.»

Ein gewisses Zartgefühl hielt Balki davon ab zu sagen, wie er darüber dachte, aber seine Reaktion – Balki blickte sich um, ob ihnen jemand zuhörte – war für Morath eindeutig.

«Ich würde nicht mal versuchen, mit denen zu reden, wenn ich Sie wäre», sagte Balki.

«Na ja, wenn ich glauben könnte, dass es was nützt.»

«Wenn sie es getan haben, ist es passiert», sagte Balki. «Schicksal ist Schicksal, die Slawen wissen da Bescheid.»

«Übrigens», sagte Morath, «was ist eigentlich aus Silvana geworden?»

«Die lebt herrlich und in Freuden.» Balki war sichtlich erleichtert, dass das Thema Moskau abgehakt war. «Soviel man hört.»

«Ich möchte von Schleben sprechen.»

«Ja, also ...»

«Können Sie das arrangieren?»

«Silvana, ja. Der Rest ist Ihre Sache.»

In der folgenden Woche bekam Morath einen Brief auf dickem Papier von einem gewissen Auguste Thien. Er möge sich in der Anwaltskanzlei Thien in Genf einfinden, zwecks «Regelung des Nachlasses von Graf Janos von Polanyi de Nemeszvar».

Morath fuhr mit dem Zug. Er schaute in die grün und goldene Landschaft Burgunds hinaus, übernachtete in einem ruhigen Genfer Hotel und fand sich am nächsten Morgen in der Kanzlei ein, von der aus man über den See schaute.

Der Anwalt Thien, in dessen Büro Morath von einem jüngeren Angestellten geführt wurde, erwies sich als klappriger alter Knacker, der sich nur noch dank seines steifen, eisengrauen Anzugs aufrecht hielt. Er hatte volles, gewelltes Silberhaar mit Mittelscheitel und eine Haut wie Pergament. «Euer Exzellenz», sagte der Anwalt und reichte ihm die Hand. «Darf ich Ihnen Kaffee anbieten? Oder etwas Stärkeres?»

Morath entschied sich für Kaffee. Daraufhin trug der jüngere Angestellte ein Sèvres-Service mit zahllosen Teilen auf einem riesigen Tablett herein. Thien goss den Kaffee selbst ein, wobei er hörbar schnaufte.

«Nun denn», sagte er, als Morath schließlich die Tasse in den Händen hielt.

Auf dem Schreibtisch stand eine Metallkassette, wie sie in Bankschließfächern verwendet wurde. «Diese Papiere stellen einen ansehnlichen Teil des Nachlasses von Polanyi de Nemeszvar dar», sagte Thien. «Nach meinen Instruktionen ist er jetzt im Wesentlichen auf Sie zu übertragen. Für die noch lebenden Mitglieder der Familie von Graf Polanyi ist gesorgt, in sehr großzügiger Weise, aber der größte Teil des Nachlasses gehört von heute an Ihnen. Einschließlich des Titels, der jeweils auf den ältesten lebenden Spross in männlicher Linie übergeht – in diesem Fall auf den Sohn der Schwester von Graf Polanyi, Ihrer Mutter. Bevor wir zu den Einzelheiten kommen, habe ich also die Ehre, Sie, wenngleich aus traurigem Anlass, als Nicholas, Graf Morath, zu begrüßen.»

Er stand langsam auf und kam hinter dem Schreibtisch hervor, um Morath die Hand zu geben.

«Ich kenne die hiesigen Gesetze nicht», sagte Morath, nachdem er Platz genommen hatte, «aber es gibt meines Wissens keine Sterbeurkunde.»

«Das ist richtig.» Ein Schatten glitt über Thiens Gesicht. «Aber wir sind auch nicht gehalten, auf der Vorlage einer solchen Urkunde zu bestehen. Sie müssen wissen, dass bestimmte Personen in ihren Anweisungen, wie nach ihrem Ableben mit ihrem Nachlass zu verfahren sei, die Voraussetzungen nach eigenem Gutdünken festsetzen können. In der Schweiz ist dies völlig ins Belieben des künftigen Erblassers gestellt. Wir sind im Besitz eines Schreibens der Pariser *préfecture*, einer *attestation*, worin der Erblasser offiziell als vermisst erklärt wird. Diese Eventualität war von Anfang an berücksichtigt worden. Und unsere Kanzlei steht, das möchte ich betonen, in dem Ruf, sich aufs gewissenhafteste an die Anweisungen ihrer Mandanten zu halten – ungeachtet der möglichen Folgen. Haben Sie einmal von der Zirkuselefantin Loulou gehört? Nein? Nun, sie genießt heute auf einem Gut bei Coimbra ihren Lebensabend, gemäß dem Wunsch des verstorbenen Senhor Alvares, des ehemaligen Eigentümers des Zirkus Alvares. In seinem letzten Willen vergaß er nicht, das gutmütige Tier zu berücksichtigen. Und die Elefantin wird, so könnte man sagen, Senhor Alvares nie vergessen. Und diese Anwaltskanzlei, Graf Morath, wird Loulou nie vergessen.»

Der Rechtsanwalt Thien lächelte voller Genugtuung, entnahm einer Schublade einen größeren Schlüssel, schloss die Metallkassette auf und begann, Morath verschiedene Urkunden und Wertpapiere zu überreichen.

Er war jetzt schwerreich. In groben Zügen hatte er das auch bisher schon gewusst – die kanadischen Eisenbahnobligationen, die Güter in der Slowakei –, aber nun hatte er es schwarz auf weiß. «Außerdem», sagte Thien, «existieren noch diverse Konten bei hiesigen Banken, über die Sie jetzt verfügen können – mein Partner wird Ihnen beim Ausfüllen der Formulare zur Hand gehen. Sie können diese Gelder von jedem Institut Ihrer Wahl verwalten lassen oder sie dort belassen, wo sie zurzeit liegen, in Ihrem Namen, und entsprechende Zahlungsanweisungen geben.

Wie Sie sehen, Graf Morath, lassen sich diese Angelegenheiten kaum in einer einzigen Besprechung regeln. Gibt es im Augenblick irgendwelche Punkte, die noch der Klärung bedürfen?»

«Ich glaube nicht.»

«Dann möchte ich mit Ihrer Erlaubnis noch Folgendes hinzufügen.»

Er nahm ein einseitig beschriebenes Blatt Papier aus seiner Schublade und las vor: *«Dass ein Mann seine vertraute Welt verlassen muss, mag unvermeidlich sein, doch sein Geist lebt weiter in den Taten und Handlungen derer, die zurückbleiben, im Gedächtnis derer, die er hinterlässt, seiner Angehörigen und Freunde, deren weiteres Leben vielleicht von dem bestimmt sein wird, was sie von ihm gelernt haben, und das soll sein wahres Vermächtnis sein.»*

Nach einer Pause sagte Thien: «Ich glaube, Sie werden Trost in diesen Worten finden, Euer Exzellenz.»

«Ja, gewiss», sagte Morath.

Du Schuft. Du bist am Leben.

Bei seiner Rückkehr nach Paris fand natürlich eine Feier anlässlich seiner Erhebung in den Grafenstand statt, an der allerdings nur der Graf und die Gräfin in spe teilnahmen. Letztere besorgte in der Patisserie an der Ecke eine schöne Torte, auf der, nach Beratung mit der Konditorsfrau und unterstützt durch ein Wörterbuch, in blauem Zuckerguss ein Glückwunsch in ungarischer Sprache prangte. Übersetzt lautete er in etwa *Gute Gefühle, Herr Graf*, aber angesichts seiner schwierigen Muttersprache befand Morath ihn als gut genug. Außerdem – Suzette lässt grüßen! – hatte Mary Day Luftschlangen an die Wände der Wohnung geheftet, obwohl Morath im Gegensatz zum gut aussehenden Matrosen Jack nicht zur Stelle gewesen war, um die Leiter zu halten. Trotzdem bekam er viel mehr zu sehen als Jack jemals hoffen konnte, und obendrein durfte er den Zuckerguss von den Brustwarzen der Gräfin lecken.

Es folgte eine abenteuerliche Nacht. Um drei Uhr standen sie am Fenster und betrachteten den hinter Nebelschwaden hervorleuchtenden Mond. Auf der anderen Seite der Rue Guisarde lehnte ein Mann im Unterhemd im Fenster und rauchte eine Pfeife. Eine Stunde später erhob sich ein Frühlingswind und trug den Geruch von Wiesen und Feldern in die Stadt. Sie beschlossen, im Morgengrauen in die Closerie des Lilas zu gehen und Champagner zu trinken, doch dann schlief Mary ein, das Haar an der Stirn klebend, der Mund offen. Sie schlief so friedlich, dass er es nicht übers Herz brachte, sie zu wecken.

Am Abend gingen sie ins Kino, in eins der schicken Gaumont-Theater drüben beim Grand Hotel. *Schaumgebäck*, dachte Morath. Eine fixe Idee der Franzosen – wie sich aus Leidenschaft romantische Verwicklungen ergeben, wobei alle Beteiligten hübsch und gut angezogen sein müssen. Seine heiß geliebte Mary Day, so hart sie in mancher Hinsicht sein konnte, schmolz dahin. Er saß neben ihr und spürte, wie sie bei jeder Umarmung Herzklopfen bekam.

Beim Hinausgehen hörte er im Vorraum, der mit Kronleuchtern und Putten prunkte, einen jungen Mann zu seiner Freundin sagen: «*Tout Paris* kann sich zu Tode rammeln, den Hitler hält das keine Minute auf.»

Das also war die Stimmung in Paris in diesem Juni. Gereizt, aber widerstandsfähig, strengte man sich an, die Katastrophen – Österreich, München, Prag – zu verkraften, und versuchte, wieder Normalität in den Alltag einkehren zu lassen. Aber die Nazis gaben keine Ruhe. Jetzt war Danzig an der Reihe, und die Polen wehrten sich nach Kräften. Jeden Morgen lauerte es in den Zeitungen: Zollbeamte erschossen, Postämter niedergebrannt, Flaggen heruntergerissen und in den Schmutz getreten.

In Ungarn war es kaum besser. Ruhiger vielleicht. Das Parlament hatte im Mai neue antisemitische Gesetze verabschiedet, und als Morath von Woyschinkowsky um einen Beitrag zu einem Hilfsfonds für Juden, die das Land verlassen wollten, gebeten wurde, schrieb er einen Scheck aus, der sogar den «Löwen der Börse» nach Luft schnappen ließ. Er zog die Brauen hoch, als er den Betrag sah. «Das ist ja *ungeheuer* großzügig von dir, Nicholas. Willst du wirklich so viel tun?»

Er wollte. Seine Schwester hatte ihm geschrieben. Das Leben in Budapest, so berichtete Teresa, sei «ruiniert, zuschanden gemacht». Alle redeten nur vom Krieg, von Selbstmorden, einem Zwischenfall während einer Aufführung des *Rosenkavaliers*. «Stell dir vor, Nicholas, sogar in der Oper!» Duchazy sei in «weiß der Himmel was» verwickelt. Intrigen, Verschwörungen. «Letzten Dienstag hat das Telefon zweimal nach Mitternacht geläutet.»

Er ging mit Mary Day zum Nachmittagstee im Haus der Baronin Frei – die Ankunft des Sommers im Garten sollte offiziell gefeiert werden. Die Stars der Veranstaltung waren die Kletterrosen, die sich über die Ziegelmauern der Terrasse ausbreiteten: Madame Alfred Carrière, weiße, hellrosa angehauchte Blüten – «eine perfekte Noisette», sagte die Baronin zu Mary Day, «im Jahre 1911 eigenhändig vom Baron gepflanzt» –, und Gloire de Dijon, zartgelb mit Aprikosenschimmer.

Die Baronin hielt Hof auf einem gusseisernen Gartenstuhl, schalt die Vizslas, die bei den Gästen um verbotene Leckerbissen bettelten, und winkte die Freunde zu sich. Neben ihr saß eine Amerikanerin namens Blanche. Sie war die Frau des Cellisten Kolowitzky, eine lebhafte Blondine mit schwarzen Augenbrauen, strahlender Bräune von ihrem Leben an Swimmingpools in Hollywood und einem imposanten Busen an einem Körper, der rubenssche Dimensionen hätte haben müssen, jedoch gezwungen war, sich von Grapefruit und Toast zu ernähren.

«Liebster Nicholas», rief die Baronin, «kommen Sie und sprechen Sie mit uns.»

Als er auf sie zuging, entdeckte er im Gewühl Bolthos und erwiderte seinen Blick mit einem freundlichen Nicken. Einen Moment lang war er versucht, seinen Verdacht auszusprechen, überlegte es sich dann aber anders. *Stillschweigen*, ermahnte er sich.

Morath küsste Lillian Frei auf beide Wangen. «Nicholas, hast du Blanche schon kennen gelernt? Belas Frau?»

«Kolowitzky, nicht Lugosi», sagte die Frau lachend.

Morath lachte höflich mit und nahm ihre Hand. Was war daran lustig?

«Ja, bei der Weihnachtseinladung», sagte Morath. «Schön, Sie wieder zu sehen.»

«Sie ist im Crillon abgestiegen», sagte die Baronin Frei. «Aber ich habe sie überredet, hier bei mir zu wohnen.»

Kolowitzkys Frau fing mit Morath ein Gespräch in englischer Sprache an, und er versuchte mitzuhalten, so gut es ging. Die Baronin sah, dass er auf verlorenem Posten stand, und begann zu dolmetschen, wobei sie Blanches rechte Hand fest mit der Linken hielt und zur Betonung beide Hände hob, während die Unterhaltung weiterging.

Es handelte sich, wie Morath bald feststellte, um einen schweren Fall von *money madness*. Als eine Tante von ihm in Johannesburg starb, hatte der Cellist, der die Musik zu Hollywoodfilmen komponierte, zwei Mietshäuser in Wien geerbt. «Nichts Großartiges, wissen Sie, aber solide. Respektabel.»

Kolowitzkys Freunde, sein Anwalt und seine Frau hatten nur gelacht über seinen absurden Vorsatz, nach Österreich zu fahren, um sein Erbe anzutreten. Kolowitzky hatte mitgelacht und war dann nach Paris geflogen und mit dem Zug nach Wien gefahren.

«Er ist in Armut aufgewachsen», sagte Blanche. «Deshalb kann er nie genug Geld haben. Er geht jeden Abend im Haus herum und macht die Lichter aus.»

Sie hielt inne, nahm ein Taschentuch aus ihrer Handtasche und betupfte sich die Augen. «Entschuldigung», sagte sie. «Das war vor drei Wochen», sagte sie, «und er ist immer noch in Wien. Sie lassen ihn nicht mehr weg.»

«Hat ihm denn jemand zugeredet, nach Wien zu kommen?»

«Sehen Sie! Er kennt sich aus», sagte Blanche zur Baronin. «Ein Schuft, ein Wiener Rechtsanwalt. ‹Sie haben nicht das Geringste zu befürchten›, hat er ihm geschrieben. ‹Sie sind Amerikaner, da wird es keine Schwierigkeiten geben.›»

«Ist er eingebürgert?»

«Nein, er ist Ausländer mit unbegrenzter Aufenthaltserlaubnis. Er hat mir geschrieben, ins Crillon. Als er ihnen die Häuser überschrieben hatte – dieser Anwalt steckt mit den Nazis unter einer Decke, das ist der Witz –, hat er gedacht, sie würden ihn gehen lassen. Aber vielleicht ist es doch nicht so einfach.»

Die Baronin erschrak sichtlich bei dem «unter einer Decke», und Blanche sagte: «Ich meine, die machen alle gemeinsame Sache.»

«Ist er bei der amerikanischen Botschaft gewesen?»

«Er hat's versucht. Aber die interessieren sich nicht für Juden. Kommen Sie im Juli wieder, haben sie ihm gesagt.»

«Wo ist er denn, in Wien?»

Sie öffnete ihre Handtasche und brachte einen mehrfach gefalteten Brief auf dünnem Papier zum Vorschein. «Er sagt hier» – sie kramte nach ihrer Brille und setzte sie auf –, «hier, im Schönhof. Warum weiß ich nicht, zuerst hat er im Hotel Graben gewohnt, da hat es ihm immer gefallen.» Sie las weiter und sagte: «Da. Er schreibt: *Ich habe die Häuser aus steuerlichen Gründen auf Herrn Kreml überschreiben lassen*. Das ist der Anwalt. *Aber jetzt heißt es, ich muss möglicherweise noch Zahlungen leisten*. Dann schreibt er: *Ich kann nur hoffen, dass sich das in Grenzen hält, aber bitte sprich mit Mr. R. L. Stevenson bei der Bank und lass dir sagen, was machbar ist*. Auch das ist seltsam, denn meines Wissens haben die keinen Mr. Stevenson.»

«Die lassen ihn nicht raus», sagte die Baronin.

«Darf ich den Brief haben?», fragte Morath.

Blanche gab ihm den Brief, und er steckte ihn ein.

«Soll ich ihm Geld schicken?»

Morath überlegte. «Schreiben Sie ihm und fragen Sie ihn, wie viel er braucht und wann er heimkommt. Schreiben Sie ihm auch, oder lassen Sie durchblicken, dass Sie verärgert sind, weil er sich immer wieder selbst in Schwierigkeiten bringt. Warum hält er sich nie an die Spielregeln? Der springende Punkt ist, Sie müssen die Leute bestechen, aber die Bestechung muss auch funktionieren, und später werden Sie sagen, dass er an allem schuld war. Die Nazis sind vorsichtig, wenn es um Amerikaner geht, sie wollen keine schlechte Presse.»

«Nicholas», sagte die Baronin. «Ist denn da nichts zu machen?»

Morath nickte. «Vielleicht. Ich muss darüber nachdenken.»

Die Baronin Frei schaute zu ihm auf, mit Augen so blau wie ein Oktoberhimmel.

Blanche wollte sich bei ihm bedanken, hatte schon zu viel gesagt und wollte gerade auf Geld zu sprechen kommen, als die Baronin ihr ins Wort fiel.

«Er weiß schon, meine Liebe, er weiß schon», sagte sie sanft. «Graf Nicholas hat ein gutes Herz.»

Von einer Privatloge auf der Tribüne aus gesehen schimmerte der Rasen der Rennbahn von Longchamps wie grüner Samt. Die Seidenhemden der Jockeys leuchteten in der Sonne, scharlachrot, golden und königsblau. Silvana tippte mit dem Ende eines Bleistifts auf einen Wettschein. «Coup de Tonnerre?», fragte sie. Donnerschlag. «War das der Graue mit dem langen Schwanz? Horst? Kannst du dich erinnern?»

«Ja, ich glaube», sagte von Schleben und schaute ins Programm. «Pierre Lavard reitet ihn, und man lässt ihn einmal pro Tag gewinnen.» Er las weiter. «Oder vielleicht Bal Masqué. Auf welches Pferd tippen Sie, Morath?»

Silvana sah ihn erwartungsvoll an. Sie trug ein schweres Imprimékleid und Perlen und hatte einen teuren Friseur.

«Coup de Tonnerre», sagte Morath. «Er hat den dritten Platz gemacht, als er das letzte Mal gelaufen ist. Und die Quote ist interessant.»

Von Schleben gab Silvana mehrere hundert Franc. «Leg es gut für uns an, ja?» Morath gab ihr ebenfalls Geld. «Verlassen wir uns auf Graf Moraths Gefühl», ergänzte von Schleben.

Als sie zum Wettschalter gegangen war, sagte von Schleben:

«Das mit Ihrem Onkel tut mir Leid. Wir hatten schöne Stunden miteinander, aber so ist das Leben.»

«Sie haben nichts gehört, seit es passiert ist?»

«Nein, nein», sagte von Schleben. «Wie vom Erdboden verschluckt.»

Als die Pferde zum Start geführt wurden, gab es die üblichen Schwierigkeiten. Einer der Pferdeführer musste zur Seite springen, um nicht getreten zu werden.

«Es gibt in Wien einen Rechtsanwalt, mit dem ich gern Kontakt aufnehmen würde», sagte Morath. «Gerhard Kreml.»

«Kreml», wiederholte von Schleben. «Ich glaube nicht, dass ich ihn kenne. Worum geht's denn?»

«Wer er ist. Was er macht. Ich glaube, er hat Verbindungen zur Partei in Österreich.»

«Ich will sehen, was ich für Sie tun kann», sagte von Schleben. Er gab Morath eine Visitenkarte. «Rufen Sie mich an, Anfang nächster Woche, wenn Sie bis dahin nichts gehört haben. Verwenden Sie die zweite Nummer, hier, die ganz unten.»

Das Rennen begann, das Feld der galoppierenden Pferde lag dicht beisammen. Von Schleben verfolgte das Rennen durch ein Opernglas mit Perlmuttgehäuse. «Geh doch nach innen, Idiot.» Die Hufe der Pferde trommelten auf dem Turf. Nach der ersten Hälfte begannen die Jockeys, ihre Gerten einzusetzen. «Ach, Mist», stöhnte von Schleben und ließ das Glas sinken.

«Dieser Kreml», sagte Morath, «hat einen Mandanten in Wien, er ist der Freund eines Freundes von mir und hat offenbar Schwierigkeiten mit der Steuer. Es geht darum, ob er ausreisen darf.»

«Jude?»

«Ja. Ein ungarischer Musiker, der in Kalifornien lebt.»

«Wenn er seine Steuern bezahlt, dürfte es keine Probleme geben. Aber es gibt natürlich Sonderfälle. Und im Fall von –

Unregelmäßigkeiten können die österreichischen Steuerbehörden infernalisch langsam sein.»

«Möchten Sie den Namen wissen?»

«Nein, lassen Sie nur. Lassen Sie mich erst feststellen, mit wem Sie es zu tun haben. In Wien ist alles – ein bisschen komplizierter.»

Die Sieger des Rennens wurden durchgesagt. «Zu dumm», sagte von Schleben. «Vielleicht haben wir das nächste Mal mehr Glück.»

«Das steht zu hoffen.»

«Übrigens, in der Gesandtschaft gibt es einen Mann namens Bolthos. Ein Freund von Ihnen?»

«Ja. Jedenfalls ein guter Bekannter.»

«Ich habe mehrmals versucht, Kontakt mit ihm aufzunehmen, aber er ist schwer zu erreichen. Sehr beschäftigt, nehme ich an.»

«Ich kann ihn ja bitten, sich bei Ihnen zu melden.»

«Könnten Sie das?»

«Ich frage ihn.»

«Da wäre ich Ihnen sehr verbunden. Wir haben gemeinsame Interessen, hier wie dort.»

Silvana kam zurück. Sie hatte sich die Lippen nachgezogen. «Ich muss gehen», sagte Morath.

«Sie hören von mir», sagte von Schleben. «Und nochmals: Es tut mir sehr Leid um Ihren Onkel. Aber noch besteht ja Hoffnung.»

In Strümpfen, die Ärmel hochgekrempelt, eine Zigarette in der Hand und ein Glas Wein in Reichweite, streckte Morath sich auf dem braunen Samtsofa aus und las immer wieder Kolowitzkys Brief.

Mary Day, ein Handtuch um den Körper und eines um den Kopf gewickelt, kam aus dem Bad, noch warm, und setzte sich zu ihm.

«Wer ist R. L. Stevenson?», fragte Morath.

«Da bin ich überfragt. Wer soll das sein?»

«Steht in dem Brief hier. Von Kolowitzky, der auf der Weihnachtsfeier bei der Baronin Geige gespielt hat. Er hat es fertig gebracht, dass man ihn in Wien festhält, aber man hat ihm erlaubt, seiner Frau zu schreiben – nur einmal, denke ich, einen zweiten Brief wird's nicht geben, weil sie wissen wollen, ob sie noch mehr aus ihm herauspressen können, bevor sie ihn in einen Kanal werfen.»

«Nicholas!»

«Tut mir Leid, aber so liegen die Dinge.»

«Der Name steht in dem Brief?»

«Bestimmt ein Code. Er will damit seiner Frau etwas sagen.»

«Ja dann, dann ist es der Schriftsteller.»

«Was für ein Schriftsteller?»

«Robert Louis Stevenson.»

«Nie gehört.»

«Er hat Abenteuerromane geschrieben. Ungeheuer populär – mein Vater hatte die Bücher alle, ich hab sie als Mädchen gelesen.»

«Zum Beispiel?»

«Die Schatzinsel.» Sie wickelte sich das Handtuch vom Kopf ab und fing an, sich die Haare zu trocknen. «Das kennst du nicht?»

«Nein.»

«Long John Silver, der Pirat, mit einem Holzbein und einem Papagei auf der Schulter. Es geht um einen Schiffsjungen und einen vergrabenen Schatz.»

«Ich weiß nicht», sagte er nachdenklich. «Was noch?»

«Der Herr von Ballentrae?»

«Worum geht's da?»

Sie zuckte die Achseln. «Hab ich nie gelesen. Ach, *Verschleppt* hat er auch noch geschrieben.»

«Das ist es.»

«Er will ihr sagen, dass er entführt worden ist?»
«Dass die ihn festhalten, um Lösegeld zu erpressen.»

20.30 Uhr. Das Balalaika war gesteckt voll, verräuchert und laut, die Zigeunergeigen schluchzten, die Gäste lachten und schrien auf Russisch, der Mann am Tresen neben Morath trank und weinte lautlos vor sich hin. Balki sah ihn an und schüttelte den Kopf. *«Kabatskaja melancholia»*, sagte er, den Mund missbilligend verzogen.

«Was heißt das?»

«Ein russischer Ausdruck – Kneipenmelancholie.»

Morath sah zu, wie Balki einen Diabolo mixte – eine ordentliche Portion Grenadine, mit Limonade aufgefüllt. Balki schaute auf die Uhr. «Meine Ablösung sollte längst da sein.»

Ein paar Minuten später erschien der Mann, und Balki und Morath gingen in eine Bar oben an der Place Clichy. Vorher, als Balki gerade nicht beschäftigt war, hatte Morath ihm ausführlich von Kolowitzkys Brief erzählt, und gemeinsam hatten sie über die beste Strategie diskutiert, einen Plan entwickelt, der nicht schief gehen konnte, und beratschlagt, was zu tun sei, wenn er doch schief ging.

In der Bar begrüßte Balki den Eigentümer auf Russisch und fragte ihn, ob sie telefonieren dürften.

«Vielleicht sollten wir lieber zum Bahnhof gehen», sagte Morath.

«Den Weg können Sie sich sparen. Die Hälfte aller Weißrussen in Paris benutzt dieses Telefon. Söldner, Bombenwerfer, Kerle, die den Zar wieder auf den Thron setzen wollen, alle kommen sie hierher.»

«Der Zar ist tot, Boris.»

Balki lachte. «Sicher. Na und?»

Morath verlangte die Auslandsvermittlung und wurde fast sofort mit Wien verbunden. Am anderen Ende klingelte es lange, dann meldete sich eine Männerstimme: «Hotel Schönhof.»

«Guten Abend. Herrn Kolowitzky, bitte.»

Es zischte kurz in der Leitung, dann sagte der Mann: «Bleiben Sie am Apparat.»

Morath wartete, dann sagte eine andere Stimme, scharf und misstrauisch: «Ja? Was wollen Sie von Kolowitzky?»

«Ich möchte nur kurz mit ihm sprechen.»

«Er ist beschäftigt, er kann nicht ans Telefon kommen. Wer sind Sie?»

«Mr. Stevenson. Ich bin zurzeit in Paris, aber ich könnte nächste Woche nach Wien kommen.»

«Ich richte ihm aus, dass Sie angerufen haben», sagte der Mann und legte auf.

Er rief von Schleben aus der Agentur Courtmain an. Eine Sekretärin sagte, er sei nicht zu sprechen, doch einige Minuten später rief er zurück. «Ich habe die Information, die Sie brauchen», sagte er. «Gerhard Kreml ist ein kleiner Rechtsanwalt, überwiegend unseriös. Hat sich bis zum Anschluss nur mühsam über Wasser gehalten, aber seither geht es ihm glänzend.»

«Wo hat er seine Kanzlei?»

«Er hat ein Ein-Zimmer-Büro in der Singerstraße. Aber er ist nicht Ihr Problem, Ihr Problem ist ein österreichischer SS-Mann, Sturmbannführer Zimmer. Er und Kreml haben einen Schwindel aufgezogen: Sie verhaften Juden, die noch was haben, was man ihnen stehlen kann. Ich vermute, Ihr Freund wurde nach Wien gelockt. Ich muss Ihnen leider sagen, dass die Aussichten, dass er rauskommt, nicht sehr gut sind.»

«Können Sie irgendetwas tun?»

«Ich glaube nicht, dass sie ihn gehen lassen – wenn es Deutschland wäre, könnte ich vielleicht helfen. Soll ich es versuchen? Es müsste natürlich ein Tauschgeschäft sein, und auch da gibt's keine Garantie.»

«Und wenn wir bezahlen?»

«Das würde ich vorschlagen. Sie müssen wissen, dass Sie es

bei Zimmer mit einem kleinen Fürsten zu tun haben. Er wird nicht zulassen, dass jemand in sein Herrschaftsgebiet eindringt und einfach mitnimmt, was ihm gehört.»

Morath bedankte sich und legte auf.

«Liebchen.»

Wolfi Szubl sagte es zärtlich, voller Dankbarkeit. Frau Trudi drehte sich um, schenkte ihm ein üppiges Lächeln und ging hüftenschwingend quer durch den Raum. Ihr gewaltiges Hinterteil und ihre schweren Schenkel wabbelten. Als sie am Ende des Raums angelangt war, drehte sie sich wieder um, wackelte mit den Schultern und fragte: «Also, was siehst du?»

«Das Paradies», sagte Wolfi.

«Und mein Rabatt?»

«Ein großer Rabatt, Liebchen.»

«Ja?» Jetzt strahlte sie. *Sogar ihre Haare sind fettig*, dachte er. Ein lockiger kastanienroter Schopf. Sie hatte sich die Haare ausgebürstet, nachdem sie sich in das Korsett gezwängt hatte, und es hüpfte mit all ihren anderen herrlichen Sachen auf und ab, während sie vor ihm herumstolzierte.

«Ich nehme alles, was du hast, Wolfi. Die *Madame Pompadour*. Meine Damen werden in Ohnmacht fallen.»

«Nicht nur deine Damen. Was sehe ich da? Hast du da drüben was fallen lassen?»

«Wo? Ach, du meine Güte.» Die Hände in die Hüften gestemmt, schritt sie wie ein Mannequin auf dem Laufsteg, eine Schulter bei jedem Schritt nach vorn schiebend, das Kinn hocherhoben, die Lippen zum Schmollmund geschürzt. «Zwei Dutzend? Sechzig Prozent Nachlass?»

«Du kannst Gedanken lesen.»

An der Wand bückte sie sich und blieb in dieser Stellung. «Ich sehe nichts.»

Szubl erhob sich von seinem Stuhl, trat hinter sie und fing an, die vielen winzigen Knöpfe aufzumachen. Als er fertig war, lief sie mit Trippelschritten zum Bett und legte sich auf den Bauch, das Kinn auf die Hände gestützt.

Szubl löste seine Krawatte.

«Wolfi», sagte sie leise. «Es vergeht kein Tag, an dem ich nicht an dich denke.»

Szubl zog seine Unterhose aus und wirbelte sie an seinem Zeigefinger herum.

Die Wohnung lag über ihrem Laden, der auch «Frau Trudi» hieß, an der Prinzstraße, neben einer Bäckerei, und durchs offene Fenster kam der Duft von ofenwarmen Plätzchen. Ein lauer Tag in Wien, ausnahmsweise einmal kein Föhn, Frau Trudis Kanarienvogel zwitscherte in seinem Käfig, alles war ruhig und friedlich. Es dämmerte schon, und sie hörten von unten die Ladenglocke, während die Kundinnen ein und aus gingen.

Frau Trudi, feucht und rosig nach dem Liebesakt, kuschelte sich an ihn. «Gefällt's dir hier, Wolfi? Bei mir?»

«Wem würde das nicht gefallen?»

«Du kannst eine Weile dableiben, wenn du magst.»

Wolfi seufzte. Wenn er nur könnte. «Trudi», sagte er, «kennst du irgendwen, der sich ein bisschen was dazuverdienen möchte? Vielleicht hat eine von deinen Damen einen Mann, der arbeitslos ist.»

«Was müsste der Betreffende tun?»

«Nicht viel. Nur einem Freund von mir seinen Pass borgen, für eine Woche oder so.»

Sie stützte sich auf dem Ellbogen auf und schaute auf ihn hinab. «Wolfi, steckst du in Schwierigkeiten?»

«Ich nicht. Der Freund würde für den geborgten Pass fünfhundert Dollar zahlen. Deshalb hab ich mir gedacht, wer weiß, vielleicht kennt die Trudi jemanden.»

Er beobachtete sie. Meinte fast die Registrierkasse klingeln zu hören, während sie die Dollar in Schilling umrechnete.

«Vielleicht», sagte sie. «Ich kenne tatsächlich eine Frau. Ihr Mann könnte das Geld gebrauchen.»

«Wie alt?»

«Der Mann?» Sie zuckte die Achseln. «Um die fünfundvierzig, würde ich sagen. Die stecken ständig in der Klemme – sie pumpt mich manchmal an.»

«Geht das noch heute Abend?»

«Glaub schon.»

«Ich geb dir jetzt das Geld, *Liebchen*, und morgen hol ich mir den Pass ab.»

Achtundzwanzigster Juni. Ein schöner Tag. Die Sonne schien hell, doch kein einziger Strahl drang zu dem Jagdhaus durch. Drei Geschosse, dreißig Zimmer, eine großartige Halle, alles in muffiger Düsternis. Morath und Balki hatten in Preßburg einen Leihwagen gemietet und waren in die bewaldeten Hügel nördlich der Donau hinaufgefahren. Sie befanden sich in der historischen Slowakei – seit 1938 ungarisches Territorium –, ein paar Kilometer von der österreichischen Grenze.

Balki sah sich mit ehrfürchtiger Beklemmung in dem Jagdhaus um – an allen Wänden Jagdtrophäen, deren Glasaugen im Waldlicht funkelten. Vorsichtig setzte er sich auf das Lederkissen eines riesigen Sessels, in dessen hohe Lehne Jagdszenen geschnitzt waren.

«Wo einst Riesen saßen», sagte er.

«So soll's aussehen.»

Die alte Monarchie lebt doch weiter, dachte Morath. Ein mit der Baronin eng befreundeter Adeliger hatte sich bereit erklärt, ihm das Jagdhaus zur Verfügung zu stellen. «Sehr verschwiegen», hatte er augenzwinkernd gesagt. Das war es in der Tat. In den Kleinen Karpaten, mitten in dichten Kiefernwäldern, an einem rauschenden Bach, der unter dem Fenster vorbeifloss, und einem malerischen Wasserfall, der weiß über eine dunkle Felswand schäumte.

Balki schlenderte umher und schaute zu den schrecklichen Gemälden auf. Sizilianische Maiden, die an kleinen Bächlein Amphoren füllten, Zigeunermädchen mit Tamburins, ein missmutiger Napoleon mit der Hand auf einer Kanone. Am hinteren Ende des Raums, zwischen den ausgestopften Köpfen eines Bären und eines mit großen Hauern bewaffneten Keilers, blieb er vor einem offenen Waffenschrank stehen und tippte mit den Fingern auf den eingeölten Schaft eines Gewehrs. «Wir haben aber nicht vor, mit denen zu spielen, oder?»

«Nein.»

«Also nichts von wegen Cowboys und Indianer?»

Morath schüttelte mit Nachdruck den Kopf.

Es gab sogar ein Telefon. Oder so etwas Ähnliches – man konnte sich gut vorstellen, wie Erzherzog Franz Ferdinand von hier aus seinen Präparator angerufen hatte: ein hölzernes Kästchen an der Küchenwand mit einem Hörer an einer Schnur und einem schwarzen Trichter in der Mitte, in den man hineinsprechen musste. *Wahrscheinlich eher hineinbrüllen.* Morath nahm den Hörer von der Gabel, hörte atmosphärische Störungen, legte wieder auf und schaute auf die Uhr.

Balki nahm seine Schildmütze ab und hängte sie an eine Geweihspitze. «Wenn Sie wollen, komme ich mit, Morath.»

Das war schiere Tollkühnheit – ein Russe, der nach Österreich fährt. «Halten Sie hier die Stellung», sagte Morath. «Es reicht schon, dass Sie sich extra Urlaub genommen haben, Sie brauchen sich nicht auch noch verhaften zu lassen.»

Wieder schaute Morath auf die Uhr. «Also, probieren wir's mal», sagte er. Er zündete sich eine Zigarette an, hielt sich den Telefonhörer ans Ohr und drückte die Gabel herunter. Aus dem Rauschen die Stimme des Fräuleins vom Amt, auf Ungarisch.

«Ich möchte ein Gespräch nach Österreich anmelden», sagte Morath.

«Ich kann Sie sofort durchstellen, der Herr.»

«Nach Wien, die Nummer ist 4025.»

Morath hörte das aus zwei Tönen bestehende Freizeichen. Dann: «Kanzlei Kreml.»

«Ist Herr Kreml zu sprechen?»

«Wen darf ich melden?»

«Mr. Stevenson.»

«Bitte bleiben Sie am Apparat.»

Kreml meldete sich sofort. Eine weiche, selbstbewusste, ölige Stimme. Er sagte, es sei nett, dass Morath anrufe. Morath erkundigte sich nach Kolowitzkys Gesundheitszustand.

«Er ist in bester Verfassung!» Na ja, vielleicht ein wenig, wie soll man sagen, deprimiert, kein Wunder angesichts seiner steuerlichen Schwierigkeiten, aber das lasse sich ja in kürzester Zeit bereinigen.

«Ich stehe in Verbindung mit Madame Kolowitzky, hier in Paris», sagte Morath. «Wenn es sich bürokratisch bewerkstelligen lässt, wird Ihnen sofort ein Scheck geschickt.»

Kreml redete noch ein bisschen weiter, Juristengeschwätz, dann nannte er eine Zahl. «In Ihrer amerikanischen Währung, Herr Stevenson, wären es ungefähr zehntausend Dollar.»

«Das Ehepaar Kolowitzky ist bereit, dieser Forderung nachzukommen, Herr Kreml.»

«Freut mich sehr», sagte Kreml. «Etwa in einem Monat, wenn unsere Bank den Scheck eingelöst hat, kann Herr Kolowitzky reinen Gewissens Österreich verlassen.»

«In einem Monat, Herr Kreml?»

«Ja, mindestens, so wie die Dinge hier laufen.» Die einzige Möglichkeit, die Sache zu beschleunigen, bestehe darin, eine kaum bekannte Möglichkeit des Steuerrechts zu nutzen und die Steuerschuld in bar zu entrichten. «So könnten Sie in kürzester Zeit reinen Tisch machen, verstehen Sie?»

Morath verstand. «Vielleicht der beste Weg», sagte er.

Nun, das müsse man wohl den Kolowitzkys überlassen, nicht wahr? «Herr Stevenson, darf ich Ihnen zu Ihren ausgezeichneten Deutschkenntnissen gratulieren? Für einen Amerikaner ...»

«Ja, wissen Sie, Herr Kreml, ich bin in Budapest geboren, mein richtiger Name war Istvanagy. Nach meiner Auswanderung nach Kalifornien habe ich ihn in Stevenson ändern lassen.»

Aha! Natürlich!

«Ich werde mit Madame Kolowitzky sprechen, Herr Kreml, aber Sie können versichert sein, dass die Zahlung binnen einer Woche eingehen wird.»

Kreml war hocherfreut, das zu hören. Sie plauderten noch eine Weile, über das Wetter, Kalifornien, Wien. Dann fingen sie an, sich zu verabschieden.

«Ach ja», sagte Morath, «eins noch: Ich würde sehr gern kurz mit Herrn Kolowitzky sprechen.»

«Aber natürlich. Haben Sie die Nummer vom Hotel Schönhof?»

«Dort habe ich schon angerufen, er war aber nie zu sprechen.»

«Ach, wirklich? Aber eigentlich überrascht mich das nicht, wissen Sie. Ein liebenswürdiger Mann, Herr Kolowitzky, er gewinnt auf Schritt und Tritt neue Freunde. Wahrscheinlich liegt es daran, dass er ständig kommt und geht, eingeladen wird, im Kaffeehaus sitzt. Haben Sie eine Nachricht hinterlassen?»

«Ja.»

«Wo liegt dann das Problem? Er wird Sie zurückrufen, sobald er dazu kommt. Übrigens, Herr Stevenson, die Telefonleitungen von hier nach Paris – ein Trauerspiel.»

«Daran wird es wohl liegen.»

«Ich muss mich jetzt verabschieden, Herr Stevenson, aber ich freue mich darauf, wieder von Ihnen zu hören.»

«Das werden Sie.»

«Auf Wiederhören, Herr Stevenson.»

«Auf Wiederhören, Herr Kreml.»

Am nächsten Morgen fuhren sie nach Preßburg, wo Morath den Zug nach Wien nehmen wollte. Aber es sollte nicht sein. Chaos auf dem Hauptbahnhof, Scharen gestrandeter Reisender, alle Bänke besetzt, Menschen, die draußen auf der Jaskovy-Allee auf den Koffern saßen. «Es ist die Strecke nach Sillein», erklärte der Mann am Fahrkartenschalter. Alle Personenzüge waren gestrichen, um freie Fahrt für die Spezial-Güterzüge zu schaffen, die in stetigem Strom Panzer und Artillerie der Wehrmacht nach Osten beförderten. Morath und Balki standen inmitten einer schweigenden Menge auf dem Bahnsteig und machten große Augen. Zwei Lokomotiven zogen vierzig Flachwagen, die langen Geschützrohre ragten unter den schweren Abdeckplanen hervor. Zwanzig Minuten später ein ganzer Zug mit Pferden in Viehwaggons, dann ein Truppentransport mit winkenden Soldaten und einer unter die Wagenfenster gemalten Parole – *Wir fahren nach Polen, um die Juden zu holen.*

Die Stadt Sillein war fünfzehn Kilometer von der polnischen Grenze entfernt. Dort gab es sicher ein Lazarett, ein Hotel für den Generalstab, ein Telefonnetz. Morath wurde schwer ums Herz, als er den Zügen nachsah – mit ihnen schwand die letzte Hoffnung. Es kann auch bloße Einschüchterung sein, dachte er, eine Finte, aber er wusste es besser. Das war die erste Phase einer Invasion, es waren die ersten Divisionen, die von der Slowakei aus angreifen, über die Karpatenpässe in Südpolen einmarschieren würden.

Morath und Balki sahen sich Preßburg an, tranken Bier in einem Lokal und warteten. Die Stadt erinnerte Morath an Wien im Jahr zuvor – die Schaufenster jüdischer Geschäfte eingeschlagen, *Juden raus!* an Hauswände geschmiert. Die slowakischen Politiker hassten die Tschechen und hatten Hitler eingeladen, sie zu beschützen, und dann festgestellt, dass es ihnen gar nicht gefiel, beschützt zu werden. Aber da war es schon zu spät. Hier und da hatte jemand *pro tentokrat* an die Telegrafenmasten geschrieben, *ausnahmsweise*, aber das war Angeberei, die niemand ernst nahm.

Wieder im Bahnhofsrestaurant, saß Morath mit seinem Koffer zwischen den Füßen, in dem sich österreichische Schillinge im Wert von zehntausend Dollar befanden. Er fragte einen Kellner, ob die Donaubrücke offen sei – für den Fall, dass er sich entschloss, darüber zu fahren, aber der Mann schüttelte nur bedauernd den Kopf. «Nein, die können Sie nicht benutzen», sagte er, «die ist schon seit Tagen für *die* reserviert.»

«Wie kommt man dann nach Österreich?»

«Vielleicht lassen sie um fünf einen Zug durch, aber dann müssten Sie auf dem Bahnsteig sein, und der Zug wird sehr überfüllt sein. Verstehen Sie?»

Morath bejahte.

Als der Kellner weg war, sagte Balki: «Meinen Sie, Sie kommen wieder raus?»

«Ja, wahrscheinlich.»

Balki nickte. «Morath?»

«Ja?»

«Sie lassen sich doch nicht umbringen?»

«Hab ich nicht vor», sagte Morath.

Der Zug sollte erst in zwei Stunden kommen, also telefonierte er vom Bahnhof aus mit Paris. Er musste zwanzig Minuten warten, dann wurde er mit der Agence Courtmain verbunden. Die Empfangsdame fand nach mehreren Versuchen Mary Day, sie war in einer Besprechung in Courtmains Büro.

«Nicholas!», rief sie, «wo bist du?» Sie wusste nicht so genau, was er tat. «Familienangelegenheiten», hatte er ihr gesagt, aber sie wusste, dass da noch etwas anderes sein musste.

«Ich bin in Preßburg», sagte er.

«Aha, Preßburg. Wie ist das Wetter?»

«Schön. Ich wollte dir sagen, dass du mir fehlst.»

Nach einer kurzen Pause sagte sie: «Du mir auch, Nicholas. Wann kommst du zurück?»

«Bald, in ein paar Tagen, wenn alles gut geht.»

«Das wird es doch, oder? Gut gehen?»

«Ich denk schon, mach dir keine Sorgen. Ich wollte dir nur sagen, dass ich dich liebe.»

«Ich weiß», sagte sie.

«Ich mach jetzt besser Schluss, da wollen noch andere telefonieren.»

«Ja, gut. Auf Wiedersehen.»

«In ein paar Tagen.»

«Am Wochenende.»

«Ja, spätestens.»

«Na gut, also bis dann.»

«Wiedersehen, Mary.»

Der Kellner hatte Recht gehabt mit dem Personenzug. Er fuhr langsam ein, nach halb sieben, bereits total überfüllt. Morath zwängte sich mit Gewalt durch, lächelte und entschuldigte sich. Er ergatterte ein Plätzchen auf der Plattform des letzten Wagens, wo er sich während der ganzen Fahrt bis Wien an einen eisernen Pfosten klammerte.

Er rief Szubl im Hotel an, und sie trafen sich in einem Kaffeehaus, wo die Gäste rauchten, Zeitung lasen und sich höflich miteinander unterhielten. Eine Stadt, in der alle bedrückt waren und alle lächelten und niemand etwas machen konnte – so war Wien ihm immer vorgekommen, und an diesem Sommerabend des Jahres 1939 war es schlimmer denn je.

Szubl gab ihm ein Kuvert, und Morath nutzte die Tischplatte als Deckung und sah sich das Passfoto an. Ein zorniger kleiner Mann starrte ihm entgegen, mit Schnurrbart und Brille. *Immer geht irgendwas schief.*

«Kannst du was damit anfangen?», fragte Szubl.

«Ja, ich glaub schon. Ich hab ein Foto aus einem Dokument, das seine Frau dabei hatte, das kann ich einkleben. Aber mit ein bisschen Glück kann ich es mir sparen.»

«Haben die an der Grenze deinen Koffer durchsucht?»

«Ja. Ich habe ihnen gesagt, wofür ich das Geld brauche, und dann haben sie alles andere kontrolliert. Aber es waren nur die normalen Zollbeamten, keine SS-Leute oder so was.»

«Ich habe die Stangen aus einem Korsett herausgezogen. Willst du sie immer noch haben?»

«Ja.»

Szubl gab ihm einen Umschlag, Hotel-Briefpapier. Morath steckte ihn ein. «Wann verschwindest du hier?»

«Morgen. Mittags.»

«Das muss unbedingt klappen, Wolfi.»

«Ja, versprochen. Und der Pass?»

«Sag ihr, dein Freund hat ihn verloren. Herr X kriegt noch mehr Geld und kann sich einfach einen neuen besorgen.»

Szubl nickte und stand auf. «Dann sehen wir uns in Paris.»

Sie gaben sich die Hand. Morath sah ihm nach, wie er sich entfernte, mit schweren Schritten, auch ohne seinen Musterkoffer, eine zusammengefaltete Zeitung unter dem Arm.

«Können Sie bitte einmal um den Mauerplatz fahren?»

«Wenn Sie wollen.» Der Taxifahrer war ein alter Mann mit einem Kavallerie-Schnurrbart. Seine Orden hatte er an seiner Sonnenblende befestigt.

«In Erinnerung an alte Zeiten», sagte Morath.

«Aha. Natürlich.»

Ein kleiner, gepflasterter Platz, Leute gingen an dem warmen Abend spazieren, alte Linden warfen Laubschatten im Licht der Straßenlaternen. Morath kurbelte das Fenster herunter, und der Fahrer umrundete langsam den Platz.

«Vor ein paar Jahren habe ich mit einer Dame hier gewohnt.»

«Im Schönhof?»

«Ja. Ist es noch so wie früher?»

«Ich mein schon. Möchten Sie vielleicht aussteigen und kurz hineingehen? Mir ist es gleich.»

«Nein, ich wollte es nur noch mal sehen.»
«Also dann jetzt in die Landstraße?»
«Ja. Zum Imperial.»
«Sind Sie öfter in Wien?»
«Ab und zu.»
«Hat sich sehr verändert in dem einen Jahr.»
«Ja?»
«Ja. *Ruhig* ist es geworden, Gott sei Dank. Vorher haben wir nur Ärger gehabt.»

8.15 Uhr. Er wollte es noch ein letztes Mal versuchen und rief aus einer Zelle in der Hotelhalle an.
«Hotel Schönhof.»
«Guten Abend. Hier spricht Dr. Heber. Bitte verbinden Sie mich mit dem Zimmer von Herrn Kolowitzky.»
«Tut mir Leid, Herr Kolowitzky ist nicht zu sprechen.»
«Ist er nicht auf seinem Zimmer?»
«Nein. Gute Nacht, Herr Doktor.»
«Es ist dringend, Sie müssen ihm etwas ausrichten. Er hat sich hier in meiner Klinik in Währing untersuchen lassen, und er muss so bald wie möglich noch einmal herkommen.»
«In Ordnung. Ich sage ihm Bescheid.»
«Danke. Würden Sie jetzt bitte den Direktor ans Telefon holen?»
«Ich bin der Direktor.»
«Und Sie sind?»
«Der Direktor. Gute Nacht, Herr Doktor.»

Am nächsten Morgen kaufte sich Morath einen Aktenkoffer, legte das Geld und seinen Pass hinein, erklärte dem Mann am Empfang, dass er eine Woche verreist sein werde, bezahlte die Rechnung bis Donnerstag der folgenden Woche und gab ihm den Koffer zur Aufbewahrung im Hotelsafe. Von dem Kunsthändler in Paris hatte er einen neuen Pass bekommen – diesmal einen französischen. Er ging wieder auf sein Zimmer, durchsuchte seinen Koffer ein letztes Mal sehr gründlich und fand nichts Ungewöhnliches. Dann fuhr er mit dem Taxi zum Nordbahnhof, trank am Bahnhofsbuffet eine Tasse Kaffee, ging hinaus und nahm sich ein neues Taxi.

«Zum Hotel Schönhof», sagte er dem Fahrer.

In der Hotelhalle nur Männer.

Irgendwie fühlen sie sich nicht wohl in ihrer Kleidung. Als trügen sie sonst nur Uniformen. *SS in Zivil*. Niemand salutierte oder schlug die Hacken zusammen, aber er spürte es trotzdem – wie sie die Haare geschnitten hatten, wie sie standen, wie sie ihn ansahen.

Der Mann am Empfangstresen war keiner von ihnen. Der Eigentümer, vermutete Morath. Über fünfzig, weich und verängstigt. Er sah Morath einen Moment länger als nötig in die Augen. *Gehen Sie wieder, Sie gehören nicht hierher.*

«Ein Zimmer, bitte», sagte Morath.

Einer der jungen Männer in der Halle schlenderte herüber und lehnte sich an den Tresen. Als Morath ihn ansah, wurde ihm ein freundliches Nicken zuteil. Durchaus nicht unangenehm, er wollte nur wissen, wer Morath war und was er wollte. Nichts für ungut.

«Einzel- oder Doppelzimmer?», fragte der Hotelier.

«Ein Einzelzimmer. Nach vorne hinaus, wenn's geht.»

Der Hotelier sah umständlich in seinem Buch nach. «Geht in Ordnung. Für wie lange?»

«Zwei Nächte.»

«Ihr Name?»

«Lebrun.» Morath gab ihm den Pass.

«Wünschen der Herr Halbpension?»

«Ja, bitte.»

«Das Abendessen wird im Speisesaal serviert. Pünktlich um sieben Uhr.»

Der Hotelier drehte sich um und nahm einen Schlüssel vom nummerierten Haken. Das Brett war irgendwie seltsam. An den Haken der obersten Reihe hingen keine Schlüssel. «Vierhundertdrei. Wünschen Sie, dass der Portier Ihr Gepäck aufs Zimmer trägt?» Seine Hand schwebte über einer Glocke.

«Danke, es geht schon», sagte Morath.

Er ging vier Treppen hinauf, der Teppich war alt und ausgefranst. Eben nur ein Hotel für Geschäftsreisende, dachte er. Wie hunderte in Wien, Berlin, Paris, in allen Städten, in die man so reiste. Er fand die Nummer vierhundertdrei und schloss auf. Edelweißmuster auf den schlaffen Vorhängen und der Decke auf dem schmalen Bett. Hellgrüne Wände, schale, abgestandene Luft. *Sehr ruhig in diesem Hotel.*

Er beschloss, ein bisschen draußen herumzulaufen, ihnen Gelegenheit zu geben, seinen Koffer zu durchsuchen. Er gab am Empfang den Schlüssel ab und ging auf den Mauerplatz hinaus. An einem Zeitungskiosk überflog er die Schlagzeilen. *Polen droht mit Bombardierung von Danzig*. Er kaufte eine Sportzeitschrift, auf dem Titelbild junge Männer beim Volleyball. Ein gutbürgerliches Viertel, dachte er. Solide Mietshäuser, Frauen mit Kinderwagen, eine Straßenbahnlinie, eine Schule, in der man Kinder singen hörte, ein lächelnder Lebensmittelhändler in der Tür seines Ladens, ein kleiner Mann, der wie ein Wiesel aussah, am Steuer eines ramponierten Opel. Wieder im Hotel, ließ er sich den Schlüssel geben und ging hinauf, in den vierten Stock, in den fünften. Auf dem Gang saß ein massiger Mann mit rotem Gesicht auf einem an die Wand gekippten Stuhl. Er stand auf, als er Morath erblickte.

«Was wollen Sie hier?»

«Ich habe Zimmer vierhundertdrei.»

«Dann sind Sie in der falschen Etage.»

«Aha. Und was ist hier oben?»

«Alles reserviert», sagte der Mann. «Gehen Sie.»

Morath entschuldigte sich und entfernte sich eilig. *Das war knapp*, dachte er. Es gab zehn Zimmer im fünften Stock, in einem davon wurde Kolowitzky gefangen gehalten.

Drei Uhr morgens. Morath lag im dunklen Zimmer auf dem Bett. Hin und wieder bewegte sich der Vorhang in einer Brise vom Mauerplatz. Ansonsten war alles still. Nach dem Abendessen hatte ein Straßenmusikant auf dem Platz gesungen und Akkordeon gespielt. Dann hatte Morath das Radio auf dem Nachttisch eingeschaltet und bis zum Sendeschluss um Mitternacht Liszt und Schubert gehört. Das heißt, der Sender hatte seine Ausstrahlungen nicht vollständig eingestellt, sondern bis zum Morgengrauen das Ticken eines Metronoms übertragen. *Zur Beruhigung unserer Zuhörer*, hatte es geheißen.

Morath starrte an die Decke. Er lag seit drei Stunden so da, hatte nichts zu tun als zu warten und dachte an alles, was ihm einfiel. Sein Leben. Mary Day. Der Krieg. Onkel Janos. Er vermisste Polanyi, es überraschte ihn, wie sehr er ihm fehlte. *Echézeaux und Bayrum.* Seine mit Wohlwollen gemischte Verachtung für die Welt, in der er leben musste. Und sein letzter Streich. *Hier, bitte schön, jetzt bist du dran.*

Er dachte über die anderen Hotelgäste nach – die echten, nicht die SS-Leute. Sie waren im Speisesaal leicht zu erkennen gewesen, während er sich mit dem furchtbaren Essen abgeplagt hatte. Die meiste Zeit hatte er Nudeln von einer Seite des Tellers auf die andere geschoben, den Kellner im Auge behalten und sich vorzustellen versucht, wie das Erdgeschoss angelegt war. Was die Gäste betraf, die würden sicher überleben. Hoffte er jedenfalls.

Von einem Kirchturm irgendwo in der Nähe schlug es einmal zur halben Stunde. Morath seufzte und schwang die Beine vom Bett. Er zog seine Jacke an, rückte die Krawatte zurecht. Dann nahm er die Korsettstangen aus dem Umschlag, den Szubl ihm gegeben hatte. *Zelluloid.* Aus löslicher Schießbaumwolle und Kampfer hergestellt.

Er holte tief Luft und drehte langsam den Knauf an seiner Tür, lauschte zwanzig Sekunden und trat auf den Gang hinaus. Schritt für Schritt stieg er langsam die Treppe hinunter. Im dritten Stock hustete jemand, im zweiten war Licht unter einer Tür.

Auf den letzten Stufen zum Erdgeschoss, dem Empfang, starrte er ins Dunkel. Irgendwo musste eine Wache stehen. Wo? Endlich erkannte er den Teil einer Silhouette über der Lehne einer Couch und vernahm das für leichten Schlaf typische flache Atmen. Vorsichtig ging Morath um den Geländerpfosten am Fuß der Treppe herum und schlich sich durch den Speisesaal in den Gang, aus dem der Kellner beim Abendessen gekommen war.

Schließlich erreichte er die Küche. Er riss ein Zündholz an, schaute sich um, blies es aus. Auf der Gasse stand eine Straßenlaterne, nicht weit von den Fenstern. In ihrem Licht konnte er immerhin sehen, was er tat. Er fand die Spülen – große, schwere Wannen aus grauem Zink –, kniete sich davor auf den Boden und tastete mit den Fingerspitzen den Betonboden ab. Er fand den Fettfang, erkannte, dass es zu mühsam sein würde, den Deckel hochzuhebeln, und ließ den Gedanken fallen.

Als Nächstes nahm er sich den Herd vor, und hier fand er, was er brauchte. In einem Schränkchen neben der Herdtür diente eine große Blechbüchse, die einmal Schmalz enthalten hatte, als Sammelbehälter für abgegossenes Bratenfett. Sie war überraschend schwer – vielleicht zehn Kilo gelbes, ranziges Fett, größtenteils geronnen, mit einer etwa fingerdicken, obenauf schwimmenden Ölschicht. *Würste, Butter, Schinken*, dachte er. *Gänsebraten.*

Er schaute sich um, sah einen Eisenring über dem Herd, an dem Küchengeräte aufgehängt waren, nahm vorsichtig einen riesigen Schöpflöffel herunter und holte damit einen dicken Batzen Fett aus dem Behälter. Eine Hand voll davon schmierte er auf die hölzerne Arbeitsplatte, an die Wände, auf die

Fensterrahmen und die Schranktüren. Dann legte er den Behälter in einer Ecke auf die Seite, steckte die Korsettstangen in das Fett, riss ein Zündholz an und warf es hinein.

Das Zelluloid fing sofort Feuer, ein heißer, weißer Blitz, dann fing das Fett brutzelnd zu brennen an, und ein Rinnsal flüssigen Feuers lief über den Boden und kroch die Wand hinauf. Ein paar Sekunden später sah er, dass die Decke sich allmählich schwärzte.

Jetzt musste er warten. Er fand eine Besenkammer neben der Küchentür, trat hinein und zog die Tür zu. Er hatte kaum Platz in dem engen Kämmerchen. Er zählte elf Besen. Wozu in aller Welt brauchten die so viele Besen?

Er befahl sich, Ruhe zu bewahren, aber das Prasseln aus der Küche und der Feuergeruch ließen seinen Puls rasen. Er versuchte, bis hundertzwanzig zu zählen, wie geplant, aber so weit kam er nicht. Er hatte nicht vor, in einer Wiener Besenkammer zu sterben. Er stieß die Tür auf und lief durch öligen Rauch rasch den Gang entlang.

Er hörte einen Ruf von dem Wachtposten in der Halle, dann noch einen. Herrgott, da waren *zwei* gewesen. «Feuer!», schrie er und rannte die Treppe hinauf. Türen wurden aufgerissen, Menschen rannten.

Zweiter Stock. Dritter Stock. Jetzt musste er darauf vertrauen, dass die Wachtposten auch bei der SS in Österreich Schichtwechsel hatten wie überall sonst. Auf der Treppe zum fünften Stock fing er an zu schreien: «Polizei! Polizei!»

Ein kugelköpfiger Mann in Hemdsärmeln kam durch den Gang auf ihn zugerannt, eine Luger in der Hand. «Was ist los?»

«Schließen Sie alle Türen auf! Es brennt!»

«Was?» Der Mann wich einen Schritt zurück. *Die Türen aufschließen?*

«Machen Sie schon! Haben Sie die Schlüssel? Geben Sie sie mir. Gehen Sie, los, laufen Sie, um Himmels willen!»

«Ich muss ...»

Der Polizist Morath wurde resolut. Er packte ihn am Hemd und zog ihn den Gang entlang. «Los, wecken Sie Ihre Offiziere. *Schnell!* Wir haben keine Zeit für irgendwelche Spielchen.»

Das gab, warum auch immer, den Ausschlag. Der Mann steckte die Luger in sein Schulterholster, rannte in großen Sätzen die Treppe hinunter und schrie dabei: «Feuer!»

Morath fing an, Türen aufzuschließen; zum Glück standen die Zimmernummern auf den Schlüsseln. Das erste Zimmer war leer. Im zweiten war einer der SS-Leute – er fuhr im Bett hoch und schaute Morath entsetzt an. «Was? Was ist los?»

«Das Hotel brennt. Bringen Sie sich in Sicherheit!»

«Oh.»

Er war erleichtert, dass nur das Hotel brannte. Was hatte er gedacht?

Auf dem Gang war Rauch. Der SS-Mann trottete vorbei, in einem rot-weiß gestreiften Schlafanzug, eine Maschinenpistole am Gurt tragend. Morath fand noch ein leeres Zimmer und im nächsten dann, nebenan, Kolowitzky, der vergeblich versuchte, das Fenster aufzubekommen.

«So doch nicht», sagte Morath. «Kommen Sie mit.»

Kolowitzky drehte sich zu ihm um. Es war nicht mehr der Mann, der auf der Weihnachtsfeier der Baronin Geige gespielt hatte, dieser Mann war alt und müde und verängstigt, trug Hosenträger und ein schmutziges Hemd. Er musterte Moraths Gesicht – war das ein neuer Trick, den sie noch nicht an ihm ausprobiert hatten?

«Ich bin Ihretwegen hier», sagte Morath. «Ich habe im Hotel Feuer gelegt, um Sie hier rauszuholen.»

Kolowitzky begriff. «Blanche», sagte er.

«Halten die hier oben noch jemanden gefangen?»

«Es waren noch zwei da, aber die sind gestern abgeholt worden.»

Jetzt hörten sie die Feuerwehr und rannten los, hustend, die

Hand vor dem Mund, die Treppen hinunter, durch den aufsteigenden Qualm.

Auf der Straße vor dem Hotel heilloses Durcheinander. Feuerwehrautos, Feuerwehrleute, die Schläuche ins Hotel trugen, Polizisten, Scharen von Gaffern, ein Mann, der nur eine Decke umhatte, zwei Frauen im Bademantel. Morath führte Kolowitzky über den Mauerplatz, dann ein Stück in eine Seitenstraße hinein. Als sie auf ihn zukamen, ließ der Fahrer eines ramponierten Opel den Motor an. Kolowitzky stieg hinten ein, Morath vorne.

«Hallo, Raschkow», sagte Morath.

«Wer ist das?», fragte Kolowitzky später, als Raschkow einen Baum am Straßenrand bewässerte.

«Er ist aus Odessa», sagte Morath. Der *arme kleine Raschkow*, wie Balki ihn genannt hatte, der Mann, der russische Eisenbahnobligationen und Tolstois unvollendeten Roman verkauft hatte und in einem ungarischen Gefängnis gelandet war. Morath war zu Sombor gegangen, um ihn freizubekommen. «Er hat früher russische Obligationen verkauft.»

«So wie er aussieht», sagte Kolowitzky, «sollte er nach Hollywood kommen.»

Raschkow fuhr auf Feldwegen durchs ländliche Österreich. Ein Julitag, Rüben und Kartoffeln sprossen leuchtend grün auf den hügeligen Feldern. Es waren nur sechzig Kilometer bis zur ungarischen Grenze bei Preßburg. Oder Bratislava, wenn einem das lieber war. Oder Pozsony. Auf der Rückbank schaute Kolowitzky den österreichischen Pass mit seinem Foto darin an. «Glauben Sie, die suchen mich?»

«Und ob.»

Sie hielten ein gutes Stück vor der Donaubrücke, in Petrzalka, einstmals ein tschechischer Grenzübergang, jetzt im slowakischen Protektorat gelegen. Sie ließen den Wagen stehen und begaben sich in ein gemietetes Zimmer über einem Café, wo sie alle drei dunkle Anzüge anzogen. Als sie herunterkamen, wartete ein großer Mercedes mit ungarischem Diplomatenkennzeichen auf sie, am Steuer der Chauffeur von einem von Bolthos' Diplomatenkollegen in Budapest.

An der Grenze stand ein ganzer Schwarm österreichischer SS-Leute beisammen. Sie rauchten, lachten und stolzierten in ihren auf Hochglanz gewienerten Schaftstiefeln umher. Aber der Chauffeur beachtete sie gar nicht. Er hielt vor dem Zollhaus, reichte die vier Pässe durchs Fenster. Der Grenzer legte den Finger ans Mützenschild, warf einen Blick ins Wageninnere und gab die Pässe zurück.

«Willkommen daheim», sagte der Chauffeur zu Kolowitzky, als sie über die Brücke ans ungarische Ufer fuhren.

Kolowitzky weinte.

Mitternachtsdiner in der Rue Guisarde.

Mary Day wusste, dass die Züge Verspätung hatten, weil sie durch Deutschland mussten, hatte es also eingeplant. Sie stellte einen Teller mit Schinkenscheiben, Salat und ein Baguette auf den Tisch. «Und der ist gestern geliefert worden», sagte sie und nahm eine Flasche Wein aus dem Schrank und einen Korkenzieher aus der Küchenschublade. «Den hast du wohl telefonisch bestellt», sagte sie. «Sehr umsichtig von dir, an uns beide zu denken, obwohl du doch mitten – ach, was weiß ich, wo du wieder dringesteckt hast.»

Ein 1922er-Echézeaux.

«Ist es der, den du wolltest?»

«Ja», sagte er lächelnd.

«Du bist wirklich ein toller Kerl, Nicholas», sagte sie. «Ehrlich.»

Berlin
DEUTSCHLAND
Elbe
Leipzig
Dresden
Děčín
Breslau
Oder
SUDETENLAND
Main
Prag
Marienbad
Protektorat
BÖHMEN u. MÄHREN
M.-Ostrau
Nürnberg
Brünn
Donau
Waag
München
Bratislava
(Preßburg)
Wien
ÖSTERREICH
Sopron
Budapest
UNG
Mur
Drau
Bozen
Balaton
(Plattensee)
Ljubljana
(Laibach)
ITALIEN
SLOWENIEN
Pécs
Zagreb
(Agram)
Venedig
Rijeka
KROATIEN
Po
Save
Banjaluka
JUGOSL
Adriatisches Meer
Sarajevo
Split
Mostar
1938-1939
0
100
200
300 km